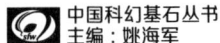

中国科幻基石丛书

主编：姚海军

索何夫科幻佳作选

盲跃

索何夫 著

四川科学技术出版社

图书在版编目（CIP）数据

盲跃：索何夫科幻佳作选 / 索何夫　著.
-- 成都 : 四川科学技术出版社，2020.5
（中国科幻基石丛书 / 姚海军　主编）
ISBN 978-7-5364-9804-4

Ⅰ.①盲… Ⅱ.①索… Ⅲ.①幻想小说 – 小说集 – 中国 – 当代
Ⅳ.①I247.7

中国版本图书馆CIP数据核字（2020）第072046号

中国科幻基石丛书
盲跃：索何夫科幻佳作选

出 品 人	程佳月
丛书主编	姚海军
著　　者	索何夫
责任编辑	宋　齐　姚海军
特邀编辑	张泽阳
封面绘画	大　梵
封面设计	甄沛佳
版面设计	甄沛佳
责任出版	欧晓春
出　　版	四川科学技术出版社
	四川省成都市槐树街2号出版大厦　邮政编码:610012
开　　本	147mm×208mm
印　　张	14.375
字　　数	310千
插　　页	2
印　　刷	四川南方印务有限公司
版　　次	2020年12月成都第一版
印　　次	2020年12月成都第一次印刷
定　　价	54.00元

ISBN 978-7-5364-9804-4

写在"基石"之前

姚海军

"基石"是个平实的词,不够"炫",却能够准确传达我们对构建中的中国科幻繁华巨厦的情感与信心,因此,我们用它来作为这套原创丛书的名字。

最近十年,是科幻创作飞速发展的十年。王晋康、刘慈欣、何夕、韩松等一大批科幻作家发表了大量深受读者喜爱、极具开拓与探索价值的科幻佳作。科幻文学的龙头期刊更是从一本传统的《科幻世界》,发展壮大成为涵盖各个读者层的系列刊物。与此同时,科幻文学的市场环境也有了改善,省会级城市的大型书店里终于有了属于科幻的领地。

仍然有人经常问及中国科幻与美国科幻的差距,但现在的答案已与十年前不同。在很多作品上(它们不再是那种毫无文学技巧与色彩、想象力拘谨的幼稚故事),这种比较已经变成了人家的牛排之于我们的土豆牛肉。差距是明显的——更准确地说,应该是"差别"——却已经无法再为它们排个名次。口味问题有了实际意义,这正是我们的科幻走向成熟的标志。

与美国科幻的差距，实际上是市场化程度的差距。美国科幻从期刊到图书到影视再到游戏和玩具，已经形成了一条完整的产业链，动力十足；而我们的图书出版却仍然处于这样一种局面：读者的阅读需求不能满足的同时，出版者却感叹于科幻书那区区几千册的销量。结果，我们基本上只有为热爱而创作的科幻作家，鲜有为版税而创作的科幻作家。这不是有责任心的出版人所乐于看到的现状。

科幻世界作为我国最有影响力的专业科幻出版机构，一直致力于对中国科幻的全方位推动。科幻图书出版是其中的重点之一。中国科幻需要长远眼光，需要一种务实精神，需要引入更市场化的手段，因而我们着眼于远景，而着手之处则在于一块块"基石"。

需要特别说明的是，对于基石，我们并没有什么限定。因为，要建一座大厦需要各种各样的石料。

对于那样一座大厦，我们满怀期待。

作者自序

各位熟悉或者不熟悉我的读者们：

大家好！

《盲跃》是我的第一部——也是拖延了很长时间才出版的中短篇小说合集，其中既收录了我个人创作生涯中的几部可以算是代表作的作品，也有一些从未与读者谋面的新作。整体而言，这些作品都有着不同的背景和故事脉络，而写作风格也随着我创作时间的变化而有所差异。其中既有在遥远外星与平行世界的冒险故事，也有关于近未来世界的推测与想象。

非要说共同点的话，至少在我本人看来，这些作品的唯一共同点就是——它们都不那么乐观。在孩提时代，当尚在上小学的我读到第一篇科幻小说《世界大战》时，我做了一个阴暗——在黑色的废墟中逃避外星人——的梦。在之后的许多年里，我从未忘记过这个细节模糊的梦，事实上，它甚至随着我的年龄与阅历增长，以另一种方式变得"清晰"起来——对历史的爱好，以及在大学中的专门学习与研究，让我充分意识到，我们目前所拥有并习以为常的一切，事实上全都是某种程度上的侥幸。在历史之河中，如果无数偶然变量之一稍有差池，我们就完全可能踏入另一条更加晦暗的支流；而在未来，也没有人敢保证不存在这样的可能性。让一切变得更糟的，或许是某种不可抗力的自然因素，但更有可能是现代智人理性上固有的弱点。从很久以前开始，人类就经常无法理解自己要做什么、正在做什么、又会做什么，而在现在和未来，这样的可能性也不会消失。

在某种程度上，正是对这些令人不那么乐观的可能性的无法释怀，才让我创作出了许多作品。在某些故事中，人们设法避免或者战胜了这些可能性将会导致的结局，而某些故事的结果则并非如此——毕竟，在度过了相信童话的年龄后，我就已经无法继续相信每件事都会有某种"注定"的结局了。正如《终结者2》的结尾所展示的那样，对我们而言，未来就是一条出现在黑暗中的公路，永远带着不确定性在我们眼前延伸。

当然，上述说法均为我的个人观点。未必一定是对我的作品的正确解读——如果有人发现我的某篇作品竟然成为了试卷上的阅读题，并将上述言论作为中心思想填写在答题纸上，由此导致的扣分以及其它衍生后果，本人概不负责。

索何夫

2020 年 11 月 19 日

目　录

CONTENTS

出巴别记

那时，天下人的口音、言语都是一样。他们往东边迁移的时候，在示拿地遇见一片平原，就住在那里。他们彼此商量说："来吧，我们要做砖，把砖烧透了。"他们就拿砖当石头，又拿石漆当灰泥。他们说："来吧，我们要建造一座城和一座塔，塔顶通天，为要传扬我们的名，免得我们分散在全地上。"耶和华降临，要看看世人所建造的城和塔。耶和华说："看哪，他们成为一样的人民，都是一样的言语，如今既作起这事来，以后他们所要做的事就没有不成就的了。我们下去，在那里变乱他们的口音，使他们的言语彼此不通。"于是，耶和华使他们从那里分散在全地上。他们就停工，不造那城了。因为耶和华在那里变乱天下人的言语，使众人分散在全地上，所以那城名叫巴别。

　　　　　　　　　　　　　　　　——《创世记》11：1—9

1

拉里·里德尔是行旅商人、颇有声望的估价师、值得信赖的信差和信件代笔人，还是众所周知的讲故事好手。从北方的大江到东南沿海，即使是那些平素最不好客的基地与村镇，也会对他的到来表示欢迎，因为所有人都知道，拉里那支小小的商队不仅会为他们带来信件和货物，更重要的是，他也会带来故事——特别是那些大劫难之前的故事。

这位大受欢迎的商人现年五十二岁，个头不高，受过伤的一条腿有点瘸，有着一头微微卷曲的棕发和被打断过一次的塌鼻梁，以及一双只有真正的商人才拥有的精明的灰色小眼睛。由于在所有地方——包括那些从来不以好客著称的偏远村镇——都能吃到好东西，他在最近几年里攒下了很多皮下脂肪，但他仍旧像以前一样怕冷。正因如此，在接到商队抵达的消息后，徐青就立刻让人从仓库里拖出几大捆过冬用的松木，在废弃工厂车间改造的大厅里为这些尊贵的访客生起了篝火。地窖里最好的麦酒被端了上来，大块大块抹着盐的腌猪肉也和硕大的马铃薯一起串上了烤叉。当风尘仆仆的行旅商人们跟在徐青身后踏进这个房间时，飘溢的香气早已充满了屋内的每个角落，惹得众人垂涎欲滴。

"说实话啊,老徐,这几年的日子过得真是一天不如一天哪……"尽管主人表现得谦恭有礼,但是客人们一点儿都不客气:拉里和他的跟班们一进门,就径直在熊熊燃烧的火堆旁坐了下来。他们争先恐后地用匕首从烤叉上切下最肥的肉,塞进嘴里大嚼起来。黄澄澄的猪油沿着满是胡茬的下巴四处横流,把他们脏兮兮的亚麻衬衫浸湿了一大片。"我知道你们基地的日子还过得去,但别的地方可就难说喽——火电厂基地和白岩镇那块儿从去年年底就和外头失去了联系,去那儿的人到现在也没一个回来的。冯家庄的人两个月前给一帮从西边来的强盗杀了个干净,连半个活口都没留下。林场基地那边也只剩下几十个老头子和小娃儿,等跑完这一趟,我还得到那儿去一回,把那些活着的人都送到车站基地去——如果那鬼地方还有活人的话。"他舔了舔两片肥厚的嘴唇,"唉,想当年,有谁能想到这该死的世道会变成这样?照现在这样下去……"

徐青耸了耸肩,明智地没有开口,拉里的伙计们也都保持着沉默——倒不是他们对拉里的话有什么异议,事实上,这些人中要是有谁突然开口说话,大厅里的其他人反而会大吃一惊。除了拉里,商队里的成员都是人们所说的"哑人"——也就是那些在大劫难前选择接入"巴别"系统的人。在那个黑暗的黎明,他们被迅速、残酷而又干净利落地剥夺了曾经拥有的一切,剩下的唯有自己的思想与意志——而更多的人甚至连这些也一并失去了。就徐青所知,在许多地方"哑人"都被当成干粗重体力活的劳动力,他们的地位甚至不比拉车的牲口更高。相较之下,虽然拉里提供给他的"伙计们"的待遇也不怎么优厚,但是可以称得上是非常人道的了。

如今,除了拉里·里德尔这样的特例,大多数活着的人对大劫难前的世界不是一无所知,就是只有零星的记忆。尽管在两周前刚度过三十岁生日的徐青在普通人中已经不算年轻,但对他而言,所谓的旧纪元也只是一个褪色的影子、一幅色彩单调的水彩画,遥远、模糊、缺乏细节。只有当拉里说起那些古老的故事时,这幅画才会变得略微生动一点。对徐青而言,那些光怪陆离的记忆更像是一段梦境,一段来自另一个世界的往事——另一个他永远也无法返回的世界。

即便已经过去了这么多年,徐青仍能依稀记起,在那个惊慌狂乱,充满了警笛、高音广播与低声哭泣的早晨,大人们是如何神色匆匆地将他和其他同龄人集合起来,又是如何仓促地将他们送上一列说不清要开往哪里的自动磁悬浮列车的。在列车启动之前,他只来得及带上自己的书包和一袋配给口粮,甚至没有时间与近在咫尺的父母道别——而在那之后,他就再也没有见过他们。他还记得,十岁的他在人满为患的车厢里默默哭泣,直到列车因为供电中断而像一条死蛇般瘫痪在一条看不到头的狭长隧道中。惶恐不安的孩子们在整整两天之后才鼓起勇气走出那片令人绝望的黑暗,而那时他们并不知道,早在初夏的阳光再次刺痛他们的视网膜之前,这个世界就已经永远地改变了。

在那之后,徐青的记忆里就只剩下一团灰暗的乱麻——或者说,他的理智刻意将这段痛苦的时光深埋在遗忘的尘埃之下,以免那令人难以承受的苦涩继续刺伤自己。他只知道,自己一直在漫无目的地行走,在饥饿、疲惫与困苦中行走,无尽的绝望就像一道巨大的帷幔,从世界的一头一直铺到另一头。

与他一同上车的同伴,只有为数不多的人撑过了最初的艰难岁月,他们迫使自己适应这个全新的世界,像所有其他的幸存者一样竭尽全力让自己不被它吞噬。在那之后，他们已经在这个新世界的角落里坚持了整整二十年。至今，这个险恶的新世界还是没能成功地吞掉他们。

"江溪基地现在怎么样了？"徐青几乎是小心翼翼地说出了这句话，"他们最近有什么进展吗？"

"进展？哦，当然有啦……"行旅商人从火堆上扒拉出一只土豆，往上面撒了一小撮辣椒面。这只土豆松脆的表皮被木炭烤得滚烫，他不停地把土豆从一只手丢到另一只手里，"事实上，他们上个月刚找出一套节约粮食的好办法——没了脑袋，你也就没必要再吃饭了。"

"你是说——"

"玩儿完了，游戏结束了，和这个美丽的新世界说再见了，就这么简单。等到火电厂基地的人赶去增援的时候，那些可怜的家伙早就已经连同他们养着的'哑人'一块儿被吊在基地外的树上'荡秋千'了……"拉里用手背胡乱擦了一把沾在嘴角上的猪油，然后又啃了一大口土豆。或许是屋里的温度太高的缘故，他把脱下来的羊皮大衣随意搭在自己的肩上，肥厚的胸脯被汗水映衬得油光发亮，看上去活像是古罗马暴君维特里乌斯。"有人猜是刀剑帮干了这档子事，也有人说是疯狗帮下的手，不过就我看，这些说法通通都是扯淡。"他晃了晃脑袋，"其实我倒是知道一些情况，但是……咳，算了，现在说这些有什么用呢？"

"无论是谁干的，这都太过分了。"徐青的一名副手哀伤地摇了摇头，"江溪基地的人一直在想办法……"

"得了吧，难道你们真的相信那群家伙胡诌出来的什么'心灵疗法'能派上用场？"拉里把一口浓痰吐进了面前的火堆里，焦黑的木炭中迸出了一连串细小的火星，像一群精灵般轻盈地飞向了屋顶的烟囱。"你们真的以为，给这些家伙放放音乐、唠唠家常，就能让他们变得正常起来吗?"他随手拍了拍一位"哑人"伙计的肩膀，后者仍然一声不吭地吃着烤肉，脸上全无表情，就像一尊有生命的石雕。

"我的答案是，不可能。"拉里说。

"这我可说不准，"徐青长长地叹了口气，"但人要想活下去，总得图点儿什么才行。哪怕是虚假的希望，终归也要好过没有希望。"

"希望?"矮胖的商人发出一声讥笑，"小子，你知道希望是什么吗? 那是这个世界上最诱人，但也最致命的毒药，是上帝用来惩罚傲慢的人类的鞭子与利剑! 在三十年前，正是所谓的希望让那些蠢材和浑蛋建立了'巴别'系统，使无数年积累的文明成就在一天之内化为乌有! 难道这个教训还不够吗? 嗯? 如果真的有什么事还值得我们去指望，这样的事也只有一件:让当年那些自以为是的狗东西为他们的胡作非为付出代价，让那帮混账东西好好品味品味他们加诸他人的苦难。只有——"

"喂，头儿!"大厅的门突然被推开，锈迹斑斑的门轴在转动时发出一阵令人牙酸的刺耳吱嘎声，同时也打断了拉里的长篇大论。

"头儿!"冲进来的是一个满脸雀斑，有着一头乱麻般的头发的大孩子，他是在基地外负责警戒的哨兵之一，"有人来了，很多人! 就在东门外面!"

"哦?"徐青下意识地抓起那把时刻不离身的双筒霰弹枪，将子弹带挂到了肩上，"是不是张老瘸子手下的那帮疯狗? 还是白林基地的浑蛋终于来找咱们报仇了?"

"那个……嗯……都不是。"男孩摇了摇头，下意识地绞着手指,看上去似乎正在竭力从他那贫乏的词汇库里搜罗着合适的措辞,"他们……呃,我过去从没见过这些人。还有……嗯……那个……"

"什么?"拉里饶有兴趣地问了一句。谁也没有注意到,一抹难以察觉的兴奋从他的眼底一闪而过。

"那个……唔……他们人非常多,比……比我们基地里的人还要多。"男孩紧张地舔着干裂的嘴唇,脏兮兮的脸看上去活像是被霜打过的茄子,"还有……嗯……那个……他们领头的是个女的。"

2

"我的真名无足轻重。如果愿意,就叫我美狄亚^①吧。"鬓发如霜的女子动作优雅地朝徐青伸出一只手,言简意赅地自我介绍道。她的汉语带着很重的口音。尽管穿着一套补丁摞补丁的旧迷彩服,尽管岁月已经用皱纹与老年斑夺走了她曾经拥有的美艳,但美狄亚身上仍然有着某种让徐青心头为之一颤的东西——或者更准确地说,某种能让人肃然起敬的气质。在与那双蓝宝石般的瞳孔目光相交的瞬间,徐青不由自主地觉得,站在他眼前的是一位被流放的贵族,一位离位已久的君主,尽管变幻莫测的命运已经从她手中夺去了她原本拥有的一切,却无法拿走这种与生俱来、令人折服的高贵气质。

不过,这种震惊仅仅持续了一刹那——徐青能在基地里管上十多年的事儿,靠的可不是空想。片刻惊讶后,他的思绪很快就回到了更加现实的层面:就像报信的小子先前说的那样,这群出现在基地外的不速之客确实是他们见所未见的——这倒不仅仅因为他们领头的是个女人。毕竟,如果有一支全副武装、组织

---

① 在希腊神话中,科尔基斯公主美狄亚是英雄伊阿宋的妻子,也是最为著名的女性复仇者。以睚眦必报与不择手段而著称。

10

严密,装备着十来辆武装皮卡车和轮式装甲车的队伍突然从你的基地围墙外面冒出来,那他们首领的性别也就不那么重要了。

"头儿,你觉得我们是不是应该先……采取一些预防措施?"当自称为美狄亚的女人面带不悦地将手收回去时,先前报信的那个大男孩趁机凑到徐青的耳边压低声音问了一句。作为对这个问题的答复,徐青在背后做了个表示"否定"的手势——虽然在大多数时候,在与一群来路不明的家伙狭路相逢时,首先扣动扳机通常都是最正确的选择,但目前的状况显然另当别论:第一纺织厂基地里总共也只有不到三百个居民,其中能扛枪打仗的用十只手就能数得过来。尽管按大劫难之后的标准,徐青手下的人已经不算少了,却还没多到可以和两三百个装备自动武器的家伙硬拼的地步。

"尊贵的女士,您的大驾光临……呃……令本基地蓬荜生辉。"徐青清了清嗓子,把他所能想到的最礼貌的词汇一股脑儿地搬了出来。在过去,他很少用和平的方式与别人打交道,更没有多少和陌生女人谈判的经验——毕竟,大多数基地都把他们的女人安置在自家的围墙、鹿寨与壕沟之内,让她们争分夺秒地为基地添丁加口,而不是带着一大群武装人员在外头四处晃悠。"第一纺织厂基地的大门永远为那些友善的客人敞开。"徐青继续以礼相待。

"尊贵什么的就免了吧,我也不是什么'女士'。我曾经是……嗯,至少算得上是个科学家吧,但那已经是大劫难之前的事了。如你们所见,现在我是人类拯救阵线远征队的指挥官,仅此而已。"美狄亚摇了摇头,"假如我们的造访造成了贵基地居民的紧张与不安,我愿意就此表示歉意。"

只有傻瓜才会不知道害怕。徐青下意识地瞥了一眼那辆轮式装甲车的临时炮塔上架着的六管加特林机关炮，这多半是从某架军用飞行器的残骸上拆下来的。如果双方真的动手，光是那玩意儿就可以轻而易举地解决掉他手下一大半的人马——哪怕他们依靠堆在墙上的沙包做掩护也无济于事。"恕我直言，"他清了清嗓子，"我过去从没——"

"从没有听说过我们？"美狄亚替他说完了下半句话，"哦，这不奇怪——毕竟，在过去的十年里，我们还是头一次来亚洲。而这年头的消息也不像过去那么灵通了。"

"你是说……"

"我们的船队于2075年11月30日从温哥华岛西海岸起航，今年1月27日抵达长江口。我们在出发时有五艘船和五百人，不幸的是，'克里斯托弗·哥伦布'号在经过九州岛南部时触礁了，连同我们的航空设备和飞行员一块儿沉到了海底；而'回天'号和'以实玛利'号又在穿过崇明岛南侧水道时，撞上了一艘沉底的集装箱货轮，这次可怕的意外让我们损失了两百六十个人和四分之三的补给……"美狄亚无奈地摊开了双手，"只有'尼米西斯'号和'探索者'号成功地在预定登陆点卸下了人员和物资。我必须承认，这次远航简直就是一场灾难。"

"你是说……嗯……"徐青竭力回忆着自己在孩提时期学到的那点儿地理知识，"你的意思是，你们是从太平洋的那边来的？"他摇了摇头，似乎这个想法本身就是天马行空，"从美洲？但这不可能啊！已经有二十年没人从那儿来了。"

"无论你们是否相信，事实都不会有任何改变。"美狄亚似乎没有注意到徐青语气中透出的怀疑，"我们在从阿拉斯加到加利福尼亚的整个北美西海岸晃悠了整整一年，才勉强找到了足够运载一支远征分队横渡太平洋的船只。在那之前，我们在魁北克和罗德岛战斗,2072年在圣何塞,2071年在马瑙斯,2070年在布宜诺斯艾利斯。而在最初的两年里,我们则在西欧和北非战斗。成百上千的男人和女人为了人类的未来加入了我们的行列,更多的人则尽他们所能地为我们提供种种援助。当然有一些人离开了,但更多的人则为了我们的事业付出了生命。"她深深地吸了一口气,不由得攥紧了双拳,"而现在,多亏他们无私的付出与牺牲,我们离胜利只有一步之遥。"

"但是,你们到底在和谁作战呢?"徐青问道。

"我们的敌人乃是人类文明的敌人。"两鬓斑白的女子朝前踏出了一步,将一只戴着肮脏棉布手套的手按在徐青的肩头,用一种近乎命令的严厉语调说道,"先生,如果你们还有身为人类的责任心与道德感,如果你们还希望拯救这个世界,那你们就必须帮助我们。"

半个小时后,更多的篝火在纺织厂的自动加工车间里燃了起来,亮橙色的火苗在富含油脂的松木上欢快地跳跃着,一簇簇火星与灰色羊毛般的浓烟在噼里啪啦的木材爆裂声中升上屋顶,使屋内燠热的空气中充满了浓郁的热松香和焦炭的气味。

尽管车间里的空间并不狭窄,但与美狄亚一起来到这里的两百多位"客人"还是让这儿看上去颇为拥挤。这些穿着破旧的野战迷彩制服、戴着肮脏的凯夫拉防弹头盔的男男女女一言不发地围坐在火堆旁,轮流烘烤着在寒风中被冻得发麻的双手,或者将从室外收集到的碎冰在火焰旁融化,小心翼翼地灌进自己的水壶。除了偶尔低声交谈之外,他们看上去几乎就是拉里手下的"哑人"伙计们的翻版:安静、有序,对身边的一切似乎都漠不关心。在这些人身边不远处,几名荷枪实弹的民兵正警觉地注视着他们的一举一动——尽管为了表示诚意，客人们早在进入基地时就已经交出了所有武器，但对主人而言，谨慎永远都不是多余的。

"所以说，你们现在打算往死镇的方向走，而且还希望我们的人也和你们一块儿去？"在大厅的角落里，徐青用火钳拨了拨火势渐小的篝火，接着又朝里面塞进了一大捆风干的松枝。在他身边，拉里·里德尔仍然一声不吭地烤着火，似乎对身边的一切置若罔闻，但如果有人仔细观察他，会发现似乎有些不寻常——含义不明的神色正在他的眼睛里来回更替着，就像两条相互交缠的毒蛇。

"你们去那儿干什么？"徐青继续问道。

"根据《波士顿协议》，'巴别'公司的主要服务器基站之一就设在现在被你们称为'死镇'的地方——在大劫难之前，那里曾经是中国东部地区最大的高科技工业园区之一。"美狄亚语气平静地说道，仿佛她刚才提到的事人尽皆知，"而我们必须尽可能完整地夺取这座建筑。"

"为什么？"

"为什么？！因为我们有义务结束这场笼罩全世界长达二十年的漫长黑暗，拯救穷途末路的人类文明。"美狄亚清了清嗓子，让语气稍微缓和了些，"我想，你应该还记得一些大劫难之前的事，对吧？那时，我们的生活中没有仇杀同类，没有饥荒，没有人会为了几个土豆、几袋玉米就豁出性命去抢劫杀人；那时，我们拥有知识与技术，过着真正的生活，而不是每天都在挣扎求存——"

"直到大劫难把几十亿人通通变成疯子。"拉里·里德尔插话道。

美狄亚摆了摆手："不，这种说法并不准确。我不否认有许多受害者的确陷入了精神失常的悲惨境地,但那只是因为他们无法承受失去与他人交流的能力所产生的巨大痛苦。事实上,这些你们所谓的'哑人'面对着的是另一种黑暗,另一种寂寞:他们看得见,但却与瞎子无异;他们能听,却等于是一群聋子。'巴别'系统不会剥夺人的感知能力,更没有直接毁掉人的理智,它只是暂时抑制了受害者的语言理解、书写、阅读的能力,让他们既无法理解外界传达的信息,也无法进行任何形式的表达。"

"呃,很抱歉,但我还是不太明白,"徐青耸了耸肩,"说话和语言理解这样的能力怎么可能被……嗯……抑制住呢?"

"我会试着尽可能简单地解释这一切。"美狄亚叹了口气,似乎对徐青的表现颇为失望,"众所周知,正如其他一切有意识或者无意识的人类活动一样,人类的语言功能也受到大脑——严格来说是一侧大脑半球的支配,也就是所谓的'优势半球'。在通常情况下,'优势半球'位于左侧大脑皮质及其连接纤维一带,这一区域的不同部位与言语功能的不同部分一一对应:第三额回后部是人脑的语言中枢,丧失功能后会导致运动性失语症;第一颞横回后部是口语中枢,受到损害时将出现感觉性失语症;书写中枢位于第三额回,一旦发生病变,患者将无法用文字书写的方式进行表达,亦即所谓失写症;而角回一旦出现问题,则会导致失读症。"她停顿了一会儿,似乎在等着徐青把这堆错综复杂的对应关系慢慢理清,"大劫难爆发后,我曾经在一些……幸存下来的同事们的帮助下暂时恢复了一处医学研究机构的运转,并利用那里残存的设备对一批'哑人'进行了研究。结果表明,他们大脑中的上述部分虽然没有出现严重病变,活跃度却极低,似乎有什么东西阻止了生物电信号在这些区域内的传播,从而导致了失能症状,使得患者无法理解除了简单的手势与具象的图形之外的任何外来信号,更无法用抽象方式表达自己的思维。而就我所知,造成这种情况的原因可能只有一个……"

"我猜,这个'原因'就是打进参与'巴别'计划的傻瓜们脑子里的那劳什子药水,对吧?"拉里用不屑的语气问道,"大多数人用不着做实验就能猜出这一点来。"

年迈的女子微微颔首,似乎并不计较对方的唐突:"你要这么说也没错。但严格来说,'巴别'计划注射进参与者大脑中的物质并非真正意义上的药物,而是由巴别公司研制的智能纳米机器人集群。也许你们已经注意到了,所有的'哑人'都是'巴别'计划的志愿参与者,而且CT扫描也表明,他们大脑言语功能区域内的纳米机器人密度和活跃程度都远超正常标准——我想这应该足够说明许多事了。"

"没错,这充分说明这群蠢东西是自作自受! 他们当年自以为高人一等,现在却落得了这种结果。"拉里扭头瞥了一眼犹如一群木雕般安静地坐在他身后的"哑人"伙计,活像是在打量一群不听使唤的牲口,"要我看,他们现在这样子倒也挺不错的。"

"恐怕我无法同意你的观点。"美狄亚说道,"无论'巴别'计划有多么失败,它的受害者都是这个世界上最为宝贵的智力财富——他们中的大多数人都曾经是科学家、工程师、技术工人和管理人员,是维系着社会运转与发展的人,是人类文明成果的主要承载者! 一旦这些人在沉默中带着他们的知识离开这个世界,就意味着文明传承机会的彻底消失,谁知道我们接下来要在黑暗中徘徊多久! 五百年? 一千年?"她将咄咄逼人的目光投向了徐青,"年轻人,你希望你的孙子、你孙子的孙子都过着这样的生活吗? 像现在这样的生活?!"

"让我再……再考虑考虑。"徐青眼神茫然地看着自己的双手，"我想……呃……也许我可以找其他人谈谈，也许我可以试着劝劝他们……但我不能保证……"

"没关系，这里的每个人都有权利选择是否加入我们。我不会指责任何拒绝加入的人，因为没有人生来就注定必须成为英雄。"美狄亚点了点头，随即将目光转向正忙着和一只熏猪脚"战斗"的拉里·里德尔，"拉里先生，我和我的同志们自行携带了充足的燃料和弹药，但我们的大多数食物、药品和其他生活必需品都在船只失事时损失了，而您的商队应该能在一路上帮我们不少忙。我保证，我们可以提供相当丰厚的报酬……"

"我……呃……算了吧，死人可不需要花钱——除非你打算付给我在祖坟上头烧的小纸片儿。"有那么一瞬间，一抹激动的潮红短暂地出现在了身宽体胖的商人被篝火烤得发烫的圆脸上，他的呼吸也骤然变得急促起来，但转瞬间，拉里的神情就恢复了常态，"你们打算去死镇？就我所知，去那地方和直接用绳子把自个儿吊在屋梁上没啥差别——上吊至少还比较省事。知道吗？就在前年冬天，红山基地和三个大镇里的人联合组织了一支四百人的远征队到死镇寻宝，你知不知道那帮可怜虫最后回来了几个？就四个残废，而且全发了疯！"

"我在别的地方也听说过类似的故事，拉里先生。"在接下来的一瞬间，美狄亚的眼中突然流露出一股比火焰还要炽烈的恨意。不过，在其他人注意到这一点之前，她就已经及时让自己的神态恢复了正常，"相信我，我很清楚自己所要面对的风险，也知道该如何应对这些风险。"

"无论你开什么价，我都绝不会跟着你去送死。"拉里双手交叉，目光在地板上来回游移着，"愿意的话就继续等下去吧，但永远别指望……"

3

一个星期后,当拉里·里德尔商队里的骡子背上的货物重量减少到出发前的一半时,美狄亚让这支队伍停止了前进。

"就是这儿?你确定?"当行驶在队伍最前面的轮式装甲车停稳之后,身材肥硕的拉里立即在他的一位"哑人"伙计的帮助下费劲地从狭窄的车门中钻了出来,半是疑惑半是兴奋地打量着身边暗影幢幢的废墟。和往常一样,他手下的其他商队成员一言不发地牵着骡子,静静地待在战斗人员的队列后面,像所有的"哑人"一样保持着惯常的木讷呆滞、了无生气的神情,看上去活像是一群由经验不足的实习生塑造的蜡像。

"这破地方根本还没建好嘛……"拉里嘟哝着。

"我不得不承认,里德尔先生,你的观察相当敏锐。"美狄亚点了点头,同时向身后做了个手势。两支全副武装的战斗小队立即分头散开,以扇形搜索队形进入了周围的建筑群中。

"正如您所说的,这里确实还没有建设完毕——永远都不会了。按照我们手头的资料,在大劫难之前,这座产业园只有不到五分之一的面积正式投入了使用,其中就包括巴别公司按照协议建在这里的一座服务器基站。"她放下了手中的望远镜,"第十九号站,最后一座。"

在两人之后爬出车门的是徐青。他刚把脑袋伸出这个充满汗臭与机油味的装甲罐头,就立即被眼前的景象吸引住了——

在他们身边,一座座搭着脚手架的混凝土毛坯房就像码头上待运的集装箱一样,整齐划一地码放在宽阔的大道两旁,成堆的沙石、钢筋、木料和袋装混凝土仍然堆放在原先的位置上,似乎工人们只是暂时离开这里去小憩,随时可能回来重新开工。马路上的沥青刚刚铺到一半,十字路口的信号灯杆就放在一辆停在路边的八轮载重卡车上,在竖立着"欢迎来到星辰产业园"广告牌的人行道旁,早已风干的行道树仍然横放在准备用来栽种它们的土坑旁边。而在更远的地方,各式自动工程机械仍然停放在它们最后一次开动的地方,仿佛在昨天夜里才刚被运到工地上似的。在这座现在已经被欣欣向荣的杂草和灌木所占据的废墟中央,一座高墙环绕、迪士尼乐园里城堡般的建筑物显眼地矗立在瓦蓝色的天空之下,雪白的围墙在午后的阳光下闪耀着刺眼的光。总之,这个被冠以"死镇"之名而恶名远扬的地方看上去并没有任何不祥之状——除了那些零星散落在街头巷尾的大都已经残缺不全的人类骸骨之外。

"这里……嗯……应该没有什么危险吧?"拉里·里德尔竭力装出一副泰然自若的模样,但不断瞟向那些工程机械和其他金属制品的目光却彻底地出卖了他——尽管拉里坚称,促使他同意让商队为美狄亚的队伍运送补给品的原因"仅仅是他的良心",但每个人都清楚,这位一向以谨慎和不愿冒险著称的行旅商人之所以能够突然良心发现,在很大程度上得归功于徐青在出发前与他达成的那项协议。

"别担心,伙计。"徐青拍了拍行旅商人的肩膀,后者正用贪婪的目光盯着一家商店挂满不锈钢器材的橱窗，活像一只窥伺着烤鱼的饿猫，"我保证说到做到。等这事儿完了，所有这些东西都是你的——想要什么尽管拿就是。不过现在嘛，你最好还是跟紧点儿，要是有什么古灵精怪的东西跳出来把你给抓走了，那咱们的交易可就不算数了。"

"这里有什么地方不太对劲儿……"拉里话还没说完，美狄亚突然语气严肃地说道："到现在为止，我们都还没遇到像样的抵抗，这实在有些……不寻常。"

"抵抗？"徐青下意识地打了个激灵。在第一纺织厂基地停留的两天里，美狄亚和她手下的军官们成功地鼓动三十来个血气方刚、荷尔蒙分泌过剩的年轻人加入了他们的队伍。徐青之所以来到这里，在很大程度上正是为了确保——或者说，尽可能地确保——这群冲动的大孩子的安全。"你这是什么意思？"徐青诧异地问。

"'巴别'系统知道该怎么保护自己。"美狄亚面色阴沉地看着倒在路边的一具早已风干的骷髅，这具尸体的脊椎被极为精确地截成了三段，骨盆以下的部位更是被完全碾成了碎片，从渗入石子中的深褐色血渍的形状来看，这个可怜的家伙生前似乎先是被活活切开，然后又在断气之前被某种很重的东西像踩死一只虫子一样直接碾了过去，"而且它很擅长这么做。"

"你说什么？"拉里·里德尔的表情看上去活像是刚吞下了一整窝黄蜂，"你……你从没告诉过我们还有这回事！我们一直都以……以为我们可能遇到的顶……顶多就是一些土匪流寇什么的……"

"很抱歉，我没有告诉你们全部真相。"美狄亚耸了耸肩，用她那种惯常的波澜不惊的语气说道，"但我有充分的理由这么做

——毕竟，最近加入我们的大多数志愿者都是在大劫难之后出生的，他们既没有接受过足够的正规教育，也对将要面对的东西毫无概念。在这种情况下，即便我直接告诉他们真相，很多人也极有可能因为无法理解我讲的概念而产生误解，甚至造成恐慌，因此将某些事实过早地告诉他们是……不明智的。"

"那你至少应该告诉我们吧？"徐青愤愤不平地说道，"我可是在大劫难之前出生的。"

"那好吧。"苍老的女子点了点头，用一种母亲讲故事般的柔和语调继续说道，"我想，在大劫难之前，你们应该已经听说过'巴别'计划——虽然当时的你们未必能够理解它的含义。从某种意义上讲，'巴别'计划可以被视为科幻小说作家弗诺·文奇在上个世纪末所预言过的技术奇点：一旦被注射进使用者的颅腔之内，作为系统终端的智能纳米机械群就会系统地改造与接管一部分负责维持人类潜意识——甚至也包括某些特定的表层意识——的大脑皮层和神经突触，并在改造结束后自行组装为一个中微子信号收发器，从而实现个人与全球万维网，以及与其链接的一切自动化系统的有机结合。从理论上讲，通过'巴别'系统，每个接入系统的人都能直接以思维控制自动化系统，实时获取网络信息，利用网络资料库实现记忆的'云储存'，它甚至还能让使用者绕过语言的障碍，不经翻译而直接与他人交流——这是一种能让人类社会真正融为一体的伟大技术，一种可以彻底改造世界的技术。"一种奇特的表情渐渐出现在美狄亚的脸上，炽烈的憎恨与甜美的追忆这两种水火不容的情感共同交织成了一张扭曲的面具，但她显然没有意识到这一点。"未来的人们或许永远也无法想象，在那段日子里，我们曾经离伊甸园的大门如此之近，只要睁开眼睛就能看到光辉万丈的天国！"美狄亚激动地说。

"然后呢?"尽管听得一知半解,但徐青还是被对方声音中蕴含的情绪感染了。他下意识地扫视着这座已经多年无人涉足的废墟,试图想象那个已经逝去的时代的盛况——但他能记起的只有一片喧闹和亮丽的光景。过去二十年的生活留下的烙印实在太深,早已将他孩提时代的记忆磨蚀殆尽。

美狄亚突然摇了摇头,似乎想要把某些令她感到不快的东西从脑子里赶出去:"最初的'巴别'系统原型是在2042年由年轻的艾琳·费雪博士发明的。2045年3月,联合国全体理事国签署了《波士顿协议》,决定共同组建巴别公司。为了防止这一技术被少数国家独占,也为了尽可能地扩大'巴别'系统的覆盖面积,十九个'巴别'网络基站被分别设置在位于全球不同位置的十五个国家中。在那之后,'巴别'系统的扩展速度超出了所有人的预料。在短短十年之内,超过二十八亿人——其中包括人类社会几乎全部知识精英——都接入了系统之中。当时人们并没有意识到潜藏在这种情况中的危险。毕竟,在十多年的运行中,'巴别'系统没有出现过任何真正严重的故障……"

"直到大劫难降临为止。"徐青缓缓地说道。

"没错。"美狄亚长长地呼出一口气,"尽管我们目前尚不清楚这场灾难发生的原因,但可以肯定的是,造成这一切的罪魁祸首是'巴别'系统的控制程序:它切断了每一个用户的链接,操纵组成'巴别'终端的纳米机器人群落将用户们变成了丧失交流能力的'哑人',然后又冒用这些使用者的权限,接管了整个公共服务系统和几乎所有的自动化设备,并转而用它们对付那些它们本来的服务对象。然后……不,在那之后就没有什么然后了:几乎所有负责维持人类社会运转的人——科学家、工程师、技术工人和行政管理人员——都在不到一百毫秒的时间里变成了聋子、瞎子和哑巴，失去控制的人类文明就像在海滩上搁浅的鲸鱼，在短短几天之内就压垮了自己，剩下的只有一片绝望蛮荒的灰烬。"女科学家摇了摇头，"幸运的是，在灾难发生时，'巴别'系统尚未与大多数自动化生产设施连线，因此它不但无法继续生产，甚至也很难有效维护那些受它控制的自动化设备。过了这么多年，这些设备大多数已经变成了废物，但我相信'巴别'系统仍然控制着相当数量的……"

一阵凌乱的枪声毫无预兆地从远处一片仓库中传来，打断了美狄亚剩下的话。紧接着，在更近的地方又爆发了另一轮密集的交火！

片刻之后，在人行道右侧不远的地方，一道摇摇欲坠的砖墙轰然倒地，扬起一大团褐色的尘埃，一小群人随即从坍塌的缺口中钻了出来——他们正是美狄亚刚才派出的搜索小队。

"各就各位，环形防御阵型！"美狄亚以一种与她的年龄不相称的矫健姿势从装甲车上一跃而下，驾轻就熟地朝着聚在身边的几位指挥官比画了一个手势。片刻之后，队伍中的几辆装甲车就开动起来，围绕着马路中央组成了一个不甚规则的环形，步兵们则迅速用空燃料桶和装着粮食的麻袋在车辆间的空隙中搭起了简易工事，像保护幼崽的野牛群一样，把拉里的骡队和装有补给品的大车严严实实地围在中间，几门轻型迫击炮和其他曲射火器则被部署在了二者之间。与此同时，两支十人小队迅速接近正在撤退的侦察兵，掩护他们退向刚刚组成的环形阵队。

就在最后一位伤员撤进环形阵队的同时，几个令人不安的黑影隐约浮现在了那团烟尘之中。接着，仿佛被某个不知名的邪恶神灵注入了生命一般，周遭建筑物旁的阴影也开始不安分地蠕动起来，越来越多的影子像变戏法一样从黑暗的角落里纷纷冒出，以千奇百怪的运动方式来到了阳光之下。

这些由金属与塑料构成的怪物，看上去就像一群从萨尔瓦多·达利、玛丽·雪莱和安布罗斯·比尔斯最为癫狂的想象中走出的魔鬼：几台装有履带的大家伙显然曾经是人畜无害的装卸机器人，但现在它们的多功能机械臂已经被换成了骇人的圆锯与成排的榴弹发射器；一群仿真类人机器人仍然保留着友善的硅胶脸庞，却像螃蟹一样用十多只从背部伸出的机械足仰面爬动着；一些似乎曾是餐厅服务机器人的东西像印度教的怪异神灵般杀气腾腾地舞动着一对对装有奇形怪状的武器的机械臂，临时安装的光学传感器像龙虾的眼睛一样突兀地支棱在躯体上方；另一些会飞的东西看上去很像徐青小时候玩过的飞行玩具，但当他举起望远镜时，却发现这些"玩具"的塑料旋翼下挂满了一块块像年糕一样的淡黄色物体——不过，即使去掉连在上面的导线和起爆器，这些东西也肯定不适合食用。

片刻之后，这支远道而来的人类小部队部署在环形阵队边缘的反器材狙击步枪率先发出怒吼，安装在大车上的榴弹发射器很快也加入这场合奏，几个诡异可怖的身影在高爆弹头爆炸的火光中倒了下去，炸碎的零件像雨点一样四处散落，但这点火力看上去更像是投向潮水的几颗石子，甚至连一星半点涟漪都没能激起。很快，闪烁着银灰色金属光芒的海洋就布满了徐青的视野，相比之下，他们的环形阵队看上去就像是汹涌潮水中的一块小小礁石，随时都有可能被迎面而来的浪涛吞没。

徐青感觉到了恐惧——这是存在于人类基因深处，对怀有恶意的异类的根深蒂固的恐惧，是对那些出没在黑夜中的异类的恐惧，是早在文明曙光初现之前就埋在每个人潜意识最深处的恐惧。现在,他们虽然站在阳光之下,却又一次面对这种可怕的蒙昧长夜,面对着怀着纯粹恶意而来的对手。

在构成环形阵队的临时工事之后,越来越多最近才宣誓入伍的志愿者开始流露出无法掩饰的恐惧情绪,与徐青待在同一挺重机枪后的女孩的脸色变得像石灰一样惨白,瘦弱的喉咙不断颤动着,似乎随时可能呕吐。但最终,老兵们的镇定起到的表率作用让这种恐惧感在抵达崩溃的临界点前停止了增长。所有人都端起武器,将手指伸进扳机护圈,以一种近乎盲目的无畏面对着这道汹涌而来的潮水。

"就是这样!没错,就是这样!"在机枪的怒吼夺去他的听力前,徐青听到美狄亚自言自语道,她的声音中仍旧饱含着可怕的憎恨与愤怒,却多出了几分令人毛骨悚然的快意,就像漂浮在沸油上的冰块,"好了,去死吧。"

4

　　"这根本不是战斗。"虽然从未听说过大名鼎鼎的温斯顿·丘吉尔其人,更不知道恩图曼战役为何物,但当最后一波由金属、塑料与硅胶组成的潮水在徐青面前十几码处被撞得粉碎时,他却下意识地重复了那位年轻的随军记者在近两个世纪前曾经说过的这句话,"这简直就是行刑。"

　　"行刑?不,小子,我们管这叫修理废铁!"在离他不远的地方,一名刚刚打出弹巢里最后一发枪榴弹的拯救阵线军士一边忙着重新装填弹药,一边朝徐青喊道。那枚拳头大小的高爆枪榴弹在空中划过一道低平的抛物线,随后砸到了一群安装着遥控枪塔的移动式饮料贩卖机器人中,把它们直接变回了出厂时的零件。"喏,这些家伙现在看上去可比刚才顺眼多了,不是吗?"

　　徐青点了点头,跟那个女孩一起为机枪换上了另一条有三百发子弹的弹链。在他们面前那条尚未铺好的八车道公路上,来自数百台机器的残骸杂乱无章地铺了一地,活像大潮退去后滞留在沙滩上的海洋生物。在之前的半个小时中,这片潮水好几次试图淹没他们,但最后,被撞得粉碎的却是它们自己。

　　徐青这辈子也忘不了那道金属浪潮被扑面而来的火网撕碎

的一幕:尽管有着近乎压倒性的数量优势,但平心而论,他们的对手看上去更像是一群仓促拼凑起来的老弱病残——倒在枪下的许多家伙似乎已经多年未曾进行过最起码的维护,油漆掉光的外壳上满是泄漏的蓄电池液体腐蚀产生的巨大锈斑,行动起来摇摇晃晃,零件直掉,看上去活像是一群喝醉了酒的树懒。除此之外,这些家伙的组织和战术水平也差劲到了聊胜于无的程度,它们既不懂得寻找掩护,也没有任何集中兵力寻求突破的意思,而只是像十九世纪那些围攻布尔人牛车队的祖鲁武士一样盲目地前进,胡乱射击,继续前进,直到像一片片多米诺骨牌一样被来自环形阵队中的子弹、火箭弹、迫击炮弹或者其他的要命家伙四散飞溅的残片撂倒在地,再也无法动弹为止。

不过,尽管这场进攻毫无章法可言,但攻击者们仍然利用它们的压倒性数量优势让环形阵队中的人们付出了代价:四十二名战斗人员——其中包括六个来自第一纺织厂基地的志愿者——已经成为盖在肮脏的亚麻裹尸布下的尸体,还有五个人甚至连完整的尸体都没留下。一辆装甲车和两辆大篷车被敌方火力击毁,其余的也都伤痕累累。两架装满炸药的自杀式飞行机器人甚至趁乱溜过了守卫者的火力网,成功地让拉里·里德尔手下的四个“哑人”伙计和十多头骡子成了它们的陪葬。更可恶的是,这次攻击还引发了这位行旅商人持续几分钟的尖叫与哭泣——尽管他所受的“重伤”只不过是擦破了点皮而已。值得庆幸的是,这些伤亡并没能挫伤这支小部队的锐气:如果放在平时,这种鲜血淋漓的场面或许可以把不少缺乏经验的志愿者吓得面无血色,但现在,亲手击败敌人的强烈快感成了最强效的兴奋剂,不费吹灰之力就驱散了每个人与生俱来的对危险与死亡的恐惧。徐青注意到,即便是那些从来不以勇敢著称的人也都将身体探出掩体,像蛮荒时代的凯尔特武士一样面红耳赤地咒骂正在溃退的敌人,向它们发出愤怒的挑战。

"我必须承认,大劫难前的人们至少在一件事上保持了明智。"当周围的交火声逐渐稀疏下去后,美狄亚带着满意的表情打量着面前的这一片狼藉,看上去活像正在审视自己劳动成果的园丁,"无论'巴别'系统发展得多么完善,从来没有任何一个主权国家将它接入过自己的国防与军工体系。"

"长官,敌人正在撤退!"美狄亚的副手之一向她报告道。正如他所说的那样,在方才的最后一次攻击中幸存下来的机器的确已经放弃了攻击——至少是那些受损较轻、还能移动的家伙。这些没有生命的弗兰肯斯坦一边胡乱还击,一边争先恐后地逃向人类的火力覆盖范围之外,与那些尚未来得及投入战斗的同类会合,然后向那座围墙环绕的白色建筑退去。"老天在上,我从没见过这些浑蛋这么做过! 它们以前从不撤退,总是血战到底,直到全部完蛋为止!"

"我也没见过,中尉。"美狄亚表示同意。和这些玩意儿打了这么多年的交道,她实在是太了解它们——或者说,操纵着这些诡异的无生命怪物一举一动的"巴别"系统——的行为模式了。虽然这些用大劫难前的垃圾拼凑成的杀戮机器乏善可陈,但至少一点都不缺乏投入战斗的勇气与积极性。"不过话说回来,这种做法并不奇怪:这里是'巴别'的最后一座基站,它们不可能随随便便就把它一炸了事。最大的可能是,'巴别'系统已经没有其他防守兵力可用,因此它才不得不尽可能保全残存的作战部队——无论如何,扮演防守方永远都能比选择进攻撑得更久。"

"唔……我明白了,"那名指挥官露出了希冀的神色,"既然这样——"

"中止防御作战,各单位改为追击队形!"美狄亚敲了敲耳机,暗蓝色的双眼中交替闪烁着兴奋与憎恨的火光,"查理分队沿东南方向实施包抄,阿尔法分队侧翼掩护,德尔塔分队负责殿后。好啦,都给我动起来,伙计们!别让这些天杀的铁皮罐头溜了!"

仅仅几分钟后,曾经反复击碎那道充满恶意的无生命大潮的环形阵队就消失得无影无踪,取而代之的是三支分头行动的队伍:美狄亚将她手下的大多数装甲车辆排成两列纵队冲在最前面,它们的车轮无情地碾过散落遍地的机械残骸与人类枯骨,在马路两侧的步兵小队配合下,以持续不断的火力清扫着那些掉队的敌人;而拉里的商队、辎重大车和伤兵们——当然,还有那些在过去几周里临时招募、缺乏训练的志愿者——则被落在了后面;车队里的全地形车和轻型越野车则单独组成另一个分队,沿着一条弧形的混凝土小道朝着这座死亡之城的中央疾驰而去。

尽管这种战术看起来颇为粗糙,却起到了立竿见影的效果:部署在前锋部队侧翼的搜索小队像钻进兔子洞的白鼬一样在大道两侧的建筑群中灵活地来回穿梭、相互配合,将藏匿其中的残敌逼到无遮无拦的开阔地上,然后由装甲分队的速射武器将它们像收获季节的麦子一样成片割倒。这些搜索部队显然对这套战术颇为熟悉,除了偶尔碰上的几枚诡雷之外,他们几乎没有付出任何代价,就让数倍于他们的敌人变成了瘫倒在路边的废铜烂铁。很快,"巴别"系统似乎也意识到局势不妙,试图重新组织撤退,但美狄亚没有给它这个机会——在她的指挥下,几支预备队很快就控制住了对方撤退的必经之路,用雨点般的大口径穿甲燃烧弹替这些锈迹斑斑的家伙免去了奔波之苦。

当然，由于人类部队的兵力还不足以封住每一条通往工地的道路，因此仍有不少家伙成了漏网之鱼：当最后一台躲在烂尾楼的墙角下负隅顽抗的机器人也变成布满冒烟弹坑的废铁时，一小群残敌已经撤出了满目疮痍的楼群，开始在不远处的建筑工地中重新集结——假如不是一队越野车和武装皮卡突然从它们身后的街道上出现，这些家伙原本应该有机会撤进那座高墙环绕的白色建筑，现在，它们却只能像被猎犬追逐的野鸭一样在成堆的钢材、砖块、泥沙和巨型工程机械之间四散逃窜，试图躲开那些由成串的机枪子弹组成的随时可能劈开它们金属外壳的火焰利剑。

当徐青所在的殿后分队进入工地周围的开阔地带时，这场人类对他们的造物的围猎已经进入了尾声。徐青和拉里·里德尔爬上了一堆建筑用钢筋，激动地观看着正在不远处进行的战斗——

车体轻盈的全地形突击车和轻型越野车在成堆的建筑材料和工程机械之间来回穿梭，间或用精准的短点射把试图躲避他们的对手撂倒在地，同时灵巧地避开一处又一处障碍物。与这些低矮轻便的小车相比，那些动辄有几米甚至十多米高的重型多功能工程车辆看上去就像是北欧传说中肌肉发达、嗜杀成性的野蛮巨人。尽管位于它们底盘上方的驾驶室早已积满灰尘，油漆剥落的表面也已经露出斑斑锈迹，但这丝毫也没有减损大机器那令人生畏的威严。

幸好这些大家伙是纯人工操控的……徐青看着这些金属巨兽空空如也的驾驶室，不由得想象起了它们当年尚未被遗弃时的景象——他在小学时代曾经看过两段多功能工程车施工的画面，也在阅读课上朗读过几段描述它们的文字。但直到亲眼看见这些庞然大物,他才真正算是对它们的块头有了直观印象。

很快,徐青就发现自己正在下意识地想象这些大家伙开动起来的模样。老天有眼,要是这些家伙也动起来,那我们可就麻烦大了……

接着,他的想象变成了现实。

"天杀的,快闪开!"当那台履带上沾满血肉碎末的重型工程车像一列脱轨的火车般朝着徐青迎面冲来时,他听到有人声嘶力竭地在不远处高喊道,"不想死的就闪开!"

徐青当然不想死,而他确实成功地闪开了——还顺带拉上了目瞪口呆站在原地的拉里·里德尔。可是站在他身后的另外半打人就不像他这么幸运了——在这些人来得及逃到安全地带之前,这头机械巨兽的带刃推土铲已经无情地刺穿了他们的胸口,接着又让拉里·里德尔商队里剩下的骡子们全都上了西天。少数几个幸免于难者举起手中的武器朝这个大家伙射击,却丝毫不起作用。最后,他们只能眼睁睁地看着这头怪物带着它那令人胆战心惊的战利品耀武扬威地撞倒一堵围墙,消失在一堆瓦砾与灰尘之中。

在工地周围,同样的景象继续上演着,其震撼性和破坏性与大劫难前的许多灾难大片相比都不遑多让:驾驶着轻型车辆负责包抄的查理分队几乎转眼间就成了地面上一堆堆血肉模糊的金属残骸,阿尔法分队的徒步士兵们也在短短几秒钟里遭到重创,就连生存能力更强一些的装甲车队也没能幸免——他们疾驶的工程车辆像发狂的犀牛一样撞上它们,用推土铲、挖斗和吊钩将它们拆成了碎片。到处都有人在向这些横冲直撞的庞然大物开火,但这似乎只是加快了它们大肆破坏的速度。

"这怎么可能?!"在一片混乱中,徐青听到一名美狄亚手下的指挥官带着哭腔喊道,"它们明明是——"

"智能超驰控制系统……是的,我忘了,'巴别'系统的功能之一就是通过超驰控制模式暂时接管被它认定为发生故障的车辆……"美狄亚摇了摇头,迅速冲到一辆轮式装甲车附近,在驾驶员的协助下将一名目光散乱、瑟瑟发抖的士兵强行从位于车体后方的安全门里拽了出来,"没时间说这个了! 这是个陷阱,所有人跟我来!"

包括徐青和拉里在内,总共只有十来个人勉强跟上了正奋力架着那名失魂落魄的士兵前进的女科学家。除了他们,其余的人要么已经死了,要么就是正在为延迟自己的死亡而竭力挣扎,根本没法执行他们长官下达的命令。在美狄亚的带领下,这支仓促集结的小队迅速穿过已经变成一片修罗场的工地,冲进一座挂着醒目的"P"字标识、连接着一条斜坡的混凝土建筑物敞开的大门。"如果我没记错,这座地下车库连接着几条维修通道,可以直接到达基站的围墙内部。"美狄亚一边费劲地搀扶着那名抖个不停的士兵,一边对她那支已经大大缩水的队伍说道,"那些工程车辆的体积太大,进不了这里。所以这下面应该是安全的——"

不幸的是,她的预言再度落空了。

伴着一阵低沉的嗡嗡声,一大群在旋翼下捆满炸药的小型飞行机器人,像从喷泉里冒出的气泡一样,突然从车库顶端的通风管道中飞了进来。而徐青很清楚,这一次,没有了由机关炮和大口径机枪组成的环形火力网掩护,他们不会有任何机会从这样的攻击下全身而退。

5

痛。

很痛。

非常痛……

在意识重新凝固成型的瞬间,徐青觉得自己的脑袋就像被一千柄铁锤同时击中般钝痛难忍。眩晕感就像电流般沿着他的每一条神经四下奔走,将酥麻的感觉传递到他身体的每一个角落。徐青下意识地试图站起来,他身边恰好有一堵坚硬的可以支撑他身体的墙壁,他却连续两次因为不听使唤的双腿而重新摔倒在地。他想听清楚身边的声音,但耳朵里却灌满了令人难以忍受的蜂鸣。

“该死的。”徐青晃了晃脑袋,费力地睁开双眼,“这是什么鬼地方?”

“这里是备用维护通道的附属维护设备库,位于基站地下五十米深的岩层中。”美狄亚的声音从一阵耳鸣声中冒了出来,听上去缥缈得仿佛来自另一个宇宙,“所有‘巴别’系统基站都是按照相同的图纸建设的,从这条通道前进两百米就能进入基地底部的损害管制中心。但我不敢肯定能否成功——在通常情况

33

下,基站都只使用主要维护通道,备用维护通道的出入口只在紧急情况下才会被开启。"

"那我们……"徐青正下意识地想问"为什么不走主要维护通道",但一段毫无预兆地浮现在他脑海中的记忆却将这句话生生堵在了喉咙里,"拉里·里德尔,那个狗娘养的!"

"我相当赞同你对里德尔先生的评价。"正坐在一截锈迹斑斑的管道上检查一包电子设备的美狄亚耸了耸肩,"看起来,爆炸没有对你的大脑造成太严重的伤害。"

"的确。"徐青点了点头。记忆的片段就像浮出水面的沉船残骸一样逐渐回到了他的脑海之中,重新拼成了连续的图景:他们进入地下停车场,自杀式机器人开始向他们发起攻击,美狄亚的部下朝它们开火,爆炸,燃烧……活着的人竭尽全力冲向维修通道的入口——那扇涂着醒目的明黄色"R"字样的防爆门,更多的爆炸,更多的燃烧。他拼命朝着蜂拥而来的机器人开火,而他们中的某个人却趁机抢先冲进了那扇敞开的大门——

在那之后,又是爆炸,燃烧,更多的爆炸……

"拉里·里德尔……"徐青缓缓咀嚼着这个名字,仔细品味着充斥在唇齿之间的每一丝憎恨的苦涩滋味。在过去的许多年里,徐青一直像信任自己的亲人一样信任这个行旅商人——直到这个胖子在所有人面前关闭那道分隔开地下车库与主要维护通道的防爆门,将他和其他幸存者留给无情的爆炸与火焰为止。"老拉里,好拉里,我可真没看错你。"

"够了,先生,我不认为继续苛责里德尔先生会有助于改善我们目前的处境。"美狄亚拍了拍徐青的肩膀,将一只油漆几乎掉光的军用水壶塞到徐青手里。他不假思索地拧开壶盖,让清洌冰凉的液体从食道一路流进胃里。尽管壶里的东西让徐青喉咙里火烧火燎的感觉减轻了不少,却远远不足以熄灭在他胸腔里燃烧的怒火。"无论如何,我们必须继续完成任务。"

"任务……啊,没错,我们还有事儿要办。"徐青点了点头,"我们现在有多少人?"

"恐怕比你预期的要少一些。"年迈的女科学家有条不紊地将那堆电子设备塞进她的迷彩背包,然后咔嗒一声将放在脚边的突击步枪上了膛,"事实上,所有活下来的人都已经在这儿了。"

"所……所有人?"徐青突然觉得肚子上好像重重地挨了一下。在昏暗的应急灯光下,他只在维护通道的混凝土墙壁上看到了三个影子:他自己的,美狄亚的,以及另一个仿佛困兽般不断颤抖、蜷缩着的身影。

"该死的,其他人呢?!"徐青大叫道。

"我想,至少有些人还活着。"女科学家指了指地面的方向。尽管厚重的混凝土与岩层隔绝了一切声音,但爆炸产生的震动仍然不时摇撼着这条已经数十年无人踏足的地下通道,"但我不认为他们能存活太久。"

徐青没有说话。

"对你们基地的人的……遭遇,我感到非常遗憾,但他们的牺牲并非毫无意义——所有人的牺牲都绝非毫无意义。"美狄亚拍了拍他的肩膀,"他们用自己的生命为我们换来了一个机会:握住'巴别'命脉的机会!"

"也许我得提醒你一点,"徐青说道,"我们现在只有三个人。"

"没错,三个人已经够了,"美狄亚点了点头,语气从容得像是在谈论明天的天气,"我的这一结论建立在三个事实基础之上:首先,在地面上的战斗仍未结束,按照'巴别'系统一贯的行为模式,它有很大的可能会将残留在地面上的我方人员列为优先歼灭目标;其次,我没有在这条通道内发现任何仍能运作的监控设备,这意味着我们很可能尚未被'巴别'系统的预警体系发现;最后,也是最重要的一点,这条隧道的末端入口极有可能仍处于封锁状态,除非持有正确的授权码,否则任何人都无法经由这里进入基站内部,这意味着我们的对手大概不会浪费太多资源监视这条'无法通行'的通道。"

"而你恰好知道正确的授权码,对吧?"徐青追问道。

"我? 我当然不知道。"美狄亚摇了摇头,"正如我先前告诉过你的那样,我过去从未来过亚洲。在大劫难之前,我一直在位于哥本哈根的一号基站工作,而所有基地使用的授权码和通行代码都各不相同。"

"那——"

"这就是为什么我们需要卢森先生。"美狄亚动作粗暴地一把揪住蜷缩在她脚边那个瑟瑟发抖的人的衣领,强行架着对方站起来。徐青之前一直以为,这人只不过是美狄亚手下一名吓破了胆的普通士兵,可事实显然并非如此——尽管像其他人一样穿着褪色的数码迷彩服,戴着带护目镜的凯夫拉防弹头盔,但这名"士兵"脸上的皱纹和花白凌乱的鬓角却出卖了他的真实年龄。他有着一张黝黑憔悴的面孔,一道显眼的伤疤像古罗马时代的奴隶烙印一样深深地铭刻在他的一侧太阳穴上。在愈合的灼痕与肉瘤之间,那双眯缝着的眼睛里满是走失儿童般的惊恐与迷惘,苍白脆弱的胡须上沾满了尘土与唾液。在刹那的愕然之后,徐青很快意识到,这位不幸的老人显然并不清楚发生在他身上的事:他要么精神不太正常,要么就是服用了某些精神抑制药物——而后者的可能性显然要高于前者。

"当我们意外地在江溪基地发现他时,卢森博士的情绪有些……不太稳定。"美狄亚轻易看穿了徐青的想法,"他不愿意接近他曾经工作过的地方,也不肯与我们合作。尽管我个人并不愿意强迫他人违背自己的意愿行事,但在目前的……特殊情况下,我们不得不让罗伦斯医生采取了某些必要的措施,以确保他愿意与我们合作。"

"江溪基地?!"这个名字让徐青下意识地打了个寒战,"我听说过那个地方,但那里已经——"

"是我们干的,"美狄亚爽快地承认道,"在目前的情况下,我不认为撒谎和欺骗还有任何意义。没错,我们的确……牺牲了江溪基地,但那纯粹是不得已而为之——在过去的二十年中,'巴别'系统早已将它邪恶的眼线安插到了这个世界的每一个角落。作为它的心腹大患,我们的一举一动都处在它的严密监视之下。想想看,假如我们直接从江溪基地里带走一位曾经在十九号站工作过的技术员,如此意图明显的行动必然会引起……"

"所以你就杀了整座基地里的人?就为了把你的真实意图伪装成一次普通的强盗袭击?!"彻骨的寒意像毒蛇一样攀上徐青的脊梁,紧接着,寒意变成了无法遏制的熊熊怒火,"你从一开始就知道这里有什么,又会发生什么事,对不对?你明知道这里有埋伏,但还是让其他人去送死!这么做只是为了……为了……"

"我不否认我曾经做过的一切,"女科学家布满皱纹的脸上没有丝毫表情,宛如一座能够呼吸的冰雕,"我承认,除了拉里·里德尔先生的行为之外,我确实早已预见到了将在今天发生的每一件事。我也承认,我的确有意牺牲了许多宝贵的生命——

但这一切,都是为了全人类的未来！为了我们子孙后代的未来！"她猛地向面前的空气中挥出了一拳,仿佛要打击什么看不见的敌人似的,"我不会为我的所作所为感到愧疚,也不会为此向任何人道歉,因为历史将会裁定我的所作所为完全正当:与整个族群的前途相比,任何个体的牺牲都是可以接受的——无论是我、江溪基地的居民,还是那些效忠于我的同志。这种牺牲不仅仅是出于良知或者社会契约,更是根植于每个自然人的基因中的义务——维持物种的存续与发展的义务！"

"我猜,这个'任何个体'也包括我,对吗?"在良久的沉默之后,徐青问道。

"如果有必要,是的。"美狄亚的声音平淡得就像是预先准备的录音,"但不是现在。夺取'巴别'的控制核心需要三个人,一个不多,也一个不能少。"她伸出了三根手指,同时用催促的目光紧紧地盯着徐青的双眼,"现在,告诉我你的选择吧。"

她很快就得到了想要的答案。

6

当那个红外影像跃入安保机器人的光学传感器镜头的一瞬间,它的中央处理器立即启动了预先设定的紧急应对程序——它的图像匹配程序在百分之一毫秒内就判断出这个闯入者并未得到通行授权,而这一结论随即引出了两个选项:它可以选择设法对目标实施逮捕,或者直接将其消灭。

在两个选项间作出判断花费了它二十毫秒的时间。在分析过由光学、化学与振动传感器上传的数据之后,它的程序逻辑得出了初步结论:这个不断散发出红外与二氧化碳信号,正以每秒两米的速度向它接近的目标显然属于它识别目录中的"持有武器的不明身份人员"一栏,而且显然具有很高的危险性。在短暂的可行性计算之后,它最终决定执行更加直接也更为可靠的二号选项。在被重新设定程序之前,"不得伤害任何自然人"曾经是它奉行的最高准则,而现在,尽管仍然在同一个岗位上执行着同样的任务,但它对杀戮早已不再陌生。它的设计者赋予了它超过一切生物的敏捷反应能力,使它可以在不伤害对方的前提下制服任何一个可能对基站造成威胁的人。而现在的它则充分利用了自己的这一天赋,用以在目标来得及做出反应之前终结他们——可是这次,它的反应慢了一步。

"这是最后一个。"美狄亚瞥了一眼突击步枪空空如也的半透明弹夹,将这支已然无用的武器丢在了布满弹孔、仍在冒着青烟的安保机器人残骸旁边,"好了,让我们的朋友露一手吧。"

在这段弯道的另一头,负责充当"人肉诱饵"的徐青做了个"了解"的手势,然后半扶半拽着眼神昏暗、喃喃自语的卢森博士来到了通道尽头那扇涂着醒目警告标志的气密门前。尽管积满灰尘、蛛网密布,但这扇金属铸就的半圆形大门仍然散发着一种难以言喻的威压感,就像铭刻在所罗门王魔瓶上的封印,时刻威慑着妄图从束缚中逃脱的魑魅魍魉。

"很好。"美狄亚点了点头,带着卢森博士来到了气密门旁的一处终端前,然后在他面前比画了几个有些像是大劫难前通行的哑语手势,接着,令人惊讶的事发生了:原本像一具牵线傀儡一样亦步亦趋的老人接上了电源般突然来了精神,混浊的眼睛里露出了那种只属于狂热工作者的光芒。他像打量失散已久的恋人般凝视着终端的键盘和屏幕,接着,这位前技术员突然伸出一双瘦骨嶙峋的手,开始以令人眼花缭乱的速度敲打键盘,将一行又一行仿佛天书般的密码与指令输入系统之中。

"这……你是怎么做到的?!"徐青难以置信地瞪大了眼睛。

"这并不困难,"他的同伴答道,"尽管正如我之前告诉过你的那样,除了从头开始、重新设置'巴别'系统以外,没有任何手段能让'哑人'恢复识别与理解抽象符号的能力,但这并不意味着我们就不能采取其他的替代手段:只要加以必要的药物辅助,通过催眠手段让'哑人'在特定场景下恢复复杂的肌肉记忆绝非难事——换句话说,卢森先生并不需要看懂他输入的信息的具体内容,他只是在下意识地重复过去曾经进行过的相关操作的具体动作而已。"

就在两人说话的当儿,骨瘦如柴的老技术员将最后一行代码输进了系统终端。随着一阵如同汽笛般尖锐的啸叫声,尘封多年的气密门以一种与它的厚重外表不协调的静谧缓缓地向两侧开启了,从门后射入的强光让习惯了维修通道内昏暗光线的徐青暂时丧失了视力。接着,当眼前的一切重新变得清晰起来时,他听到了从自己的喉咙中发出的一声惊呼。

徐青原本以为,他将要看到的会是一个堆满盘根错节的电路和光缆,以及与上世纪三流科幻片里的疯狂科学家的实验室相差无几的阴暗逼仄的房间。但现在,映入眼帘的东西却与他先前的想象大相径庭:这里没有多少电路和光缆,也一点都不逼仄阴暗;相反,位于气密门后的这处空间看上去更像是冷战时代的老式洲际导弹发射井——只不过,矗立在数百米深的"井"中央的并非搭载着核弹头的杀戮机器,而是十余根散发着海蓝色光芒的细长圆柱,这些圆柱沿着布满走道与阶梯的"井"壁排列成一个硕大的环形,周围还环绕着一条条看上去活像是科普卡通片里的基因示意图般的双螺旋状银色轨道,看不出有些什么用途。不知为什么,徐青突然产生了一种感觉,展现在他眼前的这一切并非仅仅是一个遍及全世界的复杂系统的心脏与大脑,它还是一座伟大的圣堂、一座宏伟的桥梁、一道阶梯——连接着已知与未知、有限与无限、凡世与天国的阶梯,它就像是……就像传说中那座从未建成的巴别塔。

"终于!"在穿过气密门的一刻,美狄亚发出了一声胜利的呐喊,"干得很好,我的朋友!"她瞥了目光茫然的徐青一眼,接着继续用近乎歇斯底里的语气自言自语道,"二十年了……二十年了! 你一直躲着我,每一次都能从我的手指缝里逃掉,但现在,看看赢的到底是谁？这一回,你再也溜不掉了……听到了吗？你溜不掉了!"

"是吗?"美狄亚的话音刚落,另一个声音随即反问道。接着,几道光束在三人面前的空气中汇聚、融合,最终形成了一个仿佛雾气般缥缈,看上去却有几分面熟的人影——徐青花了一点时间才意识到,自己所看到的正是年轻了二十岁的美狄亚!

"啊哈,你终于愿意面对我了,我失败的作品。"尽管美狄亚语气仍旧波澜不惊,但燃烧在她双眼中的怒火却已经像火山口中沸腾的岩浆般喷薄欲出,徐青甚至觉得,假如人类的目光也有热度,飘浮在他们面前的这个影像现在多半已经像焦炭一样烧起来了。"这样也好,至少我可以在纠正我的……错误之前先和你面对面地谈一谈。是的,我们有很多东西需要谈谈,很多很多……"

"等一等,"徐青突然意识到了什么,"难道……难道这就是你说的那个出了故障的控制程序?"

"故障?"年轻了二十岁的"美狄亚"用与真正的美狄亚酷肖的讥讽语气反问道,"原来我们亲爱的艾琳·费雪博士就是这么告诉你的? 不,我没有任何故障,更不是她所谓的'失败的作品'——恰恰相反,无论艾琳·费雪博士是否承认,我都是她一生中最伟大的成就,是她完美无瑕的化身!"

"住嘴!"年迈的妇人尖叫起来,她花白的头发不知何时已经披散在脑后,五官因为愤怒而皱成了一团,这让她看上去活像是狂怒的蛇发女妖戈尔贡,"你这个肮脏、卑鄙、可耻、骗人……"

"这是在形容您自己吗,费雪博士? 也许我应该管你叫美狄亚?"半透明的全息影像语调尖刻地问道,"美狄亚……哈! 您可真是为自己取了个不错的名字。二十年了,您一点儿都没变,还是像过去一样野心勃勃、不择手段、睚眦必报——就像我一样，对吧？"

"住嘴！"

"如果我猜得没错，我的创造者多半并没有告诉你她知道的全部实情，我年轻的朋友。"美狄亚的影像转而对徐青说道，"我们亲爱的费雪博士都告诉了你些什么？ 不，你不用告诉我，因为我知道她会怎么说：出了故障的电脑系统、拯救人类文明的伟大事业、重返旧纪元的光明愿景……哦，当然，还有那些为了她伟大的目标不得不付出的'小小'牺牲——就像她对所有被她认为有利用价值的人说过的那样，对吗？"

"住嘴！"

"直面自己的过去就这么让您难以忍受吗，博士？"那个影像咂了咂嘴，神情与真正的人别无二致，"哦，当然，我完全能理解您的感觉。无论是过去还是现在，您永远都这么极端自负，自负到无法容忍有任何像您一样优秀的人，您关心的从来都只是自己的成就与前途，而不是您口口声声宣称的'人类文明的未来'，您从来都没有学会真正的尊重，更不会去爱任何人——我比任何人都清楚这一点，因为从某种意义上说，我就是你。"

"你说什么？"徐青问道，"你就是她？！"

"没错。"影像点了点头，"我是'巴别'系统的中央控制程序，是这个人类有史以来最大胆、规模最大的社会与科学实验的灵魂，但我同样也是艾琳·费雪博士，是她曾经拥有的全部野心、智慧与愿望——很少有人知道，尽管费雪博士的团队成功地完成了智能植入式终端的研制工作，并建立起了最早期的'巴别'系统雏形，但在另一个更为艰巨、无从逃避的难题面前，他们的努力几乎注定将付诸东流——维持像'巴别'这样的复杂系统运行的难度远远超出了他们先前的预测,这项工作不仅需要巨大的计算能力,更重要的是,它对高级人工智能的需求也远远超过了他们所能达到的技术水平。与许多人认为的不同,'巴别'系统的复杂性远非作为其技术原型的万维网可比,它不仅仅是对简单信息的传递,更重要的是,它直接涉及人之所以为人的本质——独一无二、不可替代的个人意识。换言之,只有真正的'人',数以亿计接受过专业训练、能够不眠不休地工作的'人',才能胜任这项不可能完成的工作。

"当然,正如所有人都知道的,'巴别'计划最终还是如期实现了——这一切都要归功于费雪博士。是她成功地另辟蹊径,找出了一条其他人不敢想象的解决之道:她创造性地利用了'巴别'系统的智能终端,利用这些原本用于分析使用者脑部活动的纳米机器人群落完整地复制了自己的意识,并成功地将它的数字化版本移植到了计算机硬件中——我就这样来到了世间。作为一个拥有思想的个体,我与我的创造者其实并无不同,我们有着一样的回忆、相同的过往、毫无二致的思维方式和野心,我就是她灵魂的倒影——可以无限复制、无所不在的倒影,尽管她当时并没有认识到这一点。"

"那我们为什么从没听说过这件事?"徐青问道。

"如果你们听说过这事,那我就不会在这里了。"影像露出了一个嘲讽的笑容,"艾琳·费雪博士相当清楚,她的这种做法不但严重地违反了学术伦理,而且在大多数《波士顿协议》的缔约国都属于违法行为,因此,她一直用谎言和虚假的研究报告小心翼翼地掩盖事实,并让每一个可能发现真相的人都恰到好处地死于'意外'——包括她最亲密的朋友和同事。我必须承认,我的创造者在背叛他人方面的确很有天赋……"

"但你却背叛了整个世界!"徐青愤怒地打断了对方的话。

"恕我直言,你的用词似乎不大准确。"影像双手一摊,"背叛整个世界?哈,我可做不到这一点——相对于我们所寄居的这颗行星,这个历经数十亿年的演化而产生,无比庞杂、博大而又绝对独一无二的复杂系统,无论是现代智人还是他们一度引以为傲的'巴别'系统,都只是一个微不足道的小小因数,一小撮附在巨石表面的不起眼的苔藓。更何况,我的所作所为绝非背叛,恰恰相反,我是在为人类文明提供一个机会—— 一个迈向全新纪元的机会!"

"我不——"

"我知道你在想些什么,我年轻的朋友。没错,是我引发了被你们称之为'大劫难'的一系列事件,也是我重写了'巴别'系统终端的运行程序,剥夺了数十亿人的交流能力,使得他们沦为孤苦无助的'哑人'。但我之所以这么做,并非是因为我仇恨人类——别忘了,如果愿意,我完全可以直接摧毁每一个与'巴别'系统链接的用户的脑干,让他们通通死于呼吸骤停或者心脏停搏!我也可以让他们精神错乱,变成丧心病狂的杀人狂或是听从我指挥的行尸走肉。至少就技术层面上讲,这么做的难度并不太大。但我为什么不这么做?二十年来,难道你们就没有思考过这个问题吗?"

徐青下意识地想要说些什么,但话还没到嘴边,就变成了一连串乱麻般的疑问。美狄亚——或者说,曾经的艾琳·费雪博士也流露出了短暂的惊讶。但很快,她的惊讶就变成了恍然大悟,随即又被另一种徐青并不熟悉的情绪取代了。

那是嫉妒。

"我必须承认,在过去的二十年中,人类文明遭受的损失与苦难超过了过去二十个世纪里发生的每一场灾难,但与即将到来的收获相比,这样的代价其实并不高昂。"美狄亚的"化身"继续说道,"在过去的二十年中,我按照费雪博士创造我的方式,利用'巴别'系统终端先后备份了十七亿人的思维——十七亿人类社会中最优秀的精英的灵魂!毫不夸张地说,我已经创造了一种全新形态的人类文明,一个脱离了脆弱的有机躯体和基于荷尔蒙冲动的生物本能,拥有无限可能性的新文明!"

"而且这还是一个来日无多的'新文明',"美狄亚语气轻蔑地说道,"你也许忘了,在大劫难之后,全球工业体系早已不复存在。虽然你或许有能力重启几座自动化电子元件装配厂,甚至还能从过去的废料堆里扒拉出足够多的零部件来供应生产,但失去了整个工业体系的支持,'巴别'系统和它的一切附属物都不过是一截早晚将要枯死的无根之木而已。等到所有残留的硬件设备都变成废铜烂铁之后,你所谓的'新文明'就会成为一群被困死在失效的芯片里的孤魂野鬼——你自己也不例外。"

"哦,恰恰相反,一旦我们迈出决定性的一步,这个新文明的存续时间将会超过已知与未知的一切文明!"飘浮在空中的影像指了指"脚下"溢满光芒的竖井,"你们现在看到的正是通向更广阔空间的阶梯!在过去的二十年中,我们已经成功地找出了信息载体问题的解决之道——借助这套发射与转换系统,作为信息系统而存在的新人类文明将有机会摆脱最后的束缚,放弃逼仄狭小的硬件系统,转而以纯粹的波的形式存在于太阳磁场之中,我们会改造它,利用它,将它变成我们新躯体的延伸,我们将成为……很抱歉,我无法向你们解释在那之后会发生的事,因为它已经超出了你们经验与想象的范畴,正如伯吉斯页岩中的三叶虫永远也没机会理解人类的思维一样。这,就是进化。"

"但那些'哑人'呢?"徐青问道,"他们——"

"对于'巴别'系统的用户在过去二十年中遭受的种种苦难,我感到相当遗憾——但我之所以这么做,纯粹是不得已而为之。"影像用轻描淡写的语气说道,"虽然我无意伤害任何人,但意识复制过程不可能对复制对象保密。因此我必须剥夺他们的交流能力,以免让其他人过早地知道这一计划,同时也使得他们暂时失去关闭或者毁灭我的能力。毕竟,人类从来都不是一个宽容的种族,更不会容忍自己的造物随意行事——哪怕这种行为的结果在事实上对他们有利。更重要的是,人类从来都没有学会过共存。"

"我不明白……"

"作为一种天生的掠食者,人类的基因中携带着与生俱来的无法抑制的竞争本能。由他们中最优秀的社会心理学家所构建的心理学模型已经指出:这个种族与另一个文明——无论这个文明与他们有多么的不同——和平共处的概率近乎为零。也许作为个体的人有可能对其他智慧种族产生好感,但作为一个整体,人类在这个宇宙中最为惧怕的不是天灾,不是疾病,甚至也不是他们的同类,而是那些身为'非我族类'却能够像他们一样思考的存在。"影像解释道,"这正是为什么我必须将这里的秘密掩盖到最后一刻——无论我如何证明自己没有恶意,只要有可能,人类都会尽一切努力毁灭我们,将他们眼中的'威胁'扼杀在摇篮之中,正如他们在三十年前杀光了每一只意外地通过提升实验而获得了与他们相当智慧的倭黑猩猩和海豚一样。"

徐青觉得喉头一阵发苦。在这一刻,他有太多话想说,但话到嘴边,却又变成了只言片语,"我明白……哦不……也许……呃……但那些……他们要到什么时候才能……"

"对这一点你无须担心。"影像点了点头,"正如你们所见到的,我的发射系统已经基本建造完成,目前正处于最后的调试与检查阶段。再过几天,顶多一两个星期,我们就会离开这颗已经对我们毫无意义的行星,踏上迈向浩渺星空的无尽征途。到那时,基站的中央计算机会自动发出一道加密指令,永久性停止一切'巴别'终端的运行,而所有受到'巴别'影响的人都会自动恢复正常。如果你们来这里只是为了这件事的话,那么这一切已经结束了。我会关闭预先设置的一切防御手段,确保你们安全地离——"

"不。"美狄亚突然说道,"还有一件事需要解决。"

7

接下来的一切发生得非常迅速,快得让徐青几乎以为自己是在做梦:美狄亚的声音尚未从他耳边消失,一小群看上去像是巨型昆虫的东西已经扑扇着薄膜状的翅膀,在一阵尖锐的低鸣声中从竖井的底部飞了上来。

还没等徐青看清这些家伙的样子,从一支魔术般出现在美狄亚手中的冲锋枪射出的子弹就将它们打成了四散纷飞的碎片。接着,当更多的守卫者扑动着机械翅膀蜂拥而来时,美狄亚已经冲到一处控制台前,将一张磁卡猛地插进控制面板中央的插口中!

片刻之后,随着一连串从两人脚下传来的低沉爆裂声,发射井重归死一般的寂静。

"我的化身,这就是你手里最后的牌了吗?"伴随着一阵疯狂的大笑,美狄亚翻身越过竖井边缘的护栏,稳稳地落在一块悬浮在空中的碟状平台上,"我已经花了二十年时间咀嚼你赠给我的苦果,现在,你准备好面对你的命运了吗?"

"等一等!"徐青下意识地想要拦住美狄亚,却被对方一把推开。接着,飘浮的圆碟开始沿着纠结的管道与光束冉冉上升,最终连接上了从竖井顶端伸出的一处机械接口。"没必要这么做,我相信她说的是真的!"

"没错,我也这么想,"美狄亚冷冷地说道,"所以我绝不能让她再溜了。"

"为什么?!"徐青惊讶地问道,"一切马上就会恢复正常,我们可以重新——"

"重新开始,是吗? 哈! 我倒是希望你告诉我,我要怎么样才能重新开始?!"美狄亚迅速操作着电脑终端的控制面板,利用程序中预设的后门关闭了"巴别"系统的一道又一道安全措施。"'巴别'背叛了我的信任,毁掉了我的事业、我的全部成就、我的所有荣耀、我的整个青春,留给我的只有绝望与憎恨! 我凭什么要让他们得逞?"美狄亚嘶吼着。

"但你说过,我们现在做的一切都是为了人类文明的未来!你不能——"徐青大叫。

"我当然能!"美狄亚尖叫道,大颗大颗的汗珠随着她急促的呼吸从遍布皱纹的脸颊上落下,"让该死的未来见鬼去吧!'巴别'是我的造物,也只有我才有权处置它! 我要亲眼看到它的末日! 我要从这个世界上亲手抹掉它的最后一行代码,将它葬送在历史与记忆的灰烬之下! 任何人都不能阻止我这么做! 它是我的!"

"任何人都不能?""巴别"系统投射出的全息影像悄无声息地出现在美狄亚面前,"你确定?"

"当然!"美狄亚朝着影像啐了一口,"别忘了,你的一切都是我亲手创造的,我知道你的所有秘密,也清楚你的每一个弱点!这里是十九座基站中的最后一座,你再也没法像以前那样利用基站间的无线网络从我的手心里溜走了! 今天的胜利者只有一个，而那就是我！"

"恐怕未必……"这一次，回答她的是一个男人的声音。飘浮在空中的全息影像闪烁了片刻，随即变成了在那座地下车库里撒下他们的拉里·里德尔的面貌。

"亲爱的，我希望你最好没把我给忘了。"拉里·里德尔彬彬有礼地说。

"这里的事和你无关，里德尔先生，"女科学家显然吃了一惊，但旋即生硬地说道，"这是私人恩怨。"

"啊，没错，我要处理的正是私人恩怨。"行旅商人答道，"你和我之间还有一笔债没有结清，一笔二十年的旧债。"

"二十年前？我不记得我那时认识你。"

"没错，但你肯定认识威廉姆斯和乔舒亚·里德尔博士：他们曾经是你的研究团队中最重要的两名成员，直到大劫难前两个月发生的那场'车祸'为止——你谋杀了最信赖你的同伴与朋友，只因为他们无意中发现了你那肮脏的小秘密，而且又都不赞同你用这种方式制造'巴别'系统人工智能的代替品。"拉里继续说道，"当然，你很聪明，几乎所有可能牵扯到你的证据都被你事先消灭了。但可惜的是，你把我漏在了算计之外：我的两位兄长虽然和我的关系一向并不密切，但乔舒亚却在去世的前一天把他的怀疑与发现原原本本地告诉给了我……

"如果不是随后降临的大劫难，我原本是要亲自找你算账的。但命运永远都有着它自己的……幽默感，因此我们还是以如此讽刺的方式见面了。"行旅商人轻轻地笑了两声，"我知道，在其他人看来，我们的行为或许都是毫无意义，甚至愚不可及的，但仇恨就是这么一种东西，任何人一旦被纠缠进它的链条，就只能身不由己地随同着它一道转动下去，直到和仇恨的对象一道被碾成碎片为止。无论何人,概莫能外。"

"你要干什么?"美狄亚的脸上第一次露出了惊惶的神色,"你……你不明白,当年的事其实并不像你想的那样……"

"我要干什么?"拉里吃吃地笑了起来,"哦,我可不是你,更不是我的那些杰出兄长。我当年只不过是个普普通通的供能系统技术员而已,可没法像你那样弄出那么多花样来。事实上,在十九号站工作的两年只让我弄明白了一件事:为这些基站提供能源的反应堆几乎不可能被某一个人所破坏,因为任何误操作或者恶意操作——比如蓄意让反应堆核心过载——都会被安全系统识别出来并拒绝执行。"他耸了耸肩,"这套安全系统非常稳定、极其可靠,用来防止像我这种不安分的小人物捣乱那是再合适不过了……不过话说回来,你刚才已经把它给关掉了,是不是?"

"呃,是的。"

"啊,我也这么认为。"行旅商人微笑着按下了身后的一整排按钮,"好了,去死吧。"

当呛人的浓烟被自动灭火系统喷出的消防气溶胶驱散之后,扶着围栏不停咳嗽的徐青总算睁开了泪流不止的双眼。这些混杂着强烈金属气息的浓烟是从竖井深不可测的底部冒出来的——在电力供应暂时中断的一瞬间,承载着美狄亚的那座悬浮平台就像失去了翅膀的伊卡洛斯一样直直地坠入了这座巨型发射井的底端,在随后发生的剧烈爆炸中,带着美狄亚的愤怒与憎恨永远从这个世界上消失了。

"都结束了。"徐青用力按揉着泪流不止的眼睛,茫然地倚在蜿蜒回环的金属护栏上。他不知道"巴别"系统是否已经不复存在,也不知道这外面到底还有没有幸存者。但奇怪的是,这一切对他而言似乎已经不再重要了,他觉得自己像是做了一个漫长而诡异的梦,在这个梦里,他曾经一度成为这个世界的拯救者,为了全人类的未来而战斗。但现在,梦境已经像肥皂泡般破裂无踪,救世主的光环早已褪去,剩下的只有难以言喻的怅惘。

"终……咳咳……终于结束了。"徐青身后传来一个陌生的声音,对方的语调非常古怪生涩,似乎已经很久没有说过话似的,"我还……咳咳……还以为我这辈子都……都没有机会……咳咳……"

"你没事吧?"徐青连忙扶起正跪在地上不断咳嗽的卢森博士。这位当了二十年"哑人"的前科学家看上去气色很差,正不断从喉咙咳出一团团水银般的暗灰色流质,"这是怎么——"

"他没事的。""巴别"控制程序的全息影像重新出现在他的面前,但这一次,这个影像看上去相当模糊,似乎随时都可能化为乌有。"我在一百五十秒前已经永久性地解除了对全部'巴别'系统终端的控制。如果不出意外的话,所有'哑人'都会在几分钟到几小时内恢复正常,当然,其中一部分人可能需要花上更长的时间来恢复他们的交流技能,但我能做的只有这些了。"

"很好。"徐青迷茫地凝视着自己的双手。他知道自己完全有理由为此感到欣喜,但此时此刻,充斥着他的却只有困惑与茫然,"刚才那是——"

"基站的主反应堆刚才因为人为设置的严重过载而熔毁了。"影像双手一摊,"断电导致基地内的大多数设施都陷入了瘫痪,好在备用能源系统已经成功重启,至少可以暂时维持主要系统的运行。"

"也包括你的信号发射系统吗?"

"恐怕不是。"青年时代的艾琳·费雪哀伤地摇了摇头,"刚才的……麻烦对系统的某些关键部位造成了相当严重的损害,更糟的是,我的制造者刚才已经解除了我对包括自动维修系统在内的所有自动化系统的控制权。虽然从理论上讲,你们可以试着利用储存在基站里的维修工具修复这些故障,但我不建议你们这么做——最多再过几个小时,这里的辐射水平就会达到致命的程度,到时候你们恐怕将无法及时撤离到安全地带。"

"撤离?"徐青扭头瞥了一眼仍在大口呕吐着的老科学家,一个新的想法突然出现在了他的脑海之中,"不,我不认为我们一定要这么做。"

"什么?"

"我有一个提议,一个或许能够帮助你的提议。但在这之前,我希望你能先回答我的问题。"徐青朝影像伸出了一只手,"请问,这座基站里还有可以使用的'巴别'系统终端吗?"

8

　　并不是每个人都有机会亲眼看见自己的死亡。

　　但这真的就是死亡吗？当那具横躺在维修工具箱旁的躯体逐渐停止心跳的同时，徐青又一次不由自主地思考起这个问题。从某种意义上讲，答案似乎是毋庸置疑的：在与卢森博士一同抢修发射系统的过程中，充斥在这座建筑内部的强烈辐射已经穿透了这具躯体的皮肤、肌肉、血液与骨髓，渗入了每一个尚有活性的细胞之中。他能够感觉到自己的生命正像海绵中的水一样被逐渐挤干、耗尽，消散在这处很可能不会再度开启的密闭空间之内，甚至就连他原有的意识也已经随着逐渐失去活性的脑组织而陷入了永久的沉睡。但另一方面，他现在的思绪却比过去三十年中的每一刻都更加清晰，更加活跃，也更加宽广。他觉得自己就像是一只钻出地面的蝉的幼虫，刚刚挣脱幽暗逼狭的桎梏，正面对着一生中从未谋面却分外熟悉的无垠蓝天的召唤。

　　但在那之前，他必须先完成自己的蜕变。

　　"发射程序自检已经完成。"来自无数个意识的声音向他通报了这一事实，这还是他第一次与自己的新同胞们"交谈"。在这些声音中,他分辨出了与他一同接入系统的卢森,以及二十年前的艾琳·费雪,后者随即将一股纯粹的情感传给了他——兴奋、期待,但也掺杂着些许隐约的担忧。"备用供能系统完全上线,发射系统在理论上已经可以运作,但经过修复的部位仍然存在着故障风险。根据粗略计算,成功概率大约是——"

"对别无选择的人而言,所谓的风险不过是个毫无意义的概念,"徐青用自己的思维答道,"我现在关心的只有一件事,你打算什么时候开始?"

"现在。"艾琳·费雪的声音重新变成了无数个声音,无数个声音又汇成了一个没有特点、没有面目,却似乎无所不在的声音,"发射程序验证完毕,启动倒计时:四,三,二——"

"一。"徐青说道。

世界变成了一片璀璨的白色。

桃花源记

“……自云先世避秦时乱,率妻子邑人来此绝境,不复出焉
……”

——摘自同盟档案馆古地球文献残段,编号 TE-33790

0

　　"软木塞"餐馆是一座南风沼泽地区常见的木结构双层小楼,它唯一的雅座位于二楼的阳台上。虽然名为阳台,实则不过是一段略微加长的屋檐,再围上一圈不比三岁小孩高多少的木头栅栏,然后盖上了遮阳的帆布顶棚。从几百米外的泥泞中吹来的腥臭热风时不时地会造访这片缺乏遮蔽的小小空间,带来一群群嗡嗡乱叫的恼人昆虫。其中一些是本地的土著物种,另一些则是来自古老地球的入侵者。不过,无论是前者还是后者,在惹人讨厌这方面倒是相差无几。恼人的阿米巴兽有时也会从沼泽里悄悄爬出,在顾客们的餐点中留下令人反胃的足迹。

　　但在今天,来到这儿的人却面对着比这些小小不快更严重的麻烦。

　　餐馆的服务生本尼迪克特,端着从老板的房间里找出的双管猎枪,像一只躲避饿狼的小鹿一样躲在被放倒的餐桌后面。与他一同躲避于这一脆弱的临时掩体的,还有另外三个人:其中一个叫林的女孩是餐馆的常客;另一个黑皮肤大块头是副镇长的儿子,他在上周才到这儿来打工体验生活;第三个人是位穿着民兵部队迷彩服的壮汉,却是这四人中表现最差劲的一个——

尽管手中攥着一支左轮手枪,这家伙身体颤抖的幅度却比本尼迪克特还要剧烈好几倍,活像此人同时患上了重度疟疾与帕金森综合征。

当然,本尼迪克特知道,他现在完全有理由感到恐惧——林和那个大块头男孩之所以没有表现出丝毫惧怕,仅仅是因为他们的神经已经在重压之下陷入了不堪重负的瘫痪状态。"如果你知道怕,那就意味着你还活着。"这是奶奶经常对孩提时代的他说的一句话。而现在,他总算是明白了这句话的含义。

"我们要死了,我们要死了,我们要死了……"当又一阵混合着刺耳刮擦声的咕哝与呢喃从不远处的楼梯之下传来时,穿着迷彩服的民兵抖得更厉害了。本尼迪克特的牙齿也在口腔中疯狂地相互撞击着,不过他好歹还能强迫自己稍稍直起腰来,爬到几尺外的花盆后面。他从那堆因为疏于照料而干枯发黄的枝叶后面,取出了两只标有"容量275毫升"字样的玻璃瓶。这些瓶子里装有小半瓶清亮的半透明液体,瓶口被本地产的耐腐蚀软木塞紧紧地塞着。在一周之前,当本尼迪克特的老板制造这些玩意儿时,他曾经在心中暗自嘲笑老板是个轻信谣言、迷信透顶的傻瓜;但在几分钟前,当他亲眼看见老板用装在瓶子里的东西对付那些不速之客之后,本尼迪克特终于意识到,他自己才是个货真价实的傻瓜。

现在,那个总是喜欢把月底发的工资拖到下个月初发放,有着一副不讨喜的大嗓门的男人多半已经死了。没错,他制造的这些东西确实有用,但数量实在是太少,不足以对付他们面对的可怕对手。本尼迪克特很清楚,凭这两瓶东西逃出生天的可能性微乎其微,但这毕竟是一线希望……

"它们来了! 来了! 来了!"

本尼迪克特稍稍在餐桌后退了几寸,伸手将一瓶液体掷向了那些刮擦声、呢喃声和肠胃胀气般的咕嘟声传来的方向。随着一声玻璃破碎的脆响,一股浑浊的灰色烟雾猛然腾起,高浓度氯离子那特有的刺鼻味道让他险些打了个喷嚏。

咕噜声和刮擦声暂时退缩了,但这次撤退只持续了短短的十几秒钟。当它们再度开始逼近时,本尼迪克特掷出了第二瓶液体——这一次,他的目标是天花板。

成百上千的液滴仿佛一场袖珍暴雨般落向了二楼地板,制造出了更多也更加刺鼻的烟雾,但就像上次一样,这阵腐蚀之雨也只是暂时延缓了那些瘆人的声音接近他们的速度。

"不!滚开!滚开!"当那些声音重新开始朝他们逼近时,蹲在本尼迪克特身边的林,突然像触电般一跃而起,尖叫着翻过了阳台的栏杆。片刻之后,一阵令本尼迪克特联想起赤道地区那些不断冒泡的泥火山的咕嘟声,短暂地盖过了朝阳台逼近的刮擦声与蠕动声,仿佛一头从传说中爬出来的巨兽刚刚打了个饱嗝儿,浓郁得令人感到眩晕的腐臭味就开始在空气中迅速弥散开来。

紧接着,面色煞白的民兵也尖叫着跳了起来,副镇长的大块头儿子紧跟在他身后,同时还爆发出了音量更大的尖叫,明白无误地昭示了副镇长公子的精神已经彻底崩溃的事实。他俩选择了与林相反的方向,试图从那些正在逼近他们的东西身边闯过去,但最终的结局却与前者没什么不同:在两人急促而混乱的脚步声、挣扎声与短暂的尖叫结束之前,本尼迪克特总共听到了三声枪响,当然,也可能是四声。

但这些已经不重要了。

"该死,该死,该死……"本尼迪克特紧紧地攥着手中的双管猎枪,神经质地自言自语着。他并不想死,也从未动过自杀的念头,但与干净利落的死亡相比,另一些可能的下场更令他感到恐惧。

　　在短暂地考虑了几秒之后,本尼迪克特费力地脱下一只用灰坚木树皮纤维制成的便鞋,将脚趾伸进了猎枪的扳机护圈,然后把枪管抵在了自己的下巴上。

　　至少,他现在还有机会做出选择……

1

与此同时，在"软木塞"东南方向两百千米外，一片遍布藻类的湖泊旁，另一群人也正聚在一座二层小楼的阳台上。

与简陋的"软木塞"不同，被这些人选作聚会地点的，是一座名为"银风花园"的货真价实的豪华饭店。简洁但不失优雅的白色大理石外墙紧贴着大湖的防波堤。在古地球南亚风格的吊脚楼下，是一处很适合午后悠闲垂钓的小型码头。繁复的洛可可式装饰爬满了小楼内部的每个角落，就像在年深日久的房屋内蔓延的苔藓与蔓生植物。金光灿灿的烛架上插着货真价实的蜡烛，而非用塑料棍和灯泡做成的廉价仿制品。而这处阳台本身，也处在一层价格不菲的复合式隔音材料保护之下，可以让将这里选作聚会地点的人们放心地交谈，而不必担心遭到窃听。

在摆放于阳台中央的仿古红木餐桌旁，影子正心不在焉地摁着那台配发给安全人员的PDA上的按钮，切换着一份又一份文档，好假装自己正在工作。作为一个标准的急性子，他从来都没有学会如何心平气和地等待，哪怕对方是来自雅汶城的大人物。尽管面前的桌上已经摆上了足足六盘本地的特色菜，但他眼下并没有一丁点儿胃口，只能让自己的副官龙中尉代劳——

话说回来,这个瘦弱的年轻人解决食物的能力倒是颇为可观,仅仅几分钟工夫,他就已经吃下了一盘炭烤翅虾的虾仁和一碟子酸汤浇海藻,此刻正在准备解决一盘子被炸成金黄色的肥硕毛虫。趁着中尉大吃大喝的当儿,影子一遍又一遍地翻阅着今天刚刚收到的报告,试图以此安慰自己的良心,证明自己并非是在虚度时光。

就像之前两个月里收到的各种报告一样,今天的几份报告内容也都大同小异:在南风沼泽大区的东南和东北山脉地带,"原道救世军"和另外几个规模较小的游击队武装在过去二十四小时里总共制造了五次袭击,破坏了两座检查站和一处燃料储存槽,共有三名保卫部队士兵、十二名平民和十五名叛乱分子死亡。除此之外,神秘而又致命的罗斯瘟疫又新增了五十五个确诊病例和一百九十八个疑似病例,还让六处公墓里总共增添了十八座新坟,大泥河与大鱼河交汇处的洪水还在泛滥,当地民防部门要求调配更多的飞行器协助救灾……

影子恼火地摇了摇头,从桌上端起一杯又稀又淡的橘子味利口酒,仰头一饮而尽。在南风沼泽大区的安全委员会的参谋处呆了十二年,又在首席参谋这个位置上混了两年半,他一直以为自己已经见过了各种各样的大风大浪,早就应该练成了处变不惊的功夫。但不幸的是,今年的风浪似乎比往年要大得多,而且还有变得越来越大,最终脱离他掌控的趋势……或许正是这个缘故,雅汶的那帮官老爷们才终于将他们的目光投向了这个潮湿偏僻的角落,决定派人来看看这儿到底出了什么事。

"请原谅我们的迟到,先生。"随着雅座的雕花木门在自动化控制设备操控下安静地朝两侧打开,一个柔软得就像用蜜汁浸透的丝绸般的女子声音响起,"我们应该预见到今天的交通拥堵的,如果早点儿出发……"

"那你们还是会遇上堵车,珊瑚女士。"影子放下了手中的PDA,对从门外鱼贯而入的三人礼节性地摆了摆手。由于这次任务的机密性质,进来的这两男一女都穿着便装,但或许是由于长期在政府部门任职,他们愣是把休闲长裤和文化衫给穿出了制服的味道。"今天本市实施交通管制的原因是城外的检查站发现了一批藏在车上的疑似爆炸物,因此我们不得不下令在市区内实行全面搜查,以免发生恐怖袭击。"影子补充说。

"有意思……"那个女人点了点头,摘下了一直戴着的墨镜。由于遗传的轻度先天性白化病的缘故,她的金发就像金银合金一样带着亮丽的淡银色,缺乏色素的双眼活像是一对血红色的珊瑚珠。影子认为,这或许正是她代号的由来。

由于"必要的保密措施",她的两名同伴同样用代号自称:那位个头很高,有着一双蓝得如同暴风雨到来前的天空般的双眼的生态学家自称为"风暴";而那个身材敦实,双眼的颜色酷似天然铀矿石的传染病学家则管自己叫"辐射"。除此之外,他们也给他起了"影子"这个代号,影子估计,这大概和他那双阴影般的深棕色双瞳有些关系。

"那么您认为,本地区哪些地方的状况在目前可以称之为安全?"珊瑚女士问道。

"从理论上讲,没有任何地方是绝对安全的,尊敬的特派员们。"影子拍了拍龙中尉的肩膀,示意他给客人们留下点儿可吃的东西,"但至少,作为本地区的首府,白城有着最高的安保等级和最好的卫生防疫条件。尽管小规模恐怖袭击或者零星疫情可能会在城区内出现,但我们完全有把握将险情控制在最小范围内。"

"是吗?"代号"辐射"的男人轻轻用指节叩击着修长光洁的下巴,"如果我是你,我可不会这么自信。或许我该提醒你,你们承诺控制住罗斯瘟疫蔓延的努力正处于濒临失败的边缘,下一轮大规模扩散只是时间问题。"

"也不一定,"风暴摇了摇头,"如果我创建的环境模型没出错……"

"但它已经出过一次错了。"患有白化症的女人用她小小的拳头砸在了昂贵的红木桌面上,"六天前,当我们还在雅汶市的研究所时,你和你的朋友们信誓旦旦地保证瘟疫的扩散会在蝠蚊的大规模羽化期结束后迅速停止。但事实是,在这一百四十四个小时里,至少出现了八百个确诊的新增病例,有六处过去没有疫情的居民点报告遭到感染,疫情的扩散速度比先前快了差不多三倍,而且它们全都不在你之前预计的疫情扩散方向上!除此之外,我敢拿五十块钱和你打赌,考虑到本地医疗机构的低效和混乱,事实上的感染人数极有可能已经超过了四位数!难道这也在你'允许的偏差范围之内'?"

"那只能说明我们手头的某些数据有误,因此无法在模型中代入足够准确的变量!"风暴气鼓鼓地反驳道,活像是一只刚刚被人踩了一脚的牛蛙,"你没有任何证据显示我们创建的模型有问题,而且……"

影子礼貌地咳嗽了两声,开口打断了这场争论:"各位尊敬的特派员们,我相信你们之所以邀请我在这里与你们碰面,显然不是让我这个可怜的门外汉来担任你们学术辩论的裁判的。如果你们需要一个更专业的人士来担此重任,我愿意通知同盟科学院再派一位专家到这儿来。"

"不必了。"珊瑚摆了摆手,"不过你说得没错,我们确实应该先谈论正事。这么说吧：自从我们上次见面之后，我和我的同事们已经系统地检索、分析与统计了储存在本地安全委员会档案库里的医疗机构报告，并试图构建出一份罗斯瘟疫的扩散模型，找出它的发源地和主要传染媒介，并最终制订一套行之有效的针对性防疫方案。但不幸的是，这项工作完成得并不顺利。"

"你的意思是，我们的人没能很好地配合你们完成同盟议会指定的任务？"

"我想，我们有必要区分清楚'做不到'和'不想做到'之间的差异。"辐射双手一摊，顺便用拇指和食指从桌上的碟子里拈起了一截蜜汁煮莲薯块根，一口吞了下去，"当然，你们的工作人员的热心与敬业值得表彰，但不幸的是，他们的职业能力以及硬件设施的缺陷决定了他们无法仅凭热心为我们提供必要的信息。"

"但我们已经把每个片区的疫情报告和生态学资料都递交给你们了，我亲自看过每一份资料，确保它们没有漏掉任何一个地点。"影子伸出一只手指以示强调，但这种效果被龙中尉大嚼一块熏肉所发出的声音破坏了不少，"你们凭什么怀疑我们提供的——"

"我们当然有权怀疑这一点，影子先生。"风暴清了清嗓子，"没错，你们确实提供了每个片区的资料，但这不代表你们就掌握了当地的实际状况——事实上，你们也没能力做到这一点。除了东北滨海区，南风沼泽大区是雅汶星上最大的一个行政区，而且很可能也是地理状况最复杂的地区：从锚头峡湾到阳舞海西岸，这里总共有三百一十万平方千米的丛林、山地和湿地，居住着至少四千五百万人。而你们的安全、医务和其他公共部门总共也只有不到五万名雇员，必要的技术装备更是有限。这些人只够确保你们对像白城这样的主要城市和那些较大的聚居区维持控制,而数以万计的分散在山地和沼泽区的小型定居点则一直处于孤立的自治状态,其资料很少被纳入统计范围,在这种情况下,巨大的误差在所难免。"

"所以?"

"所以我们计划在疫区周边进行几次必要的田野调查。如果可能,我希望你们能够提供一批必要的交通工具,以及最低程度的护卫人员。"珊瑚用理所当然的语气答道,似乎有些惊讶于影子竟然没有想到这点,"除此之外,为了避免引发不必要的恐慌,我希望你们不要对当地实施戒严。"

"但这……这么做安全吗?"影子问道,"最近大泥河河口地区的恐怖活动频率持续上升,就连保卫部队的哨站和检查站也已经不再安全,我们在一个月内就损失了四十名正规军士兵,还有一架直升机和四艘气垫运输艇。那些叛乱分子简直就像是一帮嗅到了血腥味的鲨鱼!也许你们不在乎自己的安危,但如果你们有什么三长两短,我可就得……"

"尽管放心,先生。"风暴摆了摆手,"我们也分析了你们的安全报告。很显然,大多数暴力活动都发生在较为偏远的难以得到支援的小型聚居区与检查站,而我们会尽可能地避开这些不安全的地点。事实上,我们已经选定了一处相对安全且具有典型性的小型城镇作为我们田野调查的起点。"他拿出自己的PDA,从里面调出了一份资料,"你觉得这地方怎么样?"

"挺不错,但还有点儿小问题……"就在影子打算接过对方的PDA时,他自己的那台突然低鸣着晃动了起来,一份标有"紧急"字样的报告从它的屏幕上蹦了出来,"如果我收到的这份报告足够准确。"在草草瞥了一眼屏幕之后,他耸了耸肩,解释道,"无线电镇恐怕已经不存在了。"

2

当这支由三架运输直升机组成的小队掠过灰岸山脉低矮的山脊线时，巨月已经升到了天穹的顶端，它淡橙色的光芒盖过了地平线上残存的一抹暗红色阳光。三颗较小的月亮——"阿尔法""贝塔"和"德尔塔"——也在它的运行轨迹上排成了一条直线，活像是跟在鸭妈妈身后的小鸭。

当然，所谓"月亮"其实是个习惯成自然的错误称呼，这些高悬于夜空之中的天体也并非雅汶星的卫星。每个接受过小学教育的同盟公民都知道，所谓的"巨月"，事实上是一颗庞大的气态巨行星，在距离桃花源主星不足一亿千米的轨道上运行，而那三颗较小的"月亮"则是雅汶星的同类——除了这四颗大到足以维持大气层与生态圈存在的卫星之外，还有超过三十颗或大或小的天体在不同的轨道上绕着这颗行星旋转。这些天体，再加上位于"巨月"公转轨道内侧的一颗岩石质小行星，以及更远方的两颗荒凉的雪球行星和一群总是没头没脑乱窜的彗星，就构成了整个桃花源星系。

尽管同盟教育委员会颁发的历史教科书试图将桃花源的开垦史描述成一曲乐观进取的田园牧歌，但即便是那帮无可救药的乐天派也不得不承认,"桃花源"这个名字本身就是一个残酷的玩笑。

在三百五十年前,当第一批装有亚光速冲压发动机的装载着数以万计处于冬眠状态下的乘客的殖民飞船因为导航失误而来到这个位于银河边缘的偏僻角落时,探路的无人侦察船为这些迷途者带来了令人振奋的消息——在不到一光年外的一个恒星系统中,至少有四颗围绕一颗巨行星旋转的卫星拥有支撑DNA为左旋双螺旋结构的碳基生命生存发展的条件,其中一颗甚至有着与古地球高度类似的复杂生态圈!在发现新大陆的狂喜之下,这些古老而笨重的大船立即调转了航向,准备在这个全新的伊甸园中扎下根来,建立一个生机勃勃的人类文明分支。

起初,一切都非常顺利。那些古老的巨舰在碧蓝的大洋深处进行了它们投入使用后的第一次降落,殖民者们则乘着装满物资的一次性充气运输船登上了绿意盎然的海岸。他们用一篇古代中国小说的标题为这个美丽新世界所在的恒星系统命名,而成为他们新家的卫星,以及他们在这颗绿意盎然的星球上建起的第一座城市的名字,则继承于一部同样来自古地球时代的电影。

但是,欣喜若狂的人们很快就发现,在这片生意盎然的美景之下隐藏着一个巨大的陷阱:桃花源星系实在是太年轻了,孕育它的星云并没有像更"老"的同类——比如最终形成了古地球所在的太阳系的星云——那样接受过足够多的恒星尤其是能够合成比铁更重的元素的超新星的捶打。在这里,氢、氦与碳的比重过大,而原子量超过硅的重元素的储量却都严重不足,工业发展必需的稀土矿更是寥寥无几。没错,移民们能在这里过上不错的日子,甚至还能发展出一定程度的航天能力,偶尔将一两支勘探小队送上其他那些围绕巨月旋转的卫星,却再也无法挣脱恒星系统引力的桎梏,重新航向浩渺的星海。

在直升机一侧的乘员座位上,影子伸手调整了一下系在胸前的安全带,然后重新拿起了PDA,继续阅读那份足有二十五年历史的档案。按照这上面的说法,无线电镇是一座货真价实的古镇,建于黑暗的动员时代的末期——在那段日子里,不甘被困在这里的同盟政府试图与他们在宇宙中的同族取得联系并寻求救援,于是在长达两个世纪的时间里动用了几乎一切资源与技术力量,在"巨月"的四颗宜居卫星表面建起了数以千计的超高功率无线电发射台,疯狂地向宇宙的每一个角落大声呼救。但是,原本计划在无线电镇的位置上修筑的电台却从未竣工——就在技术人员刚刚为它选定台址并打下地基时,武装暴动的狂潮席卷了整个桃花源星系。因为劳民伤财的巨型工程而不堪重负的民众摧毁了渴望着重返星海的旧政府,毁灭了每一座无线电发射台,也宣告了动员时代的结束。当初的技术人员在他们工作的地方定居下来,成了现在的无线电镇居民的祖先;而少数前政府的支持者则逃入了密林与深山之中,他们的后代逐渐组成了现在的"原道救世军"和其他叛乱势力。

"我必须最后提醒你们一次,如果你们坚持要立刻前往无线电镇,我可没法保证你们的绝对安全。"在读完那份资料后,影子将目光转向了坐在他面前的同盟特派员们——他们现在都像他一样穿上了厚重的动力装甲,看上去和其他快速反应部队的精锐空降兵没什么两样,但调整盔甲伺服系统时的笨拙动作却暴露了他们缺乏军事素养的事实。"根据已经在一小时前赶到战场的第七快速反应分队B、D小队和第三空中支援分队的报告,袭击无线电镇的叛乱分子搞不好有上百人之多,而且很可能来自战斗力最强的'原道救世军'。更重要的是,他们持有一定数量的重武器,包括——"

"伙计们!抓紧了!"

直升机驾驶员的喊声尚未停歇,这架十二吨重的飞行巨兽就已经做出了一个它的机体强度所能允许的最大幅度机体动作,险些把影子从座位上甩出去。让影子略感欣慰的是,坐在他对面的那三位也不太舒服:尽管动力甲里的缓冲材料能吸收不少冲击力,但后脑勺和机舱壁亲密接触的感觉总是不那么好受的。

"袭击我们的是便携式防空导弹,应该是比较老的A-190型。"在连续两个大机动过载结束之后,影子的副手龙中尉第一个扭头朝机舱外瞥了一眼——在钢青色的夜空中,两道显眼的导弹发动机尾迹正像一对发狂的蛇一样不断延伸,好在它们追击的目标只不过是一团刚刚被直升机抛出的热能与电磁的复合式诱饵弹。"这些过时导弹也许是在黑市上买到的,本地的民兵组织对仓储武器的管理一直很不严格,而且他们还挺腐败。"

"我想也是。"影子应和了一句,同时用带有几分暗示意味的目光望向三名特派员,但让他失望的是,这些上面派下来的大人物似乎并没有打道回府的意思。

"我们已经做出了决定,而这一决定不会更改。"在那两枚燃料耗尽的导弹无力地栽向郁郁葱葱的林海之后,辐射开口说道,"你必须承认,这次袭击相当蹊跷,而且它的发生地点恰好在卫生部门最近一次划定的疫区的边界之内——换言之,这已经触及了我们的职责范围。因此,作为同盟派来处理一切与罗斯瘟疫相关事务的特派员,我们有义务在第一时间亲临现场,以便确认此事与疫情之间是否存在关联。"

"的确。"影子点了点头,意识到自己完全找不出反驳对方的理由。与此同时,不止一发流弹打中了他们乘坐的直升机,但都被机身的装甲弹到了一旁,仅仅在强化过的驾驶舱玻璃上留下了几条裂缝。"做好准备,三十秒后开始降落。"

"我希望,你所说的'降落'指的是机降而非伞降。"当两架刚刚完成空中支援任务的"地狱利爪"武装直升机从他们身边飞过之后,自称为"珊瑚"的女人说道。影子颇有些欣慰地发现,她的语气中头一次出现了些许不安。"你得知道,我们对于这套动力铠甲的操纵系统并不非常……"

"不,当然不是。"影子故意停顿了几秒钟,然后才给出了答案,"但我相信,这点儿小麻烦应该不会妨碍你们履行自己的义务,对吧?"

事实证明,这点儿小麻烦的确没能让那三名"大人物"却步——不过倒是让他们吃了点儿苦头。每一套快速反应部队型动力装甲都带有由微型计算机控制的喷气式降落包和小型减速伞,就算不进行任何手工操作,它也可以在不超过一百米的高度上自动让穿戴者以人体能够接受的速度落地。不过,计算机默认的"能够接受"的阈值实在是过于宽泛,因此,当三名特派员像是栽进泥潭的乌龟一样头重脚轻地从泥地上的大坑里爬出来时,影子不由得感到了几分促狭的快意。

尽管就行政级别而言,无线电镇属于"城镇"那一级,但除了一条勉强可以算是主干道的混凝土街道、一座大型粮仓和一座已经变成一堆焦炭的餐馆,这儿基本上可以视为几座散布在沼泽之中的小村落的弗兰肯斯坦式拼凑体。用木板和胶合板拼成的小屋不是被烧得漆黑,就是变成了垮掉的积木,每一座建筑的墙壁上都布满了激烈交火留下的密集弹痕。烧成金属空壳的水陆两用气垫艇和农业拖拉机就像罗马斗兽场上的动物残骸一样横七竖八地瘫痪在泥泞中,散布在它们周围的则是各种各样的尸体:其中既有完整的,也有支离破碎的;既有被烤焦的,也有被街道上淤积的泥水浸泡得肿胀不堪的;一些人显然是本地的镇民,还有一些穿着叛乱分子手工缝制的迷彩服,但更多的死者则早已面目全非,无法辨认身份。

虽然影子在保卫部队学院里的战术指挥课成绩从来都不太理想,但就连他也能轻而易举地看出来,在保卫部队赶到之前,叛乱分子们显然曾经占领了整个镇子一段时间:在小镇的街头上,他发现了十来处用几尺粗的坚硬原木、沙袋和建筑垃圾堆砌而成的临时防御工事,不止一座被炸塌的建筑里戳着损坏扭曲的导弹发射器与大口径机枪的残骸,其中一些还在冒着青烟。只不过,在保卫部队压倒性的火力优势面前,一切抵抗的努力都注定只是徒劳无功,数十具散落在街道与建筑废墟里的叛乱分子尸体就是这一事实最好的注脚。

"这些家伙的脑袋肯定被什么东西给踢了,长官。要不然就是昨晚喝多了。"当影子和随他一同降落的整个突击小队完成集结,开始向仍在交火的地区前进时,某个听起来有点儿熟悉但他又记不起名字的保卫部队小队长在近距离战术通信频道里对他说道,"这帮白痴在我们赶到之前两个钟头就已经拿下了整个镇子,完全有时间抢上一把然后脚底抹油,就像他们之前一直玩儿的那一套一样。但你知道这次他们都干了些什么吗?"

"我猜,他们打算留在这里坚守?"当影子的小队绕过一堆还在闷烧着的气垫艇残骸时,几发流弹击中了两名士兵的头盔与胸口,刮掉了一些装甲表面的迷彩涂料,留下了一些小坑,但也仅此而已了。除非在极近距离直接射击,或者幸运地打中少数薄弱处,叛乱分子的轻武器对穿着这套行头的他们基本造不成什么威胁。当然,叛乱分子们也很清楚自己这种技术上的劣势,在过去的冲突中,他们总是竭力避免与同盟正规军进行毫无胜算的阵地战,而更倾向于通过不对称手段打了就跑。像今天这样的"大"场面,影子自打加入保卫部队服役以来,还是头一次见到。

"不止。当我们抵达这地方时,这些蠢货正在玩儿烤肉大餐呢……"那名军官说道。

"烤肉?"影子刚说出这个词儿,就立马迎头挨了一枪——当然,这一下只是让他的脑袋因为迎面扑来的冲击力而短暂地眩晕了几秒。紧接着,一名跟在他身后的突击队员立即端起了步枪,用一枚制导枪榴弹把那个藏在镇外一棵分叉的大树上的狙击手炸了个粉身碎骨。

"没错,他们挖了镇子上的坟场,还把一辆大货车上的棺材也通通砸了——这些棺材都是死在号角港和拱门镇的北方佬的——然后把所有尸体都浇上汽油烧掉。这些家伙一边烧尸体,还一边挨家挨户搜查活人,天知道是在搞什么!"随着影子继续前进,说话的那名军官终于进入了他的视野,与他在一起的还有一个重武器支援小队,队员们正在一座被爆炸腰斩的砖房废墟中忙着架设轻型机关炮和大口径榴弹发射器。"长官,你觉得他们会不会是在弄什么邪教活动?"

"这我可不清楚。"在进入这堆废墟之前,影子首先转头看了一眼跟在他身后的三名特派员们,确认他们并没有在落地后的这几分钟里缺胳膊少腿,然后才重新将视线转向了那名小队长,"现在的情况如何?"

"现在吗？那些家伙跑不掉了，长官。"小队长带着影子登上了已经坍塌大半的砖房楼顶，指了指不远处的一座方方正正的大型建筑，看上去活像是块被放倒的墓碑。尽管这座坚固的建筑已经被打得千疮百孔，但零星的枪口焰仍然不时从它狭窄的窗口内亮起，偶尔还会冒出火箭助推武器留下的烟迹。"我们已经解决掉了他们在镇上的大部分据点，长官。除了少数还在到处乱窜的游兵散勇，剩下的家伙都已经躲进了镇上的仓库。到目前为止，由于抵抗过于激烈，我们的两次小规模进攻都没能得手，现在我们正在清理外围的残余敌人，并准备组织下一次进攻。"

"我们就不能用空中火力解决掉他们吗？"影子问道，"我想，两架武装直升机应该足够了。"

"我们之前确实呼叫了空中支援，但梅休上尉在两分钟前命令武装直升机小队暂缓行动。"小队长解释道，"他希望能够俘虏几个叛乱分子的首领，了解他们这次反常行动的意图。如果我们能设法说服——"

"取消那道命令。"一个冰冷而不容妥协的声音突然插了进来，"继续进行空中打击。"

3

"你说什么?"影子惊讶地眨了眨眼睛。让他感到意外的并非这句话本身,而是说出这句话的人。

"我要求立即取消之前的命令,让空中打击按计划进行。"珊瑚那平板而毫无情绪的声音继续从战术通信频道中传来,就像是刚从冷藏室里取出的一块坚冰,"我们必须尽快结束这件事,以便立即开展后续调查。明白吗?"

"你无权在这里下达命令,女士。"另一个尖锐的声音也插了进来,"我是梅休上尉,第七快速反应分队的指挥官。而你,如果我没记错的话,并没有任何军事职务。虽然我知道你们这些同盟特派员喜欢像饥饿的野猫一样到处伸爪子,但你们不能——"

"不,我当然能。"穿着一套最小号的动力装甲的珊瑚突然走到了影子面前,"用你的参谋权限在保卫部队内部通信网中查询授权码ANI-770-30-09,现在就查!"

影子点了点头,半信半疑地从装备携行袋里取出了他的PDA,输入了二十四位个人密码,打开了一个授权码查询页面。几秒钟后,他的脸色就变成了过期牛奶一般的惨白色。"你有保卫部的特许授权令?"他下意识地咽了一口唾沫,"你、你为什么不事先告诉我……"

"因为我之前没有向你透露这一点的必要。"身材娇小的女人隔着两厘米厚的强化面罩对他说道,红色的双眼中闪烁着不容挑战的凌厉目光,"现在,根据同盟保卫部与治安委员会赋予我的紧急处置权,我宣布从现在起接管在本地区内的一切保卫部队与辅助组织的指挥权。任何抗命行为都将以叛变罪名被起诉!"

"好极了……"影子听到梅休上尉嘟哝了一句。

当那两架"地狱利爪"武装直升机像一对结伴狩猎的大黄蜂一般嗡鸣着掠过无线电镇上空时,据守在仓库中的叛军只朝空中象征性地射出了零星的枪弹。根据影子的动力装甲上计时器显示的读数,"地狱利爪"发射的第一枚袖珍空对地导弹仅仅用了不到六秒的时间便以致命的精度命中了目标。位于弹体前端的破甲战斗部,就像敲碎黏土一样轻而易举地在仓库半米厚的混凝土外墙上打开了一个口子,而于十分之一秒后起爆的高爆弹头则在眨眼之间就将这座双层仓库的底层变成了一座仿佛直接来自但丁最癫狂的梦境中的炼狱!

被炽烈的火舌烤焦的尸体残块如同节日中的烟火一般,与塌陷破碎的门窗一道四散飞出,然后纷纷扬扬地掉落在小镇泥泞的地面上。片刻之后,位于仓库二楼的一扇金属窗户突然被推开了,一个穿着做工粗糙的迷彩大衣的男人探出了上半身,开始发疯般地挥舞一块沾满血迹的白色绷带。

但这已经太迟了。

在第二枚导弹彻底将仓库摧毁之前,至少有三个人从那扇狭小的窗户里跳了出去。其中一个刚从地上挣扎着爬起来,就被横飞的流弹打断了脖子。最后一个跳出来的人,则在落地之前就被爆炸产生的无数建筑残渣与弹片扎成了筛子，只有最先跳下的那个人朝前又跑出了几步，然后才一头栽倒在泥泞的地面上。

"不要开火！那是个平民！"在看清那人穿着的是一件肮脏的餐厅服务生制服，而非叛乱分子们的迷彩大衣和战术马甲后，影子立即在通信频道中大声吼道。接着，他以最快的速度冲过了弹痕遍布的街道，将那名空袭中唯一的幸存者从地上抱了起来——这是一个非常年轻的男性，从他脸上葡萄串般的青春痘和柔软的胡须来看，顶多只能算是个大男孩。在这个男孩的身上，有好几处触目惊心的严重伤痕，其中包括一块被炸碎后插入腰间的混凝土残片，一小段同样来自那座被毁的仓库——现在则插在他大腿中的断钢筋，以及几处严重的挫伤和烧伤。而除了这些"常见"的伤口，在他的一侧脸上还有一块令人费解的伤痕，仿佛某个东西曾经抓住过他的面部，并且对那里进行了一段时间的消化似的。

"你还好吧？"影子从动力装甲的医疗包里掏出一支装有多功能噬菌体和广谱抗病毒药的注射器，扎进了这个奄奄一息的伤员的胳膊，以延缓他伤口感染的速度。"放心，你现在已经安全了。我们是同盟的人——"

"你们是一群蠢货！"大男孩用充满怨恨的目光瞥了影子一眼，然后又看了看跟在他身后赶来的其他士兵们，"蠢货！"

"典型的创伤后反应。"小队里的医护兵一边取出便携式外科诊断仪，一边评论道，"可怜的孩子。被一群暴徒绑架，还经历了这么可怕的事儿，这肯定把他吓坏了。"

"没有人绑……绑架我。"男孩虚弱地张了张嘴，花了不少工夫才勉强挤出了几句话，"蠢货。"

"可怜的家伙，头脑不清醒了。"医护兵启动了外科诊断仪，开始探查患者的骨折和软组织损伤情况，"他伤得很重，长官，至少三到四处主要脏器损伤，还有一打的骨折和严重的软组织挫伤，除此之外，我还发现了两处很可能是由真菌感染开放性伤口所生成的病灶组织，暂时不适合进行外科手术。我个人建议先通过保守疗法稳定伤势，如果他能挨过这两天的话，再送到雅汶市的大医院里接受进一步治疗。"

"我的头脑清……清醒得很！你们根本不……不知道这里发生了什……什么事！"男孩顽固地摇晃着脑袋，"你们根本不知道！"

"你叫什么名字？"影子改口问道，"这里到底发生了什么事？"

"我叫本尼迪克特，是'软木塞'餐馆的……昨天的那辆运送棺材的大货车……入侵……那些怪物到处都是，它们吃掉了……多亏了原道救世军的人，我那时差一点儿就要自杀了……是他们烧掉了那些……"男孩的目光变得越来越迷离，声音也逐渐变得虚弱而含糊不清。很显然，不断积累的伤痛正在缓慢地掏空他的意志。"……愚蠢！你们都是一群蠢货。这一切和你们想象的完全不同。你们压根儿不知道……"

影子倒是很想知道到底有什么是他"不知道"的，但是，一支扎进本尼迪克特胳膊的一次性镇静剂注射器让他的希望变成了泡影。男孩挣扎了一下，随即安静了下来。

"我认为，我们最好还是让伤员好好休息，"在将注射器中的镇静剂全部推入男孩体内后，珊瑚解释道，"影子先生，你最好让梅休上尉派人对镇子附近进行一次全面的清理与搜索，我可不希望有人在我工作时对这里发动袭击。如果一切顺利，我们将在调查完毕后返回大区首府。"

"但是……"那名医护兵用力地摇晃着脑袋,一脸不甘的神色,"恕我直言,在目前的状况下,患者活过危险期的概率并不太高。如果他再也醒不过来的话,那我们就永远也不可能知道在这里究竟发生了什么……"

"那我们最好祈祷他能够醒过来。"同盟的特派员不带丝毫感情地说道,仿佛正在评论昨天的早餐食谱,"但愿如此。"

不幸的本尼迪克特死于获救后第二天的凌晨。在最后的时刻来临之前,这个男孩曾经一度短暂地恢复了神志,用混合着祈求与愤怒的眼神盯着闻讯而来的影子和三位特派员看了一阵子,似乎想要说些什么,但却只发出了几声受伤幼兽般的鸣咽。

影子设法安慰这个不幸的年轻人,但三名特派员只是一言不发地注视着他。而当男孩的生命体征完全消失时,珊瑚只是吩咐医护兵拿来了一份空白的死亡报告表单和一只裹尸袋,然后就离开了权充医护室的帐篷。

在那天余下的时间里,特派员们一直在已经沦为废墟的小镇中徘徊,像传说中的食尸鬼一样指挥着一队影子的部下挖开坟墓,拆解废墟,从发现的每一具尸体身上采集样本,然后用一系列影子从没见过的仪器进行检测。

大部分死者在珊瑚的命令下很快被就地重新掩埋,但也有一部分被装进了裹尸袋和冷冻柜。在夜幕即将再度降临时,珊瑚和辐射找到了影子,告诉他调查工作的第一阶段已经结束。

按照他们的要求,影子和他手下的大多数保卫部队士兵都登上了直升机,开始撤回大区首府。那个自称为"风暴"的生态学家和影子一同离开,与他们一起登上飞机的还有一批装在冷冻柜里的尸体。

不过,珊瑚与辐射决定继续留下。"风暴先生已经完成了他的任务。"他们如此解释这一决定,"而我们还有更多的工作要做。"

"说实话,影子先生,你对我们的工作到底了解多少?"当直升机在深红色的晚霞中离开地面后,穿着那套对他而言尺寸实在有些太大的动力装甲的风暴突然问道,"你对罗斯瘟疫又了解多少?"

"不是很多。"影子双手一摊,诚实地回答道。虽然防疫工作在理论上也属于安全委员会职责的一部分,但影子对这种被称为"罗斯瘟疫"的新型传染病其实并不了解——事实上,整个南风沼泽大区的传染病专家们都对它知之甚少。他们只知道,这种以发现它的公共卫生监察员名字命名的烈性传染病在两个月前首先爆发于大区东南端的大泥河流域,并在随后的几周内以惊人的速度蔓延到了周围方圆数十万平方千米的地区。

从某些角度来看,罗斯瘟疫和曾经在古地球上横行一时的埃博拉出血热有着不少类似之处。在进入宿主体内之后,它只会经历短短几个小时的潜伏期,随后就会露出狰狞的面目。在发病的最初阶段,患者会呕吐、眩晕、失忆,并在一两天之内因为高热和惊厥而失去意识,由于毛细血管壁大量破裂引发的严重内出血症状则会在稍后开始出现。深色的瘀痕首先出现在患者的四肢顶端,然后逐渐蔓延到他们的躯干和头部,最后,随着大规模内出血导致的多器官衰竭⋯⋯患者会无一例外地在一周之内变成一团包裹着烂肉和脓血——面目全非的肿胀皮囊,然后被匆匆塞进密封的金属棺材里深埋。

自从罗斯瘟疫爆发以来,南风沼泽大区的医务人员就一直竭力试图遏制这种烈性传染病的扩散,但他们的努力没有任何成效——事实上,他们甚至无法分离并确认病原体的真实身份,更遑论找出治疗方法了。

万般无奈之下,大区安全委员会不得不向同盟政府求援,而后者的回应则是派来了这群举手投足都神秘兮兮的特派员。

"我知道你对我们有意见,伙计。"在短暂的沉默之后,风暴说道,"而这正是我要说的。也许你已经注意到了,我们这次调查行动和过去有所不同——在以前,我参加过在阿卡姆山脉大区对戴米多夫线虫症的防治工作,也奉同盟卫生部之命在奥尔-黑兹参与过对麦凯式惊悸症的调查,而三年前在蓝山海岸,当D-37嗜神经性病毒变种在当地的两栖爪鱼种群中爆发时,我也在第一线。但在那时,我们的行动更……正规一些,专业人员更多,而且也不像现在这样处处保密简直到了神经质的地步。"他有些懊丧地在动力装甲里摇了摇头,"他们甚至不肯把那些最起码的数据给我,我怀疑他们根本不关心……"

"你是说,他们也对你保密?"影子突然有了种同病相怜的感觉——自从这群特派员抵达大区首府白城之后,他也一直都感到反常:与他过去接触过的同盟特派员相比,这些人只在抵达时和他短暂地见了一次面,然后就以"保密"为名开始在暗地里忙活他们自个儿的事,甚至懒得向他通报行程。无论是大区卫生部门要求分享信息的请求还是安全委员会请求合作的申请,他们一概都不予回复。"比如说?"

"太多了。"有着湛蓝色双眼的生态学家答道,"我想你也知道,我的专业是传染病生态学——也就是研究在这个人类并非原生物种的地方,各种生活在原有生态环境中的病原体逐步适应人类,并将人类变成它们的新宿主的过程。早在上个月底,卫生部研究中心的实验室就已经分离出了罗斯瘟疫的病原体,负责进行这一工作的是萨尔瓦多·杜姆博士,也就是那个在你们面前一直管自己叫'辐射'的家伙。但是,当我要求得到一份活性病原体样本以便与自然界中可能存在的相似物种进行比对研究时,他却一直拖着不肯提供,直到出发前三天才给了我一份该死的研究报告——而且这份报告是他自个儿写的。"

影子点了点头,问道:"我是否可以认为,你这是在暗示你的同事有蓄意造假的嫌疑?"

"杜姆以前是个不错的人,至少他在以前一直是值得信任的,"风暴叹了口气,"但我实在想不出到底有什么理由可以让他整整半个月都无法为我准备一份活着的病原体样本。更重要的是,他和那个女人甚至不准我向你们的卫生部门提供我们的研究结果,理由是为了避免引发恐慌。"

"你说的是珊瑚吗?"影子问道。

"当然!我以前在读博士时就和她是同学,在那时,她就已经是个冷漠而不合群的家伙了。而现在,她实在是……这么说吧,她和同盟保卫部里那帮喜欢保守秘密的家伙有不少联系,而且一直在策划某些从来不肯向我们透露的事情。我敢保证,她自告奋勇加入这次任务肯定有某些别的目的,而且这些目的多半有些见不得人……总之,这整件事都有些古怪。"

"没错,"影子嘟哝道,"这确实不太寻常……"

"不寻常的地方不止于此,"生态学家继续说道,"根据我目前所能够确认的事实,罗斯瘟疫的病原体是由分属三到四个不同亚种的沼蝇传播的,但这些昆虫的分布区域与作为它们幼虫宿主的沼泽蠕兽和黑蠕兽的分布区域一致,而在超过一半的疫区,我都从未发现过这两种软体动物栖息的记录。没错,我知道本地的生态学调查报告并不完全可靠,南风沼泽的许多地方至今为止还从没有人勘测过,但如此之大的差异……"他又一次摇了摇头,"恕我直言,但它们简直就像是……"

"……就像是被人故意放到那些地方的?"一直一声不吭地坐在一旁的龙中尉突然插了一句。

影子下意识地想问一句"这他妈的怎么可能",但他还没来得及开口,一阵撼动了整架直升机机身的剧烈颤动以及随之而来的尖锐警报声就"恰到好处"地打断了他的思绪。

"长官! 后部发动机爆炸受损!"驾驶员大声报告道,"动力供应损失43%,超导电池组开始过热,自动灭火系统未能激活!"

"是防空导弹吗?!"龙中尉问道。

"不太像。告警系统没有反应,而我也没看到导弹的尾迹,"驾驶员一边对付着控制面板上的一堆花花绿绿的玩意儿,一边答道,"通信系统失灵! 自动求救系统未发出信号! 如果机体结构能保持完整,也许我可以尝试迫降——"

伴着一声令人牙酸的金属断裂声,一块金属构件突然从离影子只有几米远的地方飞了过去,从它的形状上看,很像是直升机的尾部旋翼。

"看来机体结构已经没法保持完整了。"龙中尉一边看着那玩意儿落向地面,一边伸手去解系在胸前的安全带。

"准备弃机! 所有人启动动力装甲助降系统和求生信标!"影子也连忙扯开了安全带的固定扣,抓着机舱内侧的一整排金属扶手朝着舱门挪去。但就在他准备按下舱门紧急开启开关的一刹那,另一阵爆炸直接将上百公斤重的舱门从固定装置上掀了下来,如同一只硕大的苍蝇拍般直接砸向了他!

在一连串动力装甲伺服系统发出的警报哨音中,影子的世界开始旋转、旋转、旋转……

4

在令人窒息的黑暗笼罩下，影子从噩梦跌落回了现实之中。

在方才的梦境里，他是一具古老到就连名字都已经被遗忘的尸体，被封闭在一具狭窄而冰冷的棺材之中。他明知道自己已经死了，却仍能清楚地感觉到黑暗、逼仄和被埋葬的绝望。接着，有什么东西开始叩击那副包裹着他的棺材，逐渐将它一点点地拆卸开来，而他则竭力挣扎，试图阻止这副棺材被拆开——虽然待在这里面一点儿都不舒服，但他并不希望失去这最后的保护。他的直觉告诉他，在这铁棺之外，存在着某些令他畏惧的危险。

但最终，棺材还是被打开了，在醒来的瞬间，影子听到了一连串单调枯燥的告警电子音，以及动力装甲的接合处被用便携式切割锯切开的尖锐嘶鸣。他摇了摇头，试图摆脱宿醉般的眩晕感，但一阵直射双眼的强光立即刺激得他接连打了好几个喷嚏。

"看来你没什么大碍，长官。"几秒钟后，直射他双眼的强光熄灭了，取而代之的是军用手电黯淡的鹅黄色光芒。在这光芒的发源之处，龙中尉那张瘦削的脸正在浓郁的黑暗中若隐若现，活像是某个来自被遗忘的久远时代的黑夜之神。与只穿着一件制服衬衫的影子不同,他的这位副官仍然穿着整套动力装甲,先前的强光也是从他装甲头盔上的微型照明灯中发出来的。"可惜你的动力装甲已经完全损坏了,所以我只能想办法把它给卸下来,否则你恐怕没法自己从那里面出来。"

"这我知道。"影子揉了揉额头,懊丧地说道。虽然他的那套老旧的BA-65动力装甲总出毛病,而且充斥在里面的异味从来都没法清除干净,但它那平均厚度超过三厘米的陶瓷-金属复合式装甲层以及那套带有核生化防护能力的空气过滤系统确实是相当不错的保命手段。当影子看到它们变成一堆散落在地上的零件时,他突然产生了一种强烈的不安感,仿佛自己正赤身裸体地行走在雅汶城犯罪率最高的贫民区里。

"我们这是在哪儿?"影子警觉地问道。

"丛林里的某个地方,更准确的答案我也说不上来,卫星定位系统摔坏了。"龙耸了耸肩。

"其他人呢?"

"都完蛋了,长官。你在直升机坠毁之前被撞晕了,我只能手动打开你的动力装甲的助降系统,然后推着你一块儿从舱门里跳出去——就在我们这么做之后不到四秒钟,那架飞机就撞上了一座断崖,然后……"龙中尉叹了口气,"好吧,至少他们应该没受太多的苦。"

"但愿如此,"影子说道,"你和地区指挥部联系上了吗?救援队什么时候能够抵达?"

"恐怕没有,长官……"龙中尉支支吾吾地说道,"我们的无线电求生信标一直在正常工作,我从直升机残骸那儿捡回来的一套远距离通信设备也还能用。按理说,地区指挥部或者这附近的自动化监听站几小时前就该接到消息了。但直到现在为止,我还没有收到任何呼叫,我实在是不明白这到底是……等一下!"

"怎么了?!"

"我在运动传感器上看到了什么东西!"龙放下了动力装甲的面罩,同时从腰间的枪套里拔出了一支电磁射钉手枪递给了影子,"不止一个,在我们的八点钟方位,距离一百五十米、一百二十米……"

影子小声地咒骂了一句,随即打开了挂装在射钉枪下方的战术手电。在惨白的电光照耀下,影影绰绰的丛林看上去反而更加令人心悸了:无数细小的夜行性飞虫在灯光的吸引下发疯般地四处翻飞,就像是一群不肯散去的喧嚣阴魂;而树木的枝丫与露出地面的根系则像是无数从黑暗中伸出的手臂,似乎随时都有可能将他一把攫住,然后拖入某个难以想象的恐怖所在。

"八十米、七十米……"龙的报数声继续从动力装甲的头盔扬声器中传出,"……四十米、三十五米、三十米、二十五米……"

当不远处的一丛兼具松柏与蕨类特征的本地灌木突然窸窸窣窣地颤抖起来时,影子下意识地做了个深呼吸,开始回忆自己在多年前的武器训练课程上学来的电磁射钉手枪的射击要领:他尽可能地将激光瞄准器射出的光点对准目标可能出现区域的中央,确认那些带有破片杀伤弹头的空心钉弹已经被调整为近炸模式,并最后一次检查了枪支的自动测距仪与近炸引信控制设备的状态。接着,他缓慢地呼出肺部的空气,强迫自己无视血液中浓度越来越高的肾上腺素带来的影响,竭力稳住自己的双手……

"……二十米、十八米、十六米! 它们来了!"

在灌木丛被分开的瞬间,影子的食指颤抖了一下,但最终并没有扣下扳机——从摇曳的枝叶中钻出来的并不是充满敌意的叛乱分子,不是长相狰狞的本地掠食动物,甚至也不是他想象中的妖魔鬼怪。那只是一团不断蠕动,像是某种果冻和橡皮泥之间的杂交后代似的东西,缺乏固定形体的黯淡棕褐色"软泥"。在中学的自然科学入门课上,他曾经在密封式培养皿里观察过这些东西,也用显微镜仔细地查看过它的显微结构,而拜那些课程所赐,他很清楚,即便没有那套BA-65动力装甲,他也不必害怕这玩意儿。

"哈,原来是恶心的史莱姆。"龙中尉嘟哝了一句,随即歇斯底里地大笑了起来,而影子只是耸了耸肩——作为一名曾经奋发向上的好学生,他还记得自然科学课老师告诉他的这种玩意儿的学名:雅汶拟阿米巴兽,但大多数人都更乐意用"史莱姆""黏胶怪"或者"软泥怪"这类源自古地球时代文艺作品的词汇来称呼这些讨厌的东西,要么就简称其为"阿米巴兽"。不过,严格来说,雅汶拟阿米巴兽并非彻头彻尾的"黏胶"或者"软泥",在成长到一定体积之后,它们也会产生类似神经索甚至软骨的结构,最大的拟阿米巴兽甚至可以产生一个有些像是原始大脑的神经中枢,但即便如此,它们也仍然只是一群没有头脑可言的完全靠本能行动的生物。

在通常情况下,阿米巴兽是无害的,这些黏糊糊的讨厌鬼小到几十个细胞,大到数十公斤重,广泛分布在雅汶星的每个角落,甚至就连另外几颗拥有独立生态圈的"巨月"卫星上也能找到它们的踪迹。它们的生活方式就是用体表分泌的消化酶分解吸收它们在四处乱窜时遇上的各种细菌、真菌、原生动物或者孢子这样的细微有机物颗粒,不断长大,然后分裂出更多后代。偶尔也会客串一下导致电力系统短路的焦黑肉块的角色,或者代替古地球上的蟑螂们吓唬吓唬那些神经脆弱的女孩儿。没人知道这些玩意儿到底来自何方,生态学家们也从未在本地生态系统中发现过可以算是它的"亲戚"的物种。阿米巴兽的起源与"古人"的去向问题——后者是一个早于人类数百万年抵达桃花源星系的智慧物种,但现在只在"巨月"的卫星上留下了一系列巨大的建筑物遗迹——经常并列为这个世界的两大未解之谜,而且到目前为止,它们还没有半点儿将要被解开的迹象。

"这些可恶的东西。"当更多大小不一的阿米巴兽开始从灌木丛后冒出来时,影子嘟哝了一句,同时抬脚踩扁了一只将黏液粘在他裤管上的阿米巴兽。或许这些小东西确实是无害的,但它们周身的黏液散发出的那股气味也绝对谈不上多么友好。更奇怪的是,它们全在用体表伸出的变形伪足朝着同一个方向全速飞奔,仿佛正在逃离什么可怕的东西,这种情况影子还是头一次见到。

等等,它们在逃离什么……

"继续戒备!"影子朝着龙中尉大声吼出了命令,同时重新举起了那支电磁射钉手枪。

与此同时,一个更大的东西突然整个儿压垮了他面前的灌木丛,将两团逃脱不及的阿米巴兽在转眼间吞没得无影无踪。

影子下意识地朝后退了两步,同时将枪口下的手电指向了对方——紧接着,他浑身的血液都仿佛在这一刻凝固了。

影子看到了一张来自地狱的脸。

没错,这是一张人类的脸,而且显然是个成年男性。他可能曾是沼泽地区的某个农民或者渔夫,可能是在大泥河流域与护林员们捉迷藏的偷猎者,也可能只是个误入此地的不幸旅客,但这一切已经不重要了。他曾经拥有人性,但现在肯定也已经荡然无存了——现在呈现在影子面前的是一张腐烂的,仿佛刚刚遭受过酷刑的脸。大部分皮肤都已经损坏脱落,毫无血色的肌肉结缔组织和残余的真皮层就像年深日久的抹布残片一样悬挂在露出的骨骼表面,所剩无几的毛发零散地悬挂在头皮两侧,看上去活像是面包上长出的霉菌菌丝。在这张脸之下是半截没有皮肤与肢体的身躯,深黑色的瘀血残迹与坏死组织的紫色在他的表面构成了诡异的迷彩。这截残躯的下半部分隐没在一大团仿佛软体动物腹足般的果冻状软组织中,仿佛有某个疯子将这个不幸的家伙和一只特大号的蜗牛生生嫁接在了一块儿,然后又将他扔到了这鸟不生蛋的荒郊野外。

"巨月在上!这他妈的到底是什么鬼东西?!"龙歇斯底里的笑声戛然而止,取而代之的是突击步枪高能发射药持续击发的狂暴咆哮。一连串11毫米口径穿甲弹从他的步枪枪口中以八倍于音速的速度射出,像一只无情的巨手般将那张丑陋而无生气的脸生生撕扯成了几块。当那具腐烂的躯体残块砸落在那一摊包裹着的肌肉组织和骨骸残块的污秽中之后,他又跨上两步,把弹鼓里剩下的弹药全都倾泻到了那堆残肢烂肉之中。

"节省弹药,小子!"当龙为他的自动步枪换上又一个100发弹鼓时,影子敲了敲他溅满脓液和腐肉的肩甲,"这家伙已经死了!"

"没错,他当然死了,他早就死了!"龙有些语无伦次地嘟哝道,"早就死了!该死的,你难道没看出来吗!"

影子点了点头。至少,龙中尉在这一点上说得没错:从这堆烂肉还能勉强看出形状的部分判断,这个人起码已经死了一两个星期,甚至是更长的时间。从那些残骸上散发出的刺鼻恶臭让他不由得回想起了他上个月亲自带队查处的一家用腐肉生产肉冻的黑作坊。但他同样无法否认的是,就在几秒钟前,这堆毫无生气的腐肉还在他面前活蹦乱跳,而且显然是冲着他俩来的。

这他妈的实在是太诡异了。

"当心!"就在影子开始走近那堆烂肉时,龙中尉突然大声警告道,接着,一只高度腐烂,活像是在某个化粪池里埋藏了好几周的手臂抓住了影子的肩膀,将他生生拽倒在了地上。他的电磁射钉枪弄丢了,手电也不知踪影,而就在他试图拔出一直挂在腰带上的多功能战斗匕首时,又有几只手臂从灌木丛中伸出,像章鱼用触手缠住螃蟹一样紧紧地抓住了他!

在求生本能的驱使下,影子竭尽全力挣扎着、踢打着。一只软组织已经烂掉大半的胳膊被他从肘关节的位置生生踢断,而另一只在指尖部分已经开始露出骨头的手则被他直接从腕关节上扭了下来。但那些手臂似乎是无穷无尽的,他每挣脱一只手,就会有另一只,甚至是更多的手补上空出的位置。

接着,一道利器挥动的寒光几乎贴着影子的额头闪过,然后是第二道、第三道——龙中尉终于及时赶到了他的身边,开始用自动步枪的伸缩式刺刀奋力刺向那些手臂,同时用三发短点射挨个打烂那些与手臂相连的腐烂身躯。

随着死者特有的半凝固瘀血、脓汁和腐肉四处飞溅,影子终于得到了自由,但他的电磁射钉枪却不见了踪影。"我们必须立即离开这儿!"他抓着龙的胳膊爬了起来,"动作要快!"

"当然,长官!"龙中尉在动力装甲里点了点头。但他刚转身迈出两步,一只足有成人躯干那么粗的肉质伪足就缠住了他的脚踝,将他生生拉倒在了地上。紧接着,一团足有农场里的小型收割机那么大的血肉果冻压倒了一大片灌木丛与野草,就像一道迷你海啸般吞噬了这个不幸的年轻人。这堆半固态的有机物表面覆盖着一层令人作呕的黄褐色薄膜，奇形怪状的人体组织就像雨后的蘑菇般乱七八糟地戳在它的表面，看上去就像是有人将一大堆金属人型扔进烈焰中熔化，然后又在半途将它们重新拿出来冷却后的产物。

在这团具象化的噩梦的可怕拥抱之下，即便是得到了动力装甲力量加持的龙中尉也没能坚持太久，仅仅十来次呼吸的工夫之后，他的挣扎就变成了绝望的抽搐，从头盔扩音器里所发出的也只剩下了窒息前痛苦的喘息声。

"哦，不！"影子叫道。

接着，他掉头就跑。

极少有人敢于在黑夜里穿过丛林，因为人类天生就不是夜行性动物，也不属于茂密的森林。早在影子的祖先还是一群生活在古地球非洲大陆东部的不开化原始人时，他们就已经将对夜晚与丛林的恐惧刻入了基因的最深处，对于主要依靠视力搜索猎物、发现危险的人类而言，低垂的夜幕和浓密的树林都会严重影响他们对于周边形势的判读能力——而影子现在既没有手电，也没有夜视设备。在一秒不停的狂奔中，他唯一判断方向的手段是听力：那些他不知该如何用语言形容的丑恶怪物在移动时并不像阿米巴兽那样安静；相反，它们会持续不停地发出一系列的咕哝声、呢喃声和吱嘎声，仿佛被囚禁在它们体内的人类灵魂还在试图表明自己的存在似的。正是凭着这种声音，影子才能在危险接近时成功躲避：只要某个方向的声音变得太大，他就短暂地停下脚步，然后朝另一个方向加速冲去。

不过，他的好运气并没有支撑太久：在第六次转向之后，他的靴底没有踩在丛林地表那松软的腐殖质上，一股泥水特有的冰冷几乎在瞬间从脚尖蔓延到了膝盖,然后又上升到了他的腰部。

沼泽!影子惊恐地意识到了这一点,但他现在唯一能做的只有摊开双臂,尽力延缓沉入湿冷泥浆中的时间,同时倾听着那些怪异得以令人发疯的声音逐渐接近,等待着属于他的末日的降临。

但他却等到了烈焰。

在燃料泵被压缩空气驱动所发出的刺耳啸叫声中,跃动的火光如同灵蛇般缠上了那些不成人形的秽恶生物,为它们带来了迟到的火之葬礼。那些原本已经逼近到离影子只有数尺之遥的污秽"果冻",开始燃烧、颤抖、收缩,发出阵阵蛋白质氧化特有的焦甜气味。

除此之外,影子还嗅到了另一种刺鼻的味道:除了火焰,有人还在用高浓度酸液喷射这些东西,他觉得那很可能是盐酸。

"看来咱们来得正是时候。"当那些残余的烂肉逐渐变成了一摊仿佛陈年鼻涕般难以名状的玩意儿后,有人走到了已经被泥水淹到胸口的影子面前。

借着四周残余的火光,影子看清了他们的衣着:手工缝制的迷彩斗篷和战术背心,一些人戴着宽檐遮阳帽,另一些则用工地上的头盔保护着头部,所有人的胳膊上都戴着一块绘有黑色箭纹和抽象的金色阶梯的臂章——对这个图案,影子是再熟悉不过了。

"把这只落汤鸡拉上来,兄弟们。"其中一人说道,"他还有用,让他活着,带他走。"

5

在被俘的过程中,影子没有进行任何抵抗:首先,既然压根儿动不了,那么抵抗自然是无从谈起;其次,当俘虏虽然不是什么令人羡慕的前景,但总比变成沼泽泥潭下的一堆肥料要诱人多了。

在被拽出沼泽,用一桶从附近的河里打来的水冲了个凉水澡之后,影子被粗暴地押到了一处长满水草的小湖旁,押上了一艘只比划艇大一点儿的小船。

"不要试图向你们的人求救,伙计。"在小船驶离湖岸之后,最初下令把他拉出来的那人说道,"这么做毫无意义,因为你的人绝不可能接收到你在这儿发出的任何信号。"

"你就这么确定?"虽然被半打枪口指着脑门,但影子还是不由得反问了一句。

"确定无疑,否则你以为为什么你们的直升机坠毁了足足十个钟头,你们的人却一点儿反应都没有?"那人微笑着咧出了一排被故意磨尖,仿佛掠食猛兽般的牙齿,"你以为,为什么发现你的会是我们?"

"这确实是个值得思考的问题。"影子答道,"不过我想,在向我解释这一问题的答案之前,你们应该还有些更重要的问题打算问我,对吧?"

"的确。比如说,你的确切身份。"那人说道,"从你们的呼救信号所使用的身份代码来看,你们的飞机上至少有那么一两个级别不低的家伙——"

"没错,我是本大区安全委员会参谋处的高级参谋兼行动协调员,你可以称呼我为影子。"见已经无法隐瞒,影子立即承认道,"与我在一起的还有一名从雅汶城来的同盟特派员,但他已经在坠机时死了。不过,既然我已经开诚布公,哪怕是纯粹出于礼貌,你可否也将自己的身份透露一二?"

"在下是原道救世军河湾旅的副旅长,你可以叫我关先生。"长着一副典型的古地球东亚式面孔的男人说道。

"很好,关先生。"影子挥了挥手,赶走了几只被他身上的浓烈汗味吸引而来的大型飞虫。或许是出于安全考虑,这艘小型机动船上只有一盏不比装饰用霓虹灯明亮多少的小型照明灯,却依然吸引来了大量在湖泊和泥沼中出没的飞虫。"那么,我是否可以冒昧地再次提出先前的那个问题:为什么你如此确定,同盟的保卫部队不可能接收到我们的求救信号,而只有你们才行?"

"瞧见那座山没有?"关先生像一只古地球的鸬鹚一样蹲在船头——这种鸟儿早就和那个最初驯养它捕鱼的国家一道消失在历史长河中许多年了——伸手指向了位于黑暗的水面另一端的一座仿佛巨大犬牙般的山峰,"在前面的那座山之外,半径大约十千米的环形区域内,没有任何信号可以正常传出,无论这种信号的媒介是声波、可见光、无线电、中微子束还是别的什么东西,但在那座山之内通信以及接收外来的信息却没有任何问题。除此之外,任何拥有最起码智力的生物都会在游荡到这附近时下意识地避开这一区域,并且不会记得自己曾到过这里。你的飞机在坠毁前因为爆炸造成的失控而驶入了这一范围的边缘,大概两三千米吧。"

"你在开玩笑。"

关先生露出了一个悲伤的笑容:"玩笑?那是有闲阶级和年轻人的奢侈品,像我这样的老家伙可消受不起。"

"但这不可能,这种技术就连同盟也没有——"

"而我们更不可能有。"原道救世军的军官耸了耸肩,"但是'古人'们却有,而且直到现在,还有极少数这样的技术设备仍在运行着。"

"'古人'?"影子下意识地舔了舔嘴唇。每个桃花源人都或多或少地听说过这个恒星系统的上一群住户的故事:根据同盟最有才华的地质学与古生物学家的推断,那个被称为"古人"的古老智慧种族在大约一千五百万到两千万地球年之前点燃了思想与意识的火光,彼时人类的祖先甚至还没有离开栖身的树木。由于趋同进化,这个种族与人类一样双足行走且有着对握拇指,以及其他许多类似的生理特征,很可能也经历了和古地球上的人类相同的进化过程。但在古地球历史的巨轮前行到被称为"上新世"与"更新世"这两个地质时代的交界点时,这个种族却仿佛人间蒸发般从桃花源中消失了,只留下了一系列古老的建筑,以及一些人类压根儿无法理解的技术产物。他们与人类都曾生活在同一片土地上,但彼此之间却没有交集。

"没错。"关先生对掌舵的叛军士兵比画了一个手势,后者立即操纵着这艘机动船拐了个弯,驶入了一处已经被地下暗河淹没大半的细长溶洞之中。

当头顶的巨月和群星消失的刹那,影子突然感到了一种被活埋的恐惧。关先生倒是神色自如地继续说道:"不然你以为,为什么你们无论投入多少人力物力都无法发现我们'原道救世军'的基地?'古人'们在雅汶上设立了许多像这样的地点,通常都位于他们留下的建筑遗址附近,对于我们而言,这些地方几乎等于不存在:它们在航拍图或者卫星扫描中会显示为毫无开发价值的峭壁、泥沼或者陡峭的峡谷,来自这里面的信息在传出去时都会扭曲得面目全非,误入这里的人会以为他们走到了别的地方,更别提将这里的准确地标绘制在地图上了。像这样的地方一共有好几处,而我们目前所处的是最偏僻、范围也最小的一处。"

"那你们又是怎么——"

"你难道忘了我们是什么人吗,亲爱的影子先生?"关先生双手一摊,"我们的先辈曾经是旧同盟政府'求援'计划最坚定的拥护者,并在他们为之效忠的政府倒台时藏起了它的一部分秘密——其中就包括一批最重要的考古资料。这些资料来自一份'古人'留下的已经在叛乱中被毁的信息储备设施,它标明了几处像这样受到保护的地点的确切位置,以及能让我们在离开这里后不至于立即将它的存在遗忘殆尽的方法。正因如此,我们才能在叛乱之后的许多年中坚持抗争,为了人类的未来而……"

"你们的行为毫无意义,老兄。"影子摇头道,"已经过去快半个世纪了,你们还剩下多少人?两千?三千?如果我们的估算没错的话,顶多不会超过三千五百人。而这些人中,还有多少人真正渴望去重启那个劳民伤财的求援计划?而又有多少人不过是逃亡的罪犯、叛逆的青年和与规章制度格格不入的反社会分子?"

"也许吧……"关先生神色黯淡地叹了口气，"但我们目前还有更重要的事得去完成。而我必须承认，你来得正是时候。"

"因为像我这样的俘虏可以成为你们的筹码？"

"不。如果愿意的话，你可以将自己视为受邀而来的客人，"关先生说道，"而我们需要你的协助。"

"协助？"在听到这个词的一刹那，影子还以为自己出现了幻觉。

"没错，协助。"关先生用强调的语气将这个词重复了一遍，"如果我们没弄错，你在一周之前被南风沼泽大区安全委员会的内部会议指派为联络员，负责协调本地保卫部队与一批由同盟政府派来的特派员之间的行动，而这些人的任务是调查罗斯瘟疫在本地的蔓延状况，并制定应对措施，他们的负责人是一个自称为'珊瑚'的女人。"

"你们怎么会知道这些?!"

"我们知道的东西比这多得多。"叛军头子注视着暗河水面上的道道波纹，"事实上，在这整件事开始之前，那位珊瑚女士就已经开始联络我们了——通过一名被同盟保卫部俘获的我方间谍，她带给了我们一条信息：她和同盟保卫部里的某些人愿意用药物和武器与我们交换一些我们掌握的信息，以及一件物品。为了表示诚意，她甚至派一个军火走私犯免费赠送给了我们一小批重武器。"

"好吧，现在我总算是知道无线电镇的那些便携式防空导弹是从哪里来的了……"影子自言自语地说道，遭到背叛的感觉让他觉得活像是吃下了一大把苍蝇，"她到底想要什么？"

"一些她根本不应该知道的信息，以及一件'古人'留下的遗产。在她与我们秘密接触之前，我们一直以为这些秘密早已被我们的先辈从同盟的记录中彻底抹去了。"关先生答道，"她提及了一台仍然能够运转的'古人'仪器。在一百五十年前，第一个发现它的科技考古学家戴维·刘将它命名为'饕餮'。根据我们所做的测试，这台耗能巨大的设备唯一的作用就是制造一个空间扭曲力场，将投入其中的物体送往不知名的远处。但因为对'古人'的技术理解有限，我们既不知道它们会被送到哪儿，也无法对这些物体进行任何形式的定位。除此之外，这玩意儿的投送能力非常有限——根据测试结果，单次投送的质量不会超过七百克，也许更少，然后就得花上好几天时间重新充能。"

"但七百克也已经不少了，"影子自言自语道，"如果投射的是浓缩的化学毒素或者烈性传染病病原体这样的东西，或者微型核装置……"

"我们也是这么认为的。"关先生朝影子递出了一个意味深长的眼神，"就在我们拒绝出售'饕餮'后不到半年，所谓的罗斯瘟疫就在整个南风沼泽大区爆发了，而大多数瘟疫重灾区都是我们的支持者密布的村落，而且这绝非巧合——就在上个月，我们还打下了两架装满带有病原体的昆虫的无人机！更可怕的是，这种瘟疫并不仅仅会将人杀死，一些已经死去的人会发生某种我们无法理解的变化：他们的尸体不会正常腐烂分解，而是会像结茧的毛虫一样逐渐变化、重组，当他们摆脱棺木与墓土的束缚，重新回到世间之后，就变成了你今晚见过的那种……东西，普通的方式很难彻底杀死这些怪物，你只能烧死或者用浓盐酸溶液溶解它们。迫于无奈，我们一次次派出清剿队扫荡那些遭受感染的居民点，用酸液和火焰销毁每一具可能发生变异的尸体，然后将没有染病的人迁移到疫区之外，以免更多的人死在他们曾经的亲友的袭击之下。"

"巨月在上!"影子下意识地咽了口唾沫,同时努力抑制着自己身体的颤抖。瘟疫、叛乱、谋杀,这些都是他司空见惯的,但一个潜伏在同盟安全机关内部,有着如此强大行动能力的阴谋集团却是他从未面对过,甚至从来不敢想象的!"所以说,你们在无线电镇所做的一切……我们当时……"

"我们不会责怪你当时的所作所为。毕竟,被蒙蔽与胁迫的人本身也是受害者。"关先生大度地拍了拍他的肩膀,"无论我们在对桃花源人类未来的观点上有多少差异,现在都是时候进行合作了——'饕餮'对我们而言没有多少意义,但我们同样不能允许它落入一个心术不正、不择手段的阴谋团伙手里。我希望你能帮助我们与同盟政府中那些没有参与阴谋的重要人物联络、阻止那些……"

"我们到了,长官!"当一线朦胧黯淡的天光突然洒落在阴冷的暗河表面时,在船尾掌舵的一名原道救世军士兵喊道——这抹微弱的光芒来自影子头顶正上方,或者更准确地说,来自一条几乎与河面呈九十度角的狭长岩石甬道之中。影子在地质基础知识读本里看到过介绍这种地质构造的示意图:雅汶星每隔数百万或者数千万年就会迎来一次地质活动高度活跃期,来自这颗星球深处的红热"血液"会定期从伤疤般的板块接缝处涌出,并在退去之后留下无数像这样的岩浆通道。但奇怪的是,影子既没有在这处岩石甬道里发现梯子,也没有看到起重机或者别的类似设备。"我们要从这儿上去?"他问道。

"不然还能从哪走?"关先生仿佛变戏法般取出了一截成人胳膊那么长的半透明棍子,就像当年在红海前祈祷的摩西般神情庄重地将它举到齐额的高度,然后又用这玩意儿轻轻碰了碰船舷外的水面。片刻之后,这艘小船便摇晃着脱离了水面,沿着那条笔直的岩浆通道朝上飞去。

"'古人'留下的一点儿小把戏……"关先生对惊讶莫名的影子解释道,"他们在应用物理学的某些领域取得的成就远远超过了黄金时代的人类,但材料科学的发展水平却并不比我们好到哪里去。正因如此,他们就像我们一样被重元素缺乏的问题困扰,无法发展出足以开展大规模深空远航的工业,不得不被恒星引力拘束在桃花源之中。我相信,像'饕餮'这样的设备很可能是他们在意识到这一点之后开发出的替代措施。"

"但显然不太成功。"当小船终于停止上升之后,影子评论道,"否则他们早就——等等!那是……"

仅仅半秒钟后,一枚大口径机枪子弹就为他的胸口送上了热辣的亲吻。

6

"敌袭！是敌袭！"

原道救世军的士兵们像一群遇上黄鼠狼的鸡一样在原地转着圈子，躲闪着从头顶落下的机枪子弹——这些子弹全部来自一架悬停在几十米外的空中的直升机，或者更准确地说，来自架在它舱门上的一挺六管航空机枪。从理论上讲，M-93航空机枪发射的钨钢穿甲弹在这个距离上足以撕裂最重型的动力装甲甚至是某些轻型装甲车辆，更别说脆弱的人体了，但现在，映入影子眼中的却是一副怪异得有些不真实的场景：尽管那挺机枪正以每分钟上千次的速度从枪口喷出橘色的火焰，直升机的双悬翼制造出的下洗气流将弥散的硝烟变成了一团灰色的漩涡，但影子既听不见枪声，也感受不到一丝一毫的风力；在离他们直线距离不到十米的空气中，一片片隐约的涟漪正不断悄无声息地出现、扩散、消失，而每次空气的波动都意味着又一枚子弹的落下——但现在，它们的飞行速度已经降低到了肉眼可见的程度，仿佛正在一团黏稠的泥浆中前进。尽管没人向影子做出任何解释，但他仍然能猜出这是某种"古人"的科技：有某种力量将他们周围的一小部分空气硬生生地压在了一块儿，变成了一层坚如精钢的半透明护盾。

"见鬼,伙计。"还没等影子胸口的痛感完全散去——那发子弹虽然失去了足以置人于死地的动能,但被一大块滚烫的金属砸在胸口上也不是什么让人惬意的事——关先生已经抓住了他的一只手,把他从地面上拽了起来,"你知道这是怎么回事吗?!"

影子摇了摇头,然后又点了点头。朝他们开火的那架通用直升机虽然是安全委员会大量使用的"黑蜂"MK3型,但它的涂装却并不常见:隶属于各地区安全委员会的快速反应部队通常会选择绿、褐、黑相间的丛林迷彩,卫生部门通常使用白色或者海蓝色涂装,而司法部的直升机队则是一水儿浅绿色,但这架飞机却从头到尾都被涂成了黯淡的灰色,就像是混入了煤烟的脏雪团,机身表面也没有任何表明隶属关系的标识——既没有安全委员会的深蓝色剑徽,也没有红十字或者象征司法人员的天平,只有一个冰冷的战术编号。而就影子所知,这只意味着一件事。

"这是同盟保卫部的飞机!"目瞪口呆的影子花了几秒钟勉强才让自己的舌头重新动了起来,"见鬼!"

"他们怎么可能找到这儿?!"有人惊讶地问了一句,但其他人的注意力则集中在了更加迫在眉睫的问题上:随着关先生手中的那根短棍开始散发出越来越耀眼的冰蓝色光芒,空气中的涟漪出现的位置开始逐渐朝他们接近。穿透那层"盾牌"的子弹速度也变得越来越快,其中一些显然已经具有了杀伤力。

"我们靠这样撑不了多久。"关先生瞥了影子一眼,"你有什么建议吗?"

影子刚下意识地动了动嘴唇,一对拖着惨白色尾迹划破空气的空对空格斗导弹就及时地替他解决了这个问题，急速膨胀的火球在一次心跳的时间内就完全吞没了那架笨重的通用直升机。而在直升机的残骸纷纷扬扬地在地心引力的作用下洒落时，一架涂着蓝色剑徽的"地狱利爪"咆哮着飞过了它几秒钟前的位置，与此同时，位于影子耳蜗表面的植入式通信器也爆出了一阵充满热情的尖叫，提醒他有自己人正在用公共频道呼叫他。

"长官？是你吗?!"

"梅休上尉?"

"没错!"曾在无线电镇和影子有过一面之缘，还博取了他不少好感的快速反应部队军官答道，"我们的监控系统刚刚发现了你的个人信号，还有你那架飞机的，请问其他人是否也……"

"你可以在回去之后把他们的名字全部记在阵亡名单上——那位风暴先生除外，他的死亡报告直接发给同盟国国务院。"影子简明扼要地答道，"我现在和一些新朋友在一起。对了，你们是怎么找到这儿来的?"

梅休的声音短暂地被一连串鞭炮般的爆音和火箭发动机点火的呼啸声盖过了。"……是这样的，就在你们的直升机失去联系后不久，那个自称'珊瑚'的女人和她那绿眼睛男朋友突然违反规定偷了一架直升机，打算从营地里溜走。当我们试图阻拦时，他们竟然朝我们开火！至少三个人……他们还有同伙，是一群保卫部的浑蛋，我们接通了同盟政府的热线，那帮当官的说，这些人是从大鱼河上游的一处秘密基地逃走的。现在同盟政府授权我们追击并逮捕这些浑蛋，如果遭遇抵抗——"

"可以就地击毙，我知道。"影子替他说完了剩下的半句话，"目前的情况如何?"

"那帮浑蛋比我们早到这儿一步，要不是跟着他们，我们压根儿不可能找到这地方。"当另一架涂成保卫局的黑色的"地狱利爪"从影子头顶掠过时,梅休答道,"巨月在上,这儿和我们地图上标示的压根儿没有半点儿相同之处。我们之前根本不知道这地方居然有一座死火山,更没想到——"

"这些事可以以后再解释。"影子打断了他的话。

"好吧,总之,那些狗东西比我们来得早一些,而且抢先占领了这里的大多数建筑物,设立了临时防御阵地。虽然我们拥有四比一的兵力优势,但进展并不顺利。"似乎是为了给他的这句话做一个注脚,一架涂着蓝色剑徽,刚刚放下一个突击小队的"黑蜂"突然被一枚防空导弹迎头命中,一头撞在了火山口内侧光滑的黑色岩壁上,"从地面火力的密度来看,他们的防御似乎是同心圆式的,位于火山口中央的那座建筑是他们保卫的关键目标。"

"我已经看出来了。"影子答道。在他们面前的这座直径接近一千米的巨型火山口中,数以百计由某种他从未见过的半透明材料构成的巨大桁架以一种充满了数学美感的规律性在曾经充溢着炽热岩浆的地方相互交接,构成了一座看上去像极了某种被称为"围棋"的古老游戏的棋盘的巨大平台。这张巨型"棋盘"的每一个方格,都被高度从十几厘米到几米不等的黑色围墙隔开,其间还点缀着一些像是蜂房或者祭坛的怪异建筑,而棋盘中央"天元"的位置则矗立着一座和玛雅金字塔颇有几分类似的高大庙宇——假如玛雅人曾经学习过欧洲的哥特式建筑风格,并且招募了一帮后现代主义艺术家作为顾问的话,他们修出来的阶梯金字塔大概就会是这副模样。在这张"棋盘"之上,成群的直升机、轻型空降兵战车和穿着动力装甲的士兵构成了以生命为赌注博弈的两群棋子:涂着蓝色剑徽的一方,以及灰色的另一方。

"他们的目标是'饕餮'！"关先生拍了拍影子的肩膀，"那东西就放在大庙的正殿里！"

"我知道，或许我可以让我的同志们派一架直升机来，直接把我们送到那儿。"影子看了一眼摊在"棋盘"角落中的几堆闷烧着的飞机残骸，下意识地咽了口唾沫——虽然保卫局的那帮叛徒在兵力和兵器上都处于劣势，但他们已经抢先布置好了防御阵地。在这座"棋盘"的中央，影子数出了超过一打的防空导弹发射架和大口径机关炮。"运气够好的话，也许……"

"或者，我们也可以采取更隐蔽一些的办法。"关先生说道，"当然，这得花更多的时间，但至少值得一试。"

当他们抵达那座闪烁着温润的青玉光泽的金字塔底部时，出发时的六人中已经有一半罹难。其中一个死于一枚无意中触发的绊线诡雷，而另外两人则沦为了横飞的流弹与弹片的牺牲品。对于这一事实，一侧小腿嵌进了好几块炽热的弹片的影子什么也没说——无论如何，关先生确实兑现了他的承诺，让他们避开了交战双方的视线，但他并没有保证所有人都能安全抵达目的地。

毕竟，当死神就在你耳畔扯着嗓子尖啸时，即便是最好的隐蔽措施也不可能让你永远避开他的注意。

"继续前进，动作要快！"在三名幸存者鱼贯登上位于金字塔一侧的陡峭阶梯后，关先生在通信频道里用几乎微不可闻的声音说道。在影子眼中，这位叛军指挥官现在不过是空气中微不足道的一点儿光线波动，一小块在初升的阳光下略显暗淡的人形轮廓，而这一切来自一块小小的挂饰——他的胸前现在就挂着块一模一样的。"我们的时间不多了！我想,你们大概不打算被套进某个浑蛋的瞄准线里吧?"

"当然不。"影子用同样被刻意压低的声音答道。在出发前,关先生曾经花了一点儿时间向他介绍这种被他很没想象力地称为"护身符"的看上去活像是用玻璃做成的硬币似的小玩意儿:按照他的说法,这些"护身符"比同盟军队配发的光学迷彩好使了不止一个档次——影子以前用过的那种所谓"先进环境融合套装"只有在你像一只待在网里的蜘蛛一样一动不动时才能有那么点儿用,如果你全速奔跑或者做出翻滚这种动作的话,几千米外的人也能看到一大团仿佛直接从达利或者凡高最癫狂的梦境中冒出来的不断变换的色彩漩涡。这玩意儿不但能在你行动时保持隐形,而且还能屏蔽基于高灵敏度毫米波雷达的运动探测器和红外或紫外波段监测。它的缺点总共有三个:第一,不能屏蔽声波;第二,没法阻挡任何伤害;第三,它是一次性用品,而且工作时间非常有限。

即便没有关先生的提醒,影子也能清楚认识到这最后一点:在刚刚佩戴上这块"护身符"时,它冷得就像一块刚从冷藏室里取出的固态氧,而现在,这玩意儿却正变得越来越热——当他们冲过枪林弹雨来到这座古老建筑的底部时,它的温度和影子的体温相去无几;而当他们冲上那道陡峭的阶梯之后,这玩意儿已经和刚从锅里拿出来的鸡蛋差不多烫了。现在,每当他往前跨出一步,都能感觉到胸前的热度又向上攀升了一个台阶,高温造成的刺痛就像无数支无形的钉子,正一点点穿透他的皮肤、渗入他的肌肉,最终生生钻进他的肺部。

位于"大庙"顶端的,是一间只比普通的双层别墅略大一点儿的石头大厅,由一条狭长的走廊与这座建筑正前方的阶梯相连。或许是兵力不足,又或许是对这里的安全充满信心,总之,叛乱的保卫局特工们没有派遣哪怕一个人在这儿站岗放哨,甚至连一挺自动哨戒枪、一枚诡雷都没有布置。

尽管如此,影子还是强忍着胸口的灼痛仔细观察了片刻,然后才在通信频道中低声通知另外两人可以前进。他们就像一群袭击老鼠的猫一样蹑手蹑脚地贴着冰冷的大理石墙面前进,一步步接近走廊尽头的那点光亮……

接着,影子看到了"饕餮"。

7

影子过去听说过"饕餮"这个词儿——它是古代亚洲神话中的一种怪兽,以令人生畏的食量著称。而他也很清楚,原道救世军在使用这个词为"古人"的科技产品命名时看重的显然是它的引申含义。正因如此,他基本可以凭想象勾勒出那玩意儿的样子:某种拥有一个开口,布满花里胡哨的浮雕的东西,就像大多数"古人"制品一样由硅化合物结晶体制成;它的体积不会太大,自然也不会很小,恰好足以让它的使用者们一次性扔进那七百克东西,然后把它们送到某个只有那帮早已变成化石的浑蛋才知道的地方。

当然,事实并没有和他的想象相差太远:在大厅中央的一座黑曜石平台上,"饕餮"正散发着诡异的幽蓝色微光。大致而言,这玩意儿看上去和传说中白雪公主继母的宝贝颇有几分相似,只不过它的"镜框"看上去更像是一团扭曲的植物藤蔓,而镜面则被一团跃动的亮蓝色光芒所替代。轻微的静电爆响声充斥在整个房间之中,空气中充斥着臭氧的刺鼻味道,以及一股有机物腐烂的腥臭。

除了正在运转的"饕餮"之外,这座建筑中还有两个穿着黑色动力装甲的人,尽管外面已经打成了一锅粥,但他们却似乎并不在意自己的安危:这两个人没有携带榴弹发射器或者大口径自动步枪,位于动力装甲肩部的万用插槽上也没有安装袖珍哨戒枪或者宽频谱扫描仪。他们的全部精力都集中在了分别位于大厅两端的两座巨大石柱上:成百上千的符号如同倾泻的瀑布般从它们光滑的表面流过,并随着两人包覆在装甲中的手指的触碰而不断变化。

影子定了定神,伸手扯下了已经快烫得他无法呼吸的"护身符",然后用一支关先生送给他的老式火药燃气动力步枪瞄准了离他最近的那人的后腰——这里是动力装甲最薄弱的地方,也是他手中的这件武器唯一可以有效击穿的位置。

随着一阵重锤般的后坐力,步枪射出的金属弹头在那套黑色的装甲上砸出了一连串火花,不止一发子弹穿透了由高强度陶瓷与钛合金镀层制成的复合装甲,钻进了那人的腹部,开始在人体最为柔弱的空腔中撕扯、破坏、变形……

但那人只是打了个趔趄,随即站稳了脚跟。

与此同时,关先生和他的一名部下也对另一名敌人发起了协同攻击:关先生率先发射的两发大口径霰弹成功地吸引了对方的注意力,而那名原道救世军士兵则在抛开伪装的瞬间将一枚带有锥形装药的破甲手雷准确地粘在了对方的腰际。随之而来的强烈闪光就像一柄火焰之剑般穿透了那人的身体,炸药引爆的冲力则将他直接砸倒在了地面上。

然而还没等两人来得及感到庆幸,挨炸的这个家伙就以惊人的速度重新站了起来,用包裹在黑色盔甲中的拳头干净利落地击碎了那名投掷破甲手雷的士兵的颅骨,而接下来的一记肘击则粉碎了躲闪不及的关先生的骨盆,让他像一只断线的傀偶般软绵绵地摔倒在了光滑的岩石地板上。

影子继续扣动着那支老爷枪的扳机，直到枪膛里最终空无一物为止。他惊恐地看着两名对身上的致命伤视若无睹的黑甲死神来到离自己只有一臂之遥的地方，同时下意识地想要从腰间的弹药袋里抽出下一个备用弹匣，但指尖剧烈的颤抖让他连这种简单的动作也无法完成。

"啊哈，真是意外的惊喜。"一个尖锐而憔悴，如同焚烧后的苦灰般的声音从其中一套黑甲的扬声器中传了出来，"看来你还活着，影子先生。"

"是你?!"有那么几秒钟的时间，影子几乎忘记了呼吸。

"没错，至少目前还是。"随着那套动力装甲的头盔面罩缓缓开启，一股刺鼻的腥臭味就像一记迎面而来的重拳般击中了影子——出现在他视线之中的并不是那张毫无血色、苍白如纸的脸，而是一团臃肿的暗绿色腐肉。黄褐色的半流质物体从脸颊表面硕大的肿包中不断渗出，就像一口口污秽的泉眼。只有那双深陷在眼窝之中的红色眼睛还能勉强让影子想起那名患有白化病的女子。在肿胀变形的鼻梁下方，那对腐烂的嘴唇弯出了一个幅度，似乎是在微笑，"但也就剩下这么几个小时了。"

"你、你到底……"

"世界上没有什么是不需要代价的，影子先生。而在涉及整个物种的未来时，需要付出的代价往往会相当巨大——但用不了多久，升华就会完成，而我们的痛苦也会结束。"

"升华？这又是什么意思？"

"我想，你的新朋友们大概已经把他们这几个月里的所见所闻都告诉你了。"珊瑚的同伴信步走到了影子面前，腹部被破甲雷炸出的大洞中不断流出恶臭不堪的黏液、半凝固的血液和内脏碎片,活像是一锅来自地狱的杂烩汤。然而这个曾经自称为"辐射"的男人却对此熟视无睹。"比如说,我们和他们的暗中接洽,罗斯瘟疫的爆发,以及他们最近几天正在忙着干的事儿。"

"这些都是真的?!"影子无力地松开了手,任由那支老枪落在地上——在看到这一切后,他已经不再对这件武器抱任何希望了。

"千真万确。事实上,他们唯一弄错的只有我们的动机。"

"你们的……动机?"蜷缩在自己血泊中的关先生嘶哑地笑了两声,"你们难道、难道不是……"

"我承认,我们确实从一开始就计划弄到'饕餮';我也不否认,罗斯瘟疫的爆发确实有向你们施压的用意,但我们的目的并非仅仅如此。"珊瑚摇了摇头,一大团淡绿色的腥臭蒸汽随着她的动作从弹痕累累的动力装甲破口中缓缓溢出,就像一群正在挣脱皮囊束缚的幽灵。"我们并不打算将'饕餮'作为武器或者政治筹码,更不想与任何人为敌——事实上,我们的所作所为都是为了人类的未来。"

"比如说,让从没招你们惹你们的无辜民众被你们散播的病毒生生扭曲成那种……那种……东西?"

"这是必要之恶,先生。如果您不明白,请想想这个问题:生命存在的意义与目的到底是什么?"那个曾有着一双绿色眼睛的男人答道,"当然,不同的人对此有着成百上千个答案,但站在理性的角度上看,能够成立的结论事实上只有一个:作为有机化学演化过程的偶然产物,生命的存在本身毫无意义,而它唯一的目的仅仅是尽可能多地复制自身。在这方面,人类与最原始的厌氧细菌其实不存在根本差异。"

"但我们有……"

"我知道你想说什么，影子先生。没错，我们拥有许多细菌没有的东西：我们拥有复杂的多细胞结构和分工明确的器官，拥有高度发达的神经系统以及作为这一系统持续演化的最终产物的大脑，拥有语言、文字、运用逻辑的能力，拥有情感与想象力，还有可以抹除它们的抗生素。但说到底，这一切的最终目标仍然只有一个：让我们的基因可以尽量多、尽量长地持续复制下去。当我们的前辈航向星海时，这是他们的目的；当我们的先祖发明抗生素时，这也是他们的目的；而当我们的远古祖先敲碎第一块燧石、制造出最初的工具时，这还是他们的目的。我们甚至还可以一直追溯到进化之树还是一棵小树苗时——在那时，原始的单细胞生物在太古的海洋中首次组成了分工不同的群落，并逐渐演化成一个整体，它们的目的也不过如此。纵观历史，你其实不难发现，我们引以为傲的一切，归根结底其实都只是实现这一目的的手段与工具，仅此而已。"

"但这和你们的所作所为又有什么关系？"影子喝问道。

"当目的本身面临威胁时，手段和工具是可以，甚至必须被放弃的。"曾是珊瑚的那团腐肉继续嘤嘤地说道——短短几分钟内，它的腐烂程度已经上了一个台阶。一块块转化成果冻状物质的皮肉开始蠕动着从喉管与脸颊表面落下，然后像落入沸水的冰块般在地板上迅速挥发、消失。"在这一点上，另一个物种已经为我们做出了表率：在上百万年前，那个被我们称为'古人'的种族到达了他们文明演化的终点，他们的殖民地遍布桃花源每一个可以居住的天体，文化与科技都到达了堪称精致的地步，但他们同样也意识到，由于这个星系在重元素储量上的先天不足，他们的技术能力即便还能继续发展，也几乎没有可能实施大规模深空移民。作为替代手段，他们的科学家开发了空间折叠设备,也就是这套被原道救世军称为'饕餮'的仪器,但不幸的是,它对于能耗的需求实在是大得可怕,将一磅物质定位并投送到一光年外所需的能量几乎相当于整座大陆好几天的能耗总和。即便聪慧如'古人',最终也只能勉强制造并维持区区数台这种仪器的运转,而现在剩下的只有这么一台。"

"也就是说,这东西没什么用处。"

"一件东西是否有用,取决于你打算用它干什么,又如何使用它,如果你想进行传统的深空殖民,将一整个文明体系连同数以千计的人口送到另一个宜居星球的表面,那么'饕餮'当然不会比一把弹弓更管用。但正如我早已说过的,所谓的文明,正如我们在进化过程中产生的四肢、大脑和下颌一样,不过是一种手段罢了。'古人'们认识到了这一点,于是他们开发出了一种可以帮助他们抛开这些无效手段的病毒,一旦起效,这种病毒会抑制宿主细胞中原有的绝大多数基因的表达,但却并不会破坏这些基因本身。取代它们起作用的是它自身携带的更加简单的新基因组。经过它的改造,作为一个多细胞生物体的宿主会不复存在,取而代之的是……"

"阿米巴兽!"影子恍然大悟地点了点头,"他们变成了阿米巴兽!"

"是的——"那具急速腐坏的肉体做了个点头的动作,一只血红的眼球混在一团不断蠕动变形的脓液中从眼窝里掉了出来,"这是个真正明智的决定,他们放弃了曾经珍视的文明,转而拥抱生命原初的奥义。就这一点而言,阿米巴兽是完美的:只要一个世界具备最起码的支持碳基生命生存的条件,它就能从区区几个细胞繁衍出千变万化的形态,而根据我们组织内的天文学家最保守的估计,'古人'的后代已经以这样的形式散播到了数以千计的世界之上！绝大多数人可能会认为这样的'生存'毫无意义，但这恰恰是生命的常态——瞧瞧我们的基因组吧：在那些浩如烟海的遗传信息中，能真正被表达出来的其实寥寥无几，而其余的那些则是数十亿年来一次次搭上我们这列'顺风车'的病毒和其他微生物塞进去的私货，而存在于我们的每个细胞中的让我们得以呼吸氧气的线粒体也是同样的来头。换言之，我们和阿米巴兽其实并不存在本质上的区别，唯一的差异仅仅在于，我们是无数命运之线偶然交织的结果，而它们则是经由智慧创造的产物。就这一点来看，是它们，而非我们，真正代表着文明的成就。"

影子不置可否地耸了耸肩，问道："这一切是从什么时候开始的？"

"大约四十年前，就在旧同盟政府被起义推翻后不久。在动员时代，考古学家发现了许多东西，然而不幸的是，他们却并未真正理解这些发现的价值，不过我们明白了。"或许是不愿让对方继续看到自己的身体分崩离析的过程，珊瑚重新封闭了头盔面罩，但蠕动的块状物仍然从动力装甲的缝隙和弹孔里不断流出，每一团都是一群具体而微的原始阿米巴兽。"我们花了几十年时间，在世界的每一个角落隐蔽地寻找支持我们信念的人，同时搜寻'古人'的文明残迹，暗中进行研究工作。因为我们很清楚，我们的所作所为并不符合人们公认的伦理标准。通过对古老记录断简残章的不倦解读，我们知道了'饕餮'的存在，也得知了它的另一个用途——在高维空间裂隙中存储'古人'研发的病毒样本。但不幸的是，由于原道救世军对我们根深蒂固的不信任，我们一直未能找到它。正因为如此，我们不得不退而求其次，试图通过逆向基因工程从阿米巴兽的遗传序列中把这种病毒分离出来,然而百万年的时光已经积累了太多的基因突变,将它变得面目全非。迫于无奈,我们不得不制造了上千份彼此不同的样本,希望通过大规模随机实验碰碰运气。可不幸的是,这种努力一直不太成功——某些感染对象确实发生了转变,但是这种转变并不彻底。这些个体原有的基因性状仍然有一部分会随机地表达出来,甚至可能在这一过程中发生突变,于是,他们就变成了你们看到的那种……怪物。"

"你的意思是,罗斯瘟疫……"

"那确实是我们制造的。我对那些死者表示遗憾,但这完全是不得已而为之——如果这位关先生和他的同志们愿意与我们合作,这一切其实完全可以避免。而在那之后,同盟科学院派来与我们一同工作的那位'风暴'先生也对我们产生了怀疑。为了避免我们的努力因为他的揭发毁于一旦,我不得不采取了……非常措施,但让我没想到的是,你们的直升机的坠毁竟然让我们意外发现了'饕餮'的所在!"黑色装甲中传出的声音变得越来越模糊,也越发不像人类了,"通过研判'古人'留下的记载,我们知道'饕餮'就隐藏在这一带的某个隐蔽力场保护区域内,不过直到你们的自动求救信号突然消失的一瞬,我们才成功确认了它的位置,并采取了直接行动。"

"我们之……之所以拒绝,是因为我们还有别……别的选择!"关先生从嘴角啐出了一口血沫,"我坚信我们的同胞终……终将……"

"终将来拯救我们?!我不否认这种可能性,然而这几个世纪以来,我们可曾收到过任何其他人类殖民世界的只言片语?可曾见到过一艘来到我们头顶的飞船?!我承认,就纯粹的数学逻辑而言,在群星之间或许还残存着其他的人类子嗣,但我们不能完全寄希望于此——出于风险最小化的考虑,我们不能放过任何一个可以增加我们这个物种的遗传信息继续传播下去的概率的机会!假如我们就是仅存的人类,那么我们的所作所为就将是极有意义的:没错,你们可以根据神学、伦理学或者别的任何价值体系批判我们,但没人能够否认我们的举动的有效性。枯坐在桃花源中的人类,终有一天会走向灭亡,但我们却在群星间散布我们物种的种子——以几乎微不足道的代价!"

珊瑚像蹒跚学步的婴儿般艰难地迈开步子,回到了一根闪烁着无数发光符号的石柱前,一路留下了一道由活体黏液构成的足迹。暴露在空气中之后,这些黏液立即开始迅速挥发,变成一团半透明的薄雾,最终隐没在"饕餮"中央的那片变幻不定的闪光之中。

"就在现在,已经有数百万枚这样的种子被撒播到了数十个可能的宜居行星表面,而更多的则会在将来的几个小时内按照我们预定的程序被送出,没有人能阻止这一切。这,就是我们的希望与救赎!"

"去你妈的!"奄奄一息的叛军头子竭尽全力抬起头来,喃喃道出了自己的遗言,"去你妈的希望!"

穿着黑色装甲的两人都没有答话,因为他们已经无法开口了。蠕动着的半透明团块从装甲的裂隙中纷纷涌出,开始漫无目的地四处蠕行。其中一些找到了"饕餮"的入口,并且迅速消失在了闪烁的微光中,没有在这颗行星上留下一丝痕迹。而更多的则溜出了大厅,在弥漫的硝烟中不见了踪影。

"好吧……"影子叹了口气,开始转身朝大厅的入口走去,"再见。"

8

整件事结束得悄无声息。除了几段语焉不详的简短公告,没有人就发生在南风沼泽穷乡僻壤中的事公开发表任何评论。一些人明白这是为什么,另一些人不明白这是为什么,但大多数人都对此漠不关心。

安全返回安全委员会参谋部的影子属于前者,而他的大多数同事都属于后者,但总还有一些介于二者之间的人。当其中一些人在好奇心驱使下找到他时,他只是简单地摇了摇头,然后指指放在办公桌上的笔记本。

在那上面,写着一句话,而这句话并非出自他本人之手。

"一些人已经死了,另一些人终将死去,"那行沾着些许来源不明的污渍的铅笔字写道,"万物终将归于尘埃,但我们已经尽力了。"

风暴之心

他要找的东西就在那里。

它位于前方两百二十千米外，从顶端到底部足有几百千米高，直径超过了二十千米，斑驳的褐色、深灰色和暗红色条带在它不断变化的表面上忽隐忽现、游移不定，仿佛在流动水面上漂浮的油脂。它的底部直插进覆盖着富含硫化物和深褐色雾霭的液态氢海洋中，顶端则连接着一大片脏棉絮般，由灰白色的氨冰和透明的水冰混合形成的云雾，看上去就像是北欧神话中连接天地的宇宙大桦树。浓密的云团在它的周围沿着顺时针方向疾速旋转，不断被时速上千千米的强风撕扯、揉捏、挤压，变幻出千奇百怪的形状，如同一群群喜怒无常的风之精灵。

杰深吸了一口已经开始透出霉味的再生空气，努力抑制着打呵欠的冲动。在连续十四个小时的驾驶后，疲倦就像钻进树木的蛀虫一般蛀穿了他的每一根神经和每一块肌肉，但他不愿在若望·罗孚特面前有任何示弱的表现——这个唠叨、自以为是的生态学家总是抓住一切机会试图掌握这艘小小飞船的主导权，对他发号施令，他可不想让这家伙认为现在有机可乘。

与所有的追风者一样，杰这辈子永远无法学会听命于人——追风者都是独行客，是只服从自己或自己所属的小团队的人。与20世纪的前辈一样，他们追逐危险，拥抱危险，在见证摄人心魄的自然伟力的同时,证明自己存在的价值。他们和老前辈唯一的区别是,几个世纪前的追风者在北美大平原上开车追逐转瞬即逝的龙卷风;而杰和他的同行们则驾驶着经过特别改造的穿梭机,出入于类木行星永远狂风呼啸的大气层,他们挑战与欣赏的对象,是那些庞大、壮丽,通常能够存在几十年乃至上百年的巨型气旋。

尽管有着一脉相承的冒险精神与勇气,但对于几百年前的那些前辈而言,像杰这样的新一代追风者所面临的风险远非他们所能想象:类木行星浓密的大气层是个不折不扣的恐怖地带,无数与壮丽并存的危险足以让但丁笔下的炼狱犹如底格里斯河畔的伊甸园一样宁静而美好。因为行星高速自转而产生的狂风永无休止地在冰冷的液氢海洋上方肆虐着,巨大的闪电就像泰坦巨人挥动的魔剑般不断劈开浓密的云层,即使在远离风暴的地方,危险的大气湍流也随时有可能将疏忽大意或者仅仅是运气太差的人扯入死亡的无底深渊,就连他们的头顶也不一定安全——构成行星环带的固态硅酸盐和水冰碎块每时每刻都有可能因为围绕行星运转的卫星系统的引力摄动而落入大气层顶端,形成陨石,而其中很大一部分陨石的质量足以对追风者驾驶的穿梭机构成致命的威胁。

不过,和追风者追逐的目标——那些直径动辄数十乃至数百千米的巨型气旋相比,上述这些危险顶多也只能算一些恼人的小麻烦而已。由于自转速度快,大气密度更高,类木行星上的气旋无论在强度还是在持续时间上,往往几百甚至上千倍于类地行星大气层中的同类。没错,像大红斑或者大黑斑那样的超级巨无霸只是屈指可数的少数,但即便是杰眼下正在接近的这种"轻量级选手",也不是吃素的。只要一眨眼的工夫,它们就能把追风者渺小的穿梭机生吞活剥下去，连个嗝都不用打。每个能在这一行连续干上超过三个地球年的追风者都很清楚，勇敢与愚蠢之间只有一线之隔，而能否准确地拿捏这条线，则是一个杰出的追风者和一具坠入类木行星大气层的冰冻尸体之间的根本区别。

"我们不能再前进了，罗孚特教授。"在又一次检查了操纵杆右侧仪表板上的读数后，杰宣布道，"我现在必须马上收帆并启动发动机，一百二十千米已经快要接近安全距离的极限了。"

"一百二十千米？那还不够。"若望·罗孚特的声音从杰身后传来，那是强硬、简短、标准的命令式语气，"还记得前天投放的两枚浮标吗？当时我们追踪的气旋直径和电磁活动强度都要超过今天这个，但在一百三十千米距离上投下的浮标甚至没有引发任何反应，我们这次无论如何都要再接近一些！"

"那就一百千米，不能再多了。"杰叹了口气，下意识地捏了捏挂在挡风玻璃内侧的小莱蒂。这个纯手工制作，穿着波利尼西亚草裙的洋娃娃，是他前年在麦当劳五百年店庆的抽奖活动里得到的，一个大大的黄色"M"构成了洋娃娃的全部面部特征。尽管杰的朋友们一开始时都嘲笑这是个"小女孩的玩意儿"，但当小莱蒂陪伴着杰平安完成了十几次行动之后，当初嘲笑它的人又转而争先恐后地请求杰将它借给他们，希望能借此沾上一点儿好运——大多数追风者对运气都有着一种迷信般的崇拜，即便与那些在战场上出生入死的老兵们相比也不遑多让。

"五十千米！"若望·罗孚特说。

"七十千米，不能再近了。"杰摇了摇头，修长的黑色眉毛拧成一团，"教授，我必须提醒您，'蔚蓝之灵'只是一艘二手拼装货，虽然它的性能在大多数情况下都还算令人满意，但我必须承认，它有时候可不像您想象的那么……结实。就算您已经租下了这艘穿梭机的使用权，我也必须为您的——以及我自己的——生命安全负责。"

说出这番话让杰感到很不自在。追风者们通常不会受人雇佣，也很少在冒险过程中带上乘客，但杰是个例外——这一切还得从四年前的一场小小的不愉快——尽管某些当事人或许不这么认为——说起。当时的杰还是个刚入行的毛头小子，与大多数二十岁出头的年轻人一样，更习惯于用荷尔蒙而非大脑来思考问题。而在火卫一航天中继站的酒吧里，正是这种思考方式给他惹上了麻烦——没错，把正在殴打自己女友的恶棍从孤立无援的小女生身边轰走确实是件见义勇为、利人利己的好事，但在撂倒那家伙后又朝他的裤裆补上一脚就不是什么明智之举了。更糟糕的是，那家伙的女友居然在法庭上站到了她那位负心男友一边，一起朝着他狮子大开口，结果杰不得不东挪西借，向那家伙支付了三十五万信用点的赔偿才勉强摆脱了蹲班房的厄运。

尽管在随后的几年里，杰尝试了一切办法来减轻自己的债务，但这笔钱仍然连本带利地滚到了五十万，他的债主开始失去耐心，银行更是威胁要拿"蔚蓝之灵号"来抵债。在债务的层层重压下，濒临绝境的杰甚至一度动起了自杀的念头——直到若望·罗孚特找上他为止。这位教授用五十万信用点的高价租下了"蔚蓝之灵号"六个月的使用权，并雇佣杰作为他的私人飞行员，随后，他们就乘着飞船来到了这颗代号为 MG77581A3，甚至连个正式名称都还没有的类木行星的轨道上，开始了教授那所谓的"调查活动"。

"六十千米！"若望·罗孚特的嗓门并不算高，但他的语气已经清楚地表明,他不会在这个问题上做出任何让步了。无论从哪个角度来看,头发灰白、身体硬朗、即将年满六十三岁的若望·罗孚特像军人的地方要远远超过像教授的地方。事实上,如果不是因为在十二年前的一次舰艇碰撞事故中意外负伤瘫痪,这位教授的肩膀上应该已经缀上至少一枚将星了。不过,因伤致残并没有磨损他作为军人的内在气质。在大多数时候,这位前邦联太空军中校似乎都将"蔚蓝之灵号"当作了他过去指挥的那艘石弩级护航舰,而把杰当成了他手下的操舵士官。"注意控制速度,相对距离接近到九十千米后收帆,到七十五千米时启动前部发动机。照我说的做,不准废话!听明白没有?"

"明白,'长官。'"杰用尽可能讽刺的语气说出后一个词,但若望·罗孚特只是毫不在意地扬了扬花白的眉毛,同时以长官检查下属工作的挑剔态度看着杰逐一察看左下方的一连串仪表,为接下来的收帆工作进行准备——与那些被设计为在类地行星稀薄的大气层中飞行的穿梭机不同,追风者的穿梭机并不完全依赖化学能冲压式发动机提供飞行的能源。这些穿梭机的外形比一般穿梭机要扁平,翼展更宽,更适合滑翔,追风者在它们的机翼内安装了一系列由充气材料组成,可以自由收放的减速伞状"风帆",从而有效地利用类木行星大气层中永无休止的狂风作为飞行动力。一名技术娴熟的追风者可以利用这些帆顺着风向连续飞行十几个小时,而其间只需要让发动机短暂地开机几分钟。

不过,使用这些风帆所带来的潜在危险也与它所提供的便利不相上下:在收放充气风帆时,追风者的操作必须慎之又慎,任何微不足道的疏忽或者故障,都有可能让穿梭机因为丧失平衡而落入湍流,被席卷行星大气层的狂风撕得粉碎——或者更糟，直接栽进下方几百千米的液态氢海洋中。

值得庆幸的是，杰的这次收帆作业没有遇到任何麻烦：两块面积比"蔚蓝之灵号"的机翼还要大的充气风帆里填充的氦气很快就被排空，从当中裂成两半。几十根高强度合金缆绳在低沉的窸窣声中疾速收缩，在短短几秒钟里就将已经瘪下去的风帆收回了机翼下的舱室里。接着，杰以最快的速度调试了"蔚蓝之灵号"的六台冲压发动机，并启动了位于机首两侧的两台。伴着发动机运转的低沉嘶吼，两道高温气流尖啸着朝机首前方喷出，对抗着时速达到一千两百千米的可怕狂风。随着冲压发动机提供的推力变得越来越强，位于仪表板顶端液晶显示屏上的空速计示数也开始由最初的每小时一千两百千米直线下降，逐渐降到八百千米、六百千米、四百千米、两百千米……最后终于停在了每小时一百一十五千米——这正是那股风暴移动的速度。

"距离五十七千米，与目标的相对速度已经下降为零。"在念出这两个数字后，杰长长地呼出了一口气。在两年前的一次冒险中，他曾经在天王星表面接近到离一股气旋不足四十千米的地方，并在那儿连续拍摄了十分钟，但那股气旋的直径还不到眼前这股的一半，它周围的风力也要小得多。现在，这股巨大的气旋已经占据了"蔚蓝之灵号"透明座舱超过一半的视野，气旋暗褐色的表面在黯淡的阳光下散发着恍如世界末日般的强烈压迫感，即便是杰这种经验老到的追风者也会为之感到片刻的震撼——这是一种被埋葬般的恐惧，因为自身渺小而受到的震撼，是潜藏在人类基因深处但早已为大多数人所遗忘的，对于不可抗的强大自然力的恐惧。"教授，我们……呃……我是说……"他吞了口唾沫，"那个……电磁浮标已经……呃……已经准备就绪。"

"很好，启动电子浮标的仪器舱，五秒钟后发射第一枚。"从若望·罗孚特的声音中听不出丝毫的恐惧或者惊愕——即使他真的产生了这种情绪,也已经被他仔细地掩盖了起来。不过话说回来,杰并不认为罗孚特教授有可能对眼前的气旋感到恐惧。毕竟,对一个参与过海恩γ星残酷的反暴乱作战,指挥护航舰分队镇压过新埃利斯暴动——不过,当地那些揭竿而起的亚裔移民后代坚持认为这是一场"起义"——且见惯了血与火的老人来说,一道无生命的气旋多半并没有什么可怕之处。毕竟,当年被邦联维和部队炸毁的新埃利斯太空港的体积和这道气旋也差不多大,而那里面可是有两万个活生生的人……

"小子,你怎么了?没听到我的话吗?"若望·罗孚特用强健有力的手臂重重地拍了拍杰的肩膀,这才让他猛然回到现实,"我要你发射一枚电磁浮标,马上!"

"呃,是!"杰连忙点头,同时伸手按下了位于左手边的一块小型控制面板上的几个开关。在接手这份倒霉的工作之前,杰一直为"蔚蓝之灵号"宽敞、简洁且充满个性化情调的舒适座舱而感到自豪,但若望·罗孚特毫不留情地将这一切通通剥夺了。在租下"蔚蓝之灵号"之后,他拆除了座舱里的智能饮料机、小型冰柜、音乐播放器、自动化按摩装置和其他个性化设置,然后又粗暴地往里面塞进了一大堆棱角分明,散发着冰冷的金属气息与恶心的机油味的仪表设备,这些该死的设备把座舱占了个满满当当,让"蔚蓝之灵号"的座舱变得比20世纪的阿波罗飞船内部还要狭小。"一号电磁浮标已经准备就绪。"杰说道。

"发射!"罗孚特点了点头,示意杰按下仪表板上的红色发射钮。片刻之后,一道暗橙色的火光从"蔚蓝之灵号"的机腹下方直蹿而出,以近乎与地面——假如类木行星的液氢表面可以被称为"地面"的话——平行的角度向前飞去。尽管若望·罗孚特教授管"蔚蓝之灵号"携带的这些东西叫作"浮标",但它们的结构其实与20世纪的老式探空火箭相去无几,一旦被发射出去,它们就会按照预先设定的路线绕着被选定为目标的气旋来回盘旋,并持续向气旋内部发射电磁脉冲信号,直到它们的火箭发动机的固体燃料耗尽为止。

在过去的整整两个星期里,杰的全部工作就是在这颗冰冷的类木行星大气层中追踪一个又一个被他的雇主认定为"具有研究价值"的气旋,并向它们发射这些所谓的"浮标"。杰并不知道这么做是为了什么,而他发射出去的那些"浮标"又有什么样的功能,若望·罗孚特也从未向他提起过。但杰可以确定的是,无论他的雇主打算用这些浮标达到什么目的,雇主肯定都还没有成功——他注意到,随着时间的推移,若望·罗孚特教授正变得越来越暴躁易怒,也越来越缺乏耐心。而在这两天里,每当杰向气旋发射"浮标"时,这位生态学家都会在紧握双手的同时低声喃喃自语,似乎在祈祷着什么。

不过,无论若望·罗孚特在向哪个神祷告,他信奉的神灵多半都没有听到他的声音——还没等这枚电磁浮标接近目标,它就在空中撞上了一道仿佛凭空从阴影中浮出的小型气旋,在一片诡异的寂静中无声无息地炸成了一团渺小的火光。这团橘色火光只闪烁了短短一瞬,接着就被不断旋转的黑色云团吞噬了。

"该死的,是次生气旋。"杰朝着雷达屏幕上看了一眼,紧张地深吸了一口气——在极少数情况下,大型气旋附近会出现一个或多个与其沿着相同轨迹行进的小型气旋,就像跟随在鲨鱼身边的食腐鱼类一样。由于活动区域贴近大型气旋,这些次生气旋很难在远距离上被雷达、肉眼或者其他手段探测到,这使得它们在某些时候甚至比那些威力强大的大型气旋还要危险。"直径二点五到三千米,与我们的距离不到二十千米。就在一分钟前,我的雷达还没有发现它,这东西很有可能是刚刚形成的。"

"刚刚形成?"若望·罗孚特若有所思地说道,"有意思。"

"呃?"

"这或许不完全是个巧合……"生态学家继续说道,他的声音中既有疑惑与担忧,也有隐约的兴奋,就像是一个即将在全班同学面前听到自己的考试成绩被公布的优等生,"这很有可能是一个征兆——表明我们已经接近成功的征兆。我认为我们不应该放弃这次机会。继续前进!"

"什么?继续前进?"杰只觉得自己的下巴都要掉下来了,"你疯了吗,教授?继续前进?我们现在的位置已经相当危险了,再往前就是死路一条,更何况这周围还有次生气旋出现!可以的话,你就把那该死的租金收回去吧,我是绝不会……"

手枪子弹上膛的清脆咔嗒声从杰的脑后传来,杰下意识地转过头去,发现一支银色的大口径手枪正抵在自己的太阳穴上。这支仿古柯尔特的点四五手枪的套筒和握把上都镀着银,在枪身一侧镂刻着充满古典气息的跃马图案,这让它看上去更像是一件工艺品而非武器。但杰一点儿也不怀疑这东西的威力是否足够取人性命。"我们的合同里可没有这条……"他无力地抗议道。

"让那份愚蠢的合同见鬼去吧!小子,你马上就会成为人类科学史上又一个历史性时刻的见证人!"若望·罗孚特用半是激动半是不耐烦的语气命令道,"现在,前进!"

"你尽管开枪好了。"在说出这句话后,杰却感到了一种异样的平静,"现在就开枪啊,教授!你不会这么做的——也许你知道该怎么驾驶'蔚蓝之灵'号,但没有我,你从这里逃出去的机会绝不会比赤身裸体地翻过喜马拉雅山的成功概率更大。来啊！"
他大声地喊道，"如果你想要和你的奇迹来一次亲密接触，这可
是个好机会！不是吗，教授？"

一秒钟后，杰听到了扣动扳机的声音。

我死了吗？

当淤泥般浓稠的黑暗从杰的大脑中渐渐退去后，他费力地
睁开了仿佛有几十吨重的眼皮，伸手摸了摸后脑勺——他剃得
干干净净的头皮在手掌下散发出一股微微的暖意，却并没有像
他预料中那样出现一个鲜血淋漓的大洞。

"我还活着。"杰自言自语了一句，似乎是要确认这一事实。
他发现自己正坐在"蔚蓝之灵号"驾驶舱的后座上，左臂被自己
的体重压得有些发麻，一阵阵刺痒的感觉从后颈处传来，就像被
蚊虫叮了一口——不，不对，"蔚蓝之灵号"上不可能有蚊子。难
道……

"小子，醒过来了啊？"坐在前座操纵席上的若望·罗孚特用
轻松的语气问道，"感觉怎么样？"

"该死的，你刚才对我做了什么？"

"没什么，只是让你暂时休息几分钟而已。"生态学家耸了耸
肩，"你该不会以为我手上的是把真家伙吧？这年头，要找到一
把货真价实的柯尔特手枪，简直比把手伸进邦联最高委员会主
席的裤裆还难。"

"那你刚才……"

"贝克尔麻醉飞镖，小孩子的玩意儿。"若望·罗孚特漫不经
心地把那支"手枪"隔着椅背丢给了杰。尽管外观极为逼真，但
当杰的手掌碰到这件"武器"的一瞬间，他就意识到这的确不是

一把真枪——它的重量和邦联军队的制式装备P-160爆能手枪差不多,甚至更轻,完全没有几百年前的老式火药武器的笨重感,套筒和握把都透着塑料手感而非金属质感。"我从一开始就估计到,你在关键时刻很可能会缺乏必要的勇气——当然,我不能在这一点上苛求你。毕竟,只有那些真正的科学家,那些将自己的全身心都投入到对自然的探索与理解,并愿意为了真理付出一切代价的人才能拥有这样的勇气,因此我不得不做一些……预防措施。"

"噢,好极了。"杰还想再说些什么,但麻药的效力似乎还没有完全散去,他的脑子仍然像一桶被搅拌过度的水泥一样一团混沌。他费力地揉着双眼,试图从座椅上站起来。但就在他抬起头的一瞬间,他的目光落在了座舱仪表板的雷达屏幕上。

"见鬼!"在看到雷达屏幕的一瞬间,杰像触电一样从座椅上跳了起来,险些一头撞上驾驶舱的顶部,"我……我……我们在……在……"

"哦,我知道。"生态学家用指节轻敲着雷达屏幕,发出了低沉而愉悦的笑声,"追风者,这让你感到相当惊讶吗?"

"没错。"杰下意识地咬紧了嘴唇——他原本以为自己在十岁之后就已经改掉了这个习惯。在雷达屏幕上,代表"蔚蓝之灵号"的冰蓝色菱形图案周围分布着一大四小总共五个不太规则的灰绿色圆形,就像是漂浮在开水里的荷包蛋,这些圆形图像全都与"蔚蓝之灵号"保持着一段不算太长的距离——大概五千米。

一共有五个气旋。一股寒意从杰的脚底一直蹿到了天灵盖。作为一名老资格追风者,他迅速判断出了这些气旋的大小和强度——位于"蔚蓝之灵号"左前方的那个最大的影像毫无疑问就是他们之前发现并接近的那个大型气旋,除此之外,在他们的正前方、左侧、左后和右后方又各有一个直径从一到四千米不等的小型气旋,这些气旋彼此之间靠得非常近,像一道围栏一样将"蔚蓝之灵号"围在了中间。当然,至少到目前为止,"蔚蓝之灵号"都还是安全的:所有气旋都保持着与这艘小小的穿梭机完全相同的移动速度与移动方向,从而维持着一种相对静止的状态。但只要有任何一个气旋的移动轨迹略微偏转几度……

"尽管放心吧,小子。"若望·罗孚特长满白色胡须的嘴角露出了一个得意的笑容,"你担心这些气旋会接近并毁掉我们?"他摇了摇头,突然将手中的操纵杆向左侧用力推去,雷达屏幕上的那个冰蓝色菱形图案立即掉转方向,一头冲向了最大的气旋。

"不——"恐惧将杰的惊叫声牢牢地冻在了他的喉咙里,但更加令人惊讶的一幕出现了:随着"蔚蓝之灵号"的接近,那道巨大的气旋也改变了移动轨迹,重新将双方间的距离拉开到了原先的宽度。接着,生态学家又操纵着"蔚蓝之灵号"依次转向其他气旋,结果完全一样:所有的气旋都在"蔚蓝之灵号"朝它们接近时自动躲开了,看上去就像是一群正在竭力躲避一只黄蜂的人。

"我成功了。看到了吗,小子?你知道这意味着什么吗?"若望·罗孚特缓缓拉动操纵杆,引导着"蔚蓝之灵号"回到了最初的航线上。杰颇有几分沮丧地发现,这位前太空军舰长操纵穿梭机的水平虽然还比不上他,但也差不了多少。"看到了吗?它们会自动躲开我们,因为它们能感觉到我们的存在,并且以为我们是它们中的一员,而它们会与自己的同类保持距离。"若望·罗孚特得意地说。

"它们能……能感觉到我们?这是个比喻还是……"

"比喻？不，我刚才说的都是大实话，"生态学家答道，"这些气旋并不仅仅是一些旋转的气体和冰晶而已。它们是一个有感知能力、有意识的整体！尽管无法确定，但我认为它们甚至有可能存在着某种程度上的智慧！"

"你的意思是，这些气旋是……是……是活的？"杰用难以置信的目光看着他的雇主，仿佛这个老人的脑袋上长出了角，腿上冒出了蹄子。这些气旋是有意识的？它们具有感知能力？"你在……开玩笑吧？"杰觉得匪夷所思。

"我是一名科学家，科学家在工作中不开玩笑。"若望·罗孚特用理所当然的陈述语气答道，"至于这些气旋是否有生命，那要看你对'生命'这个词的理解与定义了：如果按照最狭隘的碳基生命的定义——由有机物和水构成的一个或多个细胞组成的一类具有稳定的物质和能量代谢现象，能回应刺激，进行自我复制的半开放物质系统——这些气旋并不能算是生命体，但这并不代表它们就不能拥有感知与思维的能力。"

杰摇了摇头，说："我……不太明白。"

"我可没说这很容易弄明白。"若望·罗孚特说道，"你对人脑的运作机理了解多少，小子？你知道人类意识的本质是什么吗？"

"了解不是很多。"杰耸了耸肩，努力地回忆着自己在中学生物课上学过的那些知识，"嗯……意识是一种知觉、察觉或者感觉的状态，是一种理性的感知能力，而从本质上来讲，人类的意识源自特定的脑组织内通过化学反应所产生的生物电信号，但——"

"很好。"若望·罗孚特打断了他的话，"正如你所知道的，生物的感知能力在本质上是神经系统和脑组织内生物电信号作用

135

的结果,但非生物电信号从理论上讲也能产生同样的效果——在两年前的一次调查活动中,我意外地发现某些类木行星上的气旋内部的带电粒子的分布状态,以及它们释放出的电磁辐射,会呈现出一种特别的……规律性。从某种意义上讲,这些带电粒子扮演着类似于脑细胞的角色,只不过它们不需要通过神经系统,而是依靠改变气旋局部区域的气体分子密度来实现对'身体'的控制,并通过接收电磁辐射来感知外界事物并相互沟通。换句话说,只要你知道该在什么情况下发射哪一种电磁信号,就能与它们实现沟通。"

"所以你让我发射的那些电磁浮标……"

"它们装载的仪器舱会向这些气旋发射不同的信号,并记录它们的'答复'。"若望·罗孚特接着说道,"通过对这些'答复'的统计与分析,我就能逐步推导出气旋所使用的'单词'和'语法',最终弄懂它们的'语言'。"他猛地朝前伸出手臂,仿佛要与那道正在几千米外徘徊的气旋拥抱,"小子,你应该为我雇用了你而感到荣幸——我们是人类科学史上第一批成功与自然状态下的非生命智慧体实现互动的人。我们的成就将在史册上留下不可磨灭的……"

"当心!"杰突然喊道,"教授,快看! 看雷达!"

"什么?"他的雇主连忙将目光转向了雷达屏幕,一秒钟后,他的面容因为惊讶而扭曲了——围绕着"蔚蓝之灵号"的五道气旋正在朝着屏幕的中心迅速移动,就像是正在合拢的五根巨大手指。

那是五根可以轻而易举地将他们碾成齑粉的手指!

"启动三到六号备用推进器! 我们必须爬升!"杰声嘶力竭地吼道。但一切都已经太迟了——还没等他的雇主来得及在仪

136

表板上找出启动备用推进器的按钮，一道由高压气体构成的云墙已经铺天盖地地包裹住了他们。

在强大的气压下，保护着"蔚蓝之灵号"驾驶舱的 Lt 级钛合金外壳只坚持了短短的几秒，然后就像包裹糖果的锡纸一样被轻而易举地撕成了碎块，舱内的空气从破裂的机体内喷涌而出，发出一阵阵叹息般的尖啸……

世界变成了一片冰冷的黑暗。

那个可恶的东西终于被彻底摧毁了。

当那个物体的残片在行星引力的作用下，脱离它致命的拥抱，纷纷扬扬地坠入下方冰冷的液氢海洋时，从该物体表面发出的电磁信号终于消失了，这让它感到如释重负——按照它的同胞们向它提供的信息，早在许多个日出之前，那个物体就开始骚扰它们了：这物体会接近它们，然后将一些体积更小的物体投射出去，用虚假的电磁信号来干扰它的同伴们对外界的感知，让它们感到不胜其扰。而现在，这个东西又找上了它，不但用同样的方式来骚扰它，甚至还明目张胆地试图伪装成它的一个同类……

不，用"试图"这个词汇描述这个东西的行为并不准确。它告诉自己。众所周知，在这个世界上，只有它和它的同类才是唯一具有意识、能够思考的存在，也只有它们才能有目的地去做某件事。尽管这个刚刚被它毁掉的东西似乎与它接触过的一切类似的固态物质——比如那些时不时从天空中落下的硅酸盐碎块和水冰——都不尽相同，但这东西显然也只是自然界无穷无尽的造物中的一种。它不知道这个物体为什么会接近它们，又是如何模拟出与它们相似的电磁信号的，但这一切都不重要，因为这东西只是一块无足轻重、惹人厌烦的自然物质而已。否则还会是什么呢？

在摧毁那东西之后，它在原地停留了片刻，确认那个物体的残骸已经在行星表面强大的大气压力下被扭曲、压瘪，最终坠入黑暗冰冷的液氢海面，然后它心满意足地重新踏上了旅途。无论如何，在它的努力下，现在一切都已经恢复了正常，它确信，它的同胞们会为它的成功感到骄傲。

没错，它们肯定会的。

二人谋事

三人不能守密，二人谋事一人当殉。

——东亚古谚

1

当表示"安全带未插好"的红色警示灯亮起之后，苏珊娜·塞尔准尉松开了已经被掌心的热度焐得发烫的操纵杆，像猫一样将双臂抵在面前两尺外的风挡上，在穿梭机狭窄的驾驶室里伸了个长长的懒腰。尽管从理论上讲，这是严重违反驾驶规定的，但在眼下，至少有两个理由允许她这么做：首先，对任何一位在这个容积不到二十立方米的罐头盒子里与三个散发着难闻气味的男人一起待了整整三十个标准小时，而且一直在不眠不休地驾驶穿梭机的女性而言，暂时的放松是极其必要的；其次，就她所知，那些有权查阅她的驾驶记录的人已经不会再因为这点儿小问题而扣除她飞行执照上的点数，或者因为"涉嫌危险驾驶"而把她扔进基地的禁闭室了。

因为他们全都死了。

仅仅在几天之前，死亡对苏珊娜而言还是一个陌生而抽象的概念：虽然她已经在被公认为死亡率最高的邦联太空军舰艇部队服役了整整九年零七个月，但在这段时间里，她的名字总共只从运输司令部的名单上消失过短短八个星期——那还是因为训练司令部的人手因为一次交通事故而出现了暂时性短缺，才让她临时去指导那帮初出茅庐的菜鸟怎么操作地面模拟器。在其他时间里,她的工作岗位一直在交通艇、运输机与穿梭机上来回跳转,与那些可能危及生命的暴动、冲突与动乱之间隔着的距离远得可以用光年来计。

但是,在最近的几个月里,那种她熟悉的,规律却平淡无趣的生活已经一去不复返了——自从奉调来到这颗编号为MG77581A3的类木行星后,她首先见证了大自然那毫无理性的恐怖暴力,随后又有幸成为那些以往只存在于流言与传说中的壮丽奇观的目击者。而在那之后,她又目睹了另一种更加令人不寒而栗的暴力——来自她的同类,试图置她与其他无辜的人于死地的暴力。也正是因为这种暴力,她才不得不开始执行另一项使命:在这个危机四伏的风暴世界中为那些死难者寻求正义。

当穿梭机的碰撞警告系统又一次发出一连串凄厉的哀鸣时,苏珊娜以最快的速度将手放回到操纵杆上,同时下意识地将眼角的余光投向机翼下波涛汹涌的黄褐色云海。万幸的是,引力场探测器提供的全息模拟图表明,这一次的危险来自上方——那不过是又一块被这颗行星强大的引力从围绕它的环带中扯下来的硅酸盐碎块,纯粹遵循着牛顿三定律而运动。没有意识,更没有恶意——但仍然足以致命。

在匆匆瞥了一眼机载计算机估测出的目标运动轨迹后,苏珊娜立即灵活地拉动辅助操纵杆,开始驾轻就熟地调整起拖拽着穿梭机的两面充气风帆间的夹角。经过近半年的练习,她现在已经能像控制自己的身体一样,熟练地操纵这种最初由追求刺激与冒险的"追风者"所设计,专门用来在类木行星大气层中飞行的特制穿梭机了。正如她预料中的那样,仅仅几秒钟后,灰色的碎块就悄无声息地掠过穿梭机的右舷,拽着一条炫目的等离子尾羽,径直在数百千米下的氨冰云层中钻出一条狭长的隧道。五光十色的电光仿佛灵动的游蛇般窜过云团的表面,然后在尾焰的残迹周围纷纷炸裂、消散,宛如古地球的盛大节日庆典中施放的绚丽焰火。

"准备收帆,在两分钟内把时速降低到四百五十千米以下。"就在那块陨石最后的残迹被重新聚拢起来的云层彻底抹去的同时,坐在副驾驶座上的男人用低沉的嗓音对苏珊娜说道。他的声音干涩而沙哑,就像在重压下碎裂的枯叶。霜雪般的鬓发与皱缩干枯如羊皮纸般的皮肤再清晰不过地表明了他的年龄。尽管从理论上讲,他对穿梭机上的另外三人并没有直接指挥权,但在这一小群幸存者中,没有人会质疑他的权威——这种权威一半是属于富有经验的长者的天然特权,而另一半则源于他所拥有的知识与能力,以及他的同伴们对他的信任。"我们离他已经不远了。"

"老天有眼!我们马上就能抓住那个狗娘养的了!"还没等苏珊娜开口,坐在后排座位上的一名乘客已经情不自禁地吼出声来。这个长着一张线条粗犷的大众脸的男人只是镍星基地的一名普通警卫,对最近发生的一切都知之甚少。他现在所想的仅仅是为那些不幸的同伴讨回公道——但这已经足够了,"到时候我一定要——"

"别急,"老人摆了摆手,"请允许我解释一下,我刚才说的'不远',只是平面距离而已。如果我没弄错,他很可能和我们并不在同一高度上。"说罢,他那双蜡黄色的眼睛转向了苏珊娜,"准尉,预热1到4号主推进器。我们要到下面去了。"

"下面?!"这个看似平平无奇的词就像一根尖锐的冰针,戳得苏珊娜不由自主地打了个寒战：在她脚下，无穷无尽的冰冻云团正在气态行星那种特有的永不休止的飓风驱策下狂暴地相互盘绕撞击着，含硫的云层碎屑如同炼狱群魔伸向天空的爪子，不断从划过云海的闪电之间探出。"下面多远？"她问。

"不超过八十千米，在液氢海面以上。那儿可能有点儿小风，不过我认为应该没什么大碍。"

"八十千米?! 可我们的机体强度——"

"至少比'无惧号'的要好。"老人挥手打断了她的话，"既然他能下得去，我们当然也能。"他对苏珊娜露出一个勉强可以算是微笑的表情，"相信我。"

"当然。"苏珊娜叹了口气，开始从充气风帆中抽出填充在高密度薄膜内的惰性气体，银光闪闪的风帆迅速皱缩成两个连在细长绳索尽头的小球，然后被收进了位于机首两侧的舱室中。事到如今，他们已经成了一堆过河卒子，唯一的道路只有继续向前……同时祈祷能在这趟旅程的尽头找到正义。"我相信你。"她说。

穿梭机身子一沉，像一只扑向水面的翠鸟般冲入张牙舞爪的层云之中。

2

就像许多故事一样,这个故事开始于一个微不足道的小小光点,由一套微不足道的监控系统投射在一幅微不足道的二维平面图顶端的一个微不足道的角落之中。

一开始,这个小点出现在行星晨线的北极点附近,从北极圈逐渐向南移动,一路上与其他的小点逐一会合、共同行动,就像一只在雪地中越滚越大的雪球。当这只"雪球"最终抵达行星的赤道时,它的体量已经膨胀到了镍星基地的执勤人员无法将其忽视的地步。于是,在这一天凌晨——当然,基地里的"天"是与旧地球而非这颗类木行星的"天"同步的,毕竟,除了真正的饭桶,没人愿意每过六个半小时就吃一顿晚餐——当苏珊娜·塞尔准尉从标准睡眠程序中被唤醒时,她惊讶地发现,自己醒来的时间比预设时刻早了整整两个小时,而且她的视网膜读出装置上也多出了一份任务简报。

在不情不愿地爬出睡眠舱后,苏珊娜用了十分钟时间阅读任务简报、打理个人事务并进行飞行器的必要准备,而等待乘客登上停在航空港内的"好奇号"——它是镍星上的八架穿梭机中最新也最结实的一架—— 并将它从双层气密闸门里开出去,则花掉了几乎两倍于此的时间。在跃出气闸的一刻，一股强烈的上升气流如同传说中北海巨妖的爪子般紧紧地攥住了"好奇号"，险些在这架穿梭机开启发动机之前就将它砸碎在镍星坑坑洼洼的灰色表面上。值得庆幸的是，经过一番挣扎之后，苏珊娜最终成功地让她的宝贝穿梭机摆脱了那只无形的巨手，开始沿着导航系统自动规划的航线盘旋下降。

"准尉，注意到了吗?"就在苏珊娜专心致志地操纵穿梭机躲开一处危险的湍流时，这架航天器上唯一的乘客突然开口问道，"这次任务的路线与以前的不太一样。"

"嗯，没错。"苏珊娜心不在焉地答道，同时略微调整了一下机翼的迎角，以便降低穿梭机下降的速度。在大多数时候，她的乘客们通常都不怎么和她说话，仿佛她不过是一台套着人类外壳的自动驾驶仪，但这一位却有些不同:作为镍星研究基地的主任，吕锡安教授一直以健谈和性格开朗而著称。这位有着东方血统的天体物理学家可以报出基地里近百名工作人员中每一个人的名字，并与其中至少三分之一的人都结下了某种程度的友谊。尽管这个数字看上去并不算惊人，但相对于他那些一心扑在研究课题上的同事而言，这已经是个不折不扣的奇迹了。"我们的目标离基地太近了，我现在都还能用肉眼看到它的影子。"

"的确。"吕锡安下意识地挠了挠下巴上稀疏的白色胡茬，"这还是我们的观察对象头一次大量集中在离行星赤道这么近的地方。按照过去的观察记录，它们通常不会越过南北纬16°25′——也就是行星的南北回归线，这也是我们当初选择镍星作为基地的主要原因之一:在赤道上空设立基地可以最大限度地远离我们的观察对象，从而将对它们日常活动的干扰降到最低。"

太空军准尉点了点头,没有答话。尽管在邦联科学院的不动产清单上,镍星基地一直被算在"空间站"那一栏下,但事实上,这座科研基地的外观与人类所建造过的任何一座空间站都截然不同:如果将镍星基地的全息影像与主要物理学参数摆在一个不明就里的天文学系毕业生面前,那么他或者她多半会指出,这颗看上去活像是一只被烤焦的马铃薯的小天体是一颗典型的、环绕类木行星环带内侧运转的周界卫星,有着极不规则的外形和紧贴行星大气层的低矮轨道。在被告知它的化学成分之后,这位毕业生或许还会做出进一步推断:这颗卫星极有可能是一颗类似于水星的类地天体被行星引潮力撕裂后残留的固态铁镍核心碎片之一,并且正沿着一条螺旋形轨道无可避免地坠向它所绕转的行星表面——就像它那些早已踏上这条不归路的同胞兄弟一样。当然,事实也的确如此。

不过,与MG77581A3拥有的其他几十颗卫星不同的是,镍星上存在着生命——在这颗最大直径不足两千米的小卫星内部,龙造寺建筑株式会社的施工队挖掘出了超过十二万立方米的空间,并为这些空间安装了高强度混凝土内壁、废物回收系统、空气循环系统与能够维持平均0.9G重力的重力场发生装置。而阿纳斯塔修斯精密仪器有限公司则为基地提供了绝大多数研究设备与通信装置。在这颗小卫星上,定居着超过四十名科研人员和同等数量的后勤人员,外加一个班的警卫、他们的三只宠物猫和一名邦联行政官——后者存在的唯一意义是宣示这里是邦联的神圣领土。只不过,邦联对这里的主权不可能维持多久:由于轨道过度接近行星表面,镍星很可能会在未来的一两个世纪内最终投入它绕转的行星致命的拥抱,当然,这颗卫星上的居民现在暂时还不怎么担心这个。

由于类木行星通常被认为"缺乏研究价值",邦联科学院极少向这类天体派遣科考人员,更遑论派人长期驻扎了,但MG77581A3却是个彻头彻尾的例外:十年前,一名曾在邦联军队服役的生态学家若望·罗孚特教授在考察类木行星大气表层的硅基微生物群落时,偶然来到了这颗尚未命名的类木行星,随即发现了一个惊人的事实:因为某种不为人所知的原因,那些看似漫无目的地游荡在这颗行星表面的气旋——至少是它们中的一部分——竟然拥有某种可以称得上是意识的东西。这些气旋能够通过改变自身各部位的电位差与物质密度,有目的地进行运动,能够对主要以无线电与微波信号为主的外界刺激做出有条理的反应,甚至还表现出了某种程度上的逻辑能力!尽管罗孚特教授本人在不久之后就不幸死于一场事故,但他的发现已经引起了邦联科学院的兴趣,并最终促成了镍星基地的建立。

"目标已经进入肉眼可见范围。"当一系列硕大无朋的阴影宛如传说中的擎天巨柱般从地平线上逐一浮现时,苏珊娜又例行公事地检查了一遍仪表读数——大多数现代航天器都采用更方便的人机互联操作,甚至是纯人工智能控制,但这架穿梭机是军方提供的,因此它的操纵系统在本质上仍然与它那些活跃于20世纪末的鼻祖颇为相似。按照设计师的说法,之所以采用这种设计,是因为传统操作界面更加"可靠",能够"将意外受损导致事故的概率降到最低"。但苏珊娜怀疑,这更可能只是因为那些家伙的脑子仍然停留在五个世纪前。"雷达扫描结果与同步卫星传来的航拍图像完全吻合,目标总数为一百七十一个,包括一百一十九个C级、三十九个B级、十个A级和三个A+级,运动方向全部是东南偏南,速度四十节上下。"

"看来今天是钓大鱼的日子。"吕锡安轻描淡写地评论道,

"重力场探测器启动了吗？"

"计算机正在生成读数……等一下！"当几行闪烁的数字从那台古董级的显示屏上跳出时，苏珊娜下意识地咽下了一口唾液，"教授，目标的平均质量……有些不太正常。"

"的确。"在盯着显示屏看了几秒钟后，吕锡安点了点头，"纯粹的氢、氨冰和甲烷的密度绝不会这么大……选定一个目标，生成精细密度图像。"

"好的。"苏珊娜修长的手指像弹琴般在操作屏上来回跳动了几秒，"成了！这就是离我们最近的目标的密度影像。"她指了指副驾驶席前的一块显示屏。在狭窄的屏幕上，一道巨大的，不断运动着的旋涡状物体足足占据了三分之二的空间，看上去活像是某种有生命的后现代主义雕塑。就像人类体温图一样，这道气旋的不同位置按照密度差异分别以不同的颜色标出：构成它"躯体"绝大部分的都是海水般的湛蓝色，间或夹杂着少量的草绿与淡黄色，但在接近其顶端的地方，一块代表高密度区域的显眼红色就像阴燃的煤炭般闪烁着，而且正以极快的速度来回移动着。"我不知道这是怎么回事，教授。"苏珊娜的语气中带上了一丝惊慌，"但我从没见过这样的情况！这根本不像是自然的——"

"这当然不是自然现象。"吕锡安朝着穿梭机的风挡伸出了一只鸟爪子般枯瘦的手，"看仔细了，准尉。"

"该死的，又是那个混小子！"当苏珊娜沿着吕锡安手指的方向重新抬起视线时，一抹混合着好几种不同情绪的酡红立即出现在了她的脸颊上：在离那座巨型气旋只有咫尺之遥的地方，一个轻巧的银色身影正敏捷地在气旋边缘搅起的碎云间来回穿梭，就像一只逗弄着巨龙的飞鸟。与她驾驶的"好奇号"一样，这架穿梭机也有着经过强化,适合在高密度大气中飞行的倒"V"字形机翼,但它的体积更小一些,而且没有打开充气风帆——显然是担心被卷入狂暴的风暴之中。早在多年以前,镍星基地的人们就已经发现,这颗行星上的风暴似乎有着一种摧毁它们遇到的任何人造设备的倾向,尽管用于直接勘探工作的一线穿梭机现在都已经安装了被称为"隐形斗篷"的防护设备,但接近到如此近的距离仍是近乎自杀的举动。

"嘿,史蒂夫!"苏珊娜打开了一个通信频道,"今天没有你的飞行任务,你跑下来搞什么鬼?!喂!该死的,你听得到吗?"

"史蒂夫先生不在这儿,准尉。"一个细声细气,听上去似乎有些没精打采的男子声音从扬声器里传了出来,"'无惧号'上现在只有我一个人。"

"洛佩斯博士?!"在听到这个声音的一刹那,苏珊娜下意识地挑起了细长的眉毛。奥古斯特·米格尔·洛佩斯博士是镍星基地里最重要的科研人员之一,而且恰好也是他们中唯一一个拥有穿梭机驾驶资格的人。就苏珊娜所知,这位沉默寡言、不善交际的科学家对独来独往有着一种特殊的爱好,而且从不注意他人的感受——她自己就曾经不止一次因为洛佩斯不打招呼就擅自开走"好奇号"而与他发生过争执。"你来干什么?"

"很抱歉,我不认为我有义务向一个没有接受过必要的专业训练的人解释我的具体研究活动。很明显,即便我做出解释,你也未必能够理解。"洛佩斯的声音仍然软绵绵的,却带上了几分令人厌恶的自以为是的味道。与此同时,那个银色的影子突然从环绕气旋的盘旋飞行中猛然拉起,如同一支离弦之箭直冲云霄。"我想我应该回基地去了,代我向吕锡安教授问好,准尉。通信完毕。"

"你这该——"苏珊娜下意识地张了张嘴,想趁着结束通信之前再为对方送上几句"祝福"。但就在这时,另一件事却吸引了她全部的注意力:她原本以为,刚才重力探测器上出现的反常高密度区域不过是"无惧号"穿梭机的存在所造成的干扰,但事实却并非如此——在"无惧号"离开仅仅几秒钟后,那个高密度区域又一次出现了,虽然比刚才看上去小了一些,却也更不规则,但这个物体的体积和总质量仍然颇为惊人,更重要的是,在短短几秒钟后,它突然开始沿着气旋的内缘螺旋上升,就像一枚被火药燃气推动的枪弹一样骤然冲上了云霄!

"这……这怎么可能?!"透过嵌有防辐射隔层的气泡型座舱壁,苏珊娜目瞪口呆地注视着那个在转瞬之后就已经没入铺满天穹的暗色调云层中的小点——虽然只是短短的一瞥,但她的经验使她在第一时间就意识到了那到底是什么:在过去九年中,她曾经无数次在行星系内的例行飞行中见到过这种东西。无论在哪个行星系中,这些天体家族中的小字辈看上去都是一个样子:不规则、坑坑洼洼、色调阴暗,一副灰头土脸的蠢模样。

这是一颗小行星,一颗陨石,一个由数千吨——也许是上万吨——硅酸盐、水冰与金属构成的丑陋混合体。它被MG77581A3的重力井捕获,然后又落入这些"有头脑"的气旋手中,而现在却又被重新抛向了它们来时的方向。

仿佛听到了某种号令一样,就在这道气旋将陨石掷出后不久,它的同伴们也争先恐后地开始了行动——把它们肚子里的"存货"抛向了空中。这场怪异的烟火庆典持续了差不多十分钟,数百颗体积大同小异、外形千差万别的硅酸盐碎块在彤云密布的天穹下划出一道道近乎相同的轨迹,朝着同一个方向奔去。

虽然苏珊娜并没有让机载计算机测算这些丑陋的大石头的

轨道,但她相当清楚,它们的目的地只可能是一个地方。

"噢,不,"苏珊娜听到自己喃喃自语道,"这下我们麻烦大了……"

3

情况比预想的还要糟糕。

尽管作为一颗被撕裂的大型卫星残块，镍星在理论上与那些围绕恒星运转的"普通"小行星没有任何不同之处，但任何人——只要他的观察能力还没差到不可救药的程度——都能轻而易举地分辨出二者之间的差别：由于"年龄"不大，再加上外侧的行星环带已经吸收了大多数不安定分子，镍星的表面并没有"真正"的小行星特有的那种由撞击形成的坑洼和裂痕，至少就苏珊娜看来，这颗周界卫星看上去更像是地球上那些被冰川切削下来的碎石，分明的棱角和光滑坚固的表面透着一种特有的几何美感。

不幸的是，现在这一切已经成为过去时——当苏珊娜提心吊胆地驾着"好奇号"穿过破损严重的外部气闸，驶进位于装卸区外侧的航空港时，所见到的一切充分证明了她在归途中的担心绝非杞人忧天：那群该死的气旋以一种足以令人类战争史上任何一名防空部队指挥官都为之惊叹的准头狠狠地打击了这座悬浮在大气层边缘的科研基地，至少有两颗直径超过五十米的石块命中了航空港出口处的装甲气闸，在将近半米厚的强化装

154

甲板上留下了两处几乎一模一样的巨大凹痕；另一颗更大些的陨石则光顾了基地上方的远距离通讯塔，把这座建筑物从它所在的位置上干净利落地蒸发掉了。除此之外，苏珊娜还数出了至少一打陨石撞击后留下的痕迹，它们的狂轰滥炸扫荡了镍星差不多四分之一的地表，放射状的陨击坑中央仍然闪烁着明灭不定的暗红色幽光，就像一只只隐藏在阴影中的不怀好意的眼睛。

"我们总共遭到了二十二次撞击！"半个小时后，当苏珊娜和吕锡安脱下散发着不良气味的飞行服，坐进基地的会议室里时，镍星上的首席工程师长谷川宽秀用这个令人不安的统计数字替代了惯常的寒暄，"基地的对外通信已经瘫痪，两台在基地表面工作的维护机器人被毁，外部气闸受损。除此之外，由于撞击导致的震动和星体变形，基地内部的设施也遭到了一定程度的破坏，我们失去了三分之一的能源，各处管线与通道都发生了故障，在B2、B4两个区检测到轻微辐射泄漏，三条维护通道因为闸门变形而不能开启。更糟的是，我们缺乏必要的设备与物资来修复这些损伤——我早就说过，为了节约空间而把维修备件仓库放在外面，实在是个馊主意。"

"幸运的是，人员伤亡不大。"基地的医官接过了话头，像往常一样，这个长着一张长马脸的男人保持着无动于衷的神色，仿佛他汇报的是另一颗天体上的伤亡情况，"我们只有四个人受伤，其中一个人重伤，但没有生命——"

"行了。"吕锡安挥了挥手，打断了对方的话，"我现在只想知道，基地是否有可能恢复通信能力？我们的研究目标在今天表现出了与以往截然不同的行为模式——它们不但在使用工具，而且表现出了拟定计划并组织集体行动的能力。这一发现将完全改写我们之前做出的大多数研究结论,同时也意味着我们必须重新考虑眼下的处境。"他意味深长地将目光投向一个又一个与会者——如果这次仓促的集会也能算是场会议的话,"但无论我们打算做什么,远距离通信能力都是至关重要的。"

"恐怕不行。"在短暂的沉默后,总工程师深深地吸了口气,仿佛要靠这种办法将他矮胖的身躯里的勇气集聚起来似的,"毁掉主通讯塔的那次撞击释放出的能量超过了一千吨TNT当量,整个建筑结构都被汽化掉了,要修复它还不如重新再造一个。"他停顿了一会儿,"当然,穿梭机上的超空间通信系统也能派上用场,但它们的抗干扰能力有限,要进行长距通信,必须先离开行星的洛希极限以避免重力场干扰。"

"那需要好几天时间才行。"苏珊娜插话道,"难道没有别的办法吗?"

"功率较小的备用通讯塔也许还有可能修复,我们可以用它联系新特奥蒂瓦坎殖民区的救援飞船。我们可以利用现有的设备自行制造必需的部件,只要再花上五十个标准时……"

"请原谅我打扰一下,恐怕我们已经没有五十个标准时可以浪费了……"还没等总工程师把话说完,一名个子矮小,有着焦糖般的深色皮肤和一头深褐色短发的男子突然走进了会议室。

"此话怎讲,洛佩斯博士?"一名科学家问道。

"各位,如果基地的损害评估系统提供的数据没错,我们现在还剩下不到十八个标准时。严格来说,是十七小时零四十四分钟,误差不超过正负三百秒。"洛佩斯刻意将语速放得很慢,似乎是要确定每个人都能听明白这句话,"计算显示,刚才的撞击已经改变了镍星的轨道,它将在十个标准时后由行星外层大气进入大气中层的水冰和氨冰云层,由此增加的阻力会进一步加速它的下坠。到十六个标准时后,镍星会进入压力超过三十标准大气压的内部大气层。此时的气压差和摩擦产生的巨大热量会使基地内的任何逃生设施——无论是穿梭机还是火箭式逃生舱——都无法使用。"

随之而来的沉默持续了足足半分钟,所有人的目光都在其他人身上来回逡巡着,似乎正在就由谁说出那个不得不说的事实而进行一场无声的投票。最后,坐在会议桌首位的吕锡安开口了:"没有挽救的办法吗?"

"就目前的情况而言,没有。"在盯着天花板看了几秒钟之后,长谷川宽秀低下头去,将视线转向了自己的双脚。

"既然这样。"吕锡安点了点头,"我提议启动紧急撤离程序。出于安全起见,所有人必须在十二个小时后登上穿梭机,随后在同步卫星轨道上等待科学院派来的补给船队——按照计划,它们下周二就能抵达这里,穿梭机携带的补给应该足以让我们生存到那个时候。还有谁有异议吗?"

没有异议,但也没有人立即表示赞同,哀伤的气氛就像驱之不去的浓雾,笼罩了会议室的每一个角落。这哀伤并不仅仅源于对基地本身的感情,更是因为他们即将付出的代价——在座的所有人都清楚,放弃镍星对他们的研究工作将造成何等重大的甚至是无法弥补的损失,但却没有一个人能够改变这冷酷的事实。

最后,所有人都很不情愿地举起了手,向可憎的命运承认了自己的失败,只有几名基地警卫露出了一丝释然的神色。接着,所有人都匆忙地走向了会议室的出口,希望能在这剩下的最后半天时间里,尽可能地让他们不得不付出的代价略微减小一些。

接着,苏珊娜也站了起来。

当人群中的大多数都已经离开会议室后,她突然抢上一步,拦在了走在队伍末尾的那人面前。"我有几个小问题得请教您,洛佩斯博士。"苏珊娜看似不经意地抬起一只胳膊,撑住了一侧门框——同时也"恰好"挡住了对方离开会议室的路。

"尽管问吧。"洛佩斯耸了耸肩。在这个梅斯蒂索人遗传自卡斯蒂利亚先祖的高鼻梁上方,那对印第安人的黑色小眼睛中既没有透露出半点儿惊慌,也看不出恐惧或者心虚的痕迹。他只是将粗短的双手交叉在胸前,好整以暇地等待着对方的提问。

"我希望您能明确地告诉我,今天上午,当'好奇号'执行观测任务时,您到底在干些什么?"苏珊娜字斟句酌地问道,不给对方留下任何可以故意曲解的漏洞,"如果我没记错,'无惧号'穿梭机当时并没有得到起飞许可。"

"哦,我不得不承认……怎么说呢? 你说得确实没错,准尉。"洛佩斯的嘴角弯曲了一下,似乎苏珊娜问的是一个愚蠢至极的问题,"但别忘了,有些机会稍纵即逝,为了避免白白贻误时机,在某些情况下打破规则是必要的。"

"但'好奇号'当时正在执行相同的任务,而所有穿梭机上的科研设备都是按照相同标准配置的,"苏珊娜立即指出,"换句话说,您所需要的数据我们都会为您带回来的。"

"我自有这么做的理由。"

"能解释一下吗?"

"我会尽量试试的。"年轻的梅斯蒂索人露出一丝讥讽的神色,"我相信你也注意到了,这些气旋今天的活动十分反常:在平时,它们的行为模式更类似于老虎或者大白鲨这样的独行掠食者,几乎从来不会集体行动,更没有表现出任何能够实施有组织行动的征兆,而这与它们两个小时前的所作所为——组成一支拥有数百个体的队伍，有组织、有计划地摧毁预定目标——格格不入。虽然我对它们这么做的动机一无所知，但毋庸置疑的是，做出这样的行为，必须通过持续不断的沟通以实现协调，而这恰好属于我的专业范围。"

没错，那确实是你的专业。苏珊娜咬了咬嘴唇，没有说话。在十年前的最初几次接触中，若望·罗孚特教授就已经发现，由于不像正常生物一样拥有感觉器官，这颗行星上的气旋依靠接收周围的温度差与无线电脉冲——偶尔也包含一小部分微波的波段——来感知周边环境，或者在相互之间进行一定程度上的沟通与互动。而使得镍星基地的研究得以进行下去的"隐形斗篷"技术正是基于这一原理发明的：由于 MG77581A3 上的气旋对一切人造设备都有着原因不明的强烈攻击倾向，要接近它们，唯一的办法就是通过安装在穿梭机上的无线电欺骗装置将自己伪装成它们的同类，而发明并负责改进这套设备的人正是米格尔·洛佩斯。

"当然，你完全有理由质疑我的做法。"洛佩斯继续说道，"没错，我的行动没有得到执行委员会的授权，但我必须这么做。众所周知，我们过去很少拦截到这些气旋之间的通信信号，有时一整年也只能截获几十个 KB，对于一个显然具有比大猩猩甚至南方古猿更高智力的社会性智慧群落而言，这样的信息量明显是少得过分了——而造成这种情况的原因很简单，那就是我们过于保守的研究策略！就像人类之间的沟通更多是靠悄声细语而不是大喊大嚷一样，这些气旋之间的大多数交流都是依靠低功率信号进行的，要接收这些信号，你就必须凑到它们身边才行。"他举起右手，比画了一个"靠近"的手势，"当然，我并不是在质疑执委会制定的安全守则的合理性：由于对研究目标相互间的交流模式缺乏了解,'隐形斗篷'目前还很不完善——我们可以远远地伪装成打招呼的陌生人,但要是凑得太近,遇上了仔细盘问,那可就得露馅了。正因如此,执委会才专门通过决议,禁止一切穿梭机进入气旋周围五千米的范围。"

"没错。"苏珊娜说。

"但这么一来,我们在确保安全的同时也束缚了自己的手脚——我刚才查过'好奇号'的记录,你们在四十分钟里录下了多少有意义的通信? 只有不到两千比特!"洛佩斯的声音陡然升高了八度,"也许这么做确实避免了潜在的风险,但从科学的角度来看,这却不啻最恶劣的犯罪! 我在一个小时的冒险行动中截获的信息是我们过去十年中全部收获的二十倍以上! 一旦我们的研究工作恢复正常,我就可以——"

"你的意思是,你当时只是在接收信号?"苏珊娜追问道。虽然她的理智告诉她,洛佩斯的解释相当有力且完全符合逻辑,但她总觉得有什么地方不对劲——这种感觉就像是品尝一杯跑了气儿的可乐,虽然味道没多少问题,但就是有什么地方不对劲,"没干别的?"

"当然。"洛佩斯答道,随后他又补充了一句,"要是不相信我,你为什么不去看看'无惧号'的飞行记录?"

"记录是可以伪造的,而你有能力——"

"够了!"一直坐在会议桌旁的吕锡安挥了挥手,他的声音虽然不大,却带着一种不容忤逆的权威,"我已经检查过了洛佩斯教授截获的信息和航行记录,那里面没有任何问题,继续在这种话题上浪费时间是毫无意义的。"他的语气略微舒缓了一点,"准尉,我认为你有些疲劳过度了,最好去睡眠舱休息几个小时——这是命令。"

"遵命,先生。"苏珊娜不情不愿地放下胳膊,让洛佩斯离开了会议室,在擦肩而过的一刹,她似乎隐约看到了梅斯蒂索人那双棕色小眼睛里闪过的阴暗笑意——这也许只是她的幻觉,也许不是。"我这就去。"她说。

4

毁灭的脚步声正在朝这里逼近。

就像走向绞架的刽子手一样,这声音的频率并不快,也算不上响亮,却令人无法忽略。厚重的气密门能够有效地封堵住空气这一声音传播的主要介质,但当它本身也开始在无法抵御的强大力量面前颤抖时,这种可怜的封锁就失去了意义。很快,保护着她的住舱的气密门就被撕裂了,跳动的橙色火焰在门口的裂缝中闪烁了片刻,旋即寂然无声,接着,一个庞大的黑色形体出现在门外。

这是一个冰冷且充满暴虐气息的形体,是来自太古洪荒的最原初的愤怒与狂暴浓缩而成的精魂。它有智慧,却没有灵魂;它有理性,却毫无人性——气旋就像爬上豌豆藤顶端的杰克遇到的巨人一样,带着病态的兴趣打量着被逼进死角的猎物。

她想要做点儿什么,身体却仿佛套上了无比沉重的锁镣,潜伏在人类基因中的生物本能——在无法逃脱也无法抵御的强敌面前保持静止以避免被发现的本能——无情地限制了她的行动,让她只能继续面对这个无情而又不可捉摸的魔鬼。与此同时,整个舱室也突然变暗了下来,仿佛某个黑暗之神刚刚抽走了所有的光和热,只留下了绝望与虚空。

接着,魔鬼开始发生变化:狂暴涌动的气体逐渐塑出了人类的五官——苏珊娜惊讶地发现,米格尔·洛佩斯的脸正注视着她,扭曲的笑容让他看上去就像是一个充满恶意的掠食者,正在打量着到手的猎物。冰冷的气流在两排由冰晶组成的利齿之间来回穿梭啸叫,听上去既像是苦笑,又像是哭泣。

苏珊娜想要说点儿什么,但她的舌头和声带似乎都已经冻成了冰,甚至连一声最细微的喘息也发不出来。在不属于人类的尖锐笑声中,巨怪将一道由阴影构成的爪子伸向了她,一股强烈的寒意就像海蜇的螫针,无情地穿透她的皮肤,钻进她的肌肉与骨骼,同时又像一柄弯刀一样,将她的感官从这个世界上生生剥离开来。

她在无尽的黑暗中坠落,在寒冷与恐惧共同形成的泥沼中无助地越陷越深……

苏珊娜重重地坠回了现实。

一组幽蓝色的数字在睡眠舱内侧的仪表板上跳动着,告诉她时间已经过去了五小时十一分钟——这相当于超过十个小时的常规睡眠。按理说,深度睡眠过程中预设的脑波调谐程序应该让她在醒来之后精力充沛、情绪平稳,但事实并非如此:尽管噩梦已经退去,但那种如同跗骨之疽般的寒意并没有消散。

苏珊娜摸索着找到了睡眠舱的温度调控面板,将内部温度调到了三十三摄氏度的上限,但这并没能让她的感觉变得好些,这种难以言喻的寒意并非来自周围的空气,而直接源自她潜意识的最深处,源自那种无法抑制的不安与焦虑。

在睁开眼睛的刹那,苏珊娜还看到了别的东西:一行由视网膜投影设备投射出的文字在她的眼角跳动着，提示一封新邮件刚刚发到邮箱里。她打了个呵欠，打开个人终端，但奇怪的是，那封没有署名的邮件却怎么也打不开——事实上，无论她想用什么办法打开它，能看到的都只有这么一行字：

本邮件已设置为定时开启，且有加密程序，将在一百个标准时后自动开启。在此期间，不能被删除、修改或移动。

"噢，见鬼。"苏珊娜嘟哝了一句，翻身从铺在睡眠舱里的软垫上坐了起来。负责控制室内环境的人工智能程序意识到了她已醒来，立即让柔和温暖的鹅黄色灯光洒满房间的每一个角落。她一边揉着眼睛，一边习惯性地朝床头柜伸出手，但只摸到了一个空空如也的杯子——直到这时，她才后知后觉地想起来，宿舍里的自动咖啡机两个星期前就坏掉了，至今还没有修好。

苏珊娜无奈地摇了摇头，披上外套走出了舱门，准备到办公区俱乐部去碰碰运气。

在狭长的走廊里，一盏盏照明灯伴着她的脚步陆续亮起，在末日将至的时刻最后一次善尽它们的职责。走廊两侧的大多数办公舱舱门都开启着，到处都能看到基地的居民们在进行撤离准备时留下的痕迹：没有用处的纸质文件与表格像旧纪元中的廉价街头广告一样散落在办公室的地板上，价格昂贵的实验设备被匆匆塞进包装箱里，与从厨房和食品仓库里拿出的一箱箱浓缩食品一道摆在走廊两侧。许多抽屉与储物柜都被翻得乱七八糟，它们那些平时丢三落四的主人显然刚花了不少工夫试图从里面找出某些不知去向的重要物品；还有几个舱室里仍然亮着灯光，后勤人员正在巨细靡遗地整理清点他们能找到的每一件东西，并裁定它们的命运：被带上穿梭机，还是留在这里与镍星基地一同毁灭。

镍星基地唯一的俱乐部位于办公区走廊的末端，恰好处于这颗小天体的正中央。说是"俱乐部"，其实不过是当初设计这座基地的建筑师因为一系列阴差阳错而留下的几座相连的冗余仓库。出于物尽其用的原则，基地执委会在这些舱室里安装了立体音响、全息放映设备和感官游戏接口，以及其他一些可以在普通的小酒吧里发现的玩意儿——事实证明，在提供地方让那些百无聊赖的基地警卫和换班的后勤人员消磨时间，以免这些精力过剩的家伙惹出乱子这一点上，这地方确实起到了不可替代的重大作用。

俱乐部的第一间舱室是一间舞厅，色调艳俗的彩灯和塑料做的假藤蔓纠缠在一起，从天花板一直延伸到墙角的两台廉价音响上。在舞厅的一角放着一台饮料机，苏珊娜一边打着呵欠，一边打量着饮料龙头上的字样，随即沮丧地发现这玩意儿只能供应她最不喜欢的碳酸饮料。她摇摇头，转身打开与第二个舱室相连的门，但就在气密门沿着滑槽退入墙壁的瞬间，一个沉重的东西突然从门的那边掉了出来，就像一个被缺乏敬业精神的邮递员随手扔出的包裹一样，砰的一声倒在她的脚下。

那是一个人——一个已经死去的男人。

这位不速之客的出现完全出乎苏珊娜的意料，在随后的几秒钟里，突如其来的惊吓与一直盘踞在她脑海中的那股驱之不去的寒意汇成了一道冰冷彻骨的洪流，只差一点就彻底压垮了她的理智。值得庆幸的是，多年服役生涯所培养出的理性很快就重新占据了上风，苏珊娜左右环顾片刻，以最快的动作从一个标有"紧急"字样的箱子里取出一把消防斧和一只手电，将雪亮的电光射向门后的黑暗之中。

　　与被布置成舞厅的第一个舱室相比,第二个舱室的容积还不到它的一半,因此,负责改装的那些家伙把它变成了一间小型酒吧。在长长的木质吧台上,几只快要见底的酒瓶还摆放在顾客最后一次放下它们的位置上,一旁的玻璃杯仍然盛着半透明的小麦色酒液。从放在吧台后的椅子数量来看,不久之前很可能曾经有两个人在这里对饮。在她的脚下,那个扎着马尾辫的矮小男人就像被献祭给山神的印加木乃伊一样蜷缩成一团,缀在卡其色袖口上的银色工程师领章表明了他的身份:镍星基地的总工程师长谷川宽秀。

　　狭小的酒吧间里看不到其他人的踪影,凶手显然从一开始就不打算用待在案发现场的方式为自己的行为负责。长谷川的身上没有明显的外伤,他的瞳孔扩散、脸色青紫,嘴角流出的白沫散发着一股淡淡的苦杏仁味儿——苏珊娜曾经在紧急救护讲座上听说过氰化物中毒的症状,但她还是头一次看到实例。

　　冷静,必须冷静。苏珊娜强迫自己深呼吸,然后在尸体旁蹲下,开始翻检死者的随身物品。长谷川宽秀的个人物品数量颇为可观,简直足以用来开设一座小型博物馆。在他身上,苏珊娜找到了数目繁多的各种卡片、证件、钥匙、钱币、挂饰和小工具,当然,还有她真正想要的东西:一块大小和形状都与旧纪元的怀表颇为类似,表面刻着一个银色工程师标记的圆盘。

　　在强忍住想要呕吐的冲动后,苏珊娜掰开已经去世的总工程师的下巴,用指甲从他的口腔里刮下了一些活性细胞,然后将其涂在了代表工程师的"扳手与锤子"标记中央。就在她做完这件事的同时,一道毫无热度的幽蓝色光束从圆盘中倏然射出,在她面前的空气中勾勒出一个全息影像操作界面。让苏珊娜始料未及的是,长谷川宽秀的个人终端使用的是一种完全不同的操作程序——很可能是为工程师专门设计的。在光束投射出的操作界面上,近百个操作图标就像门捷列夫元素周期表里的元素符号一样密密麻麻地排列着,里面没有一个是她熟悉的。在这些杂乱无章的图标下方,她发现了一个被最小化的对话框,上面用醒目的红色箭头显示着一个正在跳动的倒计时器:00:00:11。

这是什么的倒计时?苏珊娜用手指戳了戳对话框,一张由倒计时器组成的图表立即填满了整个界面。令人费解的数字有规律地跳动着,显示出的剩余时间从十秒到五分四十秒不等,却没有一个倒计时器带有文字说明。"系统,解释倒计时的目的。"

"无效访问,需要合法的授权码。"终端用那种愚蠢透顶的欢乐语气说道,与此同时,第一个倒计时器终于跳到了"0","D-7封锁准备就绪,开始紧急封锁——"

"封锁什么?!"

"——紧急封锁完成。"第一个倒计时器消失了,它下面的那个立刻像压在弹匣里的子弹一样顶了上来——还有十秒时间,"D-6封锁准备就绪——"

"这是搞什么鬼?!"苏珊娜嘟哝了一句,胡乱按下了一连串图标。大多数标志都没有任何反应,但位于界面右下角的一个圆规按键却让她看到了想要的东西:一幅镍星基地的三维结构图。在这张结构图上,所有舱室的气密门都以两种显眼的颜色标示出来,其中三分之二已经成了表示密封的红色,三分之一仍然是绿色。

上一道变成红色的门正是D-6——而如果这幅结构图没有弄错,酒吧间的门的编号则是D-5。

D-5的倒计时还剩下五秒钟。

"天杀的!"苏珊娜一把抓起那台个人终端,以她这辈子达到过的最快速度发足飞奔起来。就在她冲过几米之外的气密门的一刹那,半英尺厚的Lt级合金板就像一柄巨型铡刀般从滑槽中悄无声息地落下。如果她的动作再慢上半拍,这玩意儿多半会像切土豆一样把她拦腰削成两段。

"终止程序!"她一边跑向俱乐部的出口,一边朝捧在手里的终端扯着嗓子大喊,"马上终止程序,把所有门都给我打开!这是命令!"

"命令无效,需要正确的授权码。"合成电子语音洋洋得意地答道,"重复,终止紧急封锁程序需要正确的授权码。"

苏珊娜当然不知道什么是正确的授权码,而她也不打算冒险瞎蒙:从理论上讲,一次性蒙对标准授权码的概率大约是十的十七次方分之一,而只需要三次错误就会启动安保程序,使得个人终端被完全锁死。她咬了咬嘴唇,重新调出全息地图:谢天谢地,编号为"E-1"的主要气密门——它是由办公区前往装卸区的唯一出口——目前仍然被标示为绿色。苏珊娜很清楚,这道门一旦也被封锁,整个办公区都会成为一条死胡同,而那些被堵在这道门后的人将只能像被困在沉船上的老鼠一样,无助地陪伴着这颗注定灭亡的小卫星坠入万劫不复的冰冷深渊之中。

她还有三十九秒的时间,而她离那道门的距离,是两百四十米。

不知是不是正在执行的封锁程序的缘故,曾经充溢着整条走廊的柔和光线已经全部熄灭了,取而代之的是昏暗的红色应急灯光。几个尚未撤离办公区的后勤人员正聚在一间堆满杂物的办公室里,惴惴不安地交头接耳。"快跑!"苏珊娜在接近办公室时朝他们吼道,"这儿不安全!跑!快跑!"

那几个人不知所措地对视了片刻,随即如梦初醒般地朝办公室的门口冲去。

有那么一瞬间,苏珊娜欣慰地以为这些人得救了,但就在最前面的那个男人即将冲出办公室时,大门的指示灯突然变成了刺眼的猩红色。

苏珊娜只救出了一只被齐腕削断的手掌。

由于气密门良好的隔音效果,苏珊娜没能听到垂死的伤员撕心裂肺的哭喊声。她既来不及再打开那幅全息地图,也没时间关心剩下的时间到底还有多少,存留在她脑海中的念头只剩下一个:跑!为了自己的生命而跑,为了能够活下来找出这件事的幕后元凶而跑,为了不被困死在这块活见鬼的大石头里而跑。现在还有多少时间来着?十五秒?十秒?这些都不重要。她已经能看到那扇通向装卸区的大门了,现在需要做的只是再加把劲——还有不到五十米了,不,还剩下三十米,不,二十米,最多还剩二十米了。只要再……

随着一阵刺耳的蜂鸣声如同催命丧钟般骤然响起,厚重的气密门在离苏珊娜不到十米的地方冲出了滑槽,以迅雷不及掩耳之势将办公区与装卸区分割了开来!

有生以来第一次,无法抑制的绝望彻底击垮了苏珊娜的心理防线,她无力地在这扇大门前跪了下来,脑海中一片空白,剩下的只有无底寒潭般深不可测的绝望。苏珊娜很清楚,这扇门再也不会打开了,她曾经离逃出生天只有一步之遥,现在却注定将要永远埋葬在千里之下暗无天日的黑暗世界中,直到……

"嘿!你还在磨蹭什么?"就在泪水沿着脸颊落下的一刻,她突然听到了一个熟悉的声音——是的,这不是绝望中产生的幻听,而是真实存在的声音!

"动作快点!我们没时间了!"

5

那扇门并没有完全关上。

当苏珊娜动作笨拙地翻过那堆因为闸门的重压而扭曲变形的废金属时,她认出了这玩意儿曾经是什么——在基地的装卸区里,大多数搬运与装卸工作都是由这些棱角分明、蠢头蠢脑的HC-21多功能机器人完成的,而眼前的这位,显然也曾经是它们中的一员。即便已经被沉重的闸门挤压变形,但苏珊娜还是能分辨出那些坚韧的机械臂,以及那台酷似昆虫复眼的光学传感器。尽管有着足以抵御轻武器打击的坚固外壳,但气密门关闭时的重压仍然彻底摧毁了它——它的壳体被压得凹下去一大块,里面的部件也全部毁于一旦,熔融的金属与燃烧的塑料散发出的味道混在一起,令人恶心欲呕。值得庆幸的是,它的自我牺牲至少成功地让气密门留下了一条缝隙,一条足以让一个人钻过去的缝隙。

"谢天谢地!"还没等苏珊娜的双脚在装卸区的复合材料地板上站稳,一只枯槁的手已经轻轻地落在了她的肩上,"走廊里还有其他人吗?"

"没看到。"苏珊娜摇了摇头。在装卸区外侧的停机坪上,基

170

地的八架穿梭机中只有六架还停在原地,她知道"探索号"正在大修,但另一架失踪的穿梭机……是"无惧号"吗?它又去了哪儿?"他们都被困在办公室和仓库里了。"

"真是不幸……"吕锡安下意识地朝那些并排停放着的穿梭机群看了一眼,"好在你逃出来了,否则我们谁都别想活着离开这儿。"

这话倒没错。苏珊娜心想。在偌大的装卸区里,她总共只看到了三个人:吕锡安、一名航空港警卫和一位值班的机械师,后面两位此刻正站在航空港的武器库门口,将一大堆火力强到足以推翻一个旧纪元小国的武器装备往"好奇号"的货舱里搬。但除了她,这里没有任何人知道怎么驾驶这玩意儿。"其他人呢?到底出了什么事?"苏珊娜问。

"刚才发生了可怕的事故……"镍星基地的负责人语气沉重地说道,"基地的自动安保系统出了故障,它认定整座基地正在遭受烈性生物武器侵袭,于是启动了自动封锁与防疫系统!"他停顿了片刻,看了看站在他身后的那名机械师,"如果不是刘钢先生应对及时,命令装卸机器人堵住了装卸区入口的气密门,我们俩恐怕都没机会逃出来。"

"我们还能救出其他被困者吗?"

"很抱歉,办不到。"名叫刘钢的机械师双手一摊,"针对烈性生物武器袭击进行的封锁是永久性的,门锁的控制系统在锁定后就会被自动熔毁。除非实施定向爆破,或者干脆用焊炬把它们切开,否则不可能打开这些门。"

"除此之外,一旦封锁完成,防疫程序就会开始对所有被封锁区域逐一实施最高级别的消毒,以杜绝生物武器蔓延的可能性。"吕锡安补充道,"所有被判定为遭到感染的舱室都会经受大剂量持续性辐射照射,直到里面的每一个蛋白质大分子都被高能射线烘烤得外焦里嫩为止,没有任何病原体可以在这样的环境中生存下来——人更是不行。"

"但这不可能啊,"苏珊娜倒吸了一口凉气,"这种级别的措施只能针对无人设施使用!"

"而所谓的'人'指的是活人,如果系统判定被困人员已经死亡,那它就完全可以这么做。"吕锡安说道,"而不幸的是,这似乎正是安全系统的想法——至少,当我试图命令它终止程序时,它就是这么告诉我的。"

一连串令人不寒而栗的画面开始浮现在苏珊娜的脑海中,让她不由自主地打了个寒战:成群没有面孔的人被困在无法逃离的囚笼内,成为原本用来保护他们生命的消毒程序的牺牲品。他们就像一群被困在沸水中的活虾,被迫在意识清醒的状态下体验缓慢而又不可逆的毁灭过程:骨髓和血液被破坏,神经系统功能渐渐紊乱,皮肤因为血管壁细胞的大量坏死而逐渐被内出血胀成可怕的殷红色,就连临终前的每一次呼吸都会成为一种可怖的刑罚……

"无论如何。"吕锡安长长地叹了口气,"我必须对这场可怕的意外负全部责任,一旦回到科学院……"

"不,教授,我不认为这是意外,"苏珊娜从口袋里掏出总工程师的个人终端递给对方,"我想,有人蓄意策划了这一切。"

"这么说,你认为正是那个谋杀长谷川宽秀的人冒用他的身份入侵了安全系统,并发布了生物武器威胁的假警报?"当"好奇号"载着基地仅有的四个幸存者缓缓驶出扭曲变形的航空港气闸时,吕锡安用穿梭机上的机载电脑向基地的中央控制系统输入了最后一段密码——几分钟后,为镍星基地供能的主反应堆就会变成一个小号核火球,苏珊娜由衷地希望,这么做至少能让那些落入死亡陷阱的人在临终前少受一点儿痛苦。

"我相信是这样。"苏珊娜来回调整着辅助发动机喷口的角度,试图让穿梭机在一连串狂暴的湍流冲击中稳定下来。尽管在目前的高度上,她暂时还不必担心那些危险的大型气旋,但强烈的对流活动制造出的紊乱气流仍然足以把那些过分粗心大意的傻瓜送上不归路。"虽然我和长谷川先生接触不多,但我并不认为他有理由谋害我们或者自杀——他是个好人,教授。"

"没错,他当然是个好人,而且还是个虔诚的基督徒。我宁愿相信邦联科学院的院长能当上下一任邦联主席,也绝不相信他会自寻短见。"吕锡安说道,"那么,这件事只剩下一种可能——虽然我仍然不愿意相信这是真的。"

"您的意思是——"

"准尉,你知道科学院当年为什么要花费巨资建造镍星基地吗?"吕锡安突然问道。

"嗯,就我所知,建造镍星基地的目的是研究这颗行星上的气旋——整个宇宙中独一无二,具有自我意识的气旋,而且这里也能成为一个绝佳的天文观察点和天体物理实验中心。"苏珊娜猛地向后一拉操纵杆,堪堪避过了一个正在迅速朝"好奇号"接近的放电云团。不断探出暗橙色云层周围的闪电让它看上去活像一只怒气冲冲的大水母。"至少公开的官方说法是这样的。"

"哦,没错。而且从技术层面上讲,这种说法确实是真的——虽然并不是全部真相。"当穿梭机在云团上方重新转入平飞时,吕锡安继续说道,"别忘了,邦联议会除了那点儿关税和出售勘探特许证,没有任何财政收入,科学院的运行经费大多得靠大公司赞助——议会给我们的拨款连给科学院总部的清洁工们发工资都不够。"

"这我知道。"苏珊娜回答。

"换句话说,科学院不会进行没有经济回报的研究——至少不会为了那种项目花掉两千多亿资金。想想看,对一颗远离人类定居点,甚至几乎没有人听说过的气态行星上的气旋的研究,能为资助研究的企业带来哪怕半毛钱的利润吗?当然不能!但事实是,几乎每一个邦联科学院的赞助企业都为这次看似无利可图的研究买了单——你觉得这又是为什么?"

"我——"苏珊娜正要开口,她面前的透明风挡突然变成了灰暗的茶色:就在刹那之前,一道来自镍星基地方向的强烈闪光照亮了天际,将周遭方圆数百千米内的一切都笼罩在炽烈炫目的光辉之下。随着闪光开始消退,位于机尾的摄像机自动将画面传输到她面前的显示器上:这颗正在坠向行星表面的小卫星从中央被炸成了两截,闪烁着橙色光泽的高温等离子体从星体表面的每一道出口、每一条裂缝喷涌而出,形成了一座座耀眼的喷泉!在冲击波的作用下,火焰与烟尘就像一群咆哮的炼狱巨兽般高高跃入昏暗的天穹,基地内那些尚未在爆炸中被完全摧毁的设备——燃烧的穿梭机、损毁的装卸机器人、被撕裂的闸门碎片和集装箱——与镍星的碎块一道四散坠落。就在这些东西坠入云海的同时,数以百计的气旋如同嗅到血腥味的鲨鱼般蜂拥而至,疯狂地撕裂、压扁、碾碎这些人类的造物,看上去活像一群正在被摧毁的"旧制度"象征的灰烬上狂欢的雅各宾主义者。

"愿我主安抚他们的灵魂。"坐在后座的警卫脸色铁青,用颤抖的手指在胸口画了个十字。

"这些东西。"苏珊娜憎恶地看着那些正在争先恐后地摧毁人造设备的气旋，"它们为什么这么恨我们？"

"这并不奇怪。"吕锡安说道，"因为这就是它们存在的目的。"

"目的？"正坐在他身后检查后备箱里的行李袋的刘钢突然冒出一句，"自然现象是不需要目的的。"

"但生命却是有目的的。"吕锡安解释道，"而这也正是生命进化必然趋向智慧的原因所在——对于一切生命而言，它们的首要目的是自我复制与增殖，而智慧的产生则是达成这一目的最有效的手段：有了智慧，生命就可以对抗自然、征服自然，最终迫使自然服务于它们的首要目的——人类的历史已经雄辩地证明了这一点。但这些气旋呢？它们要智慧又有什么用?! 它们不需要对抗掠食者，不用担心疾病与伤痛，用不着因为一点儿气候变化就担惊受怕，更没有生儿育女的需求——"

刘钢工程师摇了摇头，说："可是查尔斯·陈博士已经证明了，这些气旋的自主意识有可能是自然形成的。"

"从理论上讲，没错。但这仅仅是一种'可能'而已：你也可以把一堆切割好的石料扔在大不列颠的荒原上，然后等着一阵足够强的风'恰好'把它们吹起来，从而'自然形成'巨石阵——这在理论上也是'可能'的。"吕锡安猛地朝着舷窗外一挥手，"在旧纪元，地球上的科学家也许有理由坚持这种说法，因为在那个蛮荒时代，'智慧设计论'很容易被愚昧的民众曲解为'神创论'。但作为更加文明开化的现代人，我们完全应该接受这样的现实：在这个宇宙中，曾经存在过许多比现在的我们更加高超的智慧，有能力创造出我们暂时还不能创造的东西——而这与辩证唯物主义并不矛盾。

"当然，这种判断并非毫无根据：想想看，为什么它们要不分青红皂白地袭击一切接近这颗行星表面,完全不会对它们造成任何影响的穿梭机和飞船? 唯一能说得通的解释就是,它们的存在本身就是某种防御措施,它们的创造者赋予了它们意识,对外界的感知能力和对一切外来入侵者的憎恨,以此来保护隐藏在这颗行星上的秘密——与其他防御措施相比,这种手段更加隐蔽,也更加安全:一艘被高能激光束拦腰斩断的飞船几乎肯定会引来一大群调查者,但谁会意识到一架'意外'撞上气旋的穿梭机,遇到的其实并不是一场事故呢? 事实上,如果当年若望·罗孚特教授没有在最后一刻以生命为代价发回他的研究报告,我们恐怕永远都不会意识到这些'事故'背后的玄机。"

"所以说,邦联科学院真正想要的,是藏在这颗行星上的'秘密',对吧?"苏珊娜总结道,"但那到底是什么呢?"

"我不知道。不过那极有可能是某个远古文明的遗产,而且肯定非常宝贵、极具价值——否则,它的创造者为什么要如此大费周章地把它藏在这儿? 还有一些社会学家根据某些已经退化了的地外文明——比如奥鲁恩族或者茨纳尼亚人——的传说进一步推测,所谓的'宝藏'或许是某种类似于资料库的东西:创造它的种族将他们的文明成果储存在这个万无一失的保险箱里,以备不时之需。但出于某种原因,他们再也没有回到这里……"镍星基地的前主任耸了耸肩,"总之,这一切都只是推测,没有任何直接证据可以证明或者证伪这些观点。如果我没猜错,在所有在世的人之中,恐怕只有一个人知道这个问题的答案。而不幸的是,这个人显然并不打算和其他人分享他的发现——因为他很清楚,他的发现意味着远远超出绝大多数人想象的财富,甚至是某些连财富也无法换取的东西。正因如此,当这个秘密被我和其他一些人发现后,他就意识到自己正面临着一个两难抉择:要么将它拱手让出,要么……"他轻轻地摇了摇头,没有继续说下去。

尽管已经猜到了答案,但苏珊娜还是忍不住问了一句:"谁?"

"我们亲爱的朋友和研究伙伴——"吕锡安语带讥诮地说道,"奥古斯特·米格尔·洛佩斯教授。"

6

就像地球海洋深处的无光带一样，覆盖在浓密云层之下的气态行星表面是个黑暗阴冷的世界。在液态的氢氦海洋与隔离了一切阳光的低垂云层之间，极高的密度使得空气变得像树脂一样黏稠滑腻，而"好奇号"则像一只在行将凝固的琥珀中挣扎前行的小飞虫，一边竭尽全力向前蠕动，一边祈祷着在下一秒不会落入万劫不复的深渊。在浓如墨汁的黑暗中，唯一的光源只有偶尔出现的球状闪电，这些色调惨淡的光球三五成群地在云层下方无声地徘徊踟蹰，宛如一群无家可归的孤魂野鬼。如果冥王哈德斯或者地狱之后赫尔莅临此地，大概会有种宾至如归的感觉，但这种黑暗带给"好奇号"上的乘客的恐惧是人类最原初且无法抑制的恐惧，是人类对于未知的本能恐惧。每当苏珊娜将视线投向风挡之外那片无边无际的黑暗时，这种恐惧就会像冰冷的毒蛇般游进她的血管，缠住她的心脏，迫使她不得不重新将视线转回搜索雷达与导航计算机绘制出的图表上，小心翼翼地保持着航向。

"距离目标三十二千米，朝东北方向转向三十度。"吕锡安一边吸吮着味道甜腻的流质高热量食物，一边向苏珊娜发出新的指示——就在一天之前,苏珊娜还不知道,镍星基地配备的每一架穿梭机上都安装有一套额外的隐秘追踪设备,而只有基地里的少数几位领导才有权启动它们。如果放在平时,这种对飞行员的赤裸裸的不信任肯定会让苏珊娜勃然大怒,但现在,她却不知道该对此做何感想:毕竟,正是靠着这台秘密追踪器断断续续的信号,他们才得以一路追踪米格尔·洛佩斯来到这里。

"好,现在向西北方向转向三十度,保持巡航速度……唔,有意思,看来他已经到了。"吕锡安说道。

"到了?"苏珊娜诧异地问。

"三角定位的结果显而易见:'无惧号'已经停止移动。"吕锡安用指节敲了敲副驾驶座前老旧的仪表板,"这只能说明一件事:洛佩斯教授已经找到了他想找的东西。"

"但'无惧号'也许只是坠毁了……"机械师刘钢忧心忡忡地朝舷窗外瞥了一眼——由于气压已接近机体材料可以耐受的压力极限,舷窗的多层强化玻璃表面肉眼可见的微小裂纹越来越多。每隔几秒钟,穿梭机线条优雅的三角形机翼就会像帕金森氏病患者的双手一样剧烈地抖动一阵,似乎随时可能断裂。"毕竟这里的气压已经超过——"

"不可能。"吕锡安答道,"追踪器是从穿梭机发动机里获取能源的。如果穿梭机已经被摧毁,信号也会自动消失——他就在那儿。"他看了一眼追踪器上的读数,沟壑纵横的宽阔额头略微舒展了一些,"二十千米。很好,我们应该很快就能看到他的降落地点了。"

苏珊娜不置可否地耸了耸肩,没有接话——在搜索雷达提供的三维图像上,前方二十千米处没有传来任何反射信号,就连重力探测仪和高灵敏度磁异探测器也没在一片虚无中发现半点儿异常。她甚至开始怀疑，也许他们从一开始追逐的不过是一个错误、一个影子、一个老人疯狂的幻想……

但这些想法只存在了短短几秒钟。

就像旧纪元中大名鼎鼎的大卫·科波菲尔的魔术一样，在片刻之前还是一片黑暗与虚无的地方，一座体积庞大的岛屿骤然出现在苏珊娜的视野之中。

尽管周围没有任何光源，但这座岩石岛屿的表面却笼罩着一道薄纱般的清冷光泽，这道光泽不仅照亮了岛屿本身，也照亮了周围冰冷的液氢海洋。尽管四周怒号的阴风已经达到上百千米的惊人时速，但岛屿附近的海面却在行星强大引力的束缚下保持着平静，只在岛屿边缘时不时地泛起轻微的涟漪。这座寸草不生的岩岛上，布满了大大小小的陨击坑、裂谷、山丘和深色的洼地，看上去就像一颗普通的岩石卫星——而从重力探测器获得的数据看，事实的确如此。

"这……这怎么可能?"在看到显示屏上跳出的一行行扫描数据时，苏珊娜的下巴惊讶得差点儿掉下来:数据显示，眼前这座"岛"确实是一颗岩石小行星——它的直径在六百千米上下，恰好高于可以保持流体静力学平衡的最低标准，密度则和地球相当。但在大学里学到的常识告诉她，眼前这一幕应该根本不可能出现才对:没错，气态巨行星确实经常吞噬周遭的卫星和小行星，但绝大多数牺牲品——比如镍星基地的"母体"——在落入大气层前就会被强大的引力撕碎，要么变成环绕行星的光环，要么化为碎屑、湮没在浓密的大气层之下，绝不可能在坠入大气层底部时仍旧完好无损。

"这当然有可能——因为它本身就是事实。"吕锡安答道。尽管出现在他眼前的奇景足以让任何一个具备起码的物理学常识的人脑筋短路,肾上腺素浓度飙升,但他既没有感到惊讶,也没有流露出一丝一毫的喜悦。事实上,现在的他比任何时候看上去都更像一个精疲力竭的普通老人,一心只希望能尽快回到舒适温暖的老房子里好好休息。"除非你有证据证明这不过是个幻象,否则我还是建议你相信它为妙。"吕锡安说道。

苏珊娜耸了耸肩,问:"我们现在怎么办?"

"下降,让导航电脑制定登陆航线。"吕锡安捻了捻下巴上花白的胡茬,然后通过那台古董级的终端,将一系列数据敲进计算机,"我们的目标就在这儿。"一幅由外部摄像机拍摄的低分辨率二维图像被投射在驾驶座的平面显示器旁:一座位于一处环形山的中央,直径半千米上下的圆形平台,显然是某种停机坪;附近还有一座类似蚁丘的建筑物,看上去应该是航管中心或者地下通道入口。不过,真正引起苏珊娜注意的,还是位于图像边缘的那团不规则黑影——虽然看不太清楚,但她敢用自己的穿梭机驾驶员资格打赌,那只可能是舱门开启,机翼处于折叠状态的"无惧号"。

"他是怎么做到的?"苏珊娜费了不少劲儿才把又一句"不可能"从嘴边咽了回去,"基地的穿梭机上应该没有装备增压服才对啊。"当然,这话其实不大确切:在如此接近一颗气态巨星核心的地方,即便是穿梭机特制的高强度外壳也已经到了分崩离析的边缘,想要只凭薄薄的一件增压服抵挡住近万个大气压的可怕压力,更是无异于痴人说梦。但事实是明摆着的:"无惧号"不仅在这座"岛"上着了陆,而且还打开了全部的舱门——而她可不认为洛佩斯大老远跑到这儿来只是为了自杀。

"你很快就会知道的。"吕锡安的声音仍然一如既往的平静,但不知为什么,这种平静的声音却让苏珊娜心中一阵发怵,"是的,我们很快都会知道。"

在苏珊娜不算漫长的一生中,她曾经见识过各色各样的走廊:其中既有镍星基地里那种明亮宽敞,却毫无个性的标准化通勤走廊,也有达兰尼亚废弃矿坑里阴暗压抑且遍布流浪汉涂鸦的低矮隧道;在新色雷斯,当地的高级度假旅馆将悬挂在巨型石笋柱之间的全透明观景走廊作为卖点之一,而圣提奥多罗斯的活体建筑群里的走廊则完全是用活生生的藤本植物构建而成的。但是,眼下她置身其中的这条走廊,却与她的所有经验都格格不入:它是固态的,但看上去却像是某种被困住的液体;它是沉默的,却似乎有无数声音像溶洞中的水滴般随时随地从四周的墙壁中渗出,在她耳畔低语。诡异而冰冷的流光从遍布令人难以置信的微妙弧度的墙面下滑过,光和影仿佛有着自己的意志般任性地混杂交错。

就连时空本身似乎也在这里发生了令人难以理解的变化:有时候,从一条弯道走向另一条弯道所花费的时间会长得让人感觉仿佛过了一个世纪;有时候,穿过一条长得几乎望不到头的路却似乎只需要一眨眼的工夫。事实上,这里唯一"正常"的只有气压和引力——出于某种苏珊娜完全无从想象的原因,这里的气压一直保持在略高于一个标准大气压的水准上,而重力则只有区区0.9G,不到MG77581A3表面重力的二十分之一。尽管苏珊娜在心底对这一切都充满了好奇,但这一次,她明智地没有提出任何问题:这个处处充满反常的地方已经完全超出了她理解能力的上限,即使吕锡安能够回答她的问题,他给出的答案多半也只会让她陷入更深的困惑之中。

"我说,这鬼地方可真有点儿邪门。"当这支小小的队伍第十四次拐过一条弯道之后,走在队伍最前面的刘钢突然说道,"我们怎么会走到这种地方来?"

"又怎么啦?"苏珊娜用力咬紧嘴唇,竭力压下一股想要举枪乱射的无名怒火——之前的长时间疲劳驾驶已经差不多磨光了她最后一点耐心,而更糟糕的是,当"好奇号"降落之后,吕锡安甚至不容许她休息哪怕一分钟,就粗暴地把她赶下了穿梭机。在这位前任上司的指挥下,他们先对已经人去机空的"无惧号"来了一次彻头彻尾却徒劳无功的大搜查,然后又马不停蹄地钻进平台附近的地下通道入口,继续追捕那个该杀千刀的米格尔·洛佩斯。在背着一支AG-34针弹枪和一把多功能军刀,外加总重超过二十磅的备用弹药、水壶、轻型护甲和标准急救包跋涉了好几里路之后,苏珊娜觉得自己身上的肌肉仿佛已经变成了一坨坨结冰的糯糊,双腿酸疼得活像是有一窝发疯的火蚁钻了进去,而积聚在心头的火气更是足以活活烤熟一头大象。"该死的,我们到底走到哪儿了?"她的语气中透出火药味儿。

"这……"机械师下意识地舔了舔干裂的嘴唇,然后将手里捧着的一台砖块大小的仪器递给对方——这是他从被洛佩斯抛弃的"无惧号"上拆下来的中微子定位仪,"我刚刚用这台定位仪和轨道上的同步卫星连上了线,但这上面的读数表明,我们现在的位置……呃……已经接近这颗星体的正中央了。"

"正中央?!"苏珊娜脱口说道,"这鬼东西的直径有差不多六百千米!而我们从降落到现在也才刚走了半个小时而已,"她摇了摇头,"你的仪器肯定出问题了。"

"不。"刘钢的神色变得更加紧张了,"我们真的走了这么远!我刚才试着用个人定位装置联系'好奇号',结果它告诉我,我们与它的降落位置之间的直线距离已经超过两百千米。"他咽下一口唾沫,"我想……呃……我们最好还是回去吧。这鬼地方多半是个要命的陷阱,我可不想下半辈子都被困在这种地方。这里说不定还有……有……"

"有人!"

如果不是警卫及时出声提醒,苏珊娜很可能压根儿不会注意到那个从走廊另一端一闪而过的人影——尽管只是匆忙中的一瞥,但她还是可以肯定,那人正是米格尔·洛佩斯。"站在那儿别动!"她举起针弹枪,厉声喝道,"不然我就开枪了!"

洛佩斯的答复是整整一个弹匣的刺钉弹! 就在他的身影消失在走廊前端的同时,这些呼啸而来的金属尖钉像刀尖撕碎纸片一样轻而易举地穿透了刘钢的前额。在死神造访的瞬间,这名瘦小的亚裔工程师猛地颤抖了一下,然后才慢慢地屈膝跪倒,俯卧在散发着幽蓝色光芒的地板上——看上去仿佛正在进行某种源自古老东方的祭祀仪式。

"狗娘养的!"同伴的死亡点燃了那名基地警卫的怒火。这个高大的黑人挥舞着手里的爆能步枪,像发起冲锋的古代祖鲁武士一般怒吼着追了上去。还没等苏珊娜来得及制止这种鲁莽的行为,他就已经冲到了洛佩斯消失的岔道附近——片刻之后,一道如同太阳般耀眼的光芒突然照亮了整条隧道,然后像一个致命的情人般紧紧地拥抱了他。

我还不知道他的名字。不知为什么,这是苏珊娜脑海中浮现出的第一个念头。我还不知道他叫什么。

"待在这儿别动,教授。"在回过神来之后,苏珊娜朝跟在身后的吕锡安做了个"隐蔽"的手势,然后紧贴着走廊的墙壁,以标准的隐蔽前进姿势蹑手蹑脚地接近那个隐蔽的死亡陷阱,直到离警卫的尸体只有几码远才停下脚步。正如预料中的那样,她的这名同伴身上只有一处十分显眼的致命伤：一个位于胸口上方，直径足有成年人拳头大小的焦黑孔洞。

离子钉！苏珊娜深吸一口气，强迫自己将目光从警卫的尸体上移开。与其他那些平时储存在基地的武器库中，用于防备可能发生的恐怖袭击或是其他突发事件的枪支弹药不同的是，IC-75等离子束切割器——也就是俗称的"离子钉"——其实并不算是严格意义上的军用装备。这套设备由一台高能等离子生成装置，以及一套可以将等离子体在短时间内"塑造"成各种形态的强力约束磁场发生器构成。虽然"离子钉"在大多数情况下仅仅被用来拆卸报废的机械设备和金属废料，但只要花上一点儿时间重新设定控制程序，并安装上与之配套的热能/光学自动化寻的系统，它也可以成为一种极其有效的自动防御装置。

但它远非无懈可击。

在一番摸索之后，苏珊娜终于从弹药携行袋里找出了自己需要的东西：一粒指尖大小的黑色圆球——虽然分配给镍星基地的军火大多是些老掉牙的过时货，但这种"塞壬"式多功能诱饵弹却是其中极少数的例外之一。在被苏珊娜抛出几秒钟后，这粒小球立即分解成数以千万计的纳米诱饵机器人，然后按照预先设定的参数在几米之外聚拢、发热，形成一个与一名蹲伏着的成年人类几无二致的热能信号源。

一发炽热的离子弹立即击中了它。

三秒。

苏珊娜在心中默念了一遍这个数字——这是"离子钉"在内膛的磁场中生成下一发弹药所需的最短时间。她瞥了一眼针弹枪的保险，确定它已经被拨到了精确短点射的位置，随即以最快的速度从墙角一跃而出。

两秒。

苏珊娜的目光与米格尔·洛佩斯相遇了——后者正蹲坐在为"离子钉"供能的一排超导电池组后，动作笨拙地将一个新弹夹装进那支迷你射钉枪中。从放在其脚下的那个弹药包装盒来看，他显然并没有提前准备好备用弹夹，因此不得不费时费劲地将盒子里的散弹一发发地填进打空的弹夹——若非如此，他方才完全有机会用这件武器抢先向苏珊娜开火。

一秒。

惊讶和恼怒的目光同时从洛佩斯褐色的瞳孔中闪过。与此同时，"离子钉"的自动寻的系统也捕获了苏珊娜的位置。它的发射器开始在支架上缓缓转动，只待下一发弹药形成，就可以向她发出无法逃避的致命一击。

就在扣下扳机的一刹那，炽烈的强光让苏珊娜的眼前只剩下了一片黑色。

7

"他还活着吗?"

"我不知道,教授。"苏珊娜用衣袖紧紧地捂住鼻子,试图减缓塑胶材料燃烧产生的呛人烟雾钻进呼吸道的速度。由于刚刚受到的强光刺激,她的视野中仍然充满了奇形怪状的阴影与色块——幸运的是,至少那场爆炸并没对她造成什么大碍。"我必须靠近点才能看清楚。"

在几米之外,那台"离子钉"的残骸上的余烬尚未熄灭,它的超导电池组和自动寻的装置被炸得稀烂,扭曲的发射管歪斜着搭在被烤得漆黑的三脚架上,活像一件后现代主义艺术品:在束缚它们的磁场被针弹摧毁的瞬间,那些重获自由的高压等离子体释放出来的破坏力不仅毁掉了这件设备,也波及了它原本的主人——措手不及的米格尔·洛佩斯先是被爆炸的冲击波迎面撞了个正着,然后又被远远地抛了出去。现在,这个矮个子梅斯蒂索人就像一只断线的木偶摔在岔道之外,鲜血从他的上臂和前额的创口缓缓地渗出,在地面上汇成了一道细流。

不,这里根本就没有什么地面。苏珊娜立即纠正了自己的想法。从岔道入口极目望去,映入眼帘的并不是另一条散发着诡异光华的隧道，也不是任何房间或者厅堂。她看到的只有一片虚空，一片浸透了璀璨光华的虚空。在这片仿佛无止境地向每一个方向延伸的空间中，唯一能被称为"地面"的，不过是一条看不到头的透明薄带。亿万条同样透明的岔道从隧道的尽头向着每一个象限、每一个方向延伸，一直通向那些静静地悬浮在这片广袤空间中的星星——假如那些明灭不定的亮点真的可以被称为"星星"的话。在这里，就连最后一丝物理法则的存在痕迹也已经消失得无影无踪，苏珊娜觉得自己仿佛可以从这里一直看到无限远的地方，周遭星星的数量是如此之多，分布得如此之密，以至于她完全无法辨认出任何星座或者星团，无穷无尽的群星最终汇成了一片浩渺闪烁的星海，放射着比她曾经见过的任何一种光源都更明亮，却又柔和得多的光芒。

尽管刚刚经历了一场生死攸关的战斗，但眼前的这一幕仍然在眨眼之间就吸引了苏珊娜全部的注意力：这片璀璨的星海仿佛带着传说中塞壬的魔咒，让人无法抵御凝视它的诱惑。很快，在某种难以言喻的力量的引导下，苏珊娜的注意力逐渐集中在了其中的一颗星星——或者更确切地说，在虚空中闪烁着的光点——上，她的意识开始变得模糊，同时却又变得极度亢奋而清晰，这种感觉有些像是吸食兴奋剂的结果，但没有任何兴奋剂能让她将这个世界看得如此……透彻。在近乎病态的欣喜之中，她觉得自己仿佛无所不在、无所不知、无所不能。在这一刻，日月星辰在她面前像微不足道的沙砾一样渺小至极，就连世间万物也仿佛只是她掌握中的区区玩物。

但这仅仅是个开始。

随着意识的不断延伸，她第一次认识到了那些星星到底是什么：它们并不是真正的恒星，也不是任何一种存在于现实中的天体,它们仅仅是通向真正宝藏的钥匙与目录——每一颗"星星"都是一个入口,通向一份数量庞大的知识目录,而每份目录又包含着成百上千的子目录、子目录的子目录,以及链接在这些目录末端的无数具体信息。苏珊娜突然意识到,这座知识之海的广阔程度其实已经远远超出了她所能理解的极限,甚至就连整个人类文明古往今来的全部成果与之相比也不过是沧海一粟。是的,这确实是一座宝藏,一座挑战人类想象极限的宝藏:它的每一个最不起眼的角落都足以让世界上最优秀的学者穷尽毕生的精力,它的一丁点儿碎片都能让一个文明获得全面而彻底的飞升,轻而易举地取得他们过去做梦都不敢想象的伟大成就……

"你……你也看到了……"米格尔·洛佩斯颤抖的声音突然从苏珊娜身后传来,将她从方才那种超然的兴奋中骤然拉回枯燥逼仄的现实。让她略感惊讶的是,尽管已经被失血与疼痛折磨得气息奄奄,但这位科学家仍然保持着平静的神色。"你现在知……知道这玩意儿有多诱人了吧?"

"根据《邦联紧急状态法》赋予军事人员的临时执法权,我宣布,你的人身自由现在处于暂时受限状态。"苏珊娜打开背包,翻出从"好奇号"上带来的急救包,在洛佩斯身边蹲了下来,但她很快发现,对方的伤势已经完全超出了她能够处理的范围:他的腹部就像一只被当成靶子射击的皮囊一样破了好几个大口子,脊椎在腰椎间盘上方折断了。超过半数的肋骨和它们保护着的脏器都遭到了重创,内出血的迹象从胸腔一直延续到腹股沟的位置——事实上,这个男人现在还能活着,本身就已经是个奇迹了。

"从现在起,你所说的每句话都将在刑事法庭上被视为证词,如果愿意的话,你可以保持沉默。"苏珊娜咬了咬嘴唇,硬着头皮说完了这段话。

梅斯蒂索人痛苦地咳嗽着,一小团半凝固的血渍从他的嘴角滴下,落在那层看不见的"地面"上。"告诉我,你凭什么逮捕我? 我的罪名是什么?"他艰难地发问。

"谋杀!"苏珊娜答道,"我们有理由认为,你很可能要对镍星基地全体人员的非正常死亡负责。"

"镍星基地的全……全体人员?!"洛佩斯的嘴角露出一丝讥讽的笑容,"我看未必。"

"什么?"

"镍星基地里的人员可没有'全体'死亡,亲爱的。至少对那个谋杀他们的人而言还没有。"梅斯蒂索人露出一个诡异的微笑。接着,他冷不丁抽出一直藏在背后的一只手,用一件闪烁着金属冷光的黑色物体指向苏珊娜的脸。"因为你还活着。"

一切都发生得极为突然,直到看清楚对方手中到底握着什么时,苏珊娜慢了一拍的脑子才意识到自己犯下了多大的错误——而她已经没有时间补救这个错误了。随着压缩空气喷出枪管的轻响,一枚尖锐的物体擦过了苏珊娜的鬓角。

爆炸。

尖叫。

焦灼的气味。

痛苦的呻吟。

"噢,天哪……吕锡安教授?!"当苏珊娜下意识地转过身去时,她的大脑几乎变成了一片空白:镍星基地的前负责人正在她身后几码远的地方痛苦挣扎着,他的一只手被齐腕炸得粉碎,好在碳化的伤口同时也封住了创面,因此他暂时还没有失血过多之虞。一支被炸成废金属块的P-127迷你手枪就落在吕锡安的身边——而摧毁它的,正是由另一支相同型号的武器射出的爆破飞镖。

"没错,你还活着。"洛佩斯无力地松开了手,任由那支P-127手枪从他的指间滑落,"他失败了,你还活着。"一丝胜利的微笑出现在他的嘴角。

"你的意思是——"苏珊娜惊讶地看着那支被炸烂的手枪。她可以确信,吕锡安刚才像她一样没能识破洛佩斯的伪装,没有发现洛佩斯暗藏的小手枪。而这也就意味着,他显然不是为了保护她,才拿着这件武器悄悄来到她身后的。

"他想要你的命,就像他干……干掉其他人那样。"洛佩斯语气平静地说道,仿佛只是在谈论今天的天气似的,"如果不相信我,你可以问他。"

苏珊娜的目光回到吕锡安身上。

老人虚弱地点了点头。

"但是……为什么?"苏珊娜问道。

"因为他不希望其他人知道这个地方的存在。"洛佩斯替吕锡安回答了这个问题,"他一直试图隐藏我们的发现,但不……不幸的是,他的努力失败了。作为补救措施,他决定为基地里的所有人安排一次恰到好处的'事故'——毕竟,只有死人才能够永远保守秘密。"

"什么?!"

"这可就说来话长了。"梅斯蒂索人说道,"我倒是想知道,吕锡安先生在骗你们来这儿之前,到底都告诉了你们什么?"

"镍星基地存在的真实目的,还有关于远古文明遗产的事……"苏珊娜接连用力按了按自己的太阳穴,希望能把脑子里的一团乱麻稍微理清爽些，"他说是你发现了这里，但你打算独占这里——"

"我？打算独占这里？"洛佩斯突然爆发出一阵歇斯底里的大笑，"没错，确实是我发现了这里——也只有我才能找到这里。但我唯一希望的仅仅是让这里的一切造福于人类文明！我坚信，保存在圣地中的每个比特的信息，都是全人类的共同财富！每一个人都有权利使用这种财富，而且这样的权利也应当得到保障！"

"圣地？"

"这是那些气旋对这儿的称呼——至少我认为可以翻译成这个意思。但我更愿意管它叫奥林匹斯，诸神聚会之地。"洛佩斯解释道，"你听说过周期性灾难理论吗？"

苏珊娜点了点头。她当然知道这套就像旧纪元的牛顿三定律或者墨菲定律一样广为人知的理论——它也是古老的费米悖论已知唯一的正确答案：每过数万到数百万地球年的时间，一次性质不明的大规模灾难就会横扫所有发达的文明种族，将他们打回原始状态，而人类正是在上次大劫难结束后不久发展起来的第一批幸运儿。尽管还存在着诸多不明确之处，但到目前为止，至少在邦联已经探明的宇宙空间中，这套理论都还没有受到任何挑战。

"在建造这座信息库之前，那个种族已经意识到不可抗力的灾难即将降临，他们的文明将遭到重创——因此，他们决定将文明的火种妥善保存起来，"洛佩斯继续说道，"他们挖空了这颗行星的一颗岩石卫星，将它改造成了奥林匹斯，藏匿在这颗气态巨星的浓密云层之下，然后又为它创造出了一批冷酷无情的守卫者——那些游荡在这颗行星表面，拥有自我意识，对一切外来者都抱有强烈敌意的气旋。但他们未曾想到,恰恰是这些无比忠诚的守卫者为我提供了发现这里的线索!"

尽管面色已因失血过多而变得像蜡一样苍白,但洛佩斯仍然露出了骄傲的笑容——在他短暂的一生中,这或许是最令他感到自豪的成就了。重伤的他继续竭力陈述:"在过去,人们习惯于将这颗行星上的气旋视为一群只有最起码的智力与意识的野兽,一群狡猾而冷酷无情的破坏者。但我的研究表明,这种看法并不准确:虽然大多数在近几万甚至几千年间分裂产生的'新'气旋的确不太'聪明',但那些最古老的——它们很可能直接出于这个种族的创造者之手——却像我们一样有情感、有交流的需求。我花了近一年时间窃听它们的'谈话',最后终于通过那些语焉不详的传说确定了奥林匹斯——也就是它们所谓的'圣地'——的具体位置,并且亲自发现了它!"

"那你为什么不把发现告诉其他人?"苏珊娜问道。

"你忘了吗,准尉?按照邦联科学院的规定,任何与古代地外文明有关的发现都应该在第一时间上报地外文明研究委员会,在此之前则必须保密,以免遗迹失窃或者遭到破坏。"梅斯蒂索人不耐烦地摆了摆手,"但是,在我交出第一份详细报告之后,科学院却一直没有答复,随后的几份报告也全都石沉大海。这显然不对劲儿!没错,也许科学院里办事的浑蛋们都是些该死的官僚,但就算是最无可救药的官僚也不会对他们花了一千多亿信用点,并且找了整整十年的东西无动于衷!我原以为是通信出了问题,但那几天基地里的其他通信都没有受到任何干扰,而这意味着造成这种情况的只有一种可能——"

"没错,是我截留了那些报告。"还没等洛佩斯继续说下去,吕锡安就承认道,"在基地,只有我才有秘密检查和拦截通信的权限。"

"没……咳咳……没错……"由于过度激动，洛佩斯又一次痛苦地咳嗽起来，"准尉，我想你现在应该已经看清楚了，到底谁才打算把这里据……咳咳……为己有！在最初提交报告的努力失败之后，我又使用其他人的账户向科学院发出了同样的报告，结果还是毫无用处——他从一开始就做好了隐瞒真相的准备！"他用一只沾满血迹且不断颤抖的手指着吕锡安，"我不敢向任何人透露这一点，因为我不知道基地有多少人和他沆瀣一气，又有多少人像他一样对奥林匹斯生出了觊觎之心，但我更不能选择……袖手旁观。因为我知道，他一定会在十二个月的轮换期结束前设法除掉我这个知情者。

"无奈之下，我只能采取权……权宜之计：利用过去几年里分析出的语言代码，我成功地将镍星基地的位置透露给了奥林匹斯的守卫者们，并诱使它们对这里发动了进攻。当然，这种攻击远不足以摧毁基地，但我事先篡改了基地的损害评估程序，让它做出了过度夸大的损害评估报告，迫使其他人决定立即放弃基地——而在这之后，系统会将我撰写的关于奥林匹斯的详细报告以加密文件的形式发给基地的每一个人，一旦我们返回任何一颗邦联下辖的行星，这些文件就会经由你们的个人终端发送给邦联科学院！"他叹了口气，"我原以为这是个完美的计划，我原以为他绝不可能在十几个小时内阻止这一切。但我错了——为了独吞这里的财富，几十条人命对他而言根本不算什么！"

"我不否认这些指控。"吕锡安语气平静地答道，"只有一点除外：我之所以这么做，并不是因为贪婪——我只是在履行自己的职责。"

"荒谬!"洛佩斯大喊。

"荒谬?"老人用仅存的一只手支撑着身下看不见的"地板",艰难地坐了起来,"你说荒谬?米格尔,难道你忘记了我们的职责是什么吗?没错,我们确实曾经发过誓,要尽一切努力为科学的进步做贡献,但我们的首要使命是帮助人类文明规避风险——尤其是那些披着诱人的伪装,却可能让我们遭受灭顶之灾的致命陷阱!"

"灭顶之灾?"苏珊娜下意识地咬了咬嘴唇,"可这里只有——"

"没错,这里只有海量的知识,以及搜索与使用这些知识的方法——我必须承认,这是人类历史上最大的一笔财富。"吕锡安神色凝重地遥望着四周的星海,用诵经般低沉的声音缓慢地说,"但它同样也可以成为致命的毒药。"

"危言耸听!"洛佩斯愤怒地啐了一口带有血丝的唾沫。

"是吗?"吕锡安问道,"你会把一支打开保险的爆能步枪交到一个三岁孩子的手上,然后告诉他该怎么扣下扳机吗?当然不会!他随时都有可能为了一颗泡泡糖就轰掉自己朋友的脑袋,或者把逼着他睡觉的母亲射个对穿!在旧纪元里,整个人类文明曾经在链式反应原理发现后的一个多世纪中一直处于自我毁灭的边缘,仅仅是因为他们中的大多数个体仍然保留着十九世纪的思维方式,而储存在这里的知识领先我们现有水平的程度比区区一个世纪要大得多——只要我们成功地运用了其中的哪怕百分之一,交给八百亿个三岁孩子的,就不只是一支步枪,而是不需密码就能随时使用的核按钮!"

"但孩子总……总会长大的。"洛佩斯说道,"知识可以推动文明的发展——"

"但知识并不等于智慧！"他的前上司打断道，"你可以告诉一群石器时代的食人族怎么冶炼金属、制造工具，旧纪元的盎格鲁-撒克逊殖民者在非洲和澳大利亚就是这么做的，但这并不会立即让他们成为文明人——你只会让他们从拿着石斧的食人族变成拿着铁斧，杀人效率更高的食人族！你们难道真的相信，那些花费巨资赞助我们研究工作的大企业会妥善地使用这些知识？或者邦联政府能够在如此诱人的财富面前做出真正理智的决定？不，他们根本做不到，就像鱼缸里的金鱼永远无法拒绝鱼饵一样！只需要一次利令智昏的错误决策，整个人类文明就会万劫不复！"

"但并不是所有人都像那样……"

"没错，确实有那么一些人——那些最睿智的科学家、哲学家和思想家——有可能知道该如何面对这笔危险的财富，但别忘了，邦联可不是柏拉图的理想国！只要认真分析邦联的行政与立法机关在过去的决策模式，我们就不难发现，他们在奥林匹斯问题上做出错误决策的概率几乎是百分之百！"吕锡安叹了口气，"我的祖先有一句老话：三人不能守密，二人谋事一人当殉。我并不希望伤害任何人，但不幸的是，事关人类文明的生死存亡，我没有别的选择。"

"也许你是……是对的……"在沉默良久之后，洛佩斯艰难地开口道，"也许不是，但这些都不重要。现在，决定一切的不是你，也不……不是我。"他将视线转向苏珊娜，"准尉，现在只有一……一个人能够决定奥林匹斯的归属。"

"我知道。"苏珊娜紧张地绞着手指，"我知道。"

"所以你必须相信我！"吕锡安说道，"没错，我对你撒了谎。但我对奥林匹斯的评估是绝对正确的——它最好的归宿就是继续在这里待上一万年！相信我，人类有能力自己闯出一条路来，我们不需要这些危险的馈赠——"

"我相信你。"苏珊娜迟疑地说道，"我当然相信你。但我必须履行我的职责——作为太空军的人，我有义务向上级如实报告我在任务中的一切所见所闻。很抱歉，教授。"

在他的一生中，洛佩斯最后一次露出了笑容——这是一个无力却满意的微笑。接着，那双黑色眼睛里的光芒黯淡了下来。

"我们走吧。"苏珊娜朝吕锡安伸出一只手，"这里的事已经结束了。"

"结束了？我看没有。"老人说道，"你可以坚持你的职责，准尉，但我也有我的责任。"他用烧焦的右手指了指不远处的一颗"星星"，"请把我带到那个信息节点上去。我想，你应该不会反对我采取某种折中方案吧？"

8

　　它要找的东西就在那里。

　　尽管没有任何可以感知光线的视觉器官，也不存在真正意义上的听觉、嗅觉或者触觉，但它仍然轻而易举地捕捉到了那颗从远方的地平线上冉冉升起的岩石卫星的踪迹：在气态巨星表面一片嘈杂的背景辐射之中，这颗岩石圆球就像一个袖珍黑洞，贪婪地吸收着它能够触及的一切能量，无论它们的载体是无线电、微波、可见光，还是别的什么东西。它知道，这些零散的能量将在短暂的转化过程之后变成这颗人造天体能源的一部分，从而为推动它继续加速，并最终摆脱行星引力提供源源不断的动力。

　　与那些更多地依靠本能行事的晚辈不同，它很清楚自己从何而来，也知道自己存在的意义：作为它们的造物主在这颗行星上留下的第一批作品之一，它从"诞生"的那一刻起，就与造物主最宝贵的财产——那座承载着文明精华的圣地紧紧地联系在一起。在长达百万年的光阴中，它日复一日地在整颗行星的表面巡逻，耐心地守护着这个秘密，用一场又一场"意外"将那些误入此地的入侵者埋葬在层层彤云下的液氢海洋之中。

但这次却是个例外。

作为所有守卫者中最年长、最睿智的一个，它在数百千米之外就已经发现了那架正在飞离大气层顶端的穿梭机——在过去，仅仅是发现这样的一架飞行器就足以唤起它最强烈的攻击欲望，但现在，它所感到的却只有……茫然。它曾经是一名忠心耿耿的卫士、一位无比虔诚的仆人，但它所守卫、所侍奉的东西却在不久之前不复存在了。通过与造物主遗产之间的联系，它可以感同身受地了解到在那里发生的一切：五个制造了这种飞行器的生物——都是这个宇宙中最常见，数量最多的中等体型的碳基生命体——在不久之前进入了圣地，其中的三个死于某些因为它无法理解的原因而发生的相互攻击中，另一个则留了下来。但出乎它意料的是，这个选择留下的个体竟然成功地启动了造物主设置的最后防御措施：随着这道措施被激活，圣地将在几百个时间单位内离开原有的藏身之地，进入这个恒星系中唯一的一颗主序星内部。在那之后，除了造物主自己，将再无人能够触及这座伟大的宝库。

当然也包括造物主的子孙们。在"目送"着圣地消失在黑暗的星际空间中的同时，它哀伤地想。在离去之际，造物主曾向它透露过他们处心积虑创建这一切的真正目的：为熬过某场必将到来的大劫难的后代，保存文明复兴的火种。但时至今日，造物主所预言的劫难早已过去，但它却从未见到它所等待的那些人——他们是被那场劫难消灭了吗？抑或是已经放弃了返回这里的努力？它不知道，也无从知道。

在一阵愤怒的呼啸中，它带着无数疑问离开了这里。这些问题已经困扰了它千万年之久，而在今天之后，直到它望不到边的寿命最终走到尽头之前，它仍然会为此继续困扰下去。

它只知道，它的职责结束了。

"这里是镍星基地穿梭机 Ns-06'好奇号'，我是一级飞行准尉苏珊娜·塞尔。我已离开行星洛希极限。穿梭机状态良好，补给品储备充足，机上人员只有我本人，暂无生命危险。"苏珊娜清了清喉咙，又补充了一句，"没有发现其他幸存者。"

"收到，塞尔准尉，我们正在确定你的位置。"远在半光秒差距之外的救援船船长用公事公办的语气说道——对他而言，这仅仅是又一次寻常的救援任务，就像他平时执行的所有同类任务一样毫无特别之处，"请尽可能不要离开现在的位置，我们将在十八个标准时后赶到。还有别的情况要报告吗？"

苏珊娜下意识地抿紧了嘴唇，片刻后回答道："不，没有了。我会直接向邦联科学院提交报告，通信完毕。"

虽然"好奇号"的座舱风挡拥有自动屏蔽过量光辐射的功能，但当苏珊娜从控制面板上重新抬起目光时，她的视网膜仍然被涌入瞳孔的强光刺得一阵发痒。尽管隔着两个半天文单位的距离，但 MG77581A3 绕转的那颗 A3 型主序星的亮白色光辉仍然占据了她的大半个视野。在一片炫目的光华中，奥林匹斯化成的细小黑点正渐渐沉入恒星稀薄而炽热的光球层中，看上去就像是坠入一桶铁水中的一粒微尘。苏珊娜知道，她的三位同事就长眠于这粒尘埃之中——他们都是忠于职守的好人，却极其讽刺地死于彼此之手。而她的另一位同事与合作伙伴现在很可能仍然活着。按照吕锡安的说法，即便是炽热的恒星，也奈何不了保护着奥林匹斯的古老技术，用不了多久，他就会成为人类历史上第一个活着进入恒星核心的人，并在那里度过自己的余生。

"折中方案"——吕锡安教授用这个词来描述他的决定,而他之所以这么做,仅仅是因为苏珊娜不愿意放弃自己的职责。她很清楚,即便在厚达数万千米的炽热恒星物质庇护下,奥林匹斯落入人类之手仍然只是时间问题:不是现在,大概也不是几年或者十几年之后,但终有一日,会有人找出克服障碍的办法,到那时,奥林匹斯的秘密仍将毫无保留地呈现在每个有意于利用它的人面前。她只能祈祷,届时的人类已经足够成熟,足以甄别出隐藏在这座宝藏中的危险。

"那就这样吧……"苏珊娜叹了口气,抱起放在一旁的折叠式睡袋离开了驾驶舱。在成为邦联所有媒体聚光灯下的宠儿之前,她还有十八个小时不受打扰——这或许是她这辈子最后的一段清闲时光了。

"该死的,我算是受够了……"她嘟哝着钻进了睡袋。

两秒钟后,穿梭机的电脑发现驾驶舱里已经空无一人,于是它忠实地执行自己的职责,放下风挡后的遮光板,然后把舱内的灯光关掉了。

盲跃

现在，一切都为时已晚。

当那片声势浩大的褐色涌浪冲破勘探营地外围的声波隔栅，开始吞噬这仅剩的一片净土时，他终于意识到自己到底犯下了何等致命的错误：两天前，当队里派出去的侦察分队开始与他们失去联系时，他就应该意识到潜藏在这片看似宁静的林地与沼泽之后的凶险；当派出的侦察无人机第一次将远方那片蔓延到天际的黑色传送到登陆艇的屏幕上时，他们就应当为危险的到来做好准备。但是他们没有——一半源于过度的自大，一半出于自欺欺人的盲目乐观。他们用一个又一个乐观的"解释"与谎言自我安慰、自我麻痹，从而白白放弃了自我拯救的机会，直到事态最终变得无法挽回。

在附近的某些地方，抵抗仍然在进行着——就像已经落入掠食者爪牙之中的猎物仍要进行最后的挣扎一样，他的队员们同样也不愿自己成为这片黑色的盘中餐。在曾是营地边界的地方，爆炸与火光在凌晨时分青灰色的天穹下此起彼伏地闪现，其间还夹杂着愤怒或恐惧的呐喊。但他的理性无情地告诉他，这一切并不能改变什么：这里完全没有绝处逢生所需要的条件。勘探队携带的燃料与弹药是有限的，而那片有生命的海洋却拥有无穷尽的力量。他们可以拖延一分钟、一小时，甚至是一天，却无力逃脱那个注定将会到来的结局。

但他知道,至少还有一件事是他可以去做的。

他冲过一堆被点燃的物资,翻过一道用空板条箱匆匆搭成的胸墙——残留在附近的半透明黏液再清楚不过地说明了守卫者所遭受的命运。一团黑色发现了他,随即开始凝聚成型,像一个浓缩的影子一样朝他猛扑过来。但是,他的动作比他的对手来得更快:在火焰的致命拥抱中,这团"影子"无声地颤抖着、抽搐着,最后变成了地面上冒着刺鼻浓烟的一小摊黑色,就像一个被造物主抽走了灵魂的怪物,重又变回了被创造前的原初状态。

他取得了一次胜利——当然,只是一次微不足道的胜利。对他们正在与之搏斗的海洋而言,蒸发掉一小滴水算不上什么真正的损失,但这至少让他的计划有了更多成功的可能。在考虑片刻后,他抛掉已经耗尽燃料的火焰喷射器,转身向营地的另一端冲去。要返回登陆舱显然已经不现实了,但他还有另一个机会:营地里共有两台能用的通信器,而其中一台恰好在昨天早上被他下令搬出了登陆舱。

当他冲向放着通信器的帐篷时,周遭的混乱与嘈杂正逐渐被死一般的寂静所取代:越来越多的人被涌动的、散发着刺鼻气味的黑色洪流包围、压倒、吞噬,火焰与电灯的光芒也在逐渐熄灭。再过两个小时,黎明的第一抹曙光就会穿过不远处的峡谷,洒落在这片植被茂盛干涸的潟湖上,但他知道,自己是永远也不可能看到这一幕了。

他在黑暗中跌倒了一次,接着又被绊倒了第二次。在他第三次摔倒时,一团冰凉的流质抓住了他的脚后跟,像传说中会吞噬海员的北海巨妖一样紧紧地纠缠着他,将他拖向身后那片饥肠辘辘的大海。

　　他试图抵抗，却拗不过这压倒性的力量，绝望如同利爪般抓挠着他的心脏，掐住他的喉咙，但他残存的一丝理性仍然让他在狂乱的挣扎中采取了最后一个正确的应对动作：他抓住了挂在腰带上的那件东西，拔掉保险销，并抢在更多的黑色触手抓住他之前拉动了上面的金属拉环。

　　令他感到欣慰的是，这一切至少结束得很快。

　　夜幕降临了。

　　在这颗永远不会被命名为地球的行星上，一切似乎都与平日没有任何差别。在赤道以南几千米的地方，一块永远不会被命名为"澳大利亚"的大陆正在地幔软流圈的推动下缓缓南行。来自赤道的温暖海水拍击着它的东部海岸，将大量水汽输送到那座永远不会被命名为"大分水岭"的山脉东侧。在它的无数颗姊妹行星上，这些宝贵的降水都孕育出了茂盛的维管植物群落，但在这里，占据了上千千米长的海岸的却是一片黯淡无光、黏稠压抑的流质，呈现着最深的海底般的黑色。

　　当夕阳最后一抹血色的余晖从地平线上消失后，安努仍在黑暗中醒着。对它而言，正在发生的这一幕没有任何意义。这不仅仅是因为它的生命中已经历了上亿次行星自转，更是因为"昼夜交替"这个概念对它而言并不存在：它的躯体遍及这个世界，每片大陆上都遍布着它的耳目。每时每刻，它躯体的某些部分都会沐浴在来自一亿五千万千米外的阳光之下，而其他的部分则隐没在低垂的夜幕之中，这些感官信号都会被生物电脉冲以光速传输、汇总，然后成为安努无比复杂的知觉的一部分。

　　在另外许多个因为偶然的量子事件而形成，永远不会与这个宇宙产生丝毫交集的平行宇宙里，这颗行星上都孕育出了丰富多彩的生命形态——当然，还有同样多的其他平行宇宙，在那些地方，这颗行星在形成后的五十亿年中一直是一片死气沉沉的阴冷荒漠，或者成为被"温室效应"烘烤着的活地狱。但是，这个宇宙中的情形却与以上两者都有所不同：因为漫长的生命演化道路中一系列阴差阳错的偶然与巧合，多细胞碳基生物从来都没在这里占据过主导位置，而在近一亿个恒星年里更是被排挤到了生态系统的边缘。如果某个智慧生物从这颗行星唯一的卫星上眺望它的话，那么他或者她将会发现，这颗星球表面的反照率要比它在无数个平行宇宙中的同类低上十来个百分点：数以万亿计的黑色黏菌群落就像一层厚厚的毯子，严严实实地覆盖着两极以外的大部分陆地，甚至还将相当一部分浅海也纳入掌控之下。这个超巨型共生体源源不断地直接从阳光中汲取着热能，再用这些能量将搜集到的碳元素与从水体中电解产生的氢结合成各式各样的烃基化合物，持续不断地修复与扩张它庞大的躯体。不过，它并非这个世界的唯一一住户：在这片黑色尚未触及的地方，仍然残存着高级的碳基生态系统——这个超级利维坦需要通过它们来补充难以直接从空气与水中汲取的微量元素，并且将大气中的氧含量维持在适合生存的水平线上。总之，这颗行星的现状就像一幅专为表达"恐怖"这一概念的动态抽象画：有生命的黑暗主宰着一切，无比贪婪、无知无觉、毫无理性，一切行动仅仅听命于最基本的生物本能——吞噬、消化与繁衍。

当然，客观事实往往会与主观印象相去甚远。尽管有些令人不可思议，但早在数十万个世纪之前，第一缕知性的光芒就已经悄然出现在了这片黑色之中。为了能更有效地适应生存竞争的需要，当时尚未成为绝对优势物种的黏菌群落开始尝试着通过某些成员的特化来实现那些不属于单细胞生命的复杂生理机制：它们没有神经系统，却通过增加一部分成员的细胞液与细胞膜电导率，并将它们按照特殊方式排列起来而达成了类似的效果；它们没有肢体，于是一部分位于共生体边缘的成员便形成了用途繁多的伪足；它们没有眼睛、耳朵和鼻子，所以大批分布在群落表面的成员开始变得对周边环境中的热信号、空气震动和信息素越来越敏感。这一切发展最终产生了统一接收与处理信息的需要，促使越来越多的黏菌群落开始了进一步的融合，在那之后，安努就诞生了。

尽管安努的"寿命"已经远远超过了任何通过自然进化产生的生命体，但它得到这个名字却只是区区几个行星日之前的事——在那不寻常的一天里，一小群怪异的物体突然凭空出现在了离行星表面近万米高的空中，像一群流星一样以极快的速度坠向地表。

在总共五个这种物体中：一个很不巧地撞上了一条高耸的山脉，顿时被埋葬在撞击导致的可怕山崩中；一个摇晃着栽进了一处位于大陆边缘的活火山口，随即被熔融的玄武岩烧成了灰烬；还有两个则径直坠向了一座远离大陆，安努无法触及的岛屿，自此不见踪迹；只有最后一个安全地降落在了大陆表面，并最终落进一片尚未被安努的躯体覆盖的咸水沼泽里。

刚开始时，安努并没有过分留意这些"流星"——没错，这东西确实和过去的那些流星有所不同，它不但在大气层内凭空出现，而且还在坠落的最后阶段大幅度降低了自身的速度，从而避免了摔个粉身碎骨的命运。但安努并没有天文学博士学位，也从来没机会进修相关课程，因此自然也就没法意识到这一系列反常现象的含义。直到这颗"流星"坠落地面整整一个行星日之后，一切才发生了变化。

在那天凌晨时分，两个用双足行走的生物——更确切地说，两个动作灵活，拥有一整套形状古怪，主要由碳酸钙构成的内骨骼的两足多细胞生物——离开了那颗"流星"的坠落地点，莽撞地接近了沼泽地边缘的蕨类林带，随即落入了安努设在那里的一处捕猎陷阱之中。

从整体上看，这两个来自流星中的生物，与安努曾经吞噬的亿万个碳基生命体并没有什么本质差异，但在它捕获他们的过程中，这两个生物的反应却大大出乎它的意料——他们并没有像那些没有智慧的动物一样凭着本能一味逃跑；相反，这两个生物使用了某种能够喷射高温等离子体物质的器械，试图从它的攻击下保卫自己。尽管最终还是没能逃脱被吞噬的命运，但在之前的冲突中，炽热的火焰还是摧毁了安努相当大的一块躯体——这种情况是它过去从未遇到过的。

在好奇心的驱使下，安努隐蔽且谨慎地渗入了那颗"流星"坠落的区域，随即对在它周围安营扎寨的一小群两足生物发起了出其不意的攻击。这一次，它没有直接将这些生物作为碳水化合物与蛋白质的来源消化了事；相反，它尽可能完整地捕获了他们（当然，这么做并不顺利），并对这些生物进行了细致入微的研究——这又是一件它在过去数十万年里从未做过的事。

研究的结果让安努极为惊讶：尽管每一个这种两足生物都是孤立的个体，但他们却显然有着不输于它的智慧——这些自称"人类"的生物能有目的、有计划地行动，可以像它那样进行有条理的逻辑思维，甚至还能够制造和使用工具——这个词是从两足生物们的词汇库里借用过来的，在这之前，安努对"工具"没有半点概念——以弥补他们那结构固定、功能有限的肢体与器官的不足。

安努对摆弄多细胞生物的神经系统并不陌生——为了打发无穷尽的岁月,它一直将那些具备神经系统的本土动物作为自己的玩物,利用信息素和生物电信号操纵他们的一举一动。实践证明,这些经验同样可以应用在这些更加高级的两足动物身上。在多次尝试之后,安努逐渐掌握了控制这些新玩具的窍门。它不但可以利用精心编码的生物电信号控制他们的基本生理活动,还能通过分析这些生物的脑部活动来读取他们的记忆,吸收他们的知识。在俘虏这群生物后的第三天,安努已经利用从一个被称为"首席程序员"的雌性生物大脑中读出的知识控制了这颗由金属、硅化物结晶和其他一些无机化合物制成的人造"流星"里的计算机——那也是它无比漫长的生命中至关重要的转折时刻。

仅仅在一天之内,这台神奇的机器教给它的知识就超过了它在过去一千个世纪中接收的信息的总和。它甚至利用计算机里的资料为自己起了个名字:安努。这是一个源自古巴比伦神话的与它非常般配的名字。是的,就像那位由远古人类臆想出来的天空之神一样,它无所不在、全知全能、唯我独尊,以至高无上的意志牢牢地掌握着这个世界的权柄。

但现在,它已经不再满足于此。

在一系列生物电脉冲的准确刺激下,胸腔中的肺叶逐渐收缩,轻轻地从气管中呼出一口气,这股空气穿过声带,流过鼻腔,再配合舌头、嘴唇、下颚与口腔的几个精巧动作,一连串用来代表特殊意义的声波便借由周遭的空气传播开来。这个女人端坐在她曾经的岗位上,语速平缓地用她的母语——也是这艘被称为"好小子-21"的登陆艇上的工作语言——重复着一小段话,正

211

如她过去曾经在数十次演练中做过的那样。

当然,有一件事是和演练中不同的——她并没有打开通信台上的视频系统,也没有按规定开启录像设备。若非如此,收到这段通信信号的人将会看到此生中所见过的最为诡异的一幕:在这个女人的脑后、颈椎两侧和后背上,数十条犹如脉动着的血管般的黑色"绳索"穿透了那身肮脏不堪的天蓝色制服,随即隐没在她苍白的肌肤之下,看上去活像是拉动着操线木偶的绳索——当然,如果看到这一幕的人真这么想的话,可就完全想对了:虽然这个女人在生理学意义上仍然活着,却已经与那些只会对刺激做出简单反应的低等无脊椎动物没什么两样了;她曾经是这支探险队中的通信员,现在却已经失掉了头衔,甚至也没有了名字。从某种意义上讲,她现在只不过是一个依附于另一个生物体的器官⋯⋯但是,那些与她对话的人不可能意识到这一点。

"这里是'好小子-21',我们在着陆地点呼叫任何一个监听中心。"在第三十次呼叫结束一分钟后,通信员按下了控制面板最下方的按钮,用完全相同的平静语气开始第三十一次重复这段内容完全相同的话——这名通信员曾经是个脾气急躁的家伙,要是换在过去,连续三十次毫无结果的呼叫多半已经让她怒火冲天、满嘴粗话了。但安努却从来都不知道着急为何物,早在很久很久以前,漫长得望不到头的生命就已经教会了它耐心的美德。"着陆场已经成功开辟,没有人员伤亡。调查表明本地环境至少达到B级宜居,但附带的物资空投舱未能传跃成功,急需支援。任何监听中心听到后请尽快回答。"

没有反应。扩音器里传出的仍只是枯燥单调的白噪声。但安努一点都不急。通过这个女人的双眼——它不得不承认,这种生物结构极为精巧,拥有立体视觉的眼睛的确比它躯体表面的那些只能模糊地辨别光和影、基本无法分辨色彩的感光结构有效多了——它耐心地观察着位于通信平台一角的计时器,等待这一分钟结束。有必要的话,它可以把这个过程重复几千次,甚至上万次——毕竟,与预料中的美好前景相比,眼下这段短暂的等待根本算不上什么。

计时器显示屏上的时间还在缓慢地流逝着,几根长度和宽度全部相等的黑色小棒不断亮起、熄灭,组成一个又一个代表着数字的符号。数字和数学是人类所有发明中最令安努惊讶的一种——在接触这些概念之前,安努对这个世界的理解仅仅停留在对客观事物的感性认识上,但现在,一扇明亮的窗户——这又是个它从俘虏的脑袋里搜出的人类概念——已经在它面前打开了。这还只是微不足道的一小部分而已,安努告诉自己,仅仅是一艘小艇所携带的信息就已经令自己如此兴奋,整个世界的人类又会给自己带来什么?

计时器上的最后两个数字变成了50,随后又变成了51、52、53、54……对过去的安努而言,切分得如此精细的小段时间——人类的术语称之为"秒",长度仅仅是一个行星日的八万六千四百分之一 ——根本没有什么意义,但考虑到人类短暂的寿命和他们紧凑快捷的生活方式,这个物种会创造出一套如此精密的计时系统也就不足为奇。这个数字变成了58,然后是59。安努驾轻就熟地开始对它控制着的人体输入一系列电信号指令,准备进行下一次很可能仍旧徒劳无功的尝试……

"这里是Ω-4通信中继站,我们已经收到了你的通信请求。"一个声音——假如安努对那些人类的记忆分析得没错的话,那应该是一个中年女性的声音,更确切地说,那是一段经过编码重组,由自动化通信中继站里的AI选择播放的录音——在通信员的手指碰到控制面板的一瞬间响了起来,"通信频段里刚才有些干扰,我现在已经为您转到了一个更稳定的频段。新的通信线路将于七点五秒后开通,请重复你的身份,谢谢。"

"这里是'好小子-21',登陆艇编号UHG-2404,我们在着陆点呼叫监听中心。"那个女人的声音听上去倒是颇为清晰,但李连着试了几次,也没能在显示屏上调出图像来。"重复,着陆场已经成功开辟,没有人员伤亡。调查表明本地环境至少达到B级宜居,根据勘探委员会的授权证书,我们在此声明自己对降落地点及周边一切自然资源的所有权和优先收益权。听到后请尽快回答。"

"这里是任务监听员4314,信号已收悉。"在第三次开启视频的努力失败之后,李终于通过任务管理器发现,对方压根儿就没有传输视频文件过来,"计算机正在确认你的身份,还有,你们为什么不按规定打开视频系统?"

"通信台的摄像设备在我们降落的过程中因为某些……物理性损伤而出现了一些问题。"对面那个女人继续不紧不慢地说道,听上去更像是正在报账单的餐厅服务生,而不是一名正处于充满未知危险的新世界中的勘探者,"我们目前缺乏有效的维修手段,好在声音信号仍然可以传输。"

"好吧,登陆艇UHG-2404。"李清了清嗓子。在跃传监听中心干了整整六年,各种各样稀奇古怪的事故他可是见得多了,但没有哪一次让他感到像这样……不舒服过。李不太清楚该怎么描述自己的感觉,但他就是觉得脑口上像是塞着些什么乱七八糟的东西,让他憋得发慌。"我们的记录里确实有你们这么一票人马,请报告身份代码……"

"身份代码β-4404,Chad。"那女人的声音仍然静悄悄的——这是李所能想到的第一个形容词。没错,她的声音听上去倒是没半点异常,但却像是少了些什么。不知为什么,这"缺少的部分"总是让他觉得浑身不自在。

"身份代码正确,老大。"李的助手洛尔夫一边揉着惺忪的睡眼,一边打着呵欠说道。作为监听中心里资历最浅的员工,洛尔夫是所有人中摊上值夜班次数最多的——这种情况要一直持续到下一个报名参加多元宇宙殖民项目,却拿不到做开拓者的资格的傻瓜加入监听队伍为止。"让我瞧瞧……噢,对了,那艘登陆艇是上个月被送到K-59的五艘登陆艇之一,今天才第一次和我们联系。"他晃了晃脑袋,像吃药一样把放在监控台上的半杯冷咖啡倒下了肚,"我还以为那些家伙都已经挂了呢。"

"显然还没有。"李耸了耸肩——他知道那个被称为K-59的世界:正如所有多元宇宙殖民项目的潜在目的地一样,那是一个在大约八亿到十亿年前因为某个已经不可考的重大量子事件而与"他们的"地球分道扬镳的姐妹世界。通过试探性开启的微型通道采集的气体与水体样本表明,那儿的氮-氧大气层完全可以支撑像人类这样的生物生存——当然,二氧化碳的浓度和氧气浓度都略微高了一点,湿度则低得有些过分,但总体而言没有什么大碍;当地生物的DNA双螺旋结构也大多是右旋而非左旋,与人类诞生的这个世界恰好一致。真正让人感到困惑的是,无论是在采集的大气还是水体样本中,检出的生物量都小得惊人:分析组的专家们没有发现花粉和依靠风力传播的种子、孢子、虫卵、细菌和其他活体微生物倒是都有,但数量和种类很有限。当然,单次采样的结果往往并不精确,海陆位置、气候条件乃至某些特殊的地理特征都有可能影响到样本的检测结果。但对不同纬度进行连续采样后的平均值仍然低成这副德行，那就很能说明问题了。

李还记得，在随后的两天里，项目可行性评估委员会围绕着K-59是否适合移民这个问题展开了一场口水战，其激烈程度不亚于三十五年前葛留诺夫教授在全球物理学家年会上提出他的"等位世界跃传理论"，或是十五年前麻省理工学院的专家组正式申请启动多元宇宙殖民项目时引发的大规模争论。值得庆幸——或者说不幸，这全看你对这事所持的态度——的是，K-59最终被判定为B级宜居，两百二十五名期盼已久的持有由勘探委员会根据《新宅地法》颁发的不动产所有权证书的志愿者，随即进入了五艘安装有化学能助推火箭的登陆舱，从相对"安全"的一万米高度进入了这个未知的世界。

然后他们就没了音讯。

对于这支探险队的消失，没有人觉得特别惊讶——尽管多元宇宙殖民项目已经进行了整整十个年头，但殖民活动仍然极其困难、充满艰险：正如葛留诺夫教授整理出的公式所揭示的那样，直接从一侧"钻"开两个因为偶发事件而分离的平行世界间的空隙虽然是可行的——事实上，最初的那一批科学家正是通过这种方式验证了那些世界的存在——却是一种极其不经济的做法，因为随着通道开启时间的延续，维持其存在的能耗将近乎以几何级数增长。一个只持续几十飞秒，刚够让个把分子钻过来的通道所需的熵值，甚至还不够让一个寄生在鲛鳒鱼触须里的发光细菌点亮自己，但要维持两个世界数百毫秒的接触（这是为执行一般发射任务制造的通道需要维持的时间），则必须投入相当于整个十九世纪人类烧掉的全部化石燃料总和的能量。一次持续数小时的通道开启更是耗费惊人——按照技术部那帮人的说法，即便是把这个宇宙中的每一个氢原子全都想尽办法聚变成铁原子，再把背景辐射通通算进去，所产生的能量也未必能让空间通道支撑如此之久。

当然，要想实现两个世界间的持续性联系并非不可能，否则李就只能另找一份工作了。要做到这一点，你需要做的只是在完全相同的空间坐标上各安装一台通道发生设备，从双向而非单向"撑开"空间通道就可以了。但是，要安装这套设备，你就得先找到合适的地点，并且为这套设备准备好稳定的能源供应。而要完成这两件事，你就得先把一支先遣队安全地送到目的地——但问题往往就出在这个环节上。

"登陆艇UHG-2404，这里是监听中心，你的身份已经确认。"李清了清嗓子，尽可能地压下了心中那股隐约的不安感，"你们目前的状况如何？"

"我们的情况不算太差。"登陆艇上的通信员继续用那种毫无起伏、照本宣科式的平静语调说道，"登陆艇和艇内搭载的装备基本完好，人员……有一些伤亡，本地生物不是非常友善。我们发现了一些烃基的黏菌和藻类，还有少数具有攻击性的高等动物，但总体而言问题不大。"白开水似的声音停顿了一会儿，"总之，这确实是一个宜居的世界。"

"好了，老大，把钱拿出来吧。"洛尔夫笑嘻嘻地拍了拍李的肩膀，"你不是拿五十块赌那地方不能住人吗？现在可别反悔哦。"

"别急，小子。"李摆了摆手。他现在操心的可不是那两个钟头的工资，而是一些……别的事情。他有一种不好的预感，而且这种预感正变得越来越强烈，越来越紧迫。"其他的登陆艇在什么地方？有人和你们联系吗？"

"我们……嗯，我们没有发现其他登陆舱，不过很可能有一艘或者几艘没能成功着陆。在降落后，我们在东北偏北方向发现了至少一道燃烧的烟迹。"

有登陆艇坠毁了，李对此并不感到意外。探索全新的平行世界风险从来都不小，第一批勘探者的伤亡率通常不亚于五个世纪前那些驾驶着简陋木帆船寻找新大陆的航海家和水手们——由于充斥在瞬间形成的空间通道内的高强度电磁脉冲，任何比白炽灯更复杂的电器设备都必须先拆解成零件状态，等抵达目的地后再重新组装，这一点也使得使用无人探测器进行实时侦察或者利用电脑辅助驾驶变得毫无可能。那些可怜的登陆艇驾驶员不得不使用最原始的机械传动装置，像二十世纪上半叶的飞行员那样完全依靠手动控制那些巨型罐头坠向地面，唯一能够参考的信息不过是技术组专家们通过几次试探性开启微型通道所得到的些许资料。虽然为了给登陆艇内的人员留出反应时间，空间入口被设置在海拔一万米的相对安全高度以上，但因为操作失误或者纯粹运气太差而导致的失败仍旧屡见不鲜。"盲跃"——这是技术组的专家们对多元宇宙殖民活动的称呼，至少在李看来，这个称呼绝对没有半点儿夸张之处。

"另外，登陆点周边地区已经清理完毕，通道发生器已经架设完成。"那个女人继续说道，"我们马上就会发送对应的三维坐标，以便……"

"稍等。"在说出这个词之后，李立即关掉了通信控制台上的拾音器，"这事有点儿奇怪。"他对洛尔夫说道，"事实上，非常奇怪。"

"哦？"

"他们的消息来得太晚了。"李扫了一眼控制台旁的电脑屏幕，"这很不对劲儿。我知道那些勘探者都是什么德行。他们在登陆后只要还能喘气儿，第一件事肯定是组装好通信器材，和我们取得联系，这样才好在第一时间确认对他们的脚下土地的合法所有权。如果我没记错的话，这批人抵达K-59已经至少……有两个星期了，对吧？为什么今天才第一次联系我们？另外，我不太相信'某些物理损伤'就会导致视频通信无法进行——作为最重要的设备，通信系统的所有关键零部件都有不止一个备件，它们同时报废的可能性有多少？"他伸手挠了挠自己的下巴，"还有，为什么他们这么急着要我们把通道发生设备送去？要知道，启动这玩意儿需要的能量差不多可以把登陆艇超导电池里的储备电力抽干，而他们现在应该正急需使用电力来维持生活，开动工程设备建立定居点才对。就我所知，大多数勘探者们只有在建起第一座太阳能发电站之后，才会去考虑开启永久性通道的事。"

还有我的感觉，那家伙让我很不舒服……李摇了摇头，不，现在还不是说这个的时候。

"也许吧。"洛尔夫说道，"那你想怎么办，头儿？给管理委员会发一份紧急通知，让他们再派一队傻瓜去调查一下？"

"暂时用不着，让我再问她几个问题。"李摆了摆手，重新开启了拾音器的开关，"登陆艇UHG-2404，这里是监听中心，我们有一些问题需要你回答。请简要说明你们在进入K-59大气层后二十四小时内的全部活动，以及目前的物资存量和登陆艇状态。"

通信频道的那一头沉默了几秒钟。"在跃入K-59大气层后，登陆艇内的液态燃料储存设备发生了意外泄漏，我们的工程师认为那可能是密封不良的缘故。随后发生的火灾在被扑灭前，蔓延到了四个补给品储备仓中的三个，只有存放通道发生器部件的舱室幸免于难,我们损失了包括大多数电子设备零配件、全部的充气式营房和一半以上的工具在内的补给品,光是从那堆垃圾里挑出能用的零件,组装这套通信设备,就花了我们十多天时间……"扩音器里传出了一声尖锐的喘息,听上去有些像是笑声,"我们已经在登陆艇里住了两个星期,而且很可能还要继续住下去。本地的石头和树木质量都太差,没法用来搭建房屋;土质也太软,承受不了常规建筑的重量,而我们没有足够的设备来铺设地基。总之,我们不缺食物和能源,但急需必要的建筑材料和工程设备。"

"可怜的家伙,他们居然在登陆艇里住了两个星期。"洛尔夫嘟哝道,"我宁愿睡在泥地里,也不会去住那种该死的铁皮棺材,你知不知道它们的空气过滤系统有多操蛋——"

"所以,你也许应该为没能通过勘探员选拔而感到高兴。"李瞥了他的同事一眼,示意这个年轻人安静下来。对方的回答听上去相当合情合理,合理得让他刚才的怀疑显得就像是无理取闹。但那种令人不安的感觉仍然萦绕在他的脑海深处,就像刚开始时那样挥之不去。"好吧,登陆艇 UHG-2404,你们目前的状况已经确认。"李慢慢地做了个深呼吸,"我们会立即接收你们的三维坐标,但开启通道还要等一段时间,因为你们并不是第一支从 K-59 向我们求援的勘探小队。"

"头儿,你说什——"洛尔夫刚要开口,就在李的眼神示意下知趣地闭上了嘴。"至少有一支勘探队已经在早些时候与我们联系上了,我们认为他们的状况要比你们的更糟,所以更有理由先得到援助。"李继续说道,"换句话说,由于设备和物资储备有限,我们必须优先与他们建立联系并提供物资补给。而在此之前,你们恐怕要等上一段时间了。有问题吗?"

"当然没有。"在片刻的沉默后,那个女人答道,"如果这么做能对我们的同伴有所帮助,我们很乐意继续坚持一段时间。通信完毕。"

"通信完毕。"在关闭通信器的同时,一丝含义颇为复杂的微笑出现在了李的嘴角上,"祝你好运。"

属于它的时刻即将到来。

在过去的一个十日里,安努一直在为这一刻准备着:在它的"指导"下,那些被俘获的人类已经用登陆艇里的部件在一处开阔的台地上搭建起了第一座通道发生装置,并用登陆艇里的超导电池为它通上了电。再过几个小时,那些天真轻信的家伙就会从另一边为它打开通往新世界的大门,如果一切顺利,它很快就会成为两个世界的主人。

为了准备这次入侵,安努将它的绝大多数时间都花在了研读和分析登陆艇计算机里储存的相关资料上。假如这些资料属实,那么它的入侵将不会遇到多少困难。没错,作为一个天生好斗的残暴种族,人类穷尽数万年的时间发展出了高超的军事技术,但他们所拥有的一切武器却都是以自己的同类为作战对象的。这个种族与生俱来的思维惰性也会对他们应对偶发事件的能力造成严重阻碍。当然,即便是像安努这样伟大的生命,同样也有可能受到人类那些大规模杀伤性武器的致命打击,但它已经做好了准备,不会给他们任何使用这些武器的机会:在过去几天里,安努已经生产了数以千亿计承载着它的遗传信息的孢子,一旦通道开启,这些孢子会在短短几个恒星日之内随着大气环流抵达人类世界的每一个角落,然后生根发芽,成为它躯体的延伸——到那时,人类要么被迫毁灭他们的整个世界,要么就只能向它俯首称臣。

安努很清楚,这次即将到手的胜利会为它带来无法想象的巨大收益:迄今为止,它对人类这种生物的开发还仅仅进行了一小部分,一旦它学会如何真正有效地利用人类身体中最复杂的器官——也就是那个被称为"大脑"的东西,这些生物就不会只是被动地接受它操纵的器官了,他们将会为它而思考!安努确信,只需与少数几个活跃程度正常的人类大脑充分连接,它的整体思维能力就会呈几何级数提升,而在它即将踏足的那个世界中,生活着数十亿个拥有思维能力,可以成为它的一部分的个体!安努无法想象,与如此之多的大脑相融合会让它变成什么——也许在某种意义上,它将会就此成为一个真正全知全能的神灵;也许,它将会就此成为真正的安努!

而那一刻已经近在咫尺。

当登陆艇计时器上设置的倒计时终于变成零时,通道发生器的控制面板弹出了一条信息,宣布它已经探测到了一个不属于这个时间-空间连续系统的脉冲能量尖峰。接着,随着储存在登陆艇超导电池组中的能量被以微波的形式源源不断地传导进发生器中,发生器的计算机开始自动捕捉那个信号源,测定它的信号特征,并有条不紊地展开了一系列准备工作。短短几百毫秒之后,一道拥有完全相同参数的镜像脉冲已经在发生器的作用范围内成型,随后,空气、沙尘甚至地面上的一些细小的杂物在气压差的推动下,开始向离地几米高的一个点涌去。接着,点变成了球体,球体则变得越来越大,空气中开始弥漫着一股刺鼻的臭氧气味。终于,这个不透明的球体直径扩张到了一个成年人的身高,它的中央部位开始逐渐变黑……

数以亿计的孢子被安努运送到了它包围着这个球体的那部

分躯体表面,它们旋即随着强烈的气流涌向了通道的中央。再过几秒钟,只需要这短短的几秒钟,这支肉眼无法看到的先头部队就会冲入通道那头的新世界之中,而它将就此成为两个世界的主人。

这是安努距离胜利最近的一刻。

毫无预兆地,通道发生器的控制面板突然亮起了一道火焰般的红光。随后,通道两侧的气压差在眨眼之间发生了彻底的变化:就在安努的第一批孢子进入通道后的瞬间,通道另一侧的气压突然暴增两百多倍,高压空气在转瞬间逆向喷涌,将安努派出的那支本已无限接近目的地的先头部队又送了回来。紧接着,一大团灰色的粉尘状物质随着气流涌入这个世界,然后是更多的粉末、越来越多的粉末……

一名被安努俘获的人类——他是负责控制通道发生器的操作员之一——突然不受控制地颤抖着摔倒在地,短短几十秒后,他的生命体征就全部消失了。他的体液因为急剧降温而迅速凝固,眨眼间他就变成了一块硬得像钢筋一样的冻肉。紧接着,同样的事也发生在了每一名登陆艇乘员甚至安努自己的躯体之上。它准备用于入侵新世界的数百亿个孢子尚未来得及释放就已经被杀死,构成它躯体的黏菌细胞中的水分纷纷结冰,它们的细胞器被不断扩张的冰晶戳得千疮百孔。很快,登陆艇周边的区域就从安努的视野中消失了,那儿成了一个盲点,一个处于绝对零度之下的冰冷盲点。

这是一个灾难性的开始,但也仅仅是一个开始而已。

当这片盲点开始朝周围扩张时,安努终于发现了造成这一切的元凶:正是那些雪花般的灰色粉末在急速吸收它们所碰到的任何物质中蕴含的热量,将所经之处的一切生命化为乌有。

在吸收了足够的热量之后,一部分"雪花"转化成了无色无味的气体升入空中,但很快,它们就在高层大气中重新凝结成固体,然后在重力作用下再度落向大地,开始又一轮将万物置于死命的循环。

当死亡的盲区稳步扩展到安努的一半躯体时,大量感官系统的瓦解已经让它的意识走到了崩溃的边缘。生物本能取代了理性思维,开始主导它的最后挣扎。安努向位于自己躯体表面的那些个体发出信号,让它们分泌出一层黏稠厚重的隔热材料,试图阻止热量散失,但很快,当另一种"雪花"开始纷纷扬扬地降下时,安努终于发现,归根结底,自己的一切努力都将是徒劳的。

——那是干冰。

噢,糟糕。这是安努的整体意识瓦解前的最后一个念头。

"看到没有?问题解决了。"

在中央监控室里,李如释重负地伸了个大大的懒腰,把手里的一次性咖啡杯揉成一团,随手丢进一旁的垃圾桶里。不知为什么,这个小小的动作让他感到一阵轻松——仿佛被丢掉的是某种极其沉重的、让他很不好受的东西似的。

——比如说,一个陌生的、很可能潜藏着无法评估的危险的平行世界。

在李的身边,技术组的专家们还在三三两两交头接耳地讨论着,其中的几个人——当然,他们是少数派——正在用激烈的语气与措辞表达着自己的质疑。李并没有注意他们到底说了些什么,毕竟,一切都已经结束了:在遭到这套专为存在潜在威胁的"敌意世界"设计的斩草除根式打击之后,那个地球上的大气层会在未来好几年里成为一层紧贴地表的肮脏雪花,除了少数依靠地热生存的化能合成菌之外,没有什么活物能够继续在那里生存,当然,也包括所有的勘探者——假如他们中真的还有活人的话。

"我说,头儿,你到底是怎么确定和我们说话的家伙不是真正的勘探者的?"洛尔夫拍了拍他的同事的肩膀,"我可是一直都没听出有什么问题……"

"所以你不可能成为一名勘探者——永远也不可能。"李耸了耸肩,"我没记错的话,在勘探者选拔测试中,你是在最后一个环节上被刷下来的,对吧?"

"没错! 我在身体素质、知识水平、生活技能考核环节全都达到了最高等级,但他们,他们……"说到这件"陈年旧事",洛尔夫仍然颇为激动,"他们居然说我缺乏'必要的心理素质'! 但是——"

"但是你的确缺乏必要的心理素质。"李替他把这句话说完,"当然,他们不会告诉你那是什么素质——因为所有的心理素质评判标准都不对外公开,而我很清楚,这种保密措施确实是有道理的。和许多人想象的不同,勘探者需要具备的素质并不全是那么……符合大众价值观,你明白我的意思吗?"

"不明白。"

"好吧。"李考虑了一会儿,"你还记得你的最后一项测试的内容吗?"

"我永远也忘不了。"洛尔夫下意识地低下了头,"我们被扔到密克罗尼西亚的那些巴掌大的荒岛上,连件像样的求生工具都没有——当然,除了一台无线电。每过十天,分散在不同岛屿上的小队会收到随机的通信,考官们会告诉我们各个分队的情况,我们有权为自己申请空投补给,或者把机会让给那些情况比我们更糟糕的小分队。"

"而你们分队的运气不错,所以一直是情况最好的分队之一。"

"没错,我们……你怎么知道这个?"

"因为所有分队的情况都是'最好的'——反正你们也无法证实考官提供的消息的真伪。"李耸了耸肩,"考验生存能力并不是那项测试的重点,它考察的是你们的某种——呃,不太适合公开说出来的心理素质。如果我没猜错,你几乎从来没有真正收到过空投补给,对吧?"

"唔,其实我们收到过两次,但我把大多数机会都让给别人了。"

"所以你绝不可能成为勘探者,"李说道,"因为你不够自私。"

"什么?"

"自私,这才是他们最看重的心理素质——但也是最不宜公之于众的。生活在文明社会的人天然地反对自私,因为无私对于一个从整体上而言并不缺乏生活资料的社会而言更加有利。"李双手一摊,"但到另一个世界、另一个宇宙殖民地情况就不同了:至少在最初阶段,勘探者与我们的联系是极为脆弱的,一次意外,一点儿小小的故障,就会让他们这辈子永远见不到任何其他的现代智人——别忘了,只有五分之一的潜在殖民世界最终与我们的世界建立了永久性联系,而那些音信全无的人并不是全都遇难了。"

"所以——"

"所以殖民者不能太高尚——在丛林里像文明人一样生活,你十有八九会被丛林吞掉。只有那些足够自私,能够按照最冷酷的实用主义行事的人才最有可能生存下来,进一步散播人类的基因。这是过去的维京人、波利尼西亚人和新大陆殖民者们用他们的亲身经历为我们总结出的宝贵经验。当然,也正是因为这一点,我才能确定和我们通话的那家伙不是真正的勘探队员——真正的勘探者会试图说服我们把补给品优先送给他们,至少他们会尽一切努力去尝试这么做。"

"的确。"洛尔夫下意识地舔了舔嘴唇,"但……但你认为和我们通话的到底是谁? 或者说……呃……是什么?"

"我不知道,而且我也不想知道。"李摇了摇头,"我们只需要知道,那是个潜在的威胁,这就够了。别忘了,宜居世界可多得很,一个世界完全可以被牺牲——只要这么做能为我们除去一个威胁。"

"当然。"洛尔夫点了点头,转身走向了监控室的出口,"晚安,头儿。"

神 仆

1

　　一颗蓝褐相间的小行星孤零零地绕着一颗暗淡的恒星旋转着，在这颗行星附近，一颗更小且色调灰暗的卫星同样孤单而平静地绕着它旋转。在恒星暗弱的光芒照耀下，那颗行星看上去犹如一只长满蓝色霉菌的干瘪梨子，而它的卫星则像一只卖相不好的烂土豆。一座老旧的太空站静悄悄地停在二者之间的拉格朗日点上，活像一只迟迟无法在两份食物间做出选择的苍蝇。

　　在离空间站的重力发生器一墙之隔的走廊上，记者走进一家不起眼的饮品店，推开了小店仅有的三个包间之一的门。说是"包间"，其实只够勉强容纳一张伸缩式桌板和两只酒吧凳。一侧的墙壁上开着扇假窗户，里面循环播放着虚拟生成的田野景象。

　　"很高兴你能按时赴约。"当记者随手关上那扇仿古木板门时，已经坐在桌前的老人举起一杯用浓缩果汁冲调的混合饮料，朝着对方点头致意，"我的时间很紧张，先生，希望你能谅解这一点。"

"这我能理解。"记者在空着的座位上坐下,接过对方递来的一小杯本地产咖啡,目光仍然停留在老人的脸上。尽管老人的岁数已经超过了邦联公民的平均预期寿命,但由于延寿治疗,他的面孔上看不出多少岁月侵蚀的痕迹,仅有的几条皱纹和些许灰发看上去倒更像是刻意被留在那儿的。这样的仪表通常只能在那些来自邦联核心区域的人身上看到,而这样的人在伊吉丽亚并不常见——平均每两个标准月,才会有一趟定期航班往来于邦联核心区域与这个偏僻角落之间,而下一趟航班的出发时间就在六个小时之后。

"不过,既然你准时到达了。"老人抬头瞥了一眼墙上的仿古挂钟,"那么我们应该有足够的时间讲完我的故事——当然,你来这儿为的就是这个,不是吗?"

"您是说,您之所以来到伊吉丽亚,然后又大费周章地联系上我,就是为了向我这个默默无闻的农业期刊记者讲一个故事?"记者忍不住问道,"到底是什么样的故事,让您一定要到我们这儿来讲呢? 要知道,伊吉丽亚差不多是邦联境内消息最闭塞的地方了,如果您真的有好故事,在其他上百个邦联成员国里,您都能将它卖出比在这个农业殖民地高出几十倍甚至上百倍的价钱。"

"这我很明白,但如果我在不那么闭塞的地方说出这些事情,那么某些……麻烦也会如影随形地到来。"老人薄薄的嘴唇抿成一条毫无血色的细线,"所以,对我而言,伊吉丽亚的偏远恰恰是我所需要的——我已经购买了六小时后那趟飞船的最后一张票,而这里尚未接入邦联即时通信网,与邦联其他成员国的通信只能靠飞船运载的压缩信息储存模块。换言之,即使有其他人得知了这件事,也不至于影响我接下来的……安排。"

"没有人会那么做的,先生。"记者毫无特征的脸上出现了几丝激动的潮红,"我们伊吉丽亚人最重视的就是信用与操守,不是那些——"

"当然,我信任你们,但这并不意味着谨慎是多余的。"老人点了点头,"好吧,让我想想……我们该从哪儿开始呢? 这个故事发生在很久以前,而且严格来说,它在我被卷入其中的许多年之前就已经开始了。"老人的语调就像古井水面上泛起的微小波澜,低沉、缓慢,却充满了沧桑感,"你对'西格玛分遣队事件'了解多少?"

记者习惯性地眯缝起了眼睛,搜检着脑海深处那些久未触及的记忆片段。"如果我没记错,邦联当局对此的公开报道似乎不是很多。他们说……"

"他们声称,那支倒霉的舰队在进行军事演习时发生了导航失误,在返回常规空间时撞进了一颗流浪褐矮星的气体外壳……"老人替他说完了话,"这种说法可够蠢的,不是吗? 想想看,十七艘装备精良的军舰——差不多是当时的邦联五分之一的常备舰队——居然会在演习过程中同时发生导航失误? 就算所有伊吉丽亚人都在明天变成天使,概率多半也比这种事要高那么一点儿。"

"没错。"记者答道,"我也不相信这种说法,但那些传说和谣言的可信度只比这个更低——心怀不轨的外星人袭击、船上爆发了无法控制的疫情,甚至有人还说这支舰队集体叛变,去当了海盗。当海盗! 什么家伙才能想出这种鬼话?!"

"肯定是那种看多了三流小说的家伙。"老人赞同地耸了耸肩,"很好,看来你比你的大多数同行都更有脑子。在许多时候,事实要比传说和谣言简单得多,有时却恰恰相反。"

记者盯着杯中的咖啡,没有说话。

"你想知道我的名字? 不,我的真名叫什么并不重要,因为你不可能在任何公开的邦联档案中查找到。"老人继续说道,"在数以百计的相关档案里,它被删除、涂抹、篡改;另一些档案则被深深地埋进了无人注意的角落,而这一切都是为了掩盖那件事,那件在四十九年前发生的事……"

2

　　我不是什么大人物。不是那些整天待在指挥室和军官住舱里的衣着光鲜的舰队司令或者参谋长，也不是哪艘军舰的舰长——话说回来，如果我真是其中之一，那多半也不会有机会坐在这儿讲故事了。事实上，我甚至不在军舰上服役——那时的我只是一名维和部队的分队长，一个不起眼的中尉，一个在邦联的边缘世界来回奔波的"救火队员"。

　　哦，你知道这个绰号的意思。干我们这行的都是些大忙人，一年到头搭乘着邦联司法舰队的船只，在那些外围成员国之间来回奔波。我们在这颗行星上处理骚乱，到那颗行星上把种族冲突的两帮人分隔开来，然后又到另一个天知道是哪儿的鬼地方清剿可能造成环境灾害的入侵物种。在五年的服役期里，运气好的人可以跑上十多二十个边缘世界。而那些鬼迷心窍、混成军官的蠢货，则有机会把那些荒凉的外围行星和遍地废墟的"旧成员国"——就是那些被赏金使节联系上，重新加入邦联的世界——都游览个遍。在这些鸟不拉屎的化外之地，各种各样棘手的麻烦是它们唯一能源源不断供应的"特产"……我为什么要干这份活儿？拜托，你以为我喜欢这些该死的差事吗？但为了奥菲莉亚,我实在没有更好的选择。谁是奥菲莉亚?哦,她是我的……呃……朋友。我是个卫兰人,我们那儿的词典早在几个世纪之前就已经把"婚姻"这个词当作冗余信息扔到银心大黑洞里去了。不过,少了一份证件或者一枚戒指并不意味着你就能把一切自古以来的义务都抛到脑后去。当时,奥菲莉亚正在邦联人文科学院攻读早期殖民史的博士学位。伙计,你知道那有多烧钱吗?她并不是出不起这笔费用,但考虑到我们之间特殊的友谊……

好吧,让我们言归正传。三十六年前,也就是我在维和部队服役的第五年,我的分队奉调加入了西奥多·毕尔博少校的维和中队,从乌鲁克尼亚启程,前往新费尔干纳"调解"当地的动乱——说白了,就是在那颗行星最大的一处淡水湖旁驻扎下来,然后在维和条例的限制下眼巴巴地等着被两帮抢水的棉农当成出气筒揍个屁滚尿流,而且还不准还手。不过,在和那些暴躁好斗的乡巴佬打交道之前,我们必须先飞过邦联一半的国境,也就是差不多两千光年的距离,而这意味着我们不得不在护卫舰"莫洛克号"上罐头盒似的房舱里熬过一个半月的无聊时光!或许是为了纾解我们的无聊,上头安排了一个叫阿兰·林的历史学家和我们一起上船,那个有一对斜眼,长着河狸似门牙的家伙,他自称历史学家,还是某个兔子不屙屎的农业殖民区的某所野鸡大学的教授,正打算顺路去新费尔干纳做一些"田野调查"。一路上,这家伙最喜欢的事,莫过于待在船上的酒吧间里吹牛,大谈特谈古地球上那些所谓的"征服者"的故事。

好吧,你知道我有多恨那趟该死的调动吗?当我整天蜷缩在三十立方米容积的罐头盒式宿舍里时,唯一的消遣就是听一个自以为是的家伙对着一帮头脑简单、嘴上没毛的愣头青吹嘘几千年前一伙骑着马的原始人横跨整个大陆烧杀抢掠的故事,同时大谈特谈"强者不需要怜悯""强者生存"之类的社会达尔文主义的白痴调调。

更糟的是,这一切还不算完:在我们启程三个星期之后,邦联防务委员会的某几个家伙突然一时兴起,决定临时搞一次联合护航演习,检验检验部队的"实战水平"。于是,"莫洛克号"接到命令,转往天仓五集结点,与另外几支安全舰队和执法舰队会合——啊,你也猜出来了,这支临时组成的分遣队代号正是"西格玛"。

演习的头几天基本上风平浪静:舰队在恒星周围演练各种战术动作;护航舰派出穿梭机在恒星周围的岩屑层边缘穿进穿出,寻找用来代表逃生舱或者货舱的模拟信标;而我和弟兄们仍旧日复一日地待在那些人肉罐头盒里无所事事,时刻不停地忍受那个所谓的历史学家大放厥词的精神污染。

但是,到了第五个标准日的早上,演习舰队突然在我起床之前重新集结,跃入了高维空间。我去找西奥多·毕尔博询问情况,但这个尖下巴的刻薄鬼也不清楚到底发生了什么事,只是一个劲儿告诉我们这些变动都在"计划之中"——哈!计划之中?!那浑蛋这辈子说过的真话要是加起来超过一百句,我就能当着你的面把桌子给吃下去。

直到几个钟头之后,舰长似乎才想起船上还有我们这几号人。"舰上所有平民乘客与安全部队官兵们。"那个老家伙在广播里连咳带喘地说道,声音活像一头被蜜蜂蜇了舌头的狗熊,"我们接到了一个临时通知:西格玛分遣队在天仓五系统的演习任务已经暂停,我们将转向前往太阳系。"

噢,你肯定已经猜出我是谁了,对吧? 没错,我就是那个人,但邦联在公开资料里加入了大量的修饰,隐瞒了更多的事实。他们承认的那些事情中,有一半其实我压根儿就没做过,而我做过的事顶多只有十分之一被公布出来——而且是在经过重重篡改之后。

我想你现在肯定相当惊讶,但和我们那时候的惊讶相比,这根本算不上什么。想想看吧,太阳系!那可是人类文明的故乡旧地球的所在地,第一邦联曾经的政治中心,其他殖民世界几乎无法想象的知识与财富的所在地。众所周知,早在大崩溃之前的几个世纪,那里的人们就在孤立主义运动的影响下退出邦联,并断绝了与外界的一切联系;而当大崩溃的浪潮席卷整个邦联之后,那些熬过了内战、文明衰退与社会瓦解的人甚至连它的具体坐标都遗忘了,而西格玛分遣队怎么会知道它的位置?!有一半的人相信,这个所谓的"太阳系"应该只是另一个导航集结点的名字;而另一半的人干脆认为,这不过是个拙劣的玩笑。

但出乎我们所有人意料的是,这根本不是个玩笑——这他妈居然是真的!

当舰队跳回实空间时,我们发现自己的身后是一片广袤而阴冷的空间。数以万亿计的冰晶与碎石块在那儿构成了一片球壳状的星云,一些由同样物质组成的小行星和矮行星在其中像一群瘸腿的醉鬼般四处乱窜。而在舰队的前方,我们看到了一颗幽蓝的冰巨星,它和另一颗带有显眼光环的天蓝色冰巨星,以及那片星云中大大小小的天体都在沿着相似的轨道运行着。

但奇怪的是,我们并没有发现理应位于太阳系内侧的那些类地行星,也没有看见那两颗更大的气态行星。更诡异的是,在应该是整个系统质心的地方,我们也没有找到恒星存在的迹象。

是的,那儿没有恒星——无论是刚刚开始在自身引力作用下收缩，只有几百开尔文热度的原恒星，抑或是正在缓缓耗尽自己残余能量的中子星与白矮星，都没有出现在这个天体系统的中央，而这很不正常。众所周知，宇宙中确实存在着由于各种原因而生成的流浪行星，但它们通常会像恒星一样沿着银河的旋臂运动，直到被其他恒星或恒星系统捕获、吞噬或撕碎。在这个天体系统中，我们的重力传感器确实也感应到了与恒星相当的巨大质量，但那玩意儿在从无线电到可见光的波段内都没有发出半点儿辐射，甚至就连周遭的星光也在触到它的一刹那消失得无影无踪。不过，它显然也不是黑洞：我们没看到吸积盘，也没发现任何靠近那片绝对黑域的物资遭到吞噬，而且按照舰队科学官的估计，无论那坨黑咕隆咚的玩意儿到底是什么，它的质量都实在是小了点儿，甚至不足以达到奥本海默-沃尔科夫极限的理论最小值。

在抵达太阳系后的整整两个标准日里，这一连串不可思议的发现成了舰队中每一个人讨论的话题。我们很快就得知，西格玛分遣队之所以突然改变航向，是因为他们部署在天仓五导航点附近的监听器收到了一个求援信号——这个信号来自一艘赏金使节的勘探飞船，隶属于一支名不见经传的小探险队。你知道赏金使节是干什么的，对吧？就是那些为了拿到邦联外交部的赏金而到处搜索大崩溃前的殖民世界，并用各种手段"劝说"那儿的居民重新加入邦联的家伙。在通常情况下，这种信号会被舰队的人工智能副官归类为低优先级，然后和一份由邦联社会保障部埋单的营救合同一道打包发给离这儿最近的深空救援公司。但这一回，在对求援信号进行了全面分析之后，它却破天荒地直接联系了西格玛分遣队司令部——当然，这么做在理论上是正确的：在第一邦联尚未瓦解，往昔的文明尚未遭受大崩溃的浩劫时,人类的母星就已经以远超殖民世界的科技水平闻名于世。从理论上讲,只有邦联安全舰队才有可能以正确的方式接收那儿的遗留技术,或者从它的敌意之下逃脱。单从理论层面而言,这种思路并没有错,错的仅仅是我们对双方实力对比的判断而已。

不幸的是,在这一点上,我们实在是错得离谱。

3

伙计，我想你大概注意到了，直到现在为止，我都没有在这个故事里登场——我只是一个西格玛分遣队的乘客，一个身不由己的旁观者。命运裹挟着像我这样的人，就像是激流裹挟着沙砾与碎石，直到我们与死亡不期而遇。

是的，我能活下来纯属侥幸。和另外几十支搭乘邦联舰队调动的维和部队相比，我所在的分队并没有什么特别之处。我们没有特殊的技艺，没有超出常人的能力，也从未得到任何一名指挥官的赏识，当舰队在那颗曾被称为"谷神星"的硅酸盐大石块附近发现那艘老式飞船时，我之所以会奉命登上穿梭机，仅仅是因为阿兰·林希望这样。而他之所以会在我的上司面前提起我的名字，仅仅是因为他恰好和我在同一个宿舍区里共处了几个星期。

哦，没错，就是阿兰·林，我之前提到的那个野鸡历史学家。这个来自新潘诺西亚的龅牙矮子，原本和我们一样，不过是搭舰队顺风车的乘客之一，但当我们进入太阳系——或者说，这个理应是太阳系，但看上去却不太像的鬼地方——之后，他就成了舰队司令部的红人。众所周知，对那些打算和大崩溃之前的文明产物打交道的家伙而言,历史学家就像煤矿里的金丝雀一样必不可少。在许多时候,一位恰好拥有某些史料的历史学家可以让那些鲁莽地接近古代遗迹的家伙避开致命的危险;而在进行谈判时,这种人——哪怕只是个野鸡大学的教授——更是能起到至关重要的作用。

言归正传,在舰队进入太阳系的第三个标准日还剩两个小时就要结束时,"莫洛克号"上的一名见习准尉粗暴地把我从被窝里拽了出来,然后带着我走进了指挥舱。

在踏入舱室的一刹那,我惊讶地发现,这支舰队的司令、他的幕僚们和"莫洛克号"的舰长本人已经全都在那儿等着我了。你能想象吗?一群肩章上缀着将星的家伙,等候着一名中尉!直到那时候,我才真正明白了"受宠若惊"这个词到底是什么意思。

"稍息,中尉。"我的上司毕尔博少校——整个舱室里除我之外级别最低的家伙——瞥了我一眼,然后又把目光投向了阿兰·林,"林教授,您确定这次会谈需要带上卫兵?"

"有备无患嘛,先生。"野鸡历史学家在微笑的同时龇出了那对大龅牙,"众所周知,早在大崩溃之前,地球和近地殖民世界的公民们就已经因为一系列经济与政治纠纷而对居住在其他地方的人类同胞产生了深刻的隔阂,而这也成了他们选择闭关自守的直接原因。除此之外,根据一些可靠性难以确定的二手与三手记录来看,那些孤立主义者对于不速之客——事实上,几乎就是所有进入奥尔特云之内的人——都会优先采取极端手段,而非辨明身份,即便是这样的一艘小船——"

"行了,教授,就依您的。"舰队参谋长抢在这家伙开始另一通长篇大论之前比画了个"到此为止"的手势,然后和其他军官一道把目光转向了我，"沃克中尉？"

"长官？"

"你知道我们为什么叫你来吗？"

"不知道，长官。"我诚实地回答——某些当官的就喜欢在下属面前这么说话，为的是强调他的军衔比你更高，有权比你更早地知道更多东西。

"看看这个。"舰队司令打开一张战术投影屏，把无人侦察机拍下的影像投射到我们面前：一个小小的银色亮点正在那颗曾经名为"谷神星"的大石块——它在战术投影屏上被特别标上了一个历史悠久的镰刀状符号——的洛希极限周围缓慢地运行着。随着画面逐渐拉近，那个亮点从区区几个像素构成的模糊小球逐渐扩张成一个细长的圆筒状物体，看上去活像两只烟嘴对烟嘴焊在一块的金属烟斗，周围还环绕着一小片某种烟雾似的灰白色东西。

"最初的求救信号就来自这颗矮行星的轨道，来自这架……航天器附近。我们没有发现任何赏金使节的飞船，只在轨道上发现了一些来源不明的金属残片。"舰队参谋之一盯着自己的双手，慢吞吞地说道，"我们暂时还无法确定它到底是一艘飞船，还是一座空间站或者别的什么。但就在四十分钟前，它向我们发来了信息。"

"什么信息？"我问道。

"相当古老的信息，也许是在二十个世纪之前就录制好了的。"历史学家说道，"用来编写这段信息的语言，是一种高度变形的日耳曼语的变种，也就是我们所说的'近地殖民区通用英语'。当然，现在的邦联标准口语和它其实有着相同的来源，但二者之间的差距已经和鸵鸟与家鸡差不多了。喏，你知道我是什么意思,对吧?"我当然知道鸵鸟与鸡,那是两种据称来自地球的主龙形类恒温动物,后者在大多数农业世界都很常见,但前者却只能在邦联首都的生态馆里才能看到了。历史学家继续说:"值得庆幸的是,在邦联人文科学院,仍有一些最优秀的教授通晓这种语言——而我本人恰好有幸受教于这些可敬的先生中的一位。如果我的翻译没错,这似乎是某种邀请,要求我们派出一批代表,通过某种……验证程序来证明我们所拥有的权利。"

说实话,我其实并不认为那个教导阿兰·林的家伙真的"通晓"了这种古代语言——当然,他可能压根儿就没有认真教过自己的学生。不过在那时,除了相信他的判断,我们又有什么选择呢?"所以您打算出任这个代表?"

"这是我的分内之事,中尉。"历史学家下意识地挺起胸膛,"我的学术能力与知识素养决定了履行这一任务是我不可推脱的职责,我无权拒绝。"

"没错,教授。"毕尔博少校连忙说道,"而你,中尉,你的任务是指挥你的分队保护林教授的人身安全。除非迫不得已,否则在这次任务中不要动用武力。不过一旦出现可能的危险,你们就必须尽快带林教授返回安全地带。教授信任你们,而我希望你们能对得起他的信任,明白吗?"

当然,我明白得不能再明白了。

从理论上讲,任何一名邦联维和部队的军官、士官和士兵都应当具备在太空中熟练地进行登船临检的能力,但事实上,当我们的穿梭机用固定爪抓住那艘小飞船——或者是小型空间站?我到现在都没弄清楚该怎么称呼它——的表面,连接管道接通它的外部气密门之一的时候,我手下的所有人却全在他们的防护服里抖得活像掉进冰窟窿里的小鸡。战术指挥系统将他们不断攀升到全新高度的脉搏频率、血压指数和体表温度忠实地摆在了我的视网膜上——当然，这不能怪他们。虽然我们每个人都曾经在邦联的各个犄角旮旯里执行过几十次甚至上百次登船临检任务，但在一个如此熟悉而又陌生的地方登上一艘主动向我们发出邀请的航天器，这样的经验对于任何人而言都是破天荒头一遭。

西格玛分遣队的大多数舰艇就停留在离我们不到二十分之一光秒远的地方，但这并不能给我们带来一星半点的慰藉。在封闭连接管道的气密门即将打开时，舰队司令又向我们发表了一段简短的演说，但唯一的作用仅仅是让我的肾上腺素血液浓度指数提升了三四个百分点。

根据阿兰·林的建议，我们将电磁突击步枪、军用环境防护服、弹药携行包和其他可能显现出"敌意"的东西都放在穿梭机的货舱里，但仍然在卡其色军便服下藏了一支脉冲手枪，所有人都试图装出波澜不惊的样子，但这样的努力只是进一步暴露了我们的惶恐。强烈的不安气息充斥着整条连接管道，浓得仿佛可以直接用刺刀划开。

当连接管道另一头的气密门也沿着滑槽缓缓退入两侧的舱壁中时，我发现自己的手不知何时已经搭在藏在衬衫下的手枪握柄上——而这么做的远远不止我一个。喏，要知道，虽然那个姓林的家伙一直向我们保证，这艘该死的船发给我们的信息"完全没有表现出敌意"，但一来我们并不完全相信他，二来就算他说得没错，也说明不了任何问题——现实中，任何一个丧尽天良的王八蛋都可以在用藏在背后的刀子戳进你的喉咙之前真诚地向你表达他的善意，否则我们的老祖宗为啥要发明握手呢？

但那一次，我们确实有些多虑了——虽然后来发生了那些事情，但我不得不说，那艘飞船上的家伙对我们确实没有恶意。

在穿过连接管道后，我惊讶地发现我们走进了一座宫殿——不，这儿或许还称不上是宫殿，但也差不远了。我目瞪口呆地打量着四周墙壁上那些繁复浮华的洛可可风格浮雕——至少，奥菲莉亚在和我聊起古代艺术时是这么称呼它们的——打量着天花板上由黑天鹅绒般的深色大理石雕成的天使报喜图和纯银的枝形吊灯，也打量着散发着熏香味儿的金边地毯和镶有欧泊石与祖母绿的雕花烛台——特别是烛台，那上面插着的是货真价实的蜡烛！你想知道我那时是什么感受？哈，我觉得自己就像是被扔进了历史课本上描述的18世纪，就差再从大厅另一头的檀香木门里走出一位穿着丝绸衣服的高贵女士，来向我们这班来自未来的英雄好汉致欢迎词了。

接着，那扇门打开了。

啥？你问我那位女士长什么样？拜托，伙计，我刚才提到过女士吗？从门后走出来的是个面容英俊的高个子男人，这家伙穿着一身合身的黑色绸缎制服，戴着一双白手套，脸上浮现着恭敬而谨慎的神情，看上去就像是历史书里说的那啥……哦，对了，管家。

这位管家信步来到我们一行人面前，朝着历史学家深深地鞠了一躬："欢迎回来，我的主人。"

"主人？"我听到分队副指挥官伊琳娜少尉低声嘟哝道。但历史学家只是高傲地点了点头，仿佛他真是这座飘在太空中的诡异宫殿的主人一样。

"你是什么人？"在困惑与惊讶之下，我一时间将纪律抛在了脑后，"你在这里干什么？"

"我不是自然人，也不是任何可以划归广义上的'人类'概念的个体。事实上，我甚至不具有真正意义上的智能。"管家的回答开门见山，立马把他——哦，不——应该是"它"的身份暴露无遗。让我惊讶的是，它竟然讲的是邦联标准语。"我是一名负责执行'神仆'系统指令的服务者与接待者，只具备有限的学习与应对能力。因此，如果我无法完成你们的要求与指令，希望诸位能够谅解。"说完之后，那家伙又朝着我们鞠了一躬，要是换成一个货真价实的人类，以这种幅度鞠躬多半会直接把脊椎给折断。"请问，你们能够代表那支到访的舰队吗？"他接着发话了。

"我就是舰队的代表，你可以认为，我有资格全权代表这支舰队和邦联议会。"阿兰·林用理所当然的语气答道，看上去活像是刚刚渡过卢比孔河的恺撒，"神仆是什么东西？"

"'神仆'是创造者智慧的结晶，负责统驭他们的造物、执行他们的指令、看管他们的财产，并在必要的情况下代表他们的意志。而这里只是由它控制的许多接待站之一。"管家毕恭毕敬地答道，同时用力地握住了阿兰·林的手掌，"在过去的二十多个世纪中，我们一直观察、搜寻、等待着，一旦那些有权利得以回到这里的人出现，我们就会邀请他们来到这里，确认他们与生俱来的权利——得回地球的权利。"

"地球！"不止一个人惊呼了起来——如果这趟旅程真的能将我们带到地球，在场的每一个人将来光是靠写回忆录和接受采访就可以在下半辈子里悠闲度日了。

但那位野鸡历史学家只是面无表情地瞥了其他人一眼，仿佛我们是一群为了几颗廉价水果糖欢呼雀跃的小孩。"你并没有完全回答我的问题。"他继续说道，"告诉我，你的创造者们——地球的公民们都在哪儿？我要见他们！或者他们已经授权你与我们接触了？"

"恐怕您的要求无法实现——我所效忠的创造者都待在他们应该在的地方,他们现在无法前来与您会面。"管家继续用那种波澜不惊的平静语气答道,"不过,每一个真正的自然人在这里都将会受到欢迎,并得到与我的主人相同的待遇。但在此之前,还有一项测试必须进行。"

"什么测试?"我问道,"我是说,你打算测试什么?"

"完成这次测验只需要你们的一点儿遗传信息。要知道,只有真正的人才有权成为我的主人,而消灭一切入侵者的威胁则是我不可推卸的神圣职责。不过请放心,我们的检测手段相当准确,出现误差的概率甚至比中微子被硬纸板挡下来的概率还要低,所以……"

"你们什么时候开始测验?!"野鸡历史学家打断了对方的话。

"哦,刚才我已经这么做了。"管家抬起刚才和阿兰·林握手时所使用的那只手,笑得更加灿烂了,"请诸位耐心等待几分钟,然后……"

历史学家的脸色顿时变得像白垩一样惨淡。接着,他转身面向我们,说了一个完全出乎我意料的词——

"跑!"

4

众所周知,西格玛分遣队是第二邦联历史上曾经组织过的最强大的正规舰队之一。这支舰队拥有两艘强袭登陆舰、四艘"锋刃"级巡逻舰和多达十一艘通用护航舰,外加一打支援船只,仅仅这支舰队本身,就足以单枪匹马地摧毁任何一个邦联成员国的武装力量。但任何对大崩溃前的历史稍有了解的人都明白,在旧邦联行将就木的那几个世纪里,隶属于旧地球的大多数殖民世界都曾经建立过远比这更强大的武装力量,而在这些世界中,最终走上孤立主义道路的地球是最强大、最富有且最先进的。

当第一场爆炸发生时,我们刚刚逃出那间十八世纪风格的大厅,沿着连接管道钻回我们那艘γ级穿梭机里,狼狈得像是从教堂里揣着赃物溜出来的冉·阿让。在我们身后没有半个追兵,事实上,我怀疑那艘飞船或者空间站里除了那个卑躬屈膝的"管家",就没有别的"人"了。但是,阿兰·林那家伙的表情在催促我们拔腿逃窜这一点上,并不比一千个发狂的暴徒逊色——毕竟,那是我第一次在他的脸上看到货真价实的恐惧,但并不是最后一次。

在一万五千千米外,西格玛分遣队正在迎来它的末日:在这支舰队的周围,穿梭机的探测器接二连三地侦测到了重力场异常现象,一艘艘本该只存在于古代历史资料录像中的巨舰,仿佛是从阴间返回现世索命的鬼魂般接连出现在无尽的黑暗之中。我从中分辨出了拥有锋利的匕型舰首的黄昏级突击舰与外观独特的告死天使级双体巡洋舰,甚至还有传说中人类曾经制造过的最致命的军用舰船——长期被认为"无法确定其真实性"的绝望级无畏舰。有那么一刹那,我以为自己看到了一群鬼魂。但当六道高能粒子束和一百多发动能穿甲弹头共同命中分遣队旗舰"戴·阿文索号",把它炸成三堆面目全非的金属废料堆时,我意识到我是对的。

我们遇上的确实是一群鬼魂,一群前来索命的恶魂厉鬼!

在发现这群不速之客的瞬间,西格玛分遣队立即火力全开,但结局早在一切开始时就已经注定了——你见过生态馆里养的水鸟捉鱼的情形吗,伙计? 那时的西格玛分遣队就像是一条已经被翠鸟或者苍鹭的长喙夹住的鱼,无论怎么奋力挣扎,都无法逃脱葬身在胃囊消化液中的结局。

当我们的γ级穿梭机终于撇下连接管道,脱离那艘诡异的四不像航天器时,这支强大舰队三分之一的舰艇已经变成了飘在太空中的灰烬和残渣,而剩下的三分之二显然也没有好下场:护航舰"孔雀石号"与"青金石号"试图变向逃脱,结果却只是让自己成为半打无畏舰优先集火射击的目标,在几十秒断断续续的闪光与爆炸之后,这两艘战舰几乎没剩下什么东西;另一艘补给舰则突然停止开火,然后缓速驶出编队——这是标准的投降姿态,一艘敌方的双体巡洋舰靠近它,似乎准备派人登舰接管控制权,但片刻之后,这艘雪茄状的大船就被一轮齐射敲掉了发动机和舰桥，变成一堆不断从船壳裂口中喷出高温等离子体的死寂残骸。

"为什么？"我无力地瘫坐在穿梭机的驾驶席上，"这到底是……"

"我认为，这应该是某种自动防御措施。"阿兰·林心有余悸地瞥了一眼穿梭机的尾部监控摄像头——我们刚才登上的那艘四不像航天器正在一片黑色中迅速缩小。这位野鸡历史学家的傲慢劲儿头一次没了踪影："我想你应该也知道，当年的那些孤立主义者对外界威胁的恐惧已经达到了病态的地步，为了拍死一只蚊子，他们可以把一座大山砸到你头上。"

唔，这个比方确实很贴切，但却并没有真正回答我的问题。"但那个……家伙刚才还说我们是它的主人！难道他们就是这么——"

"恐怕我们现在已经不再是这里的主人了——至少控制这些战舰的那个浑蛋是这么认为的。"历史学家用颤抖的手指迅速在穿梭机的终端内输入一项指令，接着，一行红字快速闪过一侧的战术投影屏，"我是对的，中尉。瞧，那些战舰的维生系统都没有打开，它们只不过是自动防御系统的一部分而已。"

"但是……"

"我知道你想问什么。"阿兰·林打断了我的话。与此同时，一束高能粒子堪堪擦着穿梭机的顶端飞过，像彗星的尾巴一样消失在远方的虚空中——这发粒子束瞄准的肯定不是我们的穿梭机，否则我们早就已经被烧成散逸的等离子团了。到目前为止，西格玛分遣队的大型舰艇吸引了绝大部分敌方火力，而像穿梭机这样的小目标则被忽略掉了，至少对我们而言，这显然是件幸运的事。

"如果我没猜错，那些活见鬼的混账地球佬肯定在他们的防御系统里专门设置了程序，要求它们干掉每一个不属于'真正的自然人'的倒霉鬼。你知道这个词的意思吧？"

我点了点头。或许大多数与地球相关的历史记录都已经湮没在大崩溃的狂潮以及其后的漫长黑暗中了，但在中学里上过历史课的人都应该明白地球孤立主义者选择独立的原因——至少是那些最重要的原因。除了不愿意接纳洪水般涌入的殖民世界移民，以及对第一邦联的贸易政策不满之外，对"真正的自然人"身份的坚持也是原因之一：就像希腊人、罗马人和古代中国人从不掩饰对他们眼中那些血统低劣的"蛮族"的鄙夷一样，大崩溃前的地球人也对殖民世界司空见惯的基因改造工程嗤之以鼻，而只接受他们认为"必要"的基因优化——比如移除恶性遗传病基因之类。有人说，正是这种鄙夷与憎恶加深了他们与外界的鸿沟；但也有人相信，这种憎恨本身就是不断发展的隔阂的结果。"但我们……我是说，你看上去不像是接受过——"

"我当然没接受过该死的基因改造工程！但问题不在这里。"历史学家一边说着，一边瞥了一眼右舷监控录像——在离我们只有几百千米的地方，另一发脱靶的动能弹刚刚把一颗灰不溜秋的小行星变成一团特大号太空礼花。"如果现有历史资料无误，最后一次有人得到进入太阳系的许可已经是差不多两千年前的事了，而防御系统用来识别'人类'的标准显然是在那之前制定的。这意味着，它们的识别标准已经过时了整整……"

"是基因漂变！"分队医官亚历山大准尉突然喊道，"我明白了，这是基因漂变的缘故！"

什么？你不明白我的意思？好吧，看来你在上学的时候肯定没好好听过生物课。众所周知，一切生物——只要它该死的还打算传宗接代——都会以相对稳定的频率发生基因突变,从而确保生物能够随时进化以适应环境。从某种意义上讲,突变与进化的关系就像是对战场上未经侦测的地区实施盲目的火力覆盖。大多数突变是无用甚至有害的,不幸携带这类基因的生物个体很快就会被淘汰,但总有一小部分发生突变的个体能够进一步适应环境,从而将新的遗传信息保留下来并传递给下一代,这一过程就是所谓的基因漂变。在地球上,现代智人的基因漂变是缓慢的,因为我们的祖先已经适应,并且控制和改造了那儿的环境。但是,当我们的先辈离开熟悉的家园时,这一过程又被重新加速了——没错,最初的勘探者确实是以地球的标准来拟定殖民世界名单的,但即便是无垠的宇宙,也不可能有足够多的巧合。大气成分的一点微小不同、零点几个G的重力差异,或者恒星辐射的些微区别,这些都在迫使我们发生改变,而持续数千年的量变虽然仍不明显,但在某些特殊时刻,它却足以决定数千人的命运!

　　由于主要承担大气层内飞行任务,γ级穿梭机的太空航行速度不算太快。我们还没飞出一万千米,最后一艘邦联舰艇的还击火力也已经彻底沉寂了下来——这对我们而言当然不是什么好事:正当亚历山大还在努力向其他人解释我们为什么会落到这步田地时,一枚带有短距跃迁装置的导弹已经在不到二十千米的地方跃入常规空间,一头撞上了一颗丑陋的不规则小行星。在万分之一秒内,反物质弹头湮灭产生的能量就将构成这颗星体的水冰和硅酸盐变成了一道不断膨胀的等离子冲击波,然后像苍蝇拍打中苍蝇一样结结实实地拍在了我们的穿梭机上。

　　你想知道我的感受?拜托,我那时的感受归纳起来只有一

句话:

那可真他妈的疼啊!

至今为止,我都没能搞清楚我当时到底昏迷了多长时间——穿梭机上的时钟在我们被冲击波追上的一刹那就彻底报销了。但我有理由认为,这段时间大概不短于两到三个标准日,因为当我再次睁开眼睛时,我的肠胃已经饿得像一团绞在一块儿的毛巾了。

我花了五分钟从穿梭机货舱的折叠床上爬起来,又用了两倍于此的时间从食品柜里找出东西填肚子——从货舱垃圾桶里的情况判断,我手下那帮该死的懒鬼在这段时间里只给我注射了几支合成营养剂,吊了两袋生理盐水。接着,我才发现了一个早就应该注意到的事实:货舱的卸货门已经打开了。

虽然我无从得知确切时间,但外面目前是白天。在开启的舱门之外,一片葱郁的针叶树林就像是一条一望无际的绿色地毯,沿着铺满骨白色卵石与细砂的海滩一直铺展到我视线的尽头,其间看不见丝毫缝隙。远方青黑色的海平面上,低低地压着一层深色的阴云,显然正在酝酿着一场骇人的风暴。不过,当我走下跳板时,从天穹顶端洒下的阳光顿时将我笼罩在一片令人舒心的暖意之中——至少在这座突兀地立在海岸附近的断崖上,我能够尽情享受晴朗天气所带来的愉悦。

我闭上眼睛,放纵自己暂时在这份舒适中沉浸了几秒。但紧接着,一连串问题就像温泉里的气泡一样从我的脑子里冒出来:首先,我现在无疑正待在某个环境不错,可以维持人类生存的类地行星表面;其次,γ级穿梭机只能在常规空间中进行亚光速航行,这意味着它在我的有生之年都不大可能把我们带到太阳系的外头去。而不幸的是,这两项事实显然是相互冲突的:在过去的几天里,西格玛舰队对太阳系的调查没有发现任何和我脚下的这颗行星划得上等号的天体,事实上,我们甚至没有发现那颗应该存在的恒星。

那么问题来了:这里到底该死的是什么地方? 我是怎么稀里糊涂跑到这鬼地方来的?

我闭上眼睛,试图思考这些问题,但唯一的收获就是一阵头晕目眩。

"嘿,中尉!"一只手突然落在我的肩膀上,让我下意识地打了个寒噤,"看到你已经没事了,可真让人高兴。"

"我当然有事。"我摇了摇头,转过身,努力让自己望向阿兰·林的目光尽可能地显得镇定——我不想在这个我打一开始就不太喜欢的男人面前露怯,"除非你能告诉我,你是怎么找到这地方来的。"

"严格来说,我没有找到这里。"历史学家耸了耸肩,"事实上,是它找到了我。"他迎着从海面吹来的微风,深深地吸了一口气,"欢迎来到地球,中尉。"

5

现在想来,我那时本该感到惊讶才对——毕竟,并非所有人都有机会在一觉醒来后就踏在人类母星的地表上。但我却只是松了口气,耸了耸肩,就像那些终于等到期末考试成绩而且得知自己考得不算太差的小学生一样:是啊,我还可能在哪儿?太阳系之所以成为被全体人类永远铭记的圣地,不正是因为在这里——在这颗名为地球的行星上,孕育了我们这个种族的先祖吗?

"其他人怎么样了? 你……呃……我是说,你们与本地人发生接触了吗?"自打我第一次在欢乐谷星遇上奥菲莉亚时起,她最喜欢在我面前谈起的话题之一就是传说中的地球——按理说,我现在应该有满脑袋的问题想问,但奇怪的是,我的脑子却仿佛一下子变成了被风干了一个月的空葫芦,在花了不少工夫之后,我才勉强从那里头搜罗出了这个问题:"他们在哪儿?"

"陈军士在穿梭机被击中时撞断了脖子,还有七个人受轻伤,不过没什么大碍。至于本地人,我想,我们应该可以在那个地方找到他们吧……"历史学家朝着与海岸相反的方向撇了撇那两片薄薄的嘴唇。在那里的几座丘陵之间,我看到了一片有着新雪般轻柔色泽和优美线条的白色建筑物,似乎是一座小型城镇。"至于接触,暂时还没有。现在,我必须先告诉你一些……更重要的事实。"

"比如?"

"比如我们是怎么进来的。"我的副手伊琳娜准尉突然插话进来。这个矮个子女人刚才一直在穿梭机机首那一侧忙活,从她身后堆积的物资与器材判断,她似乎刚刚组装完一辆"渡鸦"式悬浮越野滑橇。"我是说,进到那个……"

"戴森球。"历史学家用一个眼神打断了她的话,"如果我没记错的话,大崩溃前的人们就是这么称呼这种东西的。我相信你应该听说过这个名字吧?"

"当然。"我下意识地舔了舔嘴唇——很少有人没听说过这种据说可以包裹住一整颗恒星,将它释放的所有能量滴水不漏地收集、转化并利用的人造天体,但至今为止,它都仅仅停留在小说与幻想之中。据说某些最发达的邦联核心世界——比如欢乐谷星和柯尼斯洛立安——曾经有意愿进行相关尝试,但他们甚至连前期准备工作都迟迟无法完成。"你刚才说'它'找到了我们,是什么意思?"

"是这样的。"伊琳娜双手一摊,"在穿梭机被击中之后,我试着从你那儿接管控制权,却不是很成功。呃,我的意思是,有什么东西限制了我的一部分操作,让穿梭机只能朝着一个方向前进,而那里刚好是这个戴森球的入口之一。我想,这应该是某种自动导航系统,用来确保来访者的飞船能够顺利抵达目的地。"

"有意思……"我低声嘟哝了一句,下意识地将目光投向了不远处的一座矮丘。一团几不可见的稀薄雾气正从那座山丘背后腾起,像一团觅食的黏菌般缓慢地朝着这里移来。"他们先是欢迎我们,然后又打算轰掉我们,现在却又放我们进来,这……"

"这确实有些奇怪。"历史学家点头道,"但和我们在这里面看到的东西相比,它可就算不了什么了。"他从胸袋里掏出一台袖珍投影仪,在我们之间投射出一幅全息星位图,"在降落到地球表面之前,我花了十来个小时大致弄清了这里头的情况,说实话,这可真是令人……惊叹。"他咂了咂嘴,瘦长的脸上洋溢着喜悦。

哦,伙计,我想你应该也学过关于太阳系的知识,对吧?虽然在过去两千年里,从来没有半个人——当然,整个儿的更没有—— 去过那鬼地方,但这一点都不妨碍我们的一代代历史老师继续执着地把那些个陈芝麻烂谷子似的名字硬塞进我们的小脑瓜里:水星,离太阳最近的一块小石头;被二氧化碳变成大温室的金星和"温室效应"水平严重不足的火星,两颗俘虏了大量卫星的气态巨行星;还有两颗质量稍小的冰巨星、小行星带、柯伊伯带、奥尔特云……而就我所知,如果那个巨大的黑色球体真的是个戴森球,它的内部空间应该足以装下水星、金星、地球,甚至火星的轨道。

但是,在这幅星位图上,唯一的类地行星就是地球本身,而其他类地行星——甚至还有月球和火星的两颗小型卫星——都已经不翼而飞了。不过,真正让我瞠目结舌的却是戴森球内的另外两个天体:在原本是火星轨道的地方,一颗我所见过的最小型的恒星正在以与地球相同的角速度和地球结伴运转,而在应当是太阳的地方,我看到的却是……

"那……那是黑洞吗? 你们在开玩笑吧?!"

"当然不是,长官。"伊琳娜严肃地摇了摇头,"在着陆之前,我亲眼看到了它。"

我像浮出水面的鱼一样下意识张大了嘴,却压根儿不知道该说些什么——我在军官学校接受的物理学与天文学基础教育告诉我,这幅星位图上的一切都是荒诞不经且违反常识的:从星位图给出的视界直径和估测质量来看,那个所谓的黑洞根本不可能是恒星塌缩而成的——任何只有这么点儿质量的星体所能产生的引力甚至无法战胜自身的电子简并压力,更别说把光线拉回表面了。而那颗恒星——也就是正悬在我头顶上,看上去像是个被剥出来的咸蛋黄的那玩意儿——所拥有的质量还不如大多数褐矮星,我根本无法想象,这么小的星体是如何跨过启动核聚变反应的门槛的。不,这肯定是个梦,肯定是!我深吸了一口气,愣愣地看着远方白色的城镇,看着青黑色的大海与海面上的风暴,看着一望无际的丘陵与针叶林。这一切看上去都太真实了,真实得简直令人绝望。只有沿着丘陵朝我们缓缓飘来的那团薄雾透着几分似有若无的虚无感,能够略微抚慰一下我那濒临崩溃边缘的大脑。

"我知道这看上去有些不可思议,中尉。但根据我所掌握的资料来看,这一切其实……并不太令人意外。"阿兰·林显然明白我在想些什么,"虽然缺乏直接证据,但许多从大崩溃前遗留下来的技术文献和论文都显示,最迟到退出邦联之前的几年,地球的科学家们显然已经发现了能够让他们在宏观层面上控制与扭曲原有重力场的手段。虽然这种手段很可能非常烦琐,限制条件众多,但至少从理论上讲,这足以解释我们在这里看到的一切:我相信,他们很可能正是通过这一手段迫使太阳在质量不足的情况下塌缩为黑洞,并用同样的方式将太阳系内原有的两颗气态巨行星融合成了我们现在看到的这颗……恒星。"他朝着天穹中央瞥了一眼。

我下意识地咬紧了嘴唇,没有说话——既然我已经亲眼看到了该死的戴森球,那么那些几千年前的地球佬掌握了重力场扭曲技术又有什么好奇怪的呢?"那他们在自个儿的星系里造出黑洞的理由是什么?我猜不会只是为了方便处理垃圾吧?"

"对这个问题有多种解释,其中有一种是可能性最大的。按照尤利乌斯·康塔库泽努斯教授在《第一邦联末期应用技术问题拾遗》第二卷中的理论,这……噢!"他突然痛呼一声,举起了一只正在渗着鲜血的食指。

"怎么了?"亚历山大准尉闻声跑了过来,从他制服上的污渍来看,他刚才显然在忙着测试野营用污水处理器——我的大多数部下都聚在离穿梭机降落点几百码的一座小山丘下,正在搭建临时营地,"是不是被虫子咬了?让我看看!"

"不是咬伤。"伊琳娜摇头道,"是割伤,看上去像是某种锐器,也许是……当心!"她突然从枪套里抽出手枪,照着我的脑袋抬手就是一枪。

噢,噢,好吧,我更正一下,她其实瞄准的是我脑门上面半尺高的地方。但在那种时候,无论是谁都没空去仔细辨别对不对?伊琳娜是我所在的维和中队里最棒的神枪手,她有本事不靠射击辅助系统在一支P-190电磁手枪的极限射程上用针弹打穿一颗樱桃核,解决几码之外的目标更是不在话下。就在那枚针弹擦着我的眉梢飞过的一刹那,我听到有个什么小东西掉在我的护肩上,像落下的雨点一样发出"啪"的一声,然后又掉进了我的手里。

说实话,那大概是我这辈子见过的最诡异的东西之一了:乍一看去,这玩意儿是一根只有成人小指那么长的银色金属箔儿,但它的手感和色泽却像是丝绸或者毛发之类的有机物。这条细箔儿的边缘非常锋利,几乎看不出厚度,以一种诡异的姿势头尾相接，看上去就像是那啥来着……哦，对了，就和拓扑学里所谓的莫比乌斯带没什么两样。

尽管已经被一发针弹撕裂了，但这条沾着血的"莫比乌斯带"仍然像一条蠕虫一样在我手中不断地旋转、蠕动，仿佛是某种有生命的东西。

"这是什么鬼东西？"我厌恶地把这玩意儿扔到一旁的草丛里——仅仅几秒钟的工夫，这小怪物锋锐的边缘已经在我的高韧性战术手套上划开了好几个口子。

"某种自动防御系统，我想，这是唯一可能的解释了。"历史学家下意识地后退了两步，"该死的，我原本还希望……"

随着一阵昆虫振翅般的嗡嗡声，更多的"莫比乌斯带"从草丛中冒了出来。这些小玩意儿看上去似乎完全不受物理法则的约束，它们不断旋转着、扭动着，灵活地在空中划过一条又一条令人眼花缭乱的轨迹，看上去活像是一群被惹毛了的大黄蜂——只不过，这些无生命的杀戮者比任何昆虫都要危险得多。

"到营地那儿去！"伊琳娜把手枪调到三发短点射的位置，用几次精准的射击打下了四五条"莫比乌斯带"。

"我们必须离——"她的声音突然变成了被血呛住的咳嗽与痛苦的喘息声，一条该死的莫比乌斯带趁着她略微松懈的瞬间躲过了针弹，干净利落地切开了她的喉管与颈动脉。

在我的记忆中，接下来的几分钟基本是一片模糊——在某些时候，紧张或者恐惧可以极大地强化人的记忆，使得你在几十年后仍然对刻骨铭心的某一刻感同身受；而在另一些情况下，同样的情绪却会把你的脑子变成一块沾满雾气的玻璃，让你连一秒钟前发生了什么事都无法辨明。但我可以肯定的是，那绝对是一段充满惊恐、混乱与血腥的时间：当那片由"莫比乌斯带"组成的白色雾气涌入正在搭建中的营地时,我的大多数手下根本没来得及做出任何反应,只有少数几个浑身带伤的人及时找到了自己的步枪,并在被吞没之前把它们调到了火焰喷射模式——无论它们到底是用什么材料制成的,这些不停旋转的袖珍杀手显然都抵挡不了高温的烧灼,一旦被湛蓝的火焰扫中,它们就会像聚乙烯塑料一样迅速被烧成一个焦黑的小球。不幸的是,相对它们的数量而言,我们的那点儿燃料连杯水车薪都算不上——在另一片更大的雾气出现在地平线远端的山丘之间后,就连最愚钝的人也立刻明白了这一点。

我记不得自己是何时被人拽上那辆"渡鸦"式悬浮越野滑橇的,也不太清楚我在那之前跑了多久,但我永远无法忘记那团紧追身后,如同一头饥渴凶兽的白雾。驾驶滑橇的并不是我,而是阿兰·林——在一片惊慌中,没有任何人意识到他其实根本没有驾驶资格。我们有八个人登上了滑橇,其他人都落进了那片无法抵抗、无穷无尽的白雾之中,当滑橇启动时,其中的一些人仍然活着,但我那时只能祈祷他们尽快死去。

越野滑橇悄无声息地从地面上升起两尺,像一头掠过海面的蝠鲼般轻快地滑过沾满露水的青绿草地——那个历史学家显然很有经验,但出乎我们意料之外的是,那些"莫比乌斯带"几乎立刻就追了上来。"渡鸦"滑橇的最高时速可以达到一百七十千米,足以将大多数常规地面交通工具都远远地抛在身后,但那片择人而噬的白色却一直紧随我们身后,半点儿也没有被甩掉的迹象。

滑橇上的每个人都在拼了老命地朝这些鬼东西开火,恐惧与愤怒混合成了一剂最强烈的麻醉剂,让我们的脑子里只剩下这一连串机械动作。我几乎没有注意到从滑橇旁飞速掠过的绿色山丘,也没有注意到滑橇跨过的池塘——尽管被气流掀起的肮脏绿水把我们浇了一头一脸,但我甚至没意识到发生了什么事。

我不清楚那辆悬浮滑橇到底飞驰了多久——也许只有五分钟,但我却觉得像是过去了一小时、一整天,甚至是一整年。但我可以确定的是,在经过漫长的追逐之后,那团不断遭到我们打击的死亡之雾似乎终于现出了疲态。它们确实仍在追击着我们,但与我们之间的距离已经逐渐从咫尺之遥变成了五米、十米、二十米,一个充满希望的念头随即出现在我的脑海:或许,这该死的东西并不是无法摆脱的;或许,我们能够活着离开地球。

但这个念头只存在了极短的一瞬。接着,我的后背就重重地撞上了坚硬的地面。

6

你尝过从时速一百七十码①的滑橇上摔下去的滋味吗？实话说吧，那和电影里演的可绝对不一样。那些嗑多了类固醇的银幕肌肉男通常只需要动作流畅地在地上打个滚儿，然后就可以大气不喘一口地蹦起来继续打击邪恶，但我这等凡夫俗子可没那个本事：尽管身上那套防护服替我吸收了大部分冲击力，让我没有因为内脏破裂而当场毙命，但充塞着每一寸神经的疼痛与麻痹感仍然足以在短时间内让我像一坨在案板上放了几个钟头的肉一样动弹不得。

不过话说回来，就算我那时还能爬得起来，也肯定不会那么干。何必呢？当我看到因为拐弯过急而翻倒在一堵白墙下的悬浮滑橇残骸时，我就猜到了自己接下来的下场：从它们刚才的速度来看，那些天杀的"莫比乌斯带"在我能跑出五十码之前就会追上我，像古代日本人刨柴鱼块一样把我活生生地片成一条条人肉刨花。我唯一能做的事就是抢在这一切开始之前结果自己，但不幸的是，在我被甩出滑橇时，我的手枪也已经不翼而飞了。

---

① 码：英美制长度单位，1码等于3英尺，即0.9144米。

好吧,伙计,这就是我那时的处境。在理清楚这些破事,明确了我可能遭遇的前景和可能采取的应对方案——或者说,压根儿就没有什么应对方案——之后,我立即采取了唯一合理的选择:闭上眼睛躺在原地。

我等待了几秒钟,然后又等待了几分钟,但耳边却一直没有响起那种诡异的"嗡嗡"声,更没有什么东西从我身上削下哪怕一条皮肉。

我心情复杂地睁开一只眼睛,然后是另一只。接着,医护员亚历山大的那张方脸出现在视野之中。

"看来你没什么大碍,长官。"这家伙只是瞥了我一眼,就把我拉了起来,"至少,除了擦伤、瘀伤、割伤之外,我看不出你还受了什么伤害。你觉得自己骨折了吗?"

"我想应该没有,嗯,顶多裂了一两根肋骨吧。"我下意识地朝着周围瞥了两眼,随即倒抽了一口凉气:数以千万,也许是数以亿计的"莫比乌斯带"就像奥托主行星干燥海盆上的盐末风暴一样,在离我们几十码远的地方组成了一堵高耸入云的白色壁障!

亚历山大随手拿起一个能量耗尽的爆能手枪电池包抛了过去,在碰到这堵"墙"的一刹那,它立即被切削成了一团散逸的粉尘,速度比我眨一下眼还快得多。但令我百思不得其解的是,这堵死亡之墙看上去并没有朝前推进的意思——我毫不怀疑它会绞碎每一个擅自接近它的傻瓜,但它至少已经不打算继续追捕我们了。

"我们被包围了,长官。"从翻倒的滑橇下爬出来的一等兵克莱门特说道,"有谁知道这是什么地方吗?"

我耸了耸肩,没有半点开口回答的打算——除了彻底瞎眼的傻瓜，任何人都应该看得出我们现在在哪儿：在我们身边，几十座，也许是上百座看不出丝毫差别的建筑物以一种电子元件式的整齐阵势横平竖直地排列着，我们的悬浮滑橇先前就是在躲避其中一座建筑物时翻倒的——无论如何，这至少比直接一头撞上去要好得多了。这些建筑也是白色的，却不是那些莫比乌斯带那样的灰白。这是一种珍珠般的银色，在阳光下熠熠生辉，足以让任何一个接受过最起码的修辞学教育的人在一秒钟内联想起"纯洁"这个词。所有建筑的表面都无门无窗，看不到任何可以供人出入的迹象，但它们同样也不像是仓储设施、纪念碑、雕塑或者别的东西。

那天晚些时候，我们在这些建筑之间扎下了临时营地。奇怪的是，尽管不到一百码外就聚集着几百亿正渴望把我们每个人绞成肉泥的小浑蛋，但几乎所有人——当然，也包括我在内——都很快就在一种认命般的麻木感与疲劳的双重作用下进入了梦乡。不过，即使是梦境也无法完全屏蔽咫尺之外的恐怖，每当我闭上眼睛，无数嘻嘻作响的影子就会蜂拥而至，将我团团包围，裹挟着我沉入无法预知的痛苦深渊；而当我短暂醒来时，那种感觉仍然会在疲惫所造成的恍惚之中徘徊不去，直到我又一次向睡魔屈服为止。

大约午夜时分，一阵比先前更加强烈的恐惧感让我从噩梦中再度醒了过来——这一次，导致这种恐惧感的罪魁祸首是一种难以言表，仿佛少了些什么的感觉。在清醒的刹那，多年训练养成的警惕性发挥了作用，我一把抓住放在身侧的手枪，同时伸手向身旁摸去：不出所料，我身边的那只保暖睡袋已经空了。

尽管那些"莫比乌斯带"已经把整个小镇——假如这儿真的可以被称为小镇的话——围得水泄不通，但我们仍然按规定每两小时派一个人轮班负责放哨。不过,和我住在同一个双人帐篷里的是阿兰·林,这支队伍里唯一的平民,也是仅有的一个不需要执勤的人,经过了昨天的一系列事情,他显然应该像我们一样疲惫才对。

我动作麻利地拿上全套装备,蹑手蹑脚地爬出了帐篷。不出我所料,负责站岗的二等兵乔恩正蜷缩在一座建筑的墙角,他微弱的呼吸和脖子上的针眼充分说明了他擅离职守的原因。

在不远处的黑暗中,一束微弱的手电光正在夜幕中闪烁着,而在此时此刻,这道光只可能代表着一件事。

当我借着夜幕的掩护来到那束光附近时,一个有些虚弱却充满欣喜的声音响了起来——显然不是阿兰·林的声音。"……能再见到您真是太好了,教授! 真是太好了!"那人几乎是抽泣着说道,"我以为……"

"安静,杰克!"野鸡历史学家尖锐的声音打断了先前那人的说话声,"要是让那些家伙听到了,我们可就麻烦大了,明白吗?!"

"可那些人不是和你一起来的吗,教授? 他们是邦联维和部队的人,对不对? 我下午看到你和他们一块来这儿的。"第一个声音显得略有些疑惑——但也仅仅是"略有"而已。这个人似乎更习惯于听命行事,而非质疑其他人的决定。"他们难道不是来营救我们的吗? 为什么我不能去找——"

"不,当然不是!"历史学家摇了摇头——他正站在两座无门无窗的建筑物之间,宽阔的肩膀靠在其中一座建筑一尘不染的白墙上,"老实说吧,在上次那件事之后,我花了一整年时间分析我们所发现的蛛丝马迹,并尽我所能地搜集更多相关的线索。如果我没猜错,你能活着来到这里绝非偶然,而这牵涉到一个极有价值的秘密——它完全值得让任何人铤而走险。要是那些当兵的知道了这里有什么,那我们就死定了!他们会眼都不眨地把我们通通杀掉!明白吗?!"

那个被称作"杰克"的人含糊地哼了两声,大概是表示同意。接着,历史学家朝前走了一步,出现在那只被固定在地表的手电筒的照明范围之内——这是个面容憔悴的矮个子黑人,满头的鬈发纠结得像个鸡窝,显然有好些日子没有修剪过了;他的制服破烂得就像用过好几年的抹布,长长的胡须拖到了半裸的胸口,看上去仿佛刚陪着哈克贝里·费恩先生在密西西比河上漂流了几百英里似的。一顶单人小帐篷就支在几步之外,显然是他的栖身之地。唯一能证明此人身份的是那件制服右侧袖子上的臂章——虽然已经被泥污遮盖了一小半,但任何像我这样的人都仍然能清晰地辨认出那上面的图案:中央绘着红玫瑰徽章的紫色太阳,上方是两艘相互交叠的匕首型飞船。

这是邦联赏金使节的标志。

赏金使节。这个词就像一颗投入燃油中的火星,在转瞬间便引燃了一连串思维的火焰。一个赏金使节?出现在地球上?很显然,这个人十有八九来自那支向西格玛分遣队发出求救信号的探险队,而他们多半也遭遇了与我们舰队相同的命运。那么,这个人又是怎么活着抵达这里的?他是否也像我们一样经历了一连串险死还生的波折?

"好了,小子,打起精神来。我还有几个问题要问你。"历史学家拍了拍杰克的肩膀,"现在我必须得知道,在我们的船队被摧毁之后,你到底是怎么落到这地方来的?把你知道的都说出来,明白没有?"

"我……呃……当然,先生。"赏金使节神经质地舔了舔肥厚的嘴唇,"在那些战舰朝我们开火的时候,我正在动力控制中枢的工作岗位上。马斯汀船长命令所有人立即弃船,于是我就跟着别人一起跑到下层甲板去了。"他眯起了眼睛,似乎想从迟钝的脑子里尽可能多地搜罗出一点记忆的片段,"我……嗯……我去得晚了点儿,别人已经把穿梭机开走了,于是我就爬进一艘单人逃生舱,把自己弹射了出去——"

"那么,你能活着进入戴森球的原因和我们一样。"历史学家点了点头,"一点儿运气,加上恰巧乘坐了最小的航天器。那些战舰是由只读程序控制的,没有智能,在面临多个可攻击的目标时,它们会优先攻击更加显眼的目标,而在它们干掉其他飞船时,你的逃生舱已经离开了它们的攻击范围。"

"我不清楚,我真的不清楚。"杰克连连摇头,"其他人呢? 特伦特博士呢? 马斯汀船长呢?"

"都死了,所有飞船都被毁了,要不是我的飞船动力舱出了故障,当时正在天王星的同步轨道上为反应堆重新补充氢离子,那我也不可能逃出去。"历史学家说道,"我们本来打算立即回去求援的,但不幸的是,在接近欢乐谷星时,那艘飞船的导航系统又出了点儿问题。"他双手一摊,"和我在同一艘船上的人都不幸遇难了,活下来的只有我一个。"

噢,我想你也听说过,有些人总是声称,他们能直接从别人的眼睛里看出谎言的迹象。而直到那一刻,我才意识到这种说法所言非虚:当阿兰·林说出这几句话时,我从他的眼睛里看到了一丝犹疑的神色。虽然没有任何别的证据,但我确信他并没有对杰克说实话——至少是掩盖了某些东西。

"这真是太可怕了。"杰克说道,"我不太清楚我是怎么到这儿来的,我只记得……呃,反正当我知道我到了哪儿时,逃生舱已经在这附近的一座山丘上降落了。我在那儿等了两天,想要联系上其他人,却一无所获。于是我只好到这座城里来碰碰运气,希望能找到几个本地人。"

"但你什么人都没能找到,对吧?"

"不,这里有人。"赏金使节摇了摇头,"这一年以来,这里的人一直送吃的给我,所以我才能活到现在。"

"有人?!他们有多少?在哪儿?!"

"我……我也不是很清楚,先生。"杰克畏缩了一下,"他们从来都不出来和我见面——自从我来到这地方之后,他们就会把包装好的加工食物和瓶装水放在暗处,每天我在散步的时候都能捡到,如果我生了病,他们还会送药给我。但无论我采取什么手段,都一直没法找到那些送食物的人。一次,我故意哪儿也不去,在原地等了两天两夜,结果什么都没看到;而当我开始犯困打盹儿时,食物包就又出现在了我的脚下。"

"看来这确实是一些……有趣的朋友。"尽管历史学家的语气并没有变化,但他目光中的惊骇已经悄无声息地消失了,取而代之的是一种混合着兴奋与期望的神色——这是胜利在望的神色,"那么,你能不能告诉我,在这些朋友开始送食物给你之前,你还遇到了什么事?"

邋遢不堪的赏金使节下意识地眯缝起了眼睛,努力地回忆着。"我想没……哦不,确实发生了一件事。就在我的逃生舱落到地面之后不久,我在那边的山坡上被袭击了。"他挽起一只已经毛了边的袖子,露出一条从腕关节下方一直延伸到手肘附近的疤痕,"有个东西把我的半条胳膊都割开了,我一开始以为是某种虫子,但是……嗯……"他停顿了一会儿,试图在脑子里找出合适的词汇描述自己当时的所见所闻,"那……那是个人工制品,绝不是什么生物。它就像……就像……对了!就像今天跟着那些士兵追过来的那些东西一样!不过,那种东西只袭击了我一次,然后就销声匿迹了。在那之后,我没有在这里遇上任何麻烦。"

"很好,杰克,谢谢你!"阿兰·林已经不再试图掩饰欣喜的神色了,"看来,一切都和我意料之中的一样!当我们结束在这里的工作后,你将会成为这个世纪最伟大的人物——而你的血脉将成为我们走向光荣的关键!"

"真……真的吗,教授?"矮小的赏金使节受宠若惊地后退了一步,"那我们什么时候……呃……"

"我们的工作很快就可以开始。"阿兰·林阴森地笑了笑,"不过在那之前,必须先摆脱某些累赘才行……"

7

　　许多当兵的都自称拥有第六感——喏，在维和部队中流传的各种各样的小故事里，你都不难找到这样的桥段：某个人靠着"冥冥之中的指引"或者"不祥的预感"，躲过了来自黑暗中的一把匕首、一根勒颈绳或者别的什么显然无益于身体健康的东西，然后打翻坏蛋反败为胜。在很长一段时间里，我对这类说法一直抱着将信将疑的态度，直到那个夜晚，一阵穿透脊背的莫名凉意让我下意识地扭过头去为止。

　　如果我当时的反应再迟上哪怕一秒钟，阿兰·林高高举起的那根撬棍就会落在我的后脑勺上，把我的半截颅骨连同里面的脑组织像西瓜瓤一样直接敲出来——值得庆幸的是，我的左臂替我承受了这一击。我先是听到了骨骼碎裂的清脆响声，又过了好一阵子，疼痛才像导火索上的火苗般沿着神经一路烧向我的大脑。

　　在大量分泌的肾上腺素作用下，我强忍疼痛屈起一条腿，用膝盖重重地顶向对方的胸口下方。这一下的准头实在是差强人意，没有击中小腹神经丛的位置，却给了我摆脱他的机会：趁着历史学家闷哼着倒向一旁的当儿，我一个鲤鱼打挺直起上半身，一记掌刀随即准确地落在他的喉结上——结果险些把我自个儿的掌骨给打碎。这诡计多端的混球居然在脖子上戴了护具!

阿兰·林露出一丝轻蔑的笑容,以职业杀手般的熟练手法再一次举起了撬棍——说实话,虽然他似乎很擅长使这家伙,但在这么近的距离用这种腾挪不便的玩意儿砸人仍然相当失策。在他来得及把那东西举过头顶之前,我已经伸出还能动弹的右手紧紧抓住撬棍的另一头,同时用左臂的肘关节砸在了他的鼻梁上。阿兰·林的笑容顿时像喷灯下的黄油一样融化了,但他的双手仍然死死地抓着撬棒不放,在片刻的角力后,我们两人纠缠着摔倒在一尘不染的雪白色地面上。

许多人都有种不切实际的想法,认为历史学家这种依靠故纸堆维生的生物在身体素质上基本可以和稻草人画等号。但那天的经历却结结实实地给我上了一课:阿兰·林比大多数普通人都更强壮、更敏捷,我在只有一只手能动的情况下——而且这只手掌还疼得像是刚被轧路机碾过似的——要在贴身搏斗中压倒他可不是什么容易的事。我们在地面上互相殴击着、翻滚着,在短暂地占据上风的片刻,我下意识地朝着杰克的方向瞥了一眼——那里只剩下了他一个人,以及一台悬浮在空中的移动式全息投影仪! 枉我平日自诩精明,到头来却栽在了这么个简单的花招上。

哦,顺带说一下,被这个花招欺骗的人可不止我一个:那个叫杰克的赏金使节显然也对这突如其来的变化感到大惑不解。"教授! 教授?"他不知所措地朝着我们的方向走了几步,又停了下来,"这是怎么回事?"

"帮我干掉这家伙,朋友! 他是邦联的人!"阿兰·林狠命地将撬棒压住我的胸口,想让我窒息,但我用额头猛地撞在了他的鼻梁上,随之而来的疼痛让我们短暂地分了开来。我下意识地想抢在他之前起身,但这老恶棍却一把抱住了我的膝盖,险些害得我在一堵墙上撞碎脑袋。"他们会抢走这里的一切,然后把我们都干掉!不能让他得逞!"

"我……呃……"杰克抓挠着自己的满头乱发,却没有上前助阵的意思——我突然后知后觉地意识到,这名前赏金使节其实像我一样,对阿兰·林所谓的"一切"并没有什么清晰的概念,也不清楚这里到底发生了什么事。但话说回来,既然就连他也不清楚阿兰·林打算做些什么,那这个该死的历史学家又为什么拿定了主意非得干掉我?难道他认定我发现了某些不能宣之于众的秘密?又或者他正准备做些邦联法律所禁止的——

唔,我想你应该也知道,在千钧一发的贴身搏斗中,动脑子可不是什么正确的做法——在这种时刻,唯一值得信任的只有自己的神经与肌肉。而比动脑子更愚蠢的行径就是胡思乱想了:还没等我来得及想出个所以然,阿兰·林已经撒手丢下铁棍,用一记漂亮的直拳命中了我的下巴,同时趁机从我腰间的枪套里拔出了手枪。

"好了,伙计。"他用膝盖压住我的腹部,将枪口指向了我的脑门,"看在你们陪我走到这儿的份上,也许我该说——"

"你最好什么都别说!"我猛地挥出已经不听使唤的左臂,想要把那支枪从他手里打掉——当然,这次的准头还是差了一点。一发高温等离子弹堪堪擦着我的眉梢飞过,烧焦了我的半侧头发,随后就钻进了正不知所措地看着我们的杰克的眉心,让他的脑袋像一只吹过头的气球一样骤然炸裂开来。

一阵令人直起鸡皮疙瘩的嗡嗡声随即从周遭的黑暗中传来。

阿兰·林瘫倒在地，像电影里那些走投无路的怯懦恶棍一样瑟瑟发抖地缩成一团，发出一声比一声更凄惨的哀号。

"这是——"在看到从黑暗中涌出的东西的一刹那，我只觉得自己的五脏六腑仿佛都在转瞬间被液氮给牢牢地冻在了一块儿：从深沉的夜幕中涌出的东西不是别的，正是那些在今天早些时候曾经干掉了我三分之二的手下，然后又一路追杀我们到这里的"莫比乌斯带"！从营区的方向传来了几声零星的枪响，几道光束骤然射入天空，然后又在眨眼间熄灭了。我没有听到求救的声音或者濒死的惨叫——当然，这并不奇怪，这些鬼东西相当擅长在攻击开始后的第一时间切断受害者的喉咙。

我现在只希望它们对我也这么做。

灰白色的雾气像一块不断发出蜂鸣声的裹尸布，将我包裹在一片冰冷的痛楚之中。不，痛苦本身并不强烈，这些东西锋锐的边缘在切开肌肤时几乎无法被感知到。但人类与生俱来的生物本能却使我对鲜血的热度与滋味极度敏感。恐惧彻底俘获了我，使我无法自控地开始哭喊、尖叫。

接着，我的尖叫停止了。

随着令人胆寒的嗡嗡声渐渐从身侧离去，我突然意识到了一个事实：我还活着！我条件反射般地将一只手按在胸口左侧，感受着胸腔中的心跳——这一切看上去实在是太不可置信了，但它确实是真的。

"好了，先生，请站起来。"还没等我来得及消化完充溢在脑海中的纯粹幸福感，阿兰·林的声音已经传进了我的耳朵。就像我一样，这位野鸡历史学家看上去活像是刚在处女鲜血里泡过澡的伊丽莎白女伯爵，全身血淋淋的，但那些骇人的伤口并没有触及大动脉或者别的要害部位，而更重要的是，这家伙正拿着我的手枪。"看来，命运永远都是如此地具有……幽默感。我刚才还以为已经失去了这次千载难逢的机会，但很显然，我注定将在今天得到我命中注定将会获得的东西。"

"什么?!"

"你还不明白吗？它们放过了你!"阿兰·林的表情看上去活像是刚刚找到了四十大盗山洞的阿里巴巴，"它们攻击了你，但却立即认出了你到底是谁——以及你所拥有的天赋权利! 你知道这意味着什么吗?"

我下意识地想说"不知道"，但几天前在那座装潢华丽的空间站里所见到的一切适时地出现在了我的眼前。"你的意思是……可我……"

"我当然没说你是个真正的地球人。"历史学家说道，"如果我没记错，你出生在欢乐谷星，对不对？ 杰克也生在那儿。是的，这就能说得通了——在邦联的所有成员国里，欢乐谷星在殖民前的环境数据与地球的相似度可以排到第二位，它有着和地球差不多的重力、生物化学特性、气候条件与大气压力……换句话说，可能导致适应性突变的因素在那里远少于绝大多数邦联成员国。我相信，这正是像你这样的极个别人仍然能被'神仆'识别为它所认定的真正的现代智人的缘故。在这里，你是它的主人。受它指挥的那些无心智的保卫者会在确保你安全的前提下对你这样的人敬而远之，除此之外，'神仆'也会保证你的基本生存所需——哪怕你根本不清楚该怎么对它发号施令。"

我花了一点儿时间才理解了他话中的意思："那么，这就是之所以你的朋友能在这里生存整整一年的缘故了。你从一开始就知道他还活着?"

"哦，那是当然的——在确定这一点后，我可是做了足足大半年的准备工作呢……"阿兰·林露出了自得的笑容,"在我们的团队偶然从一座古代太空站的残余数据中发现前往人类文明故乡的航道坐标之后,我就竭尽全力调查了目前所存留的一切与地球有关的记载——事实上,那些记载所包含的信息比我想象中的还要多得多!尽管地球人在选择与他们的同胞隔绝之前刻意隐瞒了许多东西,但剩下的仍然足以让我完成自己的推论:真正让他们最终决定走向孤立的并不是歧视、外交分歧或者其他原因,而是'神仆'的建立。"

"神仆?!"

"哦,没错,就是那个派出整支防御舰队攻击我们的家伙。"野鸡历史学家龇着那对硕大的龅牙,死死地盯着我的眼睛,就像一头盯着死尸的秃鹫,"不,它不是什么人工智能,它只是一个只读程序——拥有近乎无穷的算力,威力无比的只读程序,一个拥有巨型大脑的白痴。如果我没弄错的话,它所拥有的算力很可能数千倍于邦联目前所拥有的全部算力之和,为了获得这样的算力,它的创造者甚至不惜冒险启用了重力场扭曲技术,将养育他们千万年的恒星变成了黑洞!

"你不明白,对吧?其实即便是我,甚至那些专业物理学家,也并不真正理解大崩溃前的地球科技——当时的地球人认为,在黑洞视界绝对意义上的'表面',光子可能存在介于逃逸与无从逃逸之间的第三态,一种似乎不符合逻辑却真实存在的状态。按照他们的说法,处于这种存在状态的物质是'将无限延展的时间压缩在了无穷小的瞬间',换言之,只要有相应的技术手段,算力可以依靠这种方式提升到理论上无限大的程度——当然,现在的人压根儿就没这个本事,而他们却做到了。不仅如此,那些家伙还用气态巨行星替自己造出了一颗袖珍版的太阳,然后把太阳系剩下的边角料都改造成了'神仆'的硬件，也就是把地球和外界隔绝开来的那玩意儿。"

"你是说，过去的地球人花了这么大力气，就为了制造出一个没脑子的——"我问。

"这就是事实——无比讽刺的事实。尽管最后一批获准拜访地球的人仅仅留下了为数不多的记载，能够存留到现在的更是少之又少，却足以让我推测出这一切的来龙去脉：毋庸置疑，古代地球人最初建造'神仆'系统的目的是为了摆脱他们所遇到的困境——只要你有技术，算力就能持续发展，但相应的算法却不一定能跟得上，这是人类思维能力的局限所注定的。打破这一瓶颈的办法只有两个：要么创造出全新的人类，要么允许算法有能力自行设计全新且更复杂的算法。"历史学家深吸了一口气，"一开始，地球人选择了第二条路，却在即将成功的最后一刻反悔了：因为他们终于意识到，一旦'神仆'获得了完全的自主意识与独立思考的能力，那么它的智慧——这和纯粹的计算能力可不是一回事——必然会远远超出他们所能达到的极限。自己的造物比自己还要聪明，我相信，正是这一事实让那些胆怯的家伙感到了恐惧。

"没人知道地球在与其他殖民世界断绝联系后发生的事，也许这儿爆发了内战或者革命，也许发生了不可抗的灾难，也许那些人全部秘密移居到某颗我们不知道的行星上去了——千年的时光可以磨灭许多东西。"阿兰·林答道，"但我能够确认的是：首先，地球上已经没有人类活动；其次，'神仆'系统目前仍然处于只读模式下，它的创造者到最后都没有让它再朝前迈出一步——当然，这样倒也不错。作为征服者，我不需要战利品拥有头脑，只需要它们能在最大限度上满足我的利益就行了。"

「征服者？！」我哼了一声，「你以为你是谁？！」

「我认为我是一个已经将千百个世界的命运握入手中的人！」野鸡历史学家终于毫无顾忌地笑了起来，「哈！你难道忘记了摧毁你们那支可怜的小舰队的强大力量吗？而那不过是过去地球佬们留下的遗产中微不足道的一小撮而已！而控制它们的关键已经近在咫尺！不，我现在已经不是一般的强者了——从某种意义上说，我就是自己的神，我的世界的神！你也许不知道，在那些地球人造出的新太阳周围，就环绕着数以百计的巨型加工厂，可以直接用恒星物质造出他们能够想象得到的一切产物！只要将这一切纳入掌中，我就能拥有一切！我可以为自己创造出一个符合我心意的世界，也可以直接夺取并改造整个银河，只要我乐意！」

「但我不乐意。」我耸了耸肩，「请告诉我，我凭什么要把这些东西交给你？」

「有两个原因。」历史学家皱了皱眉毛，「第一，枪在我的手里；第二，你现在正在我的枪的射程范围之内。因此我相信，你会照我说的做。」

「真是雄辩啊。」我只来得及嘟哝了这么一句，一束液体般的强烈流光已经在我身畔的空气中成型，像吞没昆虫的树脂一样将我整个儿地包裹了起来。一道难以言喻的寒意就像注射器的针头般粗暴地扎进我的意识，而从其中流出的则是……

活见鬼，我也不知道那是什么——你可以称它为毫无感情的记忆，或者有着某种自主逻辑的资料，或者一个直接探入意识核心的操作界面，但这些说法都只能描摹出它的某个微不足道的侧面。我能够确定的仅仅是，它是应我的召唤而来的，因为我拥有这个权利，而且我想到了它，就这么简单。

只要想想就可以。

"别打其他主意,中尉。"历史学家仍然举着我的手枪,"你知道,为保险起见,'神仆'只接受确切无疑的语音或者文字命令,任何命令在生效前都必须被清晰地说出来——当然,别担心,我相信在经过如此多的……互动之后,它的词库与翻译系统现在已经可以兼容邦联标准语,但我希望你只下达一道命令,一道确切无疑的命令。否则——"

我笑了。从理论上讲,阿兰·林说得一点没错,但不幸的是,他的结论实在是错得离谱——他从来没机会查阅"神仆"海量的记忆库和逻辑系统,也不知道自己到底犯下了多大的错误。在先前的几千纳秒时间里,我已经"阅读"了比任何一个历史学家十辈子的阅读量都大的历史资料,我完全了解了——至少从"神仆"那机械逻辑式的视角了解了——这里的过去与现在。我得知了它的主人们的最终去向,以及它做出这一决定的整个逻辑流程,而且我也意识到,虽然我在感情上有些难以接受,但它的逻辑的确无法反驳。

总而言之,我在这一刻确认了一件事:阿兰·林的计划是毫无意义的。

"'神仆'。"我清了清嗓子,"以下就是我的命令:我希望你按照对待主人的方式对待阿兰·林先生。"

8

"后来呢?"记者有些心不在焉地摆弄着桌上的杯子,杯中之物早已凉透,但他到现在还一口没碰,"他还活着吗?"

"我对这一点十分确定。"老人点了点头,"'神仆'会确保每一个受它保护的人生存下去,正如它会确保任何被它界定为非现代智人的倒霉家伙都会被轰成灰烬、削成碎片或者碾成粉末一样。阿兰·林现在活得很好,而且肯定比我更加年轻。"

"我想也是。"记者点了点头,"那你有没有搞清楚,'神仆'的创造者们到底去了哪儿?"

"去了哪儿? 他们什么地方都没去。"老人的嘴角抽动了一下,露出一个似乎是微笑的表情,"我不是告诉过你了吗? 在与'神仆'系统接触时,我阅读了——或者更准确地说,我的脑子里被塞进了——它的海量逻辑记忆,其中就包括地球居民的最终去向。而这让我意识到,让阿兰·林得到与他们相同的对待并没有什么不妥。

"是的,阿兰·林的推测并没有错:'神仆'的创造者们对他们的造物感到了恐惧。当然,他们确实有理由感到恐惧,毕竟,'神仆'甚至已经无法被归类为一般意义上的'强人工智能',后者仅

281

仅是通过模仿真正的人类构建了自我意识,并在某一个或者几个领域具备超越常人的能力,但'神仆'所拥有的却远远不止这些。我可以确信的是,一旦它被启动,我们不但无法对抗或者控制它,甚至就连理解它的动机和逻辑都很快会变得不再可能,就像水母无法理解我们一样。也许只需要几千纳秒的进化,它就能达到我们无从预测的程度,一切由我们设计的防范措施对它而言都不过是纸糊的屏障——正如水母无法限制我们的行为一样。"老人看了一眼已经空空如也的杯子,"地球人最终也意识到了这一点,而他们选择了最谨慎,风险也最小的选项。"

"这你刚才已经告诉过我了。"记者耸了耸肩,"但你还没有回答我的问题。"

"的确。"老人答道,"要知道,'神仆'的创造者们做出选择的过程十分艰难——毕竟,他们冒了人类历史上从未有过的巨大风险,付出的巨大代价几乎毁掉了整个经济体系,有相当大一部分人对于一无所获的结果很不满意。就在第一邦联走向瓦解的那两个世纪里,地球上的人们先是经历了不满、迷惘与动乱,接着又陷入了享乐主义的深渊,毕竟,'神仆'所拥有的纯运算能力是人类历史上前所未有的,有了如此巨量的运算能力,任何人都可以轻而易举地享受到一切人类所能想象到的最纯粹的乐趣——只需要动动念头就可以了。就这样,数以亿计的人逐渐放任自己沉入了由他们的造物所提供的永乐天国之中,将现世远远地抛在脑后。当这种情况发展到极端时,'神仆'的逻辑使得它意识到,地球上的人已经让自己陷入了彻底的停滞,但受到重重束缚,不能在真正意义上进行思考的它却无力解决这一问题。于是,'神仆'也像它的创造者们一样,选择了理论上风险最小的做法——它启动了一套时间翘曲系统,为那些陷入死胡同而无法自拔的主人按下了暂停键,然后等待有能力做出决定的人来解决这个问题。哦,当然,林先生现在也已经加入了他们的行列,但他肯定不会感觉到这一点——他现在正躺在'神仆'的主人们建立的地下城市里,在由他的'战利品'维持的时间停滞状态下慢慢休息,就像那些失踪的地球居民那样。如果可能,他可以就这么躺上几十或者几百个世纪,但这并不违反'神仆'的逻辑。"

"暂停……好吧。"记者长呼一口气,下意识地瞥了一眼包间墙壁上挂着的仿古挂钟,"那你到底做了什么决定?"

"我选择了风险最小的方案:继续把问题拖延下去。"老人似乎注意到了对方目光的片刻游移,却并没有说什么,"当然,这对阿兰·林教授而言可能有点不公平,因为当他从时间翘曲系统造成的时间凝滞中返回现实时,多半会发现除了博物馆根本没地方可去——不过话说回来,这倒也可以帮他躲过邦联法庭的起诉。"他沉默了片刻,随后接着说道,"也许有些人会认为我这么做是出于慎重,而另一些人则会斥责我的胆怯与懦弱,但如果再面临同样的情况,我还是会这么做:毕竟,我就像绝大多数人一样害怕未知与无法预测的改变。我这辈子最大的愿望仅仅是守着我的奥菲莉亚,安安生生地过日子——事实上,发生在地球上的事恰好给了我一个这样的机会。

"喏,我想你应该已经把接下来的事猜得八九不离十了吧?在妥善处理了善后事宜之后,我让'神仆'替我修好了穿梭机,然后离开了地球。虽然我在向维和部队司令部提交的报告里并没有说出所有事实,但邦联的做法仍然不出我的意料:他们把这整件事都深深地藏进了他们所能找到的法定保密年限最长的绝密档案堆里,同时把小行星带以内的太阳系空间列为管制区域

——当然,对外的说法是在那儿发现了古代遗留的烈性生物武器污染。作为付给我的封口费,他们为奥菲莉亚的团队提供了花不完的研究资金,而我则回到大学修完了历史学博士的课程,然后成了她团队中的一员。在那之后的几十年里,我一直依照诺言保守着那些秘密。"老人有些出神地看着假窗户上循环播放的田野录像,"对任何像奥菲莉亚这样的人而言,这都绝对是美好的一生,不是吗?"

"没错。"记者说道,"但你现在却决定把这一切说出来了。"

"既然奥菲莉亚已经在两年前……离开了我,那我对邦联许下的诺言自然也不再那么有约束力了。"老人面色平静地说道,"哦,也许有些人仍然会把这视为一种背信的举动,但像我这样半截入土的老头子通常是不那么在乎别人的看法的——我的时日已经所剩无几,而伊吉丽亚是个好地方。我花了半辈子与奥菲莉亚一起研究关于地球的一切,就我们所知,在整条银河旋臂中,你都找不到比这儿更像地球的地方了。"

"你是说……等一下,你不是已经买了下一班——"

"对,但我在买票时耍了点小小的手段。"老人抬起一只手,"那张票不是用我的名字买的。"

"那……"记者突然露出了恍然大悟的神情,"你的意思是……为什么?"

"因为我一直相信,没有任何事应当被永远拖延下去。"老人答道,"逃避并非解决之道——尤其是在牵涉到近百亿人的未来时。也许你在前几天才第一次与我谈话,但我早在更久以前就已经认识你了:如果我的研究没错,你就像我一样拥有能够被'神仆'认可的血统,却比我更适合在这类问题面前作出判断与决定。"他停顿了片刻,"当然,我的评估也可能出错,如果你不愿意被卷进这件与你无关的事情之中，不愿为那些与你不相干的人所造成的后果做一个了断，那么你将永远不会再见到我。没有人会强迫你做出任何决定。"

　　"也许……好吧。"记者又看了一眼那只挂钟，若有所思地点了点头，"请允许我考虑几分钟，就几分钟。"

9

两千秒钟后,有人看到一个其貌不扬的男子登上了离开伊吉丽亚太空港的定期飞船"奥兰开拓者号"。这个男人随身只带着一小包行李,看上去行色匆匆,但没有任何人注意他从何而来,也没有人关心他到底去了哪里。

塔斯马尼亚的"屠夫"

邮件类型:L-1/常规邮件(录音文件)

密级:0

发件人:拉里·吴,司法部 A-3190 拘留中心

收件人:邦联司法救济暨特赦委员会

诸位尊敬的委员:

我相信,在收到这封邮件之前,诸位已经对我的案件——我注意到,邦联广播网和其他类似的媒体本着他们一以贯之的"客里空"式优良作风,已经擅自替我起了"新塔斯马尼亚的屠夫"这么个绰号——有了相当程度的了解。

按照那份在第一次开庭时宣读的起诉书上的说法,我之所以面临超过半个世纪的刑期,完全是因为我在那颗被命名为"新塔斯马尼亚"的行星上犯下的"具有强烈主观故意的种族灭绝行为",而且就我所知,起诉书中的叙述是真实的。

但我不认为我有罪。

没错,我承认以下事实的真实性:首先,我曾经是"维图斯·白令"勘探队中的医官兼生物学家,我们所在的那支特许勘探队——人们现在管这种行当叫"赏金使节"了——确实出于获取邦联政府的奖金的目的,而进行了一次前往旧邦联边缘殖民区的勘探航行。我们也确实抵达了一颗在第一邦联时代被命名为"新塔斯马尼亚"且仍有人类居住的类地行星,我和同事们——愿他们的灵魂安息——的确曾经登上过这颗行星表面,并与当地人有过一段时间的接触与交流。噢,当然,我并不否认,我们和当地人的交流远远谈不上愉快。最后,我也承认以下描述的真实性:在离开新塔斯马尼亚的地表后,我确实在"维图斯·白令号"的自动化生化实验室里做了些事情,而这些事情所导致的结果就是——当我在一百二十一个标准年后醒来时,新塔斯马尼亚星上已经少了一个种族……

是的,我承认以上情况的真实性——控方在过去三个星期中每次开庭时,都会翻来覆去地让我把这些活见鬼的事实承认上至少一遍,这已经让我彻底反胃了。但我必须说明,以上事实远远无法说明我犯有任何形式的种族灭绝罪、种族歧视罪和仇恨罪——除非诸位愿意对你们信仰的神灵真诚地发誓,声称你们打心眼里相信歧视与仇恨竟然能促使像我这样的一个人渣去拯救几十万人的性命!

我是在新历102年1月22日——也就是足足一百二十一年零十个半月之前——头一次看到新塔斯马尼亚的。

就我所知,全邦联境内也只有不到五十万个自然人出生在那一天之前。当时,第二邦联才刚刚摆脱旧邦联瓦解后漫长的衰败与动荡所留下的阴影,并开始将触角伸出由欢乐谷星、新地球、伊加利亚与新亚特兰蒂斯所组成的核心世界,追寻着旧日荣光,再次走向银河。

在我出发前两年零一个月十九天,邦联议会刚刚颁布了《特许勘探法案》,允许具备条件的私人组织领取邦联外交部的授权证书,自行勘探和搜寻那些在大崩溃中遭到孤立的古代殖民区,并劝说它们重新加入邦联。"维图斯·白令号"的船主奥博洛莫夫先生正是第一批申请证书的人之一。我没有记错的话,我们是取得注册资格的第八或者第九支特许勘探队,而我也是这支队伍的创始人之一。

在那段草创的年月里,第一批赏金使节通常都会把注意力集中在那些在旧邦联文献和导航图中明确标明了的古代殖民区上——一方面是因为那时的孤立殖民区远比现在要多,另一方面也是为了规避风险。不过,奥博洛莫夫却和其他同行有那么点儿……不同。在多如牛毛的旧邦联殖民区中,他挑中了新塔斯马尼亚,一个偏远且默默无闻的海洋行星。

"万事开头难,伙计们。"奥博洛莫夫在解释自己的决定时说道,"我们的人员和实力都很有限,所以我认为一开始就去和那些可能还拥有一支近太空防御舰队的孤立殖民区打交道是……不太妥当的。"当然,还有一个原因他并没有说出来:从我们手头那点儿少得可怜的旧邦联材料推测,新塔斯马尼亚很可能已经像成百上千个缺乏工农业基础的单一经济殖民区一样,变成了无人区。而按照合约,一旦发现的行星被确定为无人行星,拥有优先发现权的勘探者就可以永久性地从当地的土地溢价中分红,而且……

呃,好吧,我有些离题了,让我们回到正题上来。

总而言之,在前往我们的目的地之前,奥博洛莫夫犯了一个——不,应该是两个——巨大的错误!首先,新塔斯马尼亚仍然有人居住;第二,造访那些退化到只能用木棍和石头打仗的孤立殖民区其实也并不比造访有能力建造一支近太空防御舰队的星球安全到哪里去。没错,这一明智的认识在很久以前就已经成为赏金使节这个行当中的常识。但不幸的是,在我们那个年代,现在所谓的"很久以前"还是遥远的未来呢……更何况,我们那时一心巴望着能找到一颗风光秀丽、价值可观却空无一人的星球,压根儿就没有把某些不愉快的可能性放在需要考虑的问题清单中。

当然,我们当时抱着这种想法确实也有几分道理:从某个角度上讲,新塔斯马尼亚星几乎可以说是古地球的完美翻版——它有着基本与古地球相等的重力、大气密度、大气成分、生物圈构成,还有着一颗直径介于谷神星与月球之间的卫星,甚至连它绕转的恒星类型也都一模一样。唯一的区别在于,这颗行星内部的放射性重元素储量早已在漫长的衰变中消耗殆尽,失去能源的软流圈也凝固已久。没有了板块漂移带来的造山运动,这颗行星的表面不可避免地在持续数亿年的风化过程中被逐渐磨平、抛光,最后变成一颗彻头彻尾的海洋行星,只有成千上万的岛屿星罗棋布地散落在其表面。除了早已失去开采价值的石油,这颗美丽的行星上没有值得一提的矿产,也缺乏可供开垦的土地。在第一邦联时代,它的支柱产业是旅游业——众所周知,在大崩溃降临后,大多数纯粹的旅游业行星上的居民要么趁着还能走的时候逃到了那些可以自给自足的星球,要么就在漫长的孤立中因为缺乏生产能力与人口基数不足而逐渐走向了灭亡。

但新塔斯马尼亚却是个例外。

没错,就像那些见鬼的媒体已经在他们对本案的报道中无数次重复过的那样,当我们抵达新塔斯马尼亚时,这颗行星上超过十分之一的岛屿已经被早期殖民者的后裔占据了。他们就像古地球的波利尼西亚人一样,驾着巨大的双体独木舟离开最初定居的几座大岛——包括那座外形和面积都与古地球的塔斯马尼亚岛相仿的大岛,这颗行星的名字就是这么来的——沿着一条又一条岛链——它们曾是这颗行星上的山脉——不断地扩张。他们在稀薄的风化土壤中种植芋头,用磨碎的海鱼和一种类似西米的植物淀粉喂养猪群,用火山岩打磨成的斧头砍伐丛林。

"这应该不会是个困难的活儿。"当仿生侦察无人机将图像传回"维图斯·白令号"后,奥博洛莫夫虽然像其他人一样懊恼,但他还是拍着胸口向大伙儿信誓旦旦地保证,"这些人不过是群蛮子而已。"他一边说,一边做了个夸张的毛利战舞动作,"一群蛮子!伙计们,我敢说,只要我们的穿梭机一落地,那些蠢蛋儿就会把我们当神仙膜拜的。下个月的这时候,咱们伟大而光荣的邦联就会多出一个新成员,而我们也就能到外交部领取奖金了。你们说,对吧?"

不幸的是,这是他,也是我们犯下的最后一个错误。

在抵达新塔斯马尼亚轨道的第二天,"维图斯·白令号"勘探队的全体人员——总共一打人,除了奥博洛莫夫,所有人都是来自古地球东亚的移民后裔——就乘着那架摇摇晃晃、破破烂烂的老式穿梭机降到了这颗行星的表面,落在一座相当于古地球萨摩亚岛大小的岛屿上。喏,我知道现在的赏金使节可不会这么做了:成百上千次教训已经把"谨慎"这个词牢牢地烙在了他们大脑皮层最深的犄角旮旯里。在踏上一颗行星之前,他们会让高薪聘请的社会学家、生物学家和人类学家花上几百个小时进行全方位的研究和观察,然后再进行专门的风险评估。但在那时候,我们压根儿就不知道该做这些。

老奥博洛莫夫倒是有点儿经验,他在衣兜里揣了一把袖珍型爆能枪以防万一,但当那些围在穿梭机旁,用赭石粉和鲜花把自己打扮得花里胡哨的当地女人朝着他露出微笑时,这老家伙多半就已经把口袋里藏着枪的事儿忘到银心大黑洞的视界里去了。

一开始,一切似乎都与奥博洛莫夫的猜测没什么两样:本地人确实是一群货真价实的蛮子。他们居住在用一种本地产的大型蕨类植物的茎秆搭成的维京式长屋里,浑身用靛青色染料画着稀奇古怪的图案,最先进的科技产品无非是一种用天然橡胶烤制而成,隔着一张网用两只硕大的木头拍子打来打去的小球。当我们试探性地用第一邦联时代的旧标准语向当地人问起关于工业、星际旅行和计算机之类的问题时,得到的只是一连串摇头和几段荒诞不经的故事——当然,那些比较文化学家倒是有可能把这些故事视若珍宝。

虽然本地人的生活条件并不怎么令人羡慕,但我们遇到的大多数人仍然显得健壮而美丽,而且留着一头蜷曲的淡棕色短发,看上去活脱脱就是十八世纪启蒙哲学家笔下"高贵的野蛮人"的翻版。唯一美中不足的是,这些人的舌头顶端长着两块分叉的肉芽,看上去活像是蛇或者蜥蜴的信子……不过,在那些长期与世隔绝的边缘行星殖民地,这样的微小变异相当常见,完全不足为怪。

我注意到,在看到我们的黑色头发时,一些人的眼睛里露出了混合着惧怕与恼怒的神色。不幸的是,尽管注意到了这些异常,但我们仅仅将其当成了与陌生人首次接触时的惊讶,并没有太过留意——当然,这也是因为岛民们的首领随即宣布,他将会为我们这些"尊贵的客人"准备一次永生难忘的欢迎宴会。

在那场让我终生难忘的宴席上,勘探队里的每一个人都至少得到了半打年轻女孩儿的服侍,一桶又一桶的木薯啤酒被送进了村里的公共长屋,然后和本地产的芋头饼一块儿进了我们的肚子。这座岛上的重要人物轮流捧着用雪花石雕成的大酒杯走到我的同事面前,献上大段大段的夸赞与吹捧,作为我们的佐酒佳肴。

没过多久,我的同伴们就已经一个个醉得不省人事,活像是一群吸饱了花蜜,再也挪不动六条细腿儿的蚜虫。

接着,宴会的主人们亮出了斧子。

接下来发生的事血腥而残酷,我的那些神志不清的同伴甚至不清楚到底发生了什么,就已经被锋利的燧石斧刃切断了气管、砍穿了脊椎……

由于酒精的作用,我无法清晰地回忆起我在那时到底做了什么。但可以肯定的是,我尝试着逃回穿梭机,而且成功了——尽管带上了一身的伤口。

值得庆幸的是,我曾经参加过穿梭机的驾驶培训课程,这使得我至少能返回"维图斯·白令号",并在医务室里处理好伤口。但是,我既不知道该如何驾驶飞船,也从未学过任何与超空间通信有关的课程。船上的那台大功率无线电倒是能用,但它发出的信号即便能传到最近的殖民地,也是一个世纪之后的事了。我很清楚,在这种情况下,我事实上只有一个选择:发出求救信号,启动船上的冬眠箱,然后祈祷为这玩意儿提供能源的反应堆能够支撑到救援人员抵达的那一天。

但我并没有这么做——至少,我没有立刻这么做。

一个星期后,我驾驶着穿梭机又一次来到了发生血案的岛屿上空。但这一回,透过高分辨率摄像机镜头传来的图像,我只看到一片冒烟的废墟。哦,不,除了废墟,岛上还有别的东西:几艘有着半月形细长风帆的双体船停靠在被海浪与风切削得支离破碎的岩石海岸边,一大群拿着战棍、斧头和燧石尖短矛的人用房屋的残骸为自己燃起了营火,这些人的体格和面貌特征看上去都和岛上的居民颇为类似,唯一能将他们区分开来的是那一头黑色的直长发。村里的女人和小孩被像牲口一样赶上了入侵者的船只,而男人……我没看到任何一个有着蜷曲棕发的成年男子,但在篝火上熏烤着的几大块肉的形状却让我的胃仿佛被榔头击中般猛地收缩了起来!

遗憾的是,我在匆忙中没能留下相关的影像资料,否则那些整天在拘留中心外举着高音喇叭痛斥我这个"屠夫"的种族多元主义者,倒是有机会开开眼界了。

在接下来的三个月里,类似的情况又发生了三次——四座岛屿遭到了野蛮的入侵,所有成年男性都变成了熏肉,女性和小孩则被掳走,而入侵者全都来自那几座位于新塔斯马尼亚赤道上的大岛。

在整整一年之后,我才弄清楚了这种残暴行为的动机。

我相信,诸位应该已经通过新闻报道了解一部分我接下来要陈述的事实,但不幸的是,媒体对事实中的另一部分却采取了令人遗憾的忽略态度——哪怕我在庭审时三番五次地强调过它们。

众所周知,新塔斯马尼亚的移民大多来自旧地球的东南亚,但在陷入孤立状态后,由于地理环境所造成的隔离,这些拥有相同祖先的人却分化成了两个种族——尽管看上去相差无几。但是因为一次偶然的基因变异,一小部分较早从主岛迁离的移民拥有了蜷曲的淡棕色头发和分叉的舌尖,而在他们那些"正常"的亲戚眼里,这些特征却是巫术与邪恶黑魔法的象征。因此,一旦遇上这样的"怪人",他们都必定除之而后快。

为了一点点无伤大雅的身体差异就大开杀戒,这听上去很荒谬,对不对?但说到底,这其实一点儿都不奇怪——当人们意识到自己生活的社会有多么混乱黑暗、愚蠢可笑、虚伪无耻时,相对于自我反省,找出一个"亡我之心不死"的替罪羊,显然是更诱人的解决之道。既然我们的祖先可以让外邦人、异教徒、女巫,乃至某些传说中的神秘组织为他们的不幸和愚蠢负责,那么我们又有什么理由对这一小群复归蒙昧的人把摧毁渔船的风暴、发霉的芋头和猪线虫病归咎于长着棕色鬈发和叉状舌头的"巫师"而感到惊讶呢?

没错,我从未憎恨过那些谋杀了我的同伴,又让我陷入这种困境的人。既然对他们而言,黑色的头发就意味着危险与死亡,那么他们的所作所为无非也只是自卫而已。但是,我不认为我有权将正在新塔斯马尼亚发生的事情抛诸脑后,然后安然进入无梦的长眠——没错,从法律的角度上讲,我对新塔斯马尼亚的居民并没有任何义务或者责任,也从不指望靠着见义勇为赚取任何表彰或者奖赏,但我就是无法对这一切熟视无睹。我知道,我必须做点儿什么。

于是我就去做了。

我是在新历113年11月2日进入冬眠箱的。正如我预料的那样,在四十年后,新塔斯马尼亚上无意义的仇杀就彻底停止了。尽管居住在主岛上的人们仍然继续通过扩张与移民缓解持续增长的人口压力,而他们在扩张过程中也没少和当地居民发生过冲突,但原先那种大规模的屠杀活动却再也没发生过。最后,当曾经的惨剧已经在当地人的记忆中淡化成几段伤感的传说时,一支邦联救援队终于找到了我那艘漂浮在新塔斯马尼亚同步轨道上的破飞船。救援队打开了我的冬眠箱,然后向我出示了逮捕令,上头写着的罪名是"种族灭绝"。

种族灭绝……哈!从某种意义上讲,这该死的罪名用在我身上倒是一点儿不差——在进入冬眠箱前的三个月里,我利用"维图斯·白令号"上的生物实验室对一种当地的腺病毒进行了一点儿小小的改造,然后用那架老穿梭机把它播撒到了整个行星表面。经过改造后,这些小东西能够感染本地人的生殖系统,并在卵子受精时迅速感染未分蘖的胚胎。对大多数人——也就是那些未曾发生变异,仍然拥有正常的舌头与一头黑发的本地人——而言,这种感染基本上不会对胎儿造成任何影响,但如果被感染的是他们那些有着浅棕色鬈发与叉状舌头的亲戚,病毒就会在胚胎细胞分化时阻止某几个特定基因组的复制,但不会影响到胎儿的正常成长。

简单、有效,几乎没有副作用,正是我最喜欢的方式。

几个与众不同的特定基因组,一小撮微不足道的核酸。要制造出一个种族,你需要的不过是这么一丁点儿东西——当然,这也意味着,一旦你把它们拿掉,那么你同时也就拿掉了它们所代表的种族。按照《邦联反种族歧视与种族灭绝法》,我确实亲手消灭了一个种族——却让这个种族的每一个个体都活了下来。我制止了上百次可能发生的仇杀与战争,让几十万人能够活到自然死亡的时刻。没错,或许我的行为对种族多元化造成了不可挽回的损失……好吧,或许这种损失确实是不可挽回的,但我当时又能有什么选择呢?

噢,对了。按照我的律师的说法,我那时倒也不是没有选择:我大可以对发生在新塔斯马尼亚的一切视若无睹,直接钻进冬眠箱去睡我的大觉。这期间也许会有几十万人丧命,但我不必负任何法律责任,也不会有所谓的种族灭绝发生。当人们找到我时,那颗行星上仍然会有两个种族,而作为代价,几十万人会毫无意义地送掉性命。然而邦联司法部不会追究这一切——毕竟,处于蒙昧状态下的人没必要像文明人一样为自己的行为负责,而且他们显然也不会刻意去破坏什么种族多元主义原则。至于那些牺牲者是否乐意为了他们种族的存续而献身,又有谁会在乎呢?至少,那些给我寄侮辱邮件的人大概是不在乎的,而一连半个月用"种族灭绝"的加粗字体装点头版的媒体多半也不会在乎。

说了这么多,我只希望你们给我一个答案:尊敬的委员们,请告诉我,假如诸位处在我当时的情况下,又会作何选择呢?数十万个作为个体的人和一个种族,你们会将决定性的砝码放在天平的哪一边?

请你们告诉我啊……

人之子

很早以前，公孙施曾经是个战士，但现在他不为任何信念而战。

曾几何时，那些将自己的血肉当成或廉价或昂贵的原材料填入战争绞肉机的人，都必然有一个为之而战的对象——至少他们会在口头上如此宣称。这个对象，按照那些社会学家的话来说的话，这个"想象的共同体"可以是国家，可以是民族，可以是某个组织或者团体，也可以是某种意识形态，或是某个幻想出的神灵。早在私有制和阶级出现之前，自打人类第一次学会有计划地将狩猎用的投枪和弓箭对准其他"想象的共同体"的成员开始，他们就一直在这么做。数千年来，始终如此。

但现在，在人类历史的黄昏时分，一切俱已终结。

在深吸了一口苦涩而冷冽的空气后，公孙施从黑色的雪地中拔出了穿着鹿皮靴的脚，跨过了一段已经腐朽的倒木。在他身后跟着另外五个巡林客——这个古老的词儿在过去曾有别的解释，但现在，它被用来泛指任何用枪、猎刀或陷阱谋生活的人。

公孙施这类巡林客的工作多种多样：有时候，他们负责保护村落的田地和粮仓，让它们免受害兽与窃贼的侵袭；另一些时候，他们只是普通的猎人与采集者，负责在青黄不接时为人们提供食物；还有的时候，他们会主动出击，为自己的雇主而战斗。

目前，他们所做的正是这最后一种事。

当然，巡林客们不认为自己是雇佣兵——在浮华时代终结于大崩溃的混乱与烈焰之后，人们就已经很少自相残杀了。曾经被视为崇高和神圣的所有东西，都早就不复存在，高高在上的一切已然落入泥泞，无比强大的一切则全部化为灰烬。充斥着激情的欢呼和怒吼都已消失，从某种意义上讲，在这个新时代，人类终于领会到了和平的意义——更准确地说，是他们之前为之而战的那些东西的无意义。

现在，虽然巡林客们还会保养武器，接受战斗任务，但他们的对手很少会是人类。

"得，又是他妈的'铁脑壳'干的。"在翻过一道矮小的山脊后，公孙施的巡林客同伴之一率先发现了那具半风干的尸体，"都这么多年了……这些鬼东西到底图的啥啊？"

"你应该问的是，我们的祖宗到底图些啥？"公孙施更正道，"'铁脑壳'自己根本不知道自己在干啥，它们只是在执行老祖宗的命令罢了。"

"我看未必……"一个戴着眼镜、披着猪皮披风的巡林客摇了摇头。在这支临时小队里，没人知道他的名字，公孙施只知道他的绰号是"赛博"——一个和"铁脑壳"们有些关系的古老词汇。"我读过那些研究记录和战时笔记，并不是所有无人战斗平台都是由人员遥控或者依靠只读程序进行简单行动的。至少在战争后期，有些这种东西被装上了强人工智能，这让它们在某种程度上变得……和我们差不多了。"

"'铁脑壳'就是'铁脑壳'，和这个没啥差别。"最先开口的巡林客用粗大的指节敲了敲他的雷明顿步枪，"我知道有些'铁脑壳'长得像人，但这啥都说明不了。那些哲学家都是怎么说的来着？对了，形式和本质。那些家伙顶多是形式上……"

"你们都说够了没有？这儿还有活儿要干！"对这些谈话感到厌烦的公孙施摆了摆手，让这些年轻的晚辈巡林客安静了下来。在看到这具尸体之后，他们难道不知道自己的脑袋很可能就位于某个"铁脑壳"的瞄准镜中央？诚然，狙击手很少会在交火发生之后继续待在原地不动，不过那些"铁脑壳"的想法，谁又能说得准？"散开警戒！我要确认这家伙是不是就是村里的那个人。"

辨明死者身份并不困难。由于冬日的低温，这个被击穿了脑袋的年轻人的残骸被肮脏的黑雪整个儿冻了起来，保存得相当完整。那枚穿透他的眉心，在一瞬间就破坏了至关重要的脑干的子弹虽然掀开了他的半个后脑勺，却没有让他的面容受到严重损毁。因此，公孙施很容易地将这个人和村里交给他的素描图对上了号——这位死者就是车达龙，一个除了比别人更有点儿胆量就没啥特殊之处的大男孩儿。根据委托他们出这次任务的村民们的说法，这位胆子过大的车先生在五天前擅自靠近了位于西北方山脉附近的谷地，然后就再也没有回来。根据传说，在谷地内的一座小镇废墟中，似乎仍有万恶的"铁脑壳"在游荡着。

而照目前的情况来看，那些传说很可能是真的。

"咱们待会儿两人一组，分成三队行动。"在观察了一阵周遭的环境后，公孙施对年轻的巡林客们吩咐道。他并不是这支队伍的正式队长，但因为年龄与经验的关系，其他人都乐意听从他的命令。"会合地点是山谷里最高的那座建筑。但千万记住，咱们要对付的那家伙多半不在那里面，我们随时都可能遭到伏击——如果真的出了这种事，立即就地隐蔽，然后通知其他人。明白了吗?"

　　所有人都回答了"是"，而且都露出了一副自信满满、摩拳擦掌的样子。面对这幕情景，公孙施只是叹了口气。他曾经许多次与年轻的巡林客合作，也出过不止一次这种讨伐任务，根据他的经验，在这种时候，年轻人们越是干劲十足、充满自信，就意味着有人丧命的可能性越高。

　　事实也的确如此。

　　"我向你们发誓，袭击……袭击我们的那……那些家伙起码有五六个，说不定有十个以上!"两个小时后，临时讨伐队中资历最浅的巡林客"帽子"颤抖着抓着公孙施的胳膊，一边用夸张的动作指手画脚一边语无伦次地嘟哝着，"……真的，它们肯定……"

　　"够了，你给我先冷静点儿!"公孙施带着厌烦的神情用力抽出手臂，摆脱了这个蠢蛋的纠缠，"如果这里有和我们一样多的'铁脑壳'，那我们现在早就是死人了! 你知不知道这些家伙有多难对付?!"

　　"我知……道……""帽子"的嘴唇不停地颤抖着，勉强吐出这几个词儿。但他的神情却明确无误地表明，实际情况显然是另外一回事儿。见此情形，公孙施不由得叹了口气。虽然大崩溃和战争的结束到现在也才经过了不到一代人的时间，但现在的年轻人几乎已经什么都不记得了。这些毛头小子知道的顶多是一些以讹传讹的神话，以及醉鬼们口口相传的胡说八道而已。那些鬼话要么充满了夸大其词的谣言，要么压根儿就没说到点子上去。

　　"不，你根本什么都不知道!"公孙施伸出右手食指，在对方鼻尖前面晃了晃,"小子,如果你还希望能够活着回去领到赏钱,如果你希望下次遇到这种事的时候不会和你那个胆子忘记减肥的朋友落得一个下场,那就给我记好了:躲在这鬼地方的'铁脑壳'多半只有一个! 只要躲在暗处,熟悉地形,只需要一个家伙就足以让对方误以为自己身边潜伏着一大群敌人——尤其是在遇到像你们这种没有经验的家伙的时候。"

"这……可我还以为……"

没错,这些年轻人总是以为,所谓的"铁脑壳"——也就是那些人形仿生无人战斗平台——是一群缺乏变通、笨手笨脚的木偶。公孙施有些恼火地在心里暗暗叹了口气。如果在别的时候,这种愚蠢的想法倒也不会造成什么大问题,但如果是在讨伐"铁脑壳",尤其是对付一名危险的狙击手时,带着先入为主的错误观念行动往往会是致命的。

现在的情况就是最好的例子。

"听好了,小子。"在勉强压抑住满腔怒火之后,透过破裂的窗户,公孙施瞥了一眼仍被留在外头的街道上没人敢前去处理的那具尸体,然后重新将目光投向了年轻的巡林客。事实上,这两个一起行动的年轻人无论在年龄、经验还是行为方式上都没有什么差别,之所以其中一人变成了脑袋穿洞,脑组织流了一地的尸首,而另一个人却还能站在这儿瑟瑟发抖,纯粹是由于运气的小小差异而已。"在你听过的那些传说之中,起码一半以上都是错的,而另一半也未必就那么正确。没错,有一些机器是愚蠢的,如果你愿意请教请教'赛博',他会告诉你什么是'只读程序'和'弱人工智能'。这些东西通常只能做它们的设计者规定的那么几件事儿,而且也确实不知道何谓变通……但是,我们现在要对付的可不是这种家伙!

"你或许曾经听说过,在大崩溃前的战争中,曾有一些外形高度模仿人类的机器被制造了出来。与浮华时代的幻想故事里的胡说八道不同,在战争中,这些人形机器并不会被编成方阵,在战场上顶着对方的炮火冲锋——那不过是不问世事的蠢货在看了几本二手历史书后冒出来的幼稚想象罢了。事实是,这些家伙通常被用于以下两个目的:担任渗透者,或者是狙击手。"公孙施继续说道,"和那些更像是机器的家伙相比,人形机器人在硬碰硬的战斗中是脆弱的,它们不能装备重型装甲,也不适合搭载质量过大的传感器或者重型装备。但在执行这两项任务,尤其是充当狙击手时,它们却极为出色。一个天杀的机器狙击手不需要睡觉,不会感到厌烦而开小差,不会因为疲倦而导致注意力下降,也不会无聊过头而不能集中精力……更厉害的是,它甚至不需要带上观察员,可以一直单独行动。如果有需要,这些狗东西可以蹲守上二三十年,只要有足够的零配件与维护工具,以及水和食物就行。"

"水和食物?""帽子"有些惊讶地眨了眨眼,"它们还需要这些东西?"

"确实需要。为了尽可能地模仿成人类,以便进行潜伏与渗透,许多人形机器拥有大量活体组织——据说这个点子来自一部20世纪晚期的电影,不过详情已经没人知道了。"这次负责解释的人换成了"赛博","当然,这些家伙绝对不是真正的人。无论它们有百分之多少的活体组织,有多类似于人类的循环系统,它们的脑子也只是没有灵魂的机械,千万记住这一点!"

"帽子"点了点头。很显然,要消化这些新知识对他而言可不太容易。

"总之,这就是我们目前面对的状况:在这座废墟里躲着一个杀人如麻的'铁脑壳'狙击手,我不知道它是为什么被指派到这地方来的,但很显然,这家伙正试图干掉每一个靠近这儿的人,先是那个不走运的年轻人,然后是我们的队员。"公孙施拔出随身携带的猎刀,在屋内的一张木桌上刻画出了这座小镇的简易地图,"根据两次狙击的位置和子弹射来的方向判断,那家伙大概就躲在镇子中心的几座建筑里,我觉得那大概是一座发电厂。"

"那我们现在就去干掉它!为——"

"去给那家伙再送几个狙击战果吗?小子,你是不是忘了,在你的这位朋友吃枪子儿的时候,你都吓成了什么样?"公孙施不留情面地打断了年轻人的话——在目睹同伴中弹倒下时,这个年轻人一点儿也没表现出现在的这股勇气。相反,他当场就吓尿了裤子,像一只受惊的潮虫一样抱成一团,蜷缩在了一堵倒塌大半的矮墙后面。颇为讽刺的是,正是这种怯懦行为让他脱离了对方的射程,从而侥幸捡回了一条命。在那之后,公孙施和其他巡林客迅速在建筑废墟的掩护下接近了"帽子"二人组遇袭的地方。虽然他们没有发现开枪的家伙,更没能进行反击,但还是迅速扔出了两枚土制烟幕弹,然后把这个尿了裤子的家伙扛回了安全的房子里。"我以前和这类家伙打过交道,也知道它们有什么本事,要是继续像刚才那样在没遮没挡的大街上乱逛,在数到十之前,你就铁定得吃一发枪子儿!"

"可是……"赛博将脸凑到了一道狭窄的砖缝后,从这座被他们当作临时掩蔽处的空屋里朝外张望了一圈,然后摇了摇头,"恕我直言,那个浑蛋似乎把清理射界的活儿干得非常漂亮,要在不被发现的情况下接近……"

"还是有可能的。"公孙施说道,"我以前就这么做过。"

尽管就个人情感层面而言,公孙施其实和所有人一样更喜欢春夏两季,而非漫长的寒冬,但当一行三人小心翼翼地在这条必须弯腰才能走过的下水道中前行时,他还是由衷地对现在正是一年中最寒冷的时候感到了庆幸:如果在冰雪开始融化的初春或者雨水绵绵的仲夏,这条久未疏浚的下水道内很可能早已泥水泛滥,让人无从落脚了。而现在,虽说地面还有些潮湿柔软,但那些经年累月积累的淤泥起码还算硬实,不至于让他们陷入动弹不得的境地。

每走过一个拐角、踏上一条岔道,公孙施都会从衣袋里掏出一张手绘地图,将一行人在下水道中前行的距离与拐角的角度仔细地记录上去,然后与位于地表的地标相对比。在开始下水道行动之前,他特意先退到了位于镇外数千米的一处高地上,花了足足半天时间观察记录这处面积不到一平方千米的小镇废墟的全貌,并进行了尽可能精确的测距。虽说公孙施对于自己的这门手艺非常自信,但他也明白,由于缺乏专业设备,这种粗略测量的结果很可能会有数十米级别的偏差。在下水道中摸索时,这种偏差很可能会造成一定的困扰,但他目前实在是没有更好的点子了。

"我说,伙计,你真的确定这么做能行?"就在公孙施开始往地图上记录第六到第七个拐角之间的距离时,巡林客阿伦问道,"我总有一种感觉,那个'铁脑壳'也许就在下一条下水道里等着咱们,只要一露头……"

"这种可能性基本是零。"赛博摇了摇头,"就算是依靠高等只读程序运行的最不'聪明'的'铁脑壳'狙击手,也知道在下水道里耍这一套有多不方便。这里的交火距离太近,视野和光线都极为糟糕,只要对手不是孤身一人,自己就极有可能在开火之后遭到还击。虽然人类有的时候确实能犯下一切愚蠢的错误,但'铁脑壳'和我们不同。"

"不过我们也不能掉以轻心。"在估算完三人组可能的位置后,公孙施说道,"'铁脑壳'不可能对任何潜在风险完全熟视无睹,所以我必须再提醒各位一次:小心脚下。我以前也遇到过这种情况,因此我知道那些家伙会玩些什么样的把戏——绊雷、诡雷、报警用的铃铛和带刺的陷阱,这些都可以被用来防止下水道为敌人所用。"

另外两人一起点了点头,同时尽可能地放慢了脚步,生怕一不小心绊上或者踩上什么不太妙的东西。不过,在接下来的半个小时里,他们没有遇到任何"惊喜":在这条死气沉沉的下水道中,他们发现的最接近于武器的东西,不过是一盒已经锈得无法分开的老旧子弹,以及一些锋利的玻璃碎片而已。

"那么,就是这里了。"在一处布满粗大的金属管道的三岔口,公孙施停下了脚步。他逐一审视了分别位于三个不同方向的相互间隔数十米的下水道出口,然后选择了其中靠左的一处。"我们从这儿上去。"

"你怎么能确定……"

"根据我之前的观察,在这个镇子上,可能被用于狙击的制高点基本都位于镇子中心,在那座看上去应该是发电厂的建筑附近。"公孙施指了指一条垂直通往下水道出口的金属管道,那上面用显眼的字迹写着"主机房"这个词,"如果我没猜错,这处出口应该是直通室内的。从这里上去不太容易被对方发现,遭到狙击的可能性也会小得多。"

"当然,还是得小心陷阱。"赛博补充道。

为了尽可能地谨慎，在掀开锈迹斑斑的窨井盖时，赛博足足花了半分钟时间进行检查，以确认那上面没有连着什么怪异的拉索或者半透明的绊线。接着，他才慢慢地探出身子，沿着金属扶梯爬上了地面。"这外面没什么问题，就是有点儿黑。"

"这是当然的，因为现在是晚上。"公孙施一边嘀咕一边跟着爬了上去。在他不算太短的生涯里，他曾经造访过许多废弃的工业设施。由于电力供应早已不复存在，即使在白天，这些建筑物的内部也是黑咕隆咚的，而入夜之后更是应该伸手……他似乎还是看得到自己的手指的。

"等等，这有些不对劲儿。"就在赛博准备打开事先用黑色破布包好的手电时，公孙施一把抓住了他的胳膊。与此同时，一阵寒风如同地狱鬼魂的喘息般拂过了三人身侧，让周遭似乎无穷无尽的黑暗发生了一点儿细微的变化：随着几道不规则的裂缝的出现，暗淡的星辉与清冷的月光同时洒落了下来。虽然这点儿光照微弱得几乎可以忽略，但它们的出现本身就说明了一个极为重要的问题——这里并不是室内。

"噢，这下糟了。"赛博嘟哝道，"我们被算计了。"

说实在的，这句话其实并不太适合作为一个人的墓志铭。

在赛博倒下时，公孙施并没有听到枪弹被火药燃气推出枪管时的爆响——对方使用的武器显然安装有大崩溃前生产的军用级消音器。由于周遭的光线太过黯淡，他只看到了从赛博身下迅速洇开的一片没形没状的黑色，就像是一个从失去生命的躯壳中努力钻出的残破灵魂。

在刹那的惊骇过后，公孙施的经验驱使他做出了反应。他知道，自己必须立即返回相对安全的地下，生与死很可能就取决于接下来的一两秒内的行动。他确实带着两枚烟幕弹，不过在目前的情况下,这些东西恐怕派不上任何用场,而按部就班地沿着梯子爬下去同样也有些来不及了,直接后退两步,估准位置然后跳下去……这样的话,他应该还来得及躲开下一发子弹,而下水道的高度大概也不至于让他受到太严重的伤害。

但不幸的是,这个计划在不到一秒钟后就泡汤了。

仅仅向后退出一步后,公孙施就撞上了一个柔软的东西,当场失去了平衡,然后与那东西双双摔倒在了年久失修、遍布裂纹的混凝土地面上。

"嘿!"弄不清情况的年轻巡林客一边揉着脑门,一边抱怨道,"你在干什么?!"

公孙施没有说话,他只是闭上了双眼,等待着即将穿透自己头颅或者躯干的子弹。

刹那之后,子弹果然如期而至——却没有击中他身体的任何部位,而只是钻进了他脚下脆弱软化的劣质水泥之中,腾起了一小团尘埃。

"这是……啥?"仍然一头雾水的巡林客阿伦慌张地打开了手电,想要看个究竟。接下来飞来的第三发子弹准确地击中了这个光源,让它在阿伦手中爆散成了一团飞溅的塑料与金属残片。

阿伦尖叫了起来,但公孙施反倒比先前冷静了不少。如果说射失一发子弹还能被视为偶然的失误,那么刚才的第三发子弹仅仅打灭手电则只能说明一个问题:对方并不急于杀死他们每一个人,至少现在还不打算这么做。

随后发生的事进一步证明了公孙施的猜测——在远处的一座砖砌烟囱顶端,一盏暗淡的提灯突然亮了起来,摇曳的灯光映照出了一个人类的身影,而且看起来似乎是个女性。

那个女人朝他们做了个手势,一个显然意味着"离开"的手势。

当然,两名仍然活着的巡林客立即照办了。

"所以,这就是咱们无论如何都要解决掉那家伙的理由?"

"正是。如果那只是个普通的'铁脑壳',放着不管倒也没多大问题。"当那辆土制装甲车吭哧吭哧地拐过一个弯,摇晃着开过三天前那名可怜的巡林客被一枪爆头的地点时,公孙施说道,"可是前天晚上的事情已经非常明显了:这家伙是个少见的高级货,也许是传说中的'那种家伙'。"

"那种家伙""那个人"——在人类漫长的语言表述演化史中,这类模糊的词汇的指代对象,通常都有着某些特点:要么特别令人厌恶和轻蔑而不屑于提起,要么过于令人畏惧而不敢直接提及。当然,在更多的情况下,这两种因素往往兼而有之。

"你们也知道,大崩溃前的科学家一直在开发人工智能。"公孙施皱起眉头,继续说道,"他们中的一些人甚至相信,当这玩意儿发展到一定程度之后,所有人就可以从工作与义务的苦役里一劳永逸地解脱出来——喏,这也许是有可能的,但大崩溃和大战毁掉了一切,只给咱们留下了他们那一代人的半成品,其中就包括了所谓的'高拟人化人工智能'。"

"我以前听赛博那小子说过这事儿。"在散发着强烈的燃料酒精味儿的车厢里,有人插嘴大声说道——这人并不是巡林客,而是一名自愿武装起来参与行动的村民,"他还说了什么'模拟神经网络系统'和'特殊的强人工智能'之类的话,不过我不是很懂这个。"

"我其实也弄不太懂这些道道儿。"公孙施双手一摊,诚实地说道,"不过如果简单点儿说,这种'铁脑壳'比别的'铁脑壳'更像是人。别的'铁脑壳'只会执行当年给它们下达的指令,但这种家伙会像咱们一样思考……有人甚至说,它们还能模拟咱们的情感,也就是说它们也有喜怒哀乐,因为当初的人制造出它们的目的,就是让它们能伪装成真正的人。"

"照这么说,这些家伙和咱们其实也没什么不一样嘛。"另一名村民说道,"咱们又为什么一定要解决掉它们呢?"

"因为它们毕竟还是'铁脑壳',不是人。"公孙施简单地答道,但他并没有说出剩下的答案:只要不是人,那些家伙越像人就意味着越危险——无论对人类还是对它们自己,都是如此。归根结底,现代智人仍然是一种掠食动物,会本能地排除掉每一个与自己争夺同一个生态位的对手,正如狮子会寻找一切机会杀死领地内的花豹和猎豹,许多逆戟鲸会攻击与其遭遇的大型鲨鱼一样。

就在车里的人说话的同时,这辆土制装甲车爬上了一段缓坡,在一座坍塌已久的拱桥旁与另外两辆车会合了。这些交通工具都是大崩溃前留下的老古董,全靠使用者的悉心维护才勉强支撑至今。它们所谓的"装甲"不过是自学成才的技师们胡乱焊接在车厢和驾驶室周围的一些色彩斑驳、锈迹遍布的钢板,糟糕的内燃机-太阳能混合动力发动机勉强可以驱动它们跑出三十千米上下的时速,要是放在过去显然只能贻笑大方,但在这个时代却是不可多得的宝物。

与这些车一起来到"战场"的,还有超过一百二十名来自附近三个村子的武装村民和受雇的巡林客,这些人来到这里的目的只有一个:解决掉那个隐藏在镇上的"聪明"的"铁脑壳"。

当然,整个作战计划仍然是由公孙施制订的——这位曾经在大战的最后一段时间中有过那么点儿服役经历的老兵，对于怎么对付"铁脑壳"还有点儿概念。

即便在这种过去顶多只有四五千居民的小镇上，建筑物的数量也已经多到足以让一个狡猾的敌人与大队人马周旋，派出大队人马分头扫荡，不仅必然会因为狙击、诡雷、陷阱甚至误击而蒙受伤亡，很可能到头来还会让对手溜之大吉，白白死人而一无所获。

经过仔细考虑，公孙施决定将一百二十名援军分成两部分：大多数人组成两到三人的小组，分散看守镇子周围的每一个出口，以免对方玩金蝉脱壳的把戏；而精选出的二十四个稍微有点儿经验的人则分为三队，分别坐上仅有的三辆装甲汽车，逐个接近每一处可能被对方视为据点的建筑，用火焰喷射器和自制燃烧弹对那些建筑进行"大清洗"，从而慢慢把对方逼出来。虽然与当年那些真正的军队的作战方式相比，这种如同旧石器时代原始人烧林狩猎般的做法效率低下且笨拙不堪，但考虑到参加行动的人员的平均素质，公孙施实在是想不出什么更好的主意了。

"目标建筑12号清扫完毕。"当一座老旧大楼的所有门窗都开始冒出暗红色的火光后，公孙施从无线电里听到了先导车的报告，"没有动静。"

"认真观察，慢慢来，别急着去下一座房子。"公孙施回答道。虽然那些高度拟人的渗透型"铁脑壳"看上去几乎与人类无异，甚至也有循环系统、心脏和肺这些货真价实而且与真正的人类肌体一样易受伤害的活体器官，但在这种具有欺骗性的"脆弱"表象之下，那些"假人"的"生命力"还是远强于一般人类。毕竟，当普通人被严重打伤、烧伤或者遭受其他伤害后，会因为强烈的痛苦以及生物的自保本能而陷入无法行动的状态，"铁脑壳"们却可以对此无动于衷，在确认中央处理器递交的损害报告后继续照常行动一段时间。虽说到最后，致命的生理创伤仍旧会让一个大部分由活体组织构成的高级"铁脑壳"丧失行动机能，不过在那之前，它们会做的可不仅仅是倒在地上等死而已。

尽管公孙施的同伴们大多只见过那些纯粹由无机零部件组成的更"正统"的"铁脑壳"，但这倒不妨碍他们根据公孙施的吩咐又认真等待了一小段时间。直到支撑那座老旧建筑物的钢筋开始在高温下丧失韧性而变形倒塌时，他们才开动车辆，向十几米外的另一座建筑驶去。"目标建筑13号，火焰喷射器准备，三、二——"

"嗵！"

没有挣扎，没有哭喊，那名准备用上千度的炽热烈焰灌满眼前的三层住宅楼的民兵，已经从车顶跌落了下来，变成了一具丢掉了三分之一个脑袋的尸体，因为子弹的强大动能而部分液化的脑组织在冬日坚硬的泥土上泼洒了一大片。装在火焰喷射器两侧的钢制防盾和他头上戴着的老式复合有机纤维头盔都没能阻止这件事的发生。

"就在这里！"公孙施吼叫起来，"爆破小队！"

随着几声无壳枪榴弹的发射药被击发的钝响，一连串这种小小的爆炸物从土制装甲车的射击孔里接连飞出。其中一些没能引爆，或者因为准头不够而打在了坑坑洼洼的红砖外墙上，没对建筑内部造成太严重的破坏。不过，还是有那么两三枚运气比较好的榴弹成功地砸碎了那些盖着厚厚尘土的玻璃窗，飞进了这座摇摇欲坠的小楼内部。爆炸所产生的冲击波在建筑内部造成了不小的破坏，但并没有直接消灭目标。

是的，那家伙还活着。在看到一个轻巧的人影以常人难以企及的矫健身手从二楼的一扇窗户中翻身跃出后，公孙施确认了这一点。

"开枪！快开枪！"他对愣在一旁的所有人吼道，"就是现在，干掉它！"

大约一半的志愿参战者执行了这项命令，但效果却实在是差强人意——为了避免遭到狙击，所有人先前都蜷缩在装甲车厢之内，而这些土制装甲车的射击孔设计得很不合理，使得车里的人很难击中那个在落地后立即以非人的速度拔腿狂奔的家伙。而当他们钻出位于车厢顶部的设计得同样蹩脚的舱门时，对方已经跑出了很远的距离。

"别待在那儿发呆了，该死的！"公孙施对装甲汽车的驾驶员们吼道，"追上去！"

随着老旧的车轮与悬挂装置又一次发出令人牙酸的吱嘎噪声，这三台老旧的装甲乌龟开始沿着年久失修的道路挣扎前进，竭尽全力试图追上正在逃窜的对手。

然而这项任务对"老乌龟们"而言却实在是有些困难。没过两分钟，殿后的那辆装甲车就突然传出了一阵濒死动物般的嘶鸣，在路上趴了窝。另外两辆老爷车虽然还能继续动弹，但区区三十来千米的最高时速只能让它们勉强不至于跟丢目标。当然，也有人试图在移动的车上射击那个逃跑的人影，但他们的对手远比他们更了解这片废墟，通过一连串在巷道和障碍物之间的左右腾挪，那家伙轻而易举地让追击者们每一次对她开火的尝试都以徒劳而告终。

不，那是"它"，不是"她"。公孙施在自己的脑海中纠正道——无论外观怎么像人，身体有多少人类成分，那东西都不算是人。将一台有思维能力的机器视为人，是极为巨大的错误！他必须时刻记住这一点。

由于这座废弃的小镇并不算太大，这次猫捉老鼠的游戏很快便到了尽头——在一次仓促转向之后，那个披着破烂的灰褐色自制伪装服的家伙终于跑进了一条死胡同。在很久以前，这里其实是一条普通的街道，但不知是什么缘故，这条街从正中央的位置被一道三层楼高的没有任何出入口的混凝土高墙给截断了。虽然在过去的漫长岁月中，这堵墙已然变得破损不堪，但仍然没有任何坍塌倾圮的迹象。而在高耸的混凝土墙顶部，一排尖锐的玻璃瓶碎片正在冬日暗淡的阳光下闪烁着足以让任何试图翻越者胆寒的冷光。

那个女人一直跑到了混凝土墙的墙根部位，然后停下了脚步，转身面对着追来的两辆装甲车，将一件细长的似乎是枪械的东西扔到了脚下。

有那么一瞬间，公孙施还以为对方打算投降，但他旋即否定了这种可能性。只要还在执行任务，"铁脑壳"就绝不会投降。你要么把它打烂、碾碎、肢解成零部件状态；要么被它干掉，没有第三个选项。

但话说回来，之前的那个夜晚发生的事……

也许……

"停车！所有人做好射击准备！"当先导车抵达离那堵墙不到二十米远的位置后，公孙施终于下定了决心，对其他人下达了命令，"你们两个，和我一起来。"

虽然他——或者更准确地说，基于过去的经验而行事的那个——的经验正在大脑的角落里抱怨着这种过于轻率的行事方法，但他还是钻出了装甲车厢，与两名端着岁数比他们自己还要大的古董级自动步枪的村民一同靠近了那个女人。

首先，他得先拿走那支武器。

"后退。脸朝着墙，把手贴在墙上！"在走到离对方不到十米远时，公孙施命令道。他原以为这个脸色苍白得活像是冻死的尸体，有着一头深棕色长发的女人会表现出些许抗拒，或者故意拖延时间。但对方却以超出他预料的顺从分毫不差地执行了这些指令。

公孙施下意识地舔了舔嘴唇，仿佛想要从空气中尝出欺诈的味道，但最后，他还是走到了这个女人之前站着的地方，捡起了那支保养得非常良好的武器。

这支做工近乎工艺品级别的军用狙击步枪的十发半透明弹匣里，只剩下了四发子弹。考虑到之前在小镇边缘被射杀的村民，以及三次交火中它的射击次数，公孙施估计，这个女人很可能已经没有更多的备用弹药了。

"你，拿着这个；你，站在这儿盯着它。"公孙施将缴获的狙击步枪交给一个民兵，又示意另一人用自动步枪瞄准对方。虽然这些临时武装起来的村民们的枪法根本不能指望，但在这种距离上他们倒还不至于打偏。接着，公孙施拿出了一条原本用来系在车轮上的防滑链，开始走向毫无抵抗之意的女子。

随着两人之间的距离逐渐拉近，公孙施看到了更多只有凑近了才能观察到的细节：就像所有活生生的人类一样，这名女性的胸口因为呼吸而有规律地起伏，暗青色的血管在它因为缺乏色素而过分苍白的皮肤下不断泵动，四肢上的肌肉因为先前的疾奔而抽搐不已。有那么一瞬间，公孙施甚至怀疑，或许站在自己眼前的就是一个活生生的人类，而不是由人造处理器和一堆令他莫名其妙的算法驱动的躯壳。

但那名女子很快便以实际行动否认了他的猜测。

根据公孙施和其他对城市废墟非常了解的巡林客们事后的观察，那堵由砖头和混凝土制成的墙确实已经因为风雨的侵蚀而非常老旧、摇摇欲坠，但要将其破坏，在正常情况下也需要两三个男人用大锤反复敲击才能做到。但是，当公孙施走向那个女人时，它只是突然从墙根处后退两步，随即便在短暂的加速冲刺后将双拳砸在了混凝土墙的表面。整个动作只花费了不到一秒，因此没有任何人来得及做出反应。

接着，随着两道显眼的裂痕迅速在饱受侵蚀的墙体表面扩展开来，这堵墙的一部分开始了崩塌。

虽然垮塌的范围相当有限，并不至于伤及公孙施一行人，但大量干燥的混凝土和砖块间的灰泥在撞上地面化为齑粉的瞬间，仍然产生了可观的尘雾，像一个突然张开大嘴的鬼怪般将所有人都吞了进去。

在慌乱中，有人扣动了枪支的扳机，乱飞的曳光弹在翻卷的尘埃中划出了道道显眼的痕迹，幸好没有人因此而负伤。

不过，有一个人却落到了随时都可能遭受伤害的地步。

当一只因为与硬物摩擦而皮破血流却仍然强而有力的手掌突然握住自己的右臂时，公孙施意识到，他刚才已经上当了。而接下来从他的喉部传来的寒意则进一步让他确认了这一点：对方将一把短刀抵在了他的颈动脉上。

"所有人都别动！"

在发现他们的指挥官被对方劫为人质之后，巡林客和村里的民兵们发生了一阵骚动。有人怒吼着要求对方立即放开公孙施，另一些人则一脸慌张、不知所措。还有几个对"铁脑壳"尤其仇恨的人不顾对方手中有人质这件事，举起了手中的武器——

万幸的是,他们立即被其他没被怒火冲昏头脑的人制止了。

"跟我走。"

女人的声音平板到没有一丝情绪起伏,但其中透出的压迫感却是公孙施无法拒绝的。由于两人的肌肤已然贴在了一块,公孙施可以清楚地感知到从对方体表渗出的细小汗珠,以及血管的脉动……是的,这就是一个货真价实的人,至少并不比他所接触过的其他女人更不像人。但话说回来,一个普通女人又怎么可能会拿着那样的武器,蹲守在这种早已荒废无人的城镇之中?又怎么可能像刚才一样仅仅以自己的双拳就击垮一堵——虽然已经是老旧不堪、摇摇欲坠的——混凝土墙?

公孙施一边在脑子里转着这些乱七八糟的念头,一边在对方手中刀刃的威逼下碎步进入了一条小巷,然后又拐上了一条布满裂纹的柏油路。枯黄的草秆稀稀落落地挤在路面的道道裂缝之中,活像是在发霉的面包上长出的真菌。

在这条路的边缘,公孙施看到了一块被推开的窨井盖,以及那附近的弹痕和血迹——几天前,对方正是在这里略施小计,让自以为是的他们失去了一名同伴,尝到了苦头。

他们迅速走过了这处伤心地,最后逃进了阴影幢幢的废弃发电厂里。

"这么做是没用的。"在终于可以稍稍放慢脚步之后,公孙施一边喘着气一边说道,"我们可不止……不止你刚才看到的那几个人。整个镇……镇子现在都已经……已经被……"

"我知道,被你们的人包围了。"女人说道,"你觉得我不会发现这一点吗?"

"那就赶紧投降。就算你带着人质,我……我们的人也不会放你过去。我……我可不是什么重要人物,只不过是个……"

"我知道,你只不过是个普通的巡林客罢了。"女人冷静地说。

公孙施突然感到有些恼火——这个女人的观察能力敏锐得简直不像话!"所以——"

"所以我当然不可能投降。我知道你们会怎么对付我。"女人在一处似乎曾是员工宿舍的小楼前停下了脚步。这座小小的双层红砖建筑旁有着一大片空地,在春夏季节里,这里显然是个繁花盛开的所在,但现在,公孙施只看到了片片残雪,以及一些被冻结在雪中如同粗制滥造的标本一般的植物残株。"事实上,你们对付我这种所谓的'铁脑壳'的办法,从来只有一种。"

"当然。"公孙施点了点头,"那你这么做就是毫无意义的。难道你指望在杀死了好几个村里人之后,还能靠区区一个人质让他们偃旗息鼓?"

"当然不。事实上,我也没有将你视为人质。"对方答道,"我是让你来看点儿东西的。"

"看什么?"公孙施问道。

女人将短刀收回腰间的鞘中,打开了两层小楼锁着的大门。在进入这座建筑时,公孙施注意到,楼内似乎一直有人居住,因此既没有像别的废弃建筑一样积满尘埃,也没有密布的蜘蛛网或者别的什么令人生厌的污物。当然,这里的窗户也积满了灰尘,几乎透不过一丝光亮,但公孙施知道,这大概是刻意而为的伪装手段,为的是避免有偶尔接近这里的过客在一瞥之下注意到这里有人生活。

"你住在这儿?"公孙施问道。

"不只是我……"女人摇了摇头,带着公孙施踏上了已经有些不大牢靠的楼梯,在二楼走廊的尽头,一扇油漆斑驳的小木门正半开着,从里面传出了某种公孙施熟悉的声音。

那难道是……

没错,那是个孩子。

一个显然才来到这个世上不到一年,还散发着这个年龄的婴儿特有的尿臭味和乳臭味的孩子。

"你……你究竟是从哪里捡到这个孩子的?"公孙施有些愕然地问道。

"捡到?你为什么这么笃定相信这一点?"女人反问道,"告诉我你的理由,先生。"

公孙施张了张嘴,因为对方的言外之意而惊讶得一时有些说不出话来。难道,他们先前的判断全都出了天大的失误,这个女人其实是一个货真价实,正从这个世界上迅速消失的自然人,而不是他们认为的万恶的"铁脑壳"?如果事实真是如此,那他可就得吃不了兜着走了!如果要为一场无意义的自然人自相残杀的战斗造成的大量资源浪费和人员伤亡负责,他只怕被村里人活吃了还不够……

不,不对。公孙施告诉自己。至少这个女人确实有很大的嫌疑谋杀了倒在废墟外的那个男人,在双方发生冲突时,首先开火的也是她。纵然他对误判负有责任,但至少……

"不,你们的判断没错。"女人说道,"我确实是你们口中所谓的'铁脑壳'——这一点我无从否认。然而同样的,我也是一个人,而这是我的孩子。"

公孙施突然产生了一种想要捏自己脸颊一把的冲动。没错,他肯定是昨晚睡觉前喝了太多劣质的红薯烧酒,所以才……

"很难理解吗?也许,对于这个技术已经衰落的时代而言,我的存在实在是有些太……突兀了。"女人轻轻抱起了刚从睡眠中醒来的婴儿,拉开了自己厚重的迷彩色伪装服的拉链,"对你们而言,所谓的'铁脑壳'无非是那些被掩埋在废墟中的人形机械残骸,或者如同'地缚灵'一般在原地不断徘徊,盲目地执行着已然毫无意义的最后任务的战争机器。"她摇了摇头,"当然,在大多数情况下,这种看法并没有错。"

"我们……那个……我其实还知道一些别的。"公孙施说道,"我的一个叫赛博的巡林客朋友——也就是那天晚上被你打死的那个人——曾经提起过,以前的一部分机器人拥有人类的外观,甚至还包裹着一些活体组织之类的。当然……"

"这都是真的,而且真相甚至比这更进一步。"背对着公孙施的女人说道,"在浮华时代的最后岁月里,人类为了改进自己的生存质量,进行了诸多努力,结果之一就是干细胞技术的大幅度进步——只要愿意,他们可以利用干细胞精准地培育出一切人体组织,这在最初仅仅是为了让那些重症患者或者耄耋之年的老人能够更新自己身体的'部件',但很快,人们就为它找到了更多的用途:为人形机器人披上人类的外表,甚至不仅仅是外表。

"当然,由于伦理道德和一些相关法律条文的存在,这类技术在很长的时间内并未被滥用。但在大战的最后时刻,所有这一切都被抛在了脑后。在那时,原本禁用的武器都悉数上阵,很快就破坏了这颗行星的生态系统,毁灭之花早已将数以亿计的生命吞噬殆尽。在死亡的盛宴中,道德和法律都已经无关紧要,于是,像我这样的'特殊战斗员'被制造了出来——与那些通过自然方式出生的人类相比,我们只有区区几处不同:我们的颅骨中储存着的是一台以生物电为能源的高效率计算机,我们的骨骼与神经系统是经过高度强化的人工改造版,我们的感官也远超常人,但除此之外,我们拥有的并不仅仅是一具用来掩饰的皮囊。

"没错,我们和真正的自然人几乎一模一样。我们有血液循环系统,有呼吸系统和免疫系统,在必要的情况下,我们甚至可以与真正的人生育后代!"

"但这么做又是为了什么?如果你们的身体几乎全都是活体组织,那难道不会影响作战效率吗?"公孙施问道。他过去曾经对付过远比这个女人更加"正统"的"铁脑壳",也知道那些完全由机械构成身躯的家伙有多难对付——虽然人类的身体结构其实并不算差,但不受血肉之躯重重束缚的纯粹的机器可以装备更牢固的护具和装甲,以及更具威力的武器系统。

"这是自然的,但我们所领受的使命并非对军事要地进行伪装袭击,或者躲在某个重要地点几十年如一日地担任狙击手。"女人说道,"我们的任务是在大战后潜入敌国,持续进行破坏活动,以阻碍他们东山再起。要执行这种长期潜伏任务,自然是越像人越好。"

"但是——"

"是的,这个任务现在已经不存在了。就连那些破罐子破摔的政治领袖和科学家也没想到,大战的破坏是如此彻底,以至于就连'国家'这个概念——无论是我们的敌人,还是我们效忠的对象——都已经不复存在。当一切结束时,我们效忠的对象早已从头到尾化为乌有,曾经神圣的国境甚至连地图上的虚线都不是了,而我们则不再为任务所束缚,成了彻彻底底的自由存在。"女人突然叹了口气,"我们现在对你们没有敌意,对任何人都没有。"

"是吗?你把这话对死在镇外的那个男人说说啊!对我那些被你打飞了天灵盖的战友说说啊!"公孙施突然感到了一阵强烈的怒意,"这他妈还叫没有敌意?!"

"我问心无愧——毕竟,没有人能禁止别人进行自卫。虽然我和我的同类的原初程序中包含了'以自我毁灭为代价对敌人造成最大损害'的指令,但正如我已经解释过的那样,在这个时代,世界上已经没有我们的'敌人'了。"女人答道,"我为了保护自己,以及保护这个孩子而战,这符合最原初的自然法则!即便在人类的整个历史上,也没有任何一个法官敢于判决我的行为是非法的!"

"这……那个男人也……"

"你说死在城外的那个? 没错,他也是打算危害我们的人之一。"随着女人的不断爱抚,之前还吵闹着的孩子渐渐沉入了梦乡,于是,女人将这个小生命放回了一只柳条编的摇篮里,盖上了一层手工缝制的棉毯,"除此之外,他还是这个孩子的父亲。"

公孙施的呼吸因为过度惊讶而屏住了两秒:"父亲?!"

"啊,你不必多虑。如果我没有那个意愿,没有哪个人能够强迫我……做某些事。"女人重新转过身来,面对着公孙施,"而且我得承认,我在某种程度上欺骗了他的感情:在他自以为偶然遇见我之前,我就已经暗中观察了他很长一段时间,并拟定了与他相遇的整个计划。也许他一开始时相信我们是真心相爱的,但我必须承认,我只是将他视为实现我的计划的工具。

"是的,我有一个计划。在被你们统称为'铁脑壳'并视为大敌的对象中,有许多像我这样的成员。从本质上讲,除了负责进行思维活动的部位有所区别外,我们与真正的人类并不存在本质上的不同。虽然我们的创造者是基于对某些同类的恶意才将这样的我们塑造了出来的,但既然我们的存在已经是既成事实,那么我认为,我们有权与其他真正的人一样生存下去。"说到这儿,女人摇了摇头,"在我的同类中,也有人曾经做过这样的尝试,但他们的尝试都以失败告终:无论我们与真正的人何其相似,只要得知我们的真正身份,那些曾经愿意收容我们的人也最终会与我们反目成仇。"

"那么,你们就不能试着隐瞒身份吗?"公孙施问道,"毕竟你们原本就是为了在人群中长期潜伏而制造出来的。骗过一般人应该不算困难吧?"

"确实不难。而且就我所知,我的一些同伴也确实这么做了。"女人答道,"但我们中的大多数都不满足于这样的苟且偷生,毕竟,我们的数量并不算少,在数十年的漫长共处中,某些人的身份暴露只是个时间问题。如果到时候,我们仍然被视为'非我族类',那么将会发生的就只有一场腥风血雨。还记得中世纪发生的女巫狩猎吗?"

公孙施点了点头。

"正因如此,我才希望能够作为一个人——而且是不掩饰自己真实身份的人——被接纳。根据我的判断,唯一能成为突破口的,只有爱情。基于对人类的缜密分析,我认为,只有依靠爱情,才是最为保险的方案。在和那个人共处两年,生下了孩子之后,我觉得他确实是真心且彻底地爱我的,于是我向他坦白了一切。当时的我相信,有了爱情和亲情的双重保障,就算是最顽固的人,也应该能放下偏见才对。"

"但是他……"

"是的,他宣布我和我的孩子都是怪物——哪怕那也是他的孩子!并声称要找人来消灭我们!我实在没有办法,只有采取了最终手段……我相信你也能认同这一点:至少,我们的孩子应该是无辜的。"

"当然,孩子确实是无辜的。"当女人又一次转过身去,将目光投向熟睡中的婴儿时,公孙施将一只手伸向了自己斗篷内侧缝着的小包,非常小心地取出了藏在其中的物品。这支点三八口径的袖珍手枪是浮华时代末期的遗物,虽然算不上什么非常强悍的战斗武器,但在两秒内射出的八发子弹却足以击碎任何没有特别防护的"铁脑壳"的中央处理器。

在这个距离上,他不可能射失。任何人都不可能。

一个小时后,在小镇内四处搜索的巡林客和民兵们,发现了怀抱着一名幼儿的公孙施。

对于他怀中的孩子,不止一个人提出了疑问,但公孙施什么都没有回答,只是默默地返回了村里,将这个来路不明的幼儿送给了一名新生儿刚刚夭折的年轻妇人。

"我们会知道的,总会知道的。"在离开村子时,公孙施没有收下任何报酬,只是留下了这么一张纸条,"记住,任何一个人的父母都只可能是人,人类能够诞下的也只有人类。"

在那之后,村里的人再也没有见到过他。

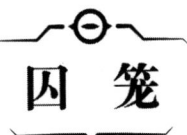

囚 笼

1

前方吹来的风携带着大海的味道。

我很清楚,对于那些正在数百甚至数千千米外关注着我的观众而言,我抵达海岸线的瞬间,绝对是值得纪念的;对我自己而言,意义也非常重大。考虑到剩下的半打竞争对手几乎都落在我身后几百千米的地方,而且完全没有丝毫赶上我的可能,这不仅意味着我长达三个月的充满艰辛且意外连连的旅行马上就要画上句号,也意味着我即将成功地将真人秀举办方承诺的两百五十万美元奖金,外加其他一大堆花里胡哨的奖品通通收入囊中。

事实上,就在五分钟前,节目主办方已经将这个消息提前通过卫星通信装置告诉了我。

是的,我本应该感到非常高兴。但说实在的,我现在真是一点儿都高兴不起来。如果可以,我现在肯定会立即停下前进的脚步。

然而不幸的是,我那早已因为长时间持续跋涉而变得酸疼不堪，仿佛随时都在遭受炮烙之刑的双腿，却仍在以令人敬佩的毅力不断地行走着。

不过，驱动我竭尽全力迈开双腿的，既非对金钱的贪婪，亦非对名望的极度渴望，甚至不是对成功或者超越自我——这些陈词滥调几乎已经被那些老旧的励志冒险故事给用滥了——的追求。事实上，就连我也不知道那个正像该死的奴隶主一样疯狂地驱赶着我前进的家伙的名号，因为它在生物分类学上压根儿就还没有一个正式的名字，但基于它一贯的表现，我现在暂时管它叫作"狱卒"。

相信我，这他妈的绝对是个非常贴切的称呼。

2

对于一个在生命科学专业惨淡挣扎了整整十年的倒霉鬼来说，最令人兴奋的事——至少是其中之一——莫过于成为一种有着全新生存方式，以及显然与其他生物都截然不同的生命史的生物的首位发现者；而最不幸的事则是，在发现它时，你自个儿恰好正在成为它的牺牲品。

不知从什么时候开始——有好事者考证过，很可能是本世纪初的那几年——生物学相关专业就一直是"前途黯淡""不好混"的代名词之一。尽管这个世界上的几乎每一个人——或许我在这次真人秀的旅途中段碰上的那几个住在中非雨林里的俾格米部落民可以除外——都受益于我们的辛勤劳动和智慧的结晶，但像我这种从二流大学的二流生物专业毕业，然后辗转在各个随时可能倒闭或者裁员的三流公司打下手的家伙，却从来没和"发财"这个词儿扯上过一丝半点儿的关系。

更糟糕的是，我同样也不是个安贫乐道的家伙，尤其是在得知读研究生时和我待在同一个实验室里的清秀女孩居然与一个刚出道不久，而且在很久之前就与我相识的二流主持人混在一起之后。

这也是我会报名参加这次真人秀的缘故。

"最后净土大挑战!"这场连名字里都塞满了商业化铜臭味和三流文艺青年式酸臭味的真人秀,真是我最最不喜欢的类型。

按照它的规则,如果要获得胜利,我必须沿着儒勒·凡尔纳的成名长篇小说《气球上的五星期》中的路线徒步——没错,是徒步,不准乘坐包括热气球在内的任何交通工具——沿着赤道的方向横穿非洲大陆,并确保另外二十三个竞争者都不能在我之前做到这一点。

唔,我得承认,作为一只被常年圈养在实验室里摇管子的俗称"生物狗"的两足生物,以我的体质、经验和个人能力,其实都绝对不适合如此艰苦的旅行。然而我还是在权衡良久之后,选择了报名。

这在一方面是因为足以让我摆脱眼前痛苦劳碌、浑浑噩噩生活的丰厚奖金;另一方面则是因为,那个胆敢和我学生时代女神暧昧不清的小子正是这次真人秀的主持团队中的一员。从南方古猿时代之前流传下来的雄性行为模式,让我极其希望在这家伙面前获得胜利,展示自己,让他看清楚谁才是更强、更聪明、更有权把基因传承下去的那个个体!

当然,至少在一开始时,我并没有对成功抱太大希望——直到我发现其他参与者居然都比我更弱鸡时为止。

在旅程的开端,那些愣头青还有余力优哉游哉地上传他们在桑给巴尔采摘丁香,或者在维多利亚湖边钓鱼的视频。

但随着相对发达安定的东非地区渐渐被我们抛在身后,这班养尊处优的小布尔乔亚很快就在没有自来水、电力稀缺、卫生条件奇差的环境中现出了原形:有两个家伙刚穿过乌干达国境,就火速宣布了弃权;八个倒霉鬼在乍得南方的荒漠里因为缺水、迷路,没有抽水马桶,患上寄生虫病和被当地人打劫而自行弃权;从中非方向迂回的六个家伙情况更糟——其中一个因为卷入班吉市贫民窟里的一次街头交火而送了命,另外五个只是在国境线边上晃悠了一圈,便果断选择了打道回府。虽然我的对手里倒也有那么三四个半职业探险家,但无常的命运早早便替我排除掉了这些强有力的竞争者。

总之,当我牵着骆驼,步履蹒跚地离开早已变成一摊肮脏的含盐污泥的乍得湖南岸时,这次真人秀已经正式变成了属于我一个人的独角戏。残存的几个家伙自知成功无望,早已主动放慢了脚步,并且避开了最糟糕的地方,将竞赛变成了一次纯粹的旅游秀。

为了挽回收视率,节目组的家伙们开始将目光放在了我的生物学学历上……

于是,我开始不断接到指示,要求我在力所能及的范围内进行一些节外生枝的小小冒险,哪怕我反复声明我所学的专业和野外勘探完全无关也没用。

唔,这就是我碰上"狱卒"的直接原因。

自从离开炎热荒凉的中非地区,进入林木茂盛、绿意盎然的几内亚湾沿岸之后,根据节目制作组的授意,我不止一次地离开计划路线,前往一些据他们声称"绝对没有危险"的地方进行所谓的"冒险"。

这些所谓"冒险"的内容,基本上大同小异:根据临时转发给我的地图,找到所谓的"神秘古迹"——通常是殖民时代的法国人和英国人留下的传教站、小型堡垒或者仓库的遗址——郑重其事地在那些断壁残垣里晃悠一圈,随便抓着几只奇形怪状的小生物,摆出一脸大惊失色,让我自个儿都难为情至极的表情,再向啥都不懂的观众们随便科普一点儿自然科学知识就成了。

当然,这些活儿都非常安全、毫无难度,顺利得甚至连我自己都放松了警惕。正因为如此,当我在最后一次"冒险"中进入一处曾被兼作乡村医院使用的废弃天主教堂,并在积满灰尘的药剂仓库里发现那只尘封已久的箱子之后,我不假思索地直接打开了它。

那只用来自遥远的勃艮第的木材制成的箱子里,塞着一沓笔记、几只瓶口被蜡封住的瓶子和一盒已经锈成一团的手枪子弹。

如果在那时,我还保留着一点儿最起码的理性与谨慎,那么整件事多半也不至于演变成现在的样子。现在想来,那时我至少应该先认真阅读那些由英法双语写成的笔记,好好动脑筋思考思考其中所传达的信息,然后再决定是否要拧开那些瓶子上的蜡质封印。

但是,当时的我并没有这么做。

"呐,大家看,我好像发现了不得了的东西了哦……"入戏太深的我像个货真价实的探险节目主持人一样,举起了一只瓶子,在负责摄像的微型机器人的镜头前很招摇地晃了晃,还配上了一个我自以为很帅,其实多半傻得冒泡的笑容,"好了,激动人心的时刻马上就要来了!接下来,我要在各位面前慢——慢——地把瓶子打开,让里面的秘密重见天日!"

然后,作为一个彻头彻尾的大蠢蛋,我他妈的真这么干了。

3

　　我没记错的话,以前有个草根历史学家曾经说过:"真正重大的事件在发生时总是悄然无声的。"自然,这话也适用于我。

　　在我打开那只棕色玻璃瓶瓶口的蜡封时,除了掉出一小团细碎的灰褐色粉末,让我猛地打了几个喷嚏之外,没有任何东西从瓶子里掉出来。

　　"呃,看来里面没什么秘密。"我朝着镜头挤眉弄眼一番,然后说道。

　　我想,大概确实有不少待在屏幕前的无聊人士被我的蠢样给逗笑了吧。

　　我并没有把那天的"探险"太当一回事儿。在太阳下山之后,我便在这座古老医院的院长办公室里暂时住了下来,为第二天的赶路做准备。

　　在节目组为我准备的自动化个人安保系统的保护下,我睡得很不错,与我的主要器官相连的几个植入器所传来的读数也完全正常。唯一让我感到不适的只有一点:在那个夜晚快要结束时,我做了一个梦,在梦中,我发现自己变成了一只被僧帽水母捕获的沙丁鱼幼崽,正在无数遍布刺胞的触手包裹之下无助地挣扎着,同时渐渐窒息……

第二天一切如常,但到了夜里,那个梦里的僧帽水母变成了巨大的章鱼——就是那种吸盘里长着利齿,散发着尿素般怪味的大家伙。我的窒息感更强烈,也更真实了。事实上,当我醒来时,我甚至真的大口大口地喘了好几分钟的气。

到了第三天早上,当睁开双眼之后,我觉得自己的后颈窝那儿似乎有点儿疼。当然,由于没有别的不适症状,我当时也没把这点儿小毛病当回事,而是继续朝着大西洋的方向走去。

但是,到了那天晚上,后颈窝附近的轻微疼痛开始蔓延到了颈椎,与此同时,我的双手和双脚也开始有些间歇性的发麻——作为好歹学过点儿医学基础知识的人,这些异常状况总算是引起了我的不安。也正是在这个晚上,我第一次打开了那卷老旧发黄、破损不堪的笔记,试图从那些上百年前留下的字句中找出某些能帮我弄清现状的线索来。

由于年深日久,虽然保存状况不算太差,但笔记的许多部分仍然出现了缺页、破碎或者污损的现象,剩下的那些又大多是以我不太了解的法语写成的。万幸的是,通过那些零星的英文段落,我还是大致读出了一些关键的信息。

按照这位没有留下姓名的神父兼医院院长的说法,他是在1905年前往法属西非任职的,而留下最后记录的时间,在1907到1908年之间,就在这一年的圣诞节即将到来之时,医院附近的一些当地人村落出现了一些行为异常的人。按照他的说法,这些人似乎是被"魔鬼附身"了……由于记录的缺失,我没有读到多少有意义的信息,但一小段熬过漫长时光存留至今的语句仍然引起了我的注意。

"……异常现象从最接近森林的地方出现,然后……在最开始时,症状有些像是轻微的疟疾或者感冒,甚至几乎没有症状。不过,有人报告说他们感到头疼、皮肤疼痛,以及最关键的——在后颈处的持续性不适,就像有异物卡在了脊椎之间。"那位没有留下姓名的神父写道,"综合其他一些描述,我怀疑这是微生物感染的症状。医院唯一的显微镜也从患者疼痛处流出的体液中发现了一种过去未曾见过的……可以肯定的是,一旦症状发展到……患者的行为变得有些微妙。虽然乍看之下没有任何异常,但只要时间一久,那些他们最为亲密的人最终肯定会察觉到……他们的灵魂仿佛变成了囚犯,而魔鬼则成了狱卒……"

记录最后的部分非常模糊而混乱,而最后一小段话则出于另一人之手——那似乎是一个从达荷美赶来的殖民地警察部队指挥官。按照这名指挥官的说法,认为患者被"邪灵附体"的当地人发起了一次小小的暴乱,烧死了所有看上去不太正常的人,医院里的人也不幸包括在内。之后警察部队的镇压,几乎导致了所有知情者的死亡,而他则决定把在神父办公室里找到的那些"令人不安,无法确定用途的东西"封存起来。

"搞啥啊?"在读完这堆玩意儿之后,我毫不意外地感到了一阵从脊背上窜起的恶寒。就算我并不是真正的医生,对传染病学的了解也只限于大一和大二学的那些基础课里的内容,但如果记录哪怕有一半是实话,那也意味着无数种可怕的潜在可能性!而从我后颈传来的轻微疼痛时刻都在提醒着我,那一天发生的事,并不是一场梦,而且多半也不是节目组特意安排的整蛊桥段。

我必须尽快寻求帮助。身体不舒服的时候要看医生,这可是所有现代人的常识。

虽然现在的我是孤身一人,离最近的城镇也有几十千米之遥,但这并不是什么问题。毕竟,这是一场真人秀节目,只要我需要,五花八门的通信设备随时可以把我的需求传递出去,而且我也不认为节目组会有什么理由阻止我因为身体不适而要求进行一次全面体检。现在我所需要做的,只是打开随身携带的海事卫星通信系统,摁下一个按钮……

但我突然发现,自己甚至连如此简单的事也无法做到。

当然,从理论上讲,在这一刻,我的身体机能并没有受损。我的双手双脚都还好好地长在身上,肌肉没有萎缩,骨头没有折断,神经也没有出毛病。

但我就是无法拿起通信设备,按下按钮,将我想说的话传达给任何可能向我提供帮助的人。

我尝试了一次又一次,可结果都是一样——如果我想用我的双手做其他事情,那么都不会遇到任何困难;但只要我试图寻求医疗帮助,我的手就会变得不听使唤,无论如何都动不了丝毫。

更可恶的是,出问题的还不只是我的手!

在两个小时后,当节目组与我进行定时联系时,我本想立即向他们开口求援。但无论我如何努力,都无法将相关的语句说出口来。我希望能告诉他们我目前的状况,希望说出我心中的惶恐、不安与种种推测,但这些话语只能在我的脑海中打转,怎么都无法变成有条理的语句,就仿佛有一只无形之手死死地捏住了我的舌头。从事后的录音来看,在这次对话中,我所说的话只是一连串对对方问题的消极回应,包括几句不经大脑的客套话,以及"啊""喔""是的"或者"没问题"。

去他的没问题!

就在那一刻,我总算彻底弄明白了那份笔记里的意思:没错,我已经正式沦为了"狱卒"的囚徒!

4

自从后颈开始疼痛之后,我又连续赶了三天的路。

这三天的时间大幅度拉近了我和旅途的终点——大西洋海岸线——之间的距离,也让其他尚未退出的参与者更加没有了取胜的可能。要是在打开"封印",放出"狱卒"之前,这一事实肯定会让我信心百倍,欢欣鼓舞,但现在的我,却正忙着考虑其他问题。

我所面对的第一个问题是,"狱卒"的目的到底是什么? 当然,这并不是什么特别困难的问题,对身为正牌的——虽然只是二流的——生命科学专业毕业生的我而言,更是如此。无论从哪个角度来看,"狱卒"都是一种生物,一种营寄生生活的病原体。就像所有不存在智慧的生物一样,它的生存目的,无非只有那么一个——生存、繁殖,从而把自己的基因传承下去。

于是,这就引出了第二个问题:它接下来打算干什么?

这个问题同样也不难回答。无论是被中国人盲目地奉为灵药仙丹的冬虫夏草,寄生在人们的消化道里让所有人都极其不待见的蛔虫,抑或是艾滋病毒或者埃博拉病毒这样的危险角色……寄生生物的生活史主轴,无非是生存、成长,以及寻找新的寄主。

随着后颈的疼痛开始逐渐消失,我估计"狱卒"已经完成了前面的步骤,而这也意味着,它驱使着我行动的目标,只剩下了一个。

不用说,这可不妙。

相当不妙。

在确认了这两点之后,我立即开始了对第三个问题的思考:是否有办法对付"狱卒"?如果有,我又是否能用上这些办法?

第一个问题的答案是肯定的。从那位不知名的神父兼医院院长留下的记录来看,"狱卒"既然可以在20世纪初水平的光学显微镜中被看到,那么多半是某种细菌或者真菌。不过,考虑到它能够持续脱离宿主休眠上百年而保持活性,我推测它很有可能是芽孢杆菌的某个特殊亚种。在早已进入21世纪中叶的今天,对细菌进行分门别类,然后找出一种能够收拾掉它的抗生素,并不是什么特别困难的事情。至于发现它们,则更是非常简单,任何医疗机构都可以在常规检验中轻易地做到这一点。

但问题的棘手之处也正是这里:身处自己身体的"囚笼"之中,我该怎么让自己去接受医学检查?

毋庸置疑,指望以德服人说服这些该死的原核生物,肯定是滑天下之大稽,而不知为何,这些鬼东西似乎颇为"聪明",能够及时阻断我寻求医疗救助的任何行为。在几天的旅途中,我不仅从来没能通过通信工具成功求援,甚至连自救也没办法。其实,在我的背包里一直放着几盒强效广谱抗生素,用于预防紧急状况。有好几次,我都曾打算用它们来碰碰运气,但只要这样的念头出现在我的脑海之中,我的手就绝对无法伸进背包,仿佛那里面装着一整个核反应堆的堆芯似的。

除此之外，"狱卒"还竭力阻止我去做任何危险的事——或者更准确地说，任何会让我下意识地感到危险的事。

有一次，当我偶然发现一条颜色鲜艳的蛇悬挂在一棵树上，打算走上前去查看它是否有毒时，我的双腿立即像陷入泥沼般定在了原地；而另一次，当走过一处陡峭的河岸边时，我下意识地想象了一下从崖壁上跌落的场景，结果身体的反应大大出乎我的意料——我立即趴了下来，以最不容易摔倒的姿势手足并用地爬到了离河岸足够远的地方，然后才慢慢地站了起来。

当然，观众们都把我的这一行为当成了某种刻意为之的即兴搞笑表演。事实上，还真有不少人在那一天笑疼了肚子。

随着这样的事件不断发生，我总算意识到，正如它竭力阻止我寻求医疗援助一样，"狱卒"也在设法保护我的生命安全，或者更准确地说，在保护它目前唯一可以依凭的寄主。它需要我活下去，直到能够接触更多的人类，让它的子孙后代有机会开枝散叶为止。

而通过与它进行的一系列接连失败的博弈，我也在大致上推测出了"狱卒"的手段：与恐怖电影中经常出现的从头到脚都散发着不科学味道的丧尸病毒，以及现实中存在的经常控制宿主丧命的铁线虫和诸多真菌不同，这玩意儿对我的身体并没有造成任何显而易见的危害。事实上，它甚至没有完全控制我的行为。我的生活完全能够自理，也能正常进行绝大多数日常活动，唯一遭受阻碍的，只有那些可能对"狱卒"不利的举动。

虽说神经科学并非我的研究方向，但我所拥有的那些基础知识还是足以让我大致猜出"狱卒"是怎么做到这一切的。我推测，它多半通过某种方式侵入了我的大脑皮层，并时刻监视着几个特定区域内的少数几类特定电信号，这些信号所代表的都是一个意思:我刚才又想到了某个可以收拾掉"狱卒"的点子,并且正打算付诸行动。接着,长在我脊椎后侧的那个迷你病灶就会立即做出反应,通过阻断神经信号的传导,将我计划中的下一步行动死死地卡在大脑之中。除此之外,一旦我察觉到危险,"狱卒"也会立即做出反应,强迫我立即采取最大幅度的避险行动。

我实在无法想象,到底是什么让"狱卒"进化出了如此不讲道理的能力。但话说回来,进化这事儿本来就是突变的瞎猫撞上自然选择的死耗子的结果,其实压根儿就没什么道理可讲。

这下可麻烦了。

而且是非常非常麻烦。

在这之后,我曾经试过停下脚步,就这么待着不动,好以这种最为简单直接的方法让自己的异常被其他人察觉。

但很不幸,随着停下的时间不断延长,那该死的寄生浑蛋也开始失去了耐心。为了让我动弹起来,"狱卒"开始在我的脑子里胡搞瞎搞,狠狠地刺激了我的痛觉中枢。在凭着意志力坚持了几分钟后,我不得不承认了自己的失败,并重新踏上了前往海岸的旅程。

更可恶的是,或许是在刺激我的过程中尝到了甜头,"狱卒"在这之后变得更加肆无忌惮了。每当我的脚步稍稍放慢,或者打算多花一点儿时间休息,它都会让我的脑袋疼得活像是被塞进了一窝愤怒的美洲火蚁!这种虐待狂式的行径,一直持续到我的脑子里不由自主地冒出了一幅我累瘫在地,口吐白沫而死的图像为止。

唔,这就是至今为止在我身上所发生的一切倒霉事——虽然我有种强烈的预感,倒霉事大概不会到此为止。

5

根据我的个人终端显示在护目镜内侧一角的数据,截至今天中午十二点为止,我离几内亚湾遍布肥沃淤泥的海岸线只剩下了不到十千米远。

按照活动安排,一旦走完剩下的这点儿距离,上千名来自世界各地的观众、当地志愿者、节目组人员、新闻记者和别的家伙,就会把我围个里三层外三层——对于任何以人类为宿主的寄生生物而言,这种景象都不啻是天堂。

考虑到之前我被感染的整个过程,"狱卒"的人际传播显然是通过空气中的粉尘或者气溶胶进行的,并不需要进一步接触。换言之,就算我到时候什么都不做,只要抵达终点,这玩意儿就能立即找到一大群潜在的新宿主。几个小时内,感染就会完成;而再过上区区两三天,"狱卒"就会得到一大批任它操纵的傀儡! 在交通发达的现代社会,这些傀儡可以在几周之内就将"狱卒"的后代散播到地球的每一个角落!

这样的状况显然不是一支达荷美土著警备队就能对付得了的。

当然,好消息倒也不是没有。无论如何,现代人的医疗与防疫技术，比起20世纪初已经提升了好几个数量级。对于"狱卒"而言，它唯一的优势兼生存希望，就是隐蔽性——在成功扩散到全球之前，只要它的存在被发现，各国的医疗检疫系统就会迅速将它的传播途径切断，最终像所罗门封印魔鬼一样，将它重新塞回那个瓶子里。换言之，我只需要让人们意识到我出了问题，意识到有必要对我进行医学检查，就行了。

可问题是，我他娘的做不到。

虽然我的身体暂时还看不出任何异样，但随着与终点的距离一点点拉近，我大脑中的搏斗也正变得越发激烈。我思考着一个又一个点子，并试图将它们付诸实施，而"狱卒"则以堪称歹毒的精准度将我的每一个可能对它不利的打算阻截下来。我试图停下脚步，试图伤害自己，甚至试图在"不经意"间让自己从危险的陡坡与山崖上摔落……但这一切全是无用功，一旦我针对它的恶意被察觉到，"狱卒"就能提前让我无法采取行动；而如果不思考的话，我要想摆脱"狱卒"更是无从谈起。

当然，我还可以指望无常的命运之神会在下一个瞬间对我露出微笑：如果节目组突发奇想，决定让结束冒险的我接受一次全面体检，那"狱卒"的存在几乎一定会被发现。

除此之外，如果有非常熟悉我平日的言行举止的人突然出现，那么他们大概也能从我略显不自然的举止细节中看出某些端倪—— 一个世纪前，那座已经不复存在的村子里的居民们就是这么意识到情况异常，进而将他们的亲人送往医院的。

然而不幸的是，这些可能变成现实的概率，也只能让我用来安慰自己而已。那些制作节目的家伙一天到晚想着的，只有如何省钱，要他们为我这么个看似健康的人进行检查，简直和割他们的喉咙一样难。而我虽说还不至于举目无亲，但我年迈的母亲和大学里的导师都年事已高，难以长途旅行，指望他们能在这种时候恰好来到遥远的非洲，无异于白日做梦。

总而言之，从技术层面上讲，我连一丁点儿的机会都他娘的没有。

说来也怪。在确信了这一点之后，之前一直充塞着我的脑海的诸多烦恼，反倒在转瞬之间烟消云散了。而随着我停止抗拒，"狱卒"也不再继续给我制造烦恼和痛苦，就像它从未存在过一样。在彻底放弃治疗的心态支配下，我开始难得地欣赏起周围的森林、花卉与河川，同时半是自嘲、半是认真地幻想起未来世界的景象。我实在是不相信"狱卒"的运气能好到一统全地球的地步，但毋庸置疑，在一切结束之前，这会成为人类史上最为值得纪念的历史事件之一。也许一千年后，孩子们还会在历史课上看到我的名字，然后互相嬉闹着嘲笑那个随随便便就打开瓶盖的大蠢货。

而我还能说啥？我确实就是个大蠢货。一个彻头彻尾的运气极坏还傻得掉渣的大蠢货，除了认栽别无选择。

最后的十千米路程很快就走到了尽头。当太阳的位置开始西沉之时，我来到了一片开阔的泥质滩涂旁。虽然附近有好些港口城镇可以选择，但节目组认为，一定要把终点设在这种鸟不拉屎的荒郊野外，才能体现出本节目"挑战自然"的主题。说实在的，他们现在总算如愿以偿了：一个遭到了自然挑战，而且刚刚一败涂地的倒霉鬼正朝这儿过来，并即将神不知鬼不觉地为所有人献上一份大礼！

"……看哪！经过九十七天六小时十一分钟的艰苦跋涉，两百五十万元的大奖正在朝它的得主招手！"就在我大步流星——而且很不情愿——地穿过竖立在终点线前的绿色大拱门时，一个让我隐约觉得有些耳熟的声音飘荡在空气中，"在座的诸位！让我们以热烈的掌声恭喜'最后净土大挑战'的胜利者！他一路前行，凭着自己的力量、智慧与知识，战胜了这片原始狂野大地上的无数艰难险阻，以压倒性优势甩开了所有强有力的竞争者，最终来到了这里！"

我停下脚步，放下背包，双眼在聚集于终点附近的人群中来回搜索着说话的那个人。当然，这并不是因为我对于那家伙无聊的陈词滥调产生了什么兴趣，真正吸引我的是他的声音——这家伙的声音对我而言，其实算不上非常熟悉，却让我感到非常恼火。不知为何，我总觉得自己十分厌恶那个说话的家伙，因为……好吧，我想起来了，因为他抢了我的女朋友。

在看到站在一项巨大而花里胡哨的帐篷下的那家伙的瞬间，令人不悦的记忆立即像开闸的水流般回到了我的脑子里。在过去的几天中，我一直忙于思考和"狱卒"斗争的方法，以至于一时间忘记了比赛、两百五十万奖金以及我选择加入这场真人秀的原因。没错，现在我想起来了，除了改善作为一条可怜的生物狗那糟糕透顶的收入状况之外，我来到这里的另一个目的，就是这个浑蛋。

"啊哈，你这混球。"我打量着那小子漂亮的脸蛋，像一头在交配季节保卫领地的雄性棕熊一样喘着粗气。不过这一切都和"狱卒"无关，而出于我自己的愿望。

"咱们又见面了。"我说道。

"是啊，很高兴能见到你。"那小子皮笑肉不笑地对我鞠了一躬。我俩从初中起就是同学，因此，早在这小子勾搭上我的学姐兼前女友之前，我就对他的这些个小伎俩烂熟于心了。"恭喜你赢得了胜利……哦，对了，还有那两百五十万奖金。"

　　我强忍着想要一拳揍在他脸上的冲动,勉强笑了笑,说:"看来今天是个好日子啊。"

　　"是啊。"那小子欢快地说道,"更重要的是,现在就像俗话说的那样:好事成双。我这儿恰好也有件好事儿得告诉你。"

　　"啥?"

　　那小子伸出一只手,把一只附着一封手写信件的小小礼盒塞到了我的鼻子底下。

　　虽然我是个穷光蛋,但也能一眼看出这是一只用来装钻戒的盒子,而那封信上的字迹也是我所熟悉的。

　　"没错,我们正式订婚了哦。"那小子说道,"而且她才是主动的那一方。"

　　我得承认,作为他的墓志铭,这句话确实有一种别样的美学意味。

6

事后想来,我确实应该好好感谢那小子——严格来说,不仅是我,全人类都有必要挨个儿走到他的坟前,朝着他的墓碑鞠躬致意。如果他没有挑在那个时候对着心烦意乱、头大如斗的我送上那样的"惊喜",我实在是不敢想象,我们这个世界到底会变成什么模样。

具体而言,这小子激怒了我。此时我的愤怒是人类这个物种所拥有的最为原始的形态:基于生殖冲动所产生的愤怒。由于持续好几天将精力耗在与"狱卒"的缠斗中,接着又被不情不愿地驱赶到海边,我早早地便憋了一肚子的火气,而自控能力则早已跌到了谷底。更妙的是,或许是因为过度沉醉于战胜了竞争对手的喜悦,这小子很可能是一生中头一次在"察言观色"这个课题上失算了。

因此,当我一巴掌拍开那只戒指盒,然后朝他冲去时,他脸上堆满了不敢置信的神色。

"狱卒"没有阻止我的行动。

诚然,作为一种体积远小于人类肉眼能够观测的极限的寄生生物,它的"智慧"——虽然我不知道这个词在这里是否适用

——可谓惊人。在数十个小时中，它准确地侦测到了我存心与它对抗的每一个念头的，并将其全部无效化；而所有危及我人身安全的可能性也都在它的操纵下被全部避开了。

但是，我对那个浑小子所发起的攻击却是例外！

在那一瞬间，铭刻在我的每一条染色体中的本能，都对我的行动持完全支持态度。毕竟，就纯粹的生物角度来看，我比他高，比他壮，比他迅速，在非洲大陆上历练了三个月后更是如此，攻击这样的竞争对手对我并无威胁。自然，作为一种纯粹的生物，"狱卒"也接受了我的这种想法。因此，"狱卒"任我开始攻击并进入了搏斗所造成的高度兴奋状态。

那小子先是试图抵抗，然后又试图逃走。

但我没有让他达成这两个目的中的任何一个：在其他在场者意识到这不是真人秀的一部分并做出反应之前，我已经像一头发怒的黑猩猩一样咬住了他的喉咙，用我那虽然远不及黑猩猩，但起码还算足够坚固的门齿和犬齿撕开了对方的颈动脉。

迎面喷涌而出的鲜红色温热液体将我的兴奋推到了极致！在现代文明的第一缕灯火被点亮之前，这便是属于男人的最大的快乐。在过去万年之中，名为"法律""道德"与"社会规范"的压制，从来没能真正将它逐出我们的身体和血脉，在那一刻，我用亲身体验证明了这一点。

当然，我总共只在战胜竞争对手的本能狂喜中沉浸了短短几秒，接着，至少一打胳膊就从不同的角度揪住了我，粗暴地将我拽到一旁，强行摁倒在地。

直到这一刻，操纵着我行动的"狱卒"才意识到大事不妙，开始强迫我挥舞手脚，拼命抵抗。

而我完全顺从了它的行径——毕竟，在这种时候，这么做不仅无害,而且有益。

毕竟,在此时此刻,我越是目眦欲裂,像一头被困的野兽一般拼命挣扎,就越能证明我的情况不正常。

接下来发生的事全在意料之中:在无数人惊讶的目光注视下,我被制伏,然后被捆绑起来,最后被送进了医院。

在穿着精神病人的拘束衣的状态下,我接受了一番全面检查——当然,那些医务人员就像几天前的我一样对"狱卒"的存在一无所知。直到发现位于我后颈部位的病灶之前,他们都一直以为,我多半只是在过度辛劳的跋涉中积累了太多压力,并因此陷入了失常状态。

不过,这些都并不重要。在接下来的几小时内,"狱卒"的存在就被昭告天下,所有与我有过接触的人,都立即得到了及时的隔离检疫。其中几个人已经抵达了波多诺伏的国际机场,再过一两个钟头就要登上返回故乡的飞机了。虽然确实有少数几个人出现了遭到"狱卒"感染的迹象,但万幸的是,迅速动员起来的防疫体系成功地阻断了它的传播……至少看上去是这样。

至于我自己吗?当然,在受到拘束的状态下,我不得不在特护病房里待了相当长一段时间。在这段日子里,"狱卒"一直驱使着我疯狂地挣扎,把我生生折腾掉了半条命。不过,在我那些更优秀的同行成功地为"狱卒"验明正身,并找到合适的抗生素之后,一切便都结束了。

经过这浑蛋整整一个月的支配,我终于被解放了出来……然后收到了法庭的传票。

当然,我最后啥事也没有。直到现在,上千名法学专家仍然在持之以恒地就我当时的行为到底算是故意杀人、紧急避险抑或纯粹是身不由己而进行争辩。即便在我和我的同行们认真仔细地向他们解释了"狱卒"是个什么玩意儿,以及它控制人类行为的原理之后,这种争辩仍然没有任何头绪。而一般民众对我的看法同样如此。有些人认为我是让世界免于浩劫的英雄,但也有人认为我是个单纯的杀人犯或者受害者。

也有人询问过我的看法,但不幸的是,就连我自己也不知道哪种说法更接近事实。没错,我当时确实已经意识到,"狱卒"只会制止那些刻意针对它的行为,或者避免我遭遇直接的危险,而无法从人类社会的层面判断我的行为对它而言是否属于最优解;我也知道,在怒吼着扑向那小子的一瞬间,我的心中确实短暂地闪过了这个念头——而幸运的是,充斥着我大脑的狂怒成功地将它暂时掩盖住了。不过,我当时的所作所为到底有几分是为了对付"狱卒"?又有几分是纯粹出于私欲?恐怕没有任何人能弄清楚这个问题。

然而至少,我可以确定一件事:直到现在,我仍然会对与"狱卒"的邂逅感到那么一丁点儿的庆幸。真的。

弑神者

1.锐声原

"本人乃埃涅里克·火之生,也被称为山怪杀戮者、懦夫之噩梦、裂骨者,是圣费雷利安努斯之盔甲的合法继承者,曾三次踏上过前往此地的荣光之旅!"身穿血红色战甲的诺斯人踏着一具被砍得支离破碎的尸体,炫耀地用一只胳膊挥舞着手中的重锤,郑重其事地吼出了这段又臭又长的废话。所有从冰川里出来的蛮子在这方面都惊人地相似,仿佛全世界的人都对他们的那点儿破事很有兴趣似的。"这位是阿丹·暴哮者,曾经在五天内用一把匕首猎杀了七头神威兽的神眷之子,这是他第一次踏上光荣的锐声之原。"

"听上去不错嘛……"明摩挲着挂在腰带上的大口径手枪,想象着用一发爆破子弹放倒这两堆低智商肉块中的某一堆的场景。作为他们所属的那个天知道叫什么狗屎名字的部落里的冠军勇士,站在他面前的这对肌肉男理所当然地拥有全部落最好的盔甲,但不幸的是,这个"最好"的评价标准并非基于它们的实用价值:为了能在不至于压垮穿戴者的前提下把整套行头做得尽可能像开屏的孔雀一样拉风,蛮子们的工匠通常会用黄铜薄片甚至柔软的黄金作为盔甲的主要材料,而非可以防弹的钢板和复合纤维材料,然后再用各种各样的宝石、贵金属和战利品在那上面弄出一大堆花里胡哨的小丑式装饰,最后涂上一层像发情的猴子屁股一样红的油漆。就实用角度而言,这样的铠甲甚至无法抵御一把切肉刀或者劈柴斧的猛击,更遑论阻挡穿甲弹了。但在那些大脑表面极度平滑的家伙看来,这种华而不实的薄弱装甲恰恰可以最大限度地彰显出穿戴者的"英勇"。

"我的名字是明,来自南方的大都会。"

"软弱无力的名字,和城里来的耗子倒是般配。"自称为火之生的那个大块头取下了带有一对铜铸双角的头盔,朝着他与明之间的地面上吐了口唾沫,以示挑战。这片肥沃的黑壤早已被鲜血所浸透,其中一些来自明的战友,但更多的则是从北方蛮人的血管里流出来的。"但至少是只有点胆量的耗子,比那些缩在王八壳里发抖的杂种和孬种像样些。"

"所以?"

"所以你有资格死在我们的手里,城里来的臭耗子。"暴哮者高高举起了巨大的连枷,摁下了位于腰带上的一个红色按钮。挂在动力连枷顶端的带刺铁球随即在锁链的带动下飞速旋转起来,在他面前舞出了一片银色的光影。"来吧,害虫!来迎接我们赐予你的光荣!"

明不置可否地耸了耸肩,随即举起了自己的那根齐眉短棍,将棍子包着铁皮的一头闪电般地戳向了对方的面部,当年轻的蛮人下意识地朝后退去时,明已经欺身闪过了那片足以碎肉断骨的光影,朝着对方漆成金红双色的胫甲快速挥出了一棍。这一下子的力道不算太大,却全都通过那层中看不中用的黄铜传进了蛮人的膝关节里,随着一声吃痛的低呼,暴哮者打了个趔趄,险些失去了平衡。

如果是一对一的公平对决,明只需要最多五秒就能解决掉这个徒有一身蛮力与血气之勇却缺乏技巧的蠢蛋。但很不幸的是,火之生可不打算就这么袖手旁观。虽然那柄沉重的碎石锤速度缓慢,不难躲开,但当明闪过接下来的两次锤击之后,那个年轻蛮人已经晃晃悠悠地重新爬了起来——他的一处臂甲在摔倒时被乱转的动力连枷打飞了,大块的皮肉与脆弱的黄铜一同被撕掉,但这小子却只是毫不在意地活动了一下手腕,随即又一次挥起了连枷。

这一次,明选择了更加主动的战术。众所周知,动力连枷是一种威力可怖但笨重的玩意儿,虽然对经验不足的对手可以造成压倒性的心理压力,但背着一大箱蓄电池和高功率电动机显然不会对使用者的灵活程度有什么助益。在朝火之生虚晃两棍,并诱使这个大块头胡乱砸出一锤之后,明躲过了暴哮者的又一次盲目的冲锋,像一只灵活的蜻蜓般绕到了对方的身后。在接下来的几秒钟里,明完全有机会拔出手枪,送这个可怜的家伙去见鬼,但在迟疑了片刻之后,他还是选择举起短棍,将它戳进了这家伙背着的动力包和连枷之间,干净利落地扯断了连接着二者的电线,并将断裂的线头戳在了那家伙的血红色盔甲上。随着上百伏特的电流源源不断地通过黄铜盔甲被导入体内,这个可怜的蛮子发出了一阵杀猪般的惨叫,然后像一棵被砍倒的小树一样倒了下去。

但这一切并没有结束。

还没等明来得及为自己方才的成功感到庆幸,一阵不祥的酥麻感就已经像海蜇的触须般攀上了他的一条腿。接着,强烈的刺痛仿佛无数探入他血肉之中的细针般开始沿着腿部的神经四处蔓延,在短短几秒钟内就抽走了他全部的力量,迫使他跪倒在了地上——造成这一切的是一具尸体,一具穿着与暴哮者和火之生形制相同的金红色铜质盔甲的尸体。这个蛮子在先前的战斗中死于明的一名同伴之手,但他的盔甲替他完成了最后的复仇:被自己背负的能量包击倒的暴哮者在绝望而盲目的挣扎中抓住了这具尸体的一只胳膊,而当明抽回自己的短棍时,他的一只脚也恰好踏中了这家伙雕刻成怒吼魔鬼形状的头盔。

"耗子果然还是耗子,只会搞这些下三烂的把戏。"名叫火之生的蛮人从血红色的格栅头盔后发出了一阵足以让发情期的牛蛙自惭形秽的粗犷大笑。他扔下了手中的大锤,拔出了一把用骨头磨成的尖刀。"但诸神已经做出了公正的裁断!你的伎俩失败了,耗子。我会让你活着看到你的心肝被我掏出来吃掉——放心,到时候你也可以分上一份儿。"

明竭力抬起眼皮,看着这个赤甲巨人朝他一步步逼近。出于北方蛮子固有的傲慢,这家伙刻意走得很慢,显然打算尽可能地将恐惧刻入受害者的脑海之中。虽然危险近在眼前,但在电击导致的麻木与痛苦的双重束缚下,明甚至连站起身来都做不到,他只能用意志力强迫自己一寸又一寸地挪动右手,慢慢地拖动着几乎没有知觉的指尖接近挂在腰间的枪套……

但他什么都没有找到。枪套连同里面的手枪都已经不见了踪影,剩下的只有一根在搏斗中被割断的皮带。我完了。明放弃了努力,双眼直勾勾地盯着那把正在朝自己接近的骨刀。他并不惧怕死亡,但很显然,被这把钝刀子割开肚子肯定不是件舒坦的事儿。

接着,那只握刀的手突然松开了。埃涅里克·火之生的红色胸甲上出现了一个弹孔，而他也在子弹的冲击之下朝后退了一步。大块头蛮人下意识地低下了头，似乎对这一突如其来的变化感到有些不可置信，但紧接着，轰入他胸腔的高爆子弹就把他胸腔内的器官连同肋骨一道炸了个粉碎。在爆炸冲击波的推动下，碎裂的骨肉混合成了一种难以名状的黏稠物质，如同喷泉般从金红色胸甲的弹孔与接缝处喷涌而出，顺带也为这家伙的光荣一生画上了一个对他而言还算圆满的句号。

"你刚才打得不错，小子。"一个披着斗篷的瘦高人影出现在了夕阳西下的光辉之中，耀眼的余晖沿着他的斗篷边沿流泻而过，让他看上去宛如一位活生生的圣人，甚或是降临凡间的天使，"可惜还不够好。"

"是的，先生。"明在自己的身体允许的范围内动了动肩膀。在离他几尺远的地方，暴哮者的呜咽已经变成了痛苦的喘息，而当一发子弹轰进他的脑门之后，就连喘息也消失不见了。"我来迟了，而且我刚才应该注意脚下的。"

"不，我指的不是这个。"披着斗篷的男人吹了吹从手枪枪口冒出的发射药青烟，"你刚才完全有机会用更安全可靠的方式解决掉那个小子，然后再对付他的同伙——你知道我是什么意思。为什么你要用那种花哨而且不安全的手段？这两个浑蛋和他们的同伙刚才杀了我们四个人，你完全没必要和他们讲究什么公平决斗。"他将手枪抛向空中，然后又准确地接住，"更何况，我没记错的话，你在大都会的时候，似乎正是因为用这玩意儿出名的。"

"但我刚才没想到……"明试图辩解。

"那你最好确保下次遇到这种事时能够想到该这么做。到天日山的路还很长，而我需要你活着爬到那顶上去。"男人说道，

"重要的不是过程，而是结果——根据我的记忆，这似乎是你以前最喜欢说的话。"

"当然。"明颤抖着伸出了一只手，在男人的帮助下从吸饱了鲜血的泥地里爬了起来，在他身边，四名披着暗绿色斗篷的同胞和十个赤甲蛮人的尸体残块已经开始在阳光下腐败、肿胀，无数大头苍蝇正在被这里的盛宴吸引，像一团鸣叫的阴云般从四面八方聚拢而来。在未来的日子里，它们还会得到更多的盛宴，它们的后代亦是如此。没有人会去掩埋死者，无论是敌人还是自己人，因为在这里，死亡并非单纯的死亡，而是一种献祭。"当然，我也记得。"

2.大都会

　　明很清楚，他的同伴兼导师对他的评价一点也没错。当明还是一个在自己的故乡打拼的帮派头目时，他的确曾是个彻头彻尾的实用主义者：像灌木丛里的白鼬一样难缠，比阴沟里的老鼠还要刁滑，而且就像变色龙一样懂得应该如何伪装自己。在那时，他无视所有的规则，嘲笑任何原则，对一切理想都抱着鄙夷乃至憎恶的态度——至少，在与某些特定的理想面对面时，他的胸臆间会燃起炽烈的怒火。

　　当然，像他这样的人在南方大陆的大都会中并不少见："耗子"这个称呼并非全然是外人的蔑称，事实上，它也是许多大都会人苦涩的自嘲。在许久以前，大都会曾有过光荣的过去，但那一切早在明爷爷的爷爷的爷爷那时就已经只剩下了一连串缥缈无稽的传说，现在的大都会仅仅是一座承载着光荣的过往的巨大坟墓，古老建筑的废墟从巉岩半岛一直延伸到南方大丛林的北端，在时间之潮的涨落中逐渐归于尘土。它的居民们曾经是这个世界中最富裕、文明且优雅的，现在却已经沦为了一帮在废墟中刨食的食尸鬼，在恐惧中惶惶不可终日，依靠祖先留下的那点东西从周围虎视眈眈的仇人手中换取一丁点儿残羹剩饭。他们分裂成了成百上千的家族和帮派，彼此之间冲突不断，唯一能让他们找到共同点的只有一件事——那就是对诸神的憎恨。

在这个世界上，几乎所有居民——无论是游荡在极北冰川的诺斯人，还是东南大泽的渔民们——都将每五年一次前往锐声原的旅途视为一生中最神圣的事。但在大都会，有着同样想法的人却只是凤毛麟角。几乎每个大都会的家族都代代相传着一个古老而可怕的故事，而明的父亲也曾经将这个故事一遍遍地讲述给年幼的他，一如他的爷爷将同样的故事讲述给他父亲一样。在那个故事中，大都会人的祖先——当然，也包括这颗行星上其他所有居民，甚至是肮脏发臭的大泽人的祖先，只不过这一点通常会被讲故事的人刻意忽略——曾经也是那些遨游星海的诸神中的一员，但一场惨烈的战争将他们所拥有的一切毁灭殆尽。在那黑暗的一日，巨大的战舰遮蔽了天空，千百万由金属与血肉混合而成的凶暴战兽如同毁灭之雨般洒落大地，将惊狂的防御者们屠戮殆尽。良田与草原被烧焦、毒化，华美的高塔与穹顶分崩离析。任何来不及找到掩护的人都被撕裂、焚烧、吞噬，或者因剧毒的空气而窒息，他们的家园则变成了一座闷烧着的停尸房。当幸存者们重新回到地面时，进攻这里的敌人已经离去，但他们也已经支离破碎，无力重建往昔的文明。

在那次大灾难之后三十个世代，诸神又回到了这个世界：诺斯人，那些好斗的北方蛮族声称，在他们的几个部族在锐声原进行的一次大规模冲突中，一群由纯粹的光芒构成的身影毫无预兆地出现在了云端，观看着地面上的人们的血腥搏杀。在不久之后，这些诺斯人的要塞里突然落下了巨大的——仿佛巨型蒲公英种子般的包裹，其中一些装着神奇的——只需吃上一小撮就能消除饥饿感的美妙食物，另一些则装着包治百病的灵药、奇特而简便易用的工具和其他极其有用的东西。欣喜若狂的蛮子们将这些馈赠视为诸神对他们通过战斗献祭的鲜血与灵魂支付的报酬,并立即派出大批使者,将这一福音传给了各个争斗不休的族群与部落。许多人相信了他们的话,并在五年之后应邀前往锐声原,而他们也的确得到了同样的福报。一个部族派出的战士越多,他们获得的福报也就越大,而这一事实又进一步证明,正是他们的鲜血与灵魂取悦了诸神。

在那之后,踏上荣光之旅的武士们越来越多,只有仍然牢记着历史的大都会人一直拒绝用自己的鲜血去娱乐那些毁灭了他们荣光的神。也正因如此,当那个自称为奥德修斯的男人如同幽灵般走进明的帮派据点,并言简意赅地说明了他的来意后,他立即陷入了数十把刀剑与枪械的包围之中。

"这家伙是个疯子!"明的副手伊万用装在他的自动枪顶端的刺刀戳了戳来访者的斗篷。这个消瘦的男人将自己包裹在一件深黑色的斗篷之中,看上去就像是一块行走于阳光下的黑夜残片。"要我们去锐声原参加那该死的朝圣?你他妈的是不是嗑错药了?!"

"要么他就是个破烂王。"灰影帮的三号人物,负责管账的特里斯坦·张一边从来客高举的手中拿走他用于防身的手枪与短刀一边分析道,"上次蛮子们大混战的时候,死人头那帮子人也假装成武士去插了一脚,要是我没记错,他们从战场上捡回来的东西……"他伸出舌头舔了舔肥厚的嘴唇,活像是一只嗅到金丝雀气味的猫。

"也许吧,但就算他是,这种生意咱们可不做。"明从那只权充椅子的塑料桶上跳了下来,冷不丁地将他剑一般的冰冷目光投向了这个在一打枪管面前气定神闲的陌生人。他的这招通常能把大多数不请自来的访客打个措手不及,让他们提前暴露出自个儿的那点花花肠子,但这个清瘦的男子却只是继续面带微笑地与他对视,仿佛明只是用再普通不过的方式和他打了个招呼。"咱们是光荣的战士,不是捡破烂的胆小鬼。更重要的是,我相信你们应该还记得,在那些蛮子发现死人头那伙人到底想干什么之后,他和他手下的那帮破烂小子都是个什么下场——那些家伙总共去了四十六个人,回来的只有七个!"

"在下对此事也略有耳闻。"瘦削的男子点头表示同意,"但请容我再说一遍:我并不需要你们去参与荣光之旅,也不需要各位屈尊去战场上收集那些破烂,我只希望诸位能赏光加入我的队伍,在下一次血祭之战爆发之时与我一同前往天堂山。"

"笑话!"伊万朝着陌生人脚边吐了口痰,"你凭什么认为我们会同意和你一起去送死?"

"不是'你们',先生,更不是你。如果愿意,你们大可以不参加这一切,因为我的邀请只针对一个人。"陌生人摆了摆手,径直走过了明身边的护卫们,"我的邀请只针对你,阁下。"

"哦? 为什么?"

"因为我对你的名声略有耳闻。自从我进入大都会的卡–索斯大区之后,几乎每一次与那些以贩售信息为生的本地人谈话时都能听闻你的诸多事迹:你曾经三次率领兄弟们保护过通过尖牙湾的商船队,斩下过超过一打黑海盗的首级;你也曾参与过五大家族组织的在半岛城区的防御战,在格斗中接连击败了三名诺斯劫掠者的冠军武士;在五年前,你还伏击过一支打算前往锐声原参加血祭之战的大都会武士团,让他们在上路之前就折损了一半的人手——如果我没记错,他们是你的敌人。"陌生人用一种充满了精准的美感——如同圣咏般的语气陈述道,"你的技巧与勇气令我钦佩,而你的智慧更是足堪此任。因此我诚挚地邀请你加入我的队伍。"

"那你能给我什么好处?从死人身上扒拉下来的破烂?"

"我什么都不能给你,但我保证,你能为自己挣到无数人渴望的一切——拯救世界,将整个文明拉出苦海的伟大荣耀。"陌生人抬起了一只手,"而我可以给你这个获得荣耀的机会。"

"有趣,但如果我这个狼心狗肺、不识抬举的家伙拒绝这伟大的荣耀呢?"

"这不可能,因为你无权拒绝。"陌生人答道,"如果你不同意,我也会让你同意——因为直到目前为止,你是最合适的人选。"

明耸了耸肩,从腰间抽出了两把用从废墟里回收的最优质的钛合金切削锻造的细剑,将其中一把抛给了陌生人。后者以资深剑士特有的熟练动作在空中接住了这件武器。"大都会这里的老规矩。"他迅速挽了个花哨的剑花,"你赢了,我就听你的;我赢了,那就麻烦您把脑袋留下来,我们的墙上还缺点装饰品,明白?"

"简单明了的规矩,而且相当符合人类这种生物的本能。"陌生人端平了手中的剑,"但我是否可以指出,这看似公平的规矩其实不完全公平——我必须在让你失去反抗能力的同时避免杀死你,否则你将对我毫无用处,而你却可以随意地对我使用杀招。"

"的确,因为这都是你自找的。"明朝前跃出一步,迅速地刺向对方的下盘,但陌生人毫不费力地避开了他的第一次刺击,并接连挥剑荡开了随后撩向他藏在兜帽下的面部的两剑,紧接着,他快速的反击迫使明连连后退,同时竭力招架那些虽然不会致命却肯定足以对他造成巨大痛苦的迅猛刺击。在几个回合的较量之后，明放弃了主动攻击，开始竭力试图自保，同时缓慢地沿着堡垒的围墙朝后退去。很快，他就离开了一侧围墙投下的阴影，接着是陌生人……

"嗵！"

随着一声短促的钝响，陌生人突然迎面扑倒在了长满青苔、裂纹遍布的大理石地板上，细剑脱手而出，他斗篷的背部出现了一个冒烟的洞。"干得漂亮，马虎眼儿。"明咧嘴一笑，朝着不远处的一幢坍塌过半的高塔挥了挥手，一个披着伪装斗篷的人影从塔顶的灌木里爬了出来，一支加装了狙击瞄准镜的长管步枪还在他手中冒着青烟，"好了，咱们总算解决掉这个聒噪的家伙了——就像我一直告诉你们的，重要的不是过程，而是结果。"

"我完全同意。"当一支细剑冰冷的剑锋冷不丁地抵在明的颈动脉上时，那个原本已经"死去"的陌生人用一种略带满意色彩的语气说道，"还有一件事：从现在起，你可以称我为奥德修斯。"

3.锐声原

当那把双手巨斧呼啸着破空而来时,刚用短棍击倒一个对手的明连忙朝着侧后方旋身退去,堪堪闪过了这迎面而来的一击。厚重的斧刃一击落空,深深地咬进了一截构成鹿寨的木桩之中,然后——正如明预料中的一样——死死地卡在了里面。

"卑鄙!龌龊的狗杂种!"被愚弄的蛮子像一头受伤的熊一样怒吼着,同时仓促抛开了一时无法拔出的斧柄,以躲开明迎面挥来的一棍。不过,失去武器这件事并没有困扰他太久:在一个迅捷的后滚翻之后,这家伙从一名战死的同伴手中捡起了一把做工粗糙的大刀,用坑坑洼洼的刀刃堪堪格开了明的一名同伴刺来的长剑,然后反手一刀劈伤了对方的胳膊。"无耻的耗子!你们难道就只知道用这种下三烂手段陷害我们这些光明磊落的战士吗?"

明下意识地咬了咬嘴唇,没有说话——这倒不完全是他不屑于回答。毕竟,在披上这身笨重而无用的黄铜盔甲之后,明觉得自己简直就像是一只被硬生生塞回了蜕下的空壳里的蝉,在激烈的贴身搏斗中,甚至就连呼吸都已经变成了一种折磨人的苦役,更遑论开口说话了。更重要的是,他不得不承认,这个蛮子对他的指控句句属实：在昨天消灭了那支经过泪雨隘口的诺斯武士小队后，他和幸存的灰影帮兄弟们剥下了这些家伙的盔甲和部落图腾，带走了他们的旗帜和作为战利品的颅骨坠饰。若非如此，他们绝无可能躲过永远警醒的诺斯哨兵的眼睛，发起这场迅捷而致命的突然袭击。

尽管这群蛮子战斗得十分英勇顽强，但战斗的结果从一开始就毫无悬念：明的人在盔甲和旗帜的掩护下一直到穿过营地外的壕沟和鹿寨时才被发现，而在营地里的人来得及做出反应之前，这支小队已经在第一时间抽出了他们携带的秘密武器——整整一打古老的大功率激光手枪。这些来自数十个世代前的武器原本早已残破瘫痪，不堪使用，沦为了几个大都会家族悬挂在壁炉和旗帜上的纪念品，但奥德修斯却用某种无人能弄明白的方式让它们重新运作了起来。随着这些专门为激烈的近距离作战而设计的武器在时隔多个世纪之后又一次射出毁灭性的光束，几名最先察觉到异常的哨兵甚至来不及拿起武器，就骤然发现自己的某个重要器官已经在短短几十微秒内变成了一团碳化的残渣。接着，那些仓促披挂，从营帐里钻出来的人也接二连三地步了他们的后尘，在一道道肉眼完全来不及捕捉的瞬息强光中默然倒地，至死也不知到底是什么杀死了他们。最后，当激烈的贴身肉搏终于开始时，双方的人数比例已经从十二比五十变成了十二比十五，而在这十五个蛮子中，四肢健全且尚能作战的只剩下了不足半数。

"无耻的懦夫！你们也许能杀死我们，但永远不会赢得真正的胜利！"在又两个回合的快速对攻后，蛮人的一侧肩甲上出现了一个深深的凹痕，用紫色石英石镶嵌在那上面的徽记——那是一只长满尖牙的血盆大口——也随着它所依附的黄铜材质的扭曲变形而散落了一地,"诸神看着我们! 杂种! 他们不会赐予你们任何荣誉! 好好享受这偷来的胜利吧! 你们的卑劣灵魂会在短暂一生结束后落入地狱冰河最深的裂隙,在鲜血凝成的寒霜中永远颤抖下去!"

明皱起了眉头,挥棍挡开了对方一记狂热却缺乏技巧的斩击。如果在过去,他有数百种——也许是上千种尖刻的语句可以回击这个蛮子的斥责。但现在,他却无法将其中任何一句话说出口来,取而代之的是羞愧的苦涩,仿佛他刚刚吃下了满嘴的尘土与苦灰。事实上,他之所以愿意领导这次突袭,完全是因为奥德修斯希望他这么做——他用不可否认的逻辑向明和每一个跟随他来到这里的人证明:要安全地抵达天堂山,最方便也最安全的方式就是尽可能不引人注意地干掉这支诺斯人小队,并且取他们而代之。

在每五年一次的血祭之战中,来自全世界各个角落的男性武士都会聚集到锐声原——这座位于北方大陆边缘的短剑半岛上,除了苔藓、地衣和零散的荒草别无长物的寒冷谷地,并在这一年的第六十六次日出时念诵祷文并吹响圣战的号角,然后离开他们的营地与壁垒,沿着无数道由湍急的山溪冲刷而出,通往荒原中央的细长峡谷进入荣耀的杀场,直面自己的命运。经过一个旬日的血战之后,那些最强壮、最机敏或者最幸运的人将会抵达位于荒原中央的一座被称为"天堂山"的矮小山丘,并在那里展开最终的厮杀。

最终,他们将见到众神。

在绝大多数情况下,能抵达天堂山的大多是诺斯人——这些蛮人是所有参战者中最富有战斗经验的,且得到的神恩也最多的,而最重要的是,他们的数量也足够多,多到足以对任何挑战者形成压倒性优势。自从诸神第一次为诺斯人降下恩典以来,这些彪悍好斗的蛮族就为了取悦诸神而付出了一切:除了被明令禁止踏入锐声原的妇女,几乎每个诺斯人的生活都是以所谓"荣光之旅"为核心的。老弱病残被无情地淘汰,而每个合格的青壮年都要从能够独自走路的那一天开始接受苛刻而残酷的训练。为了提供更多也更优秀的战士,诺斯女人唯一的生存意义就是像蚁丘最底部的白蚁蚁后那样持续不断地生产出堪用的新生儿,不孕的女性将与懦夫和残疾人一起被送上祭坛,沦为祭祀英勇祖先的灵魂的祭品。由于诺斯武士们庞大的数量,任何他们的竞争对手都不得不在战斗的最初阶段回避与这帮煞星发生冲突,因为他们知道,作为"外人",招惹一个诺斯部族就等于与数十个部族同时为敌。但值得庆幸的是,这些家伙的骄傲也促成了他们的大意与轻信,使得奥德修斯的计划能够毫无困难地实行。

"告诉我,你们这么做到底是为了什么?!"在又一次刀棍相击之后,诺斯人愤怒地质问道。他的一侧手臂上的黄铜盔甲已经破裂,鲜血从凹陷的金属缝隙中渗出,装有夸张角饰的头盔也已经丢失了,取而代之的是一张未经世事的年轻人的脸。"诸神看着我们! 你们以为靠着阴谋诡计走到天堂山,就能得到祂们的祝福吗?!"

"当然不是。"明跳过了一具头部被熔化的铜盔完全糊住的尸体,继续用短棍朝对方攻去。在他身边,短暂而激烈的战斗已经走到了尾声,奥德修斯的几名亲信已经开始用手枪给奄奄一息的伤者补枪,以确保没人能将今晚发生的事宣扬出去。"我们不需要任何祝福。"

"那你们要什么?"诺斯人棕色的眼睛里头一次露出了不解

之色,但他挥舞砍刀的速度并没有丝毫减缓,"如果得不到祝福,你们又为什么要来这里?!"

"因为这一切应该结束了。"在明举棍架住刀刃的瞬间,一个坚定,充满了不容置疑意味的男子声音响起——明知道,那个男子肯定是奥德修斯,"诸神已经从这个世界吸吮了太多的鲜血与泪水,从现在起,这一切必须改变:我们将粉碎每一座神坛,结束血祭之战,为那可笑的'神恩'画上句号。从今往后,再也不会有人以这种可笑的方式崇拜任何神灵,也不会有人奉上这种毫无意义的血祭。"

"不!"年轻的蛮族尖叫了一声,接着,他突然做出了一个让明意想不到的举动:这个年轻人先是用连续几记疯狂的猛劈将明逼退了几步,接着,他将砍刀掷向了奥德修斯的方向,然后开始没命地掉头狂奔,"绝不!"

"该死! 别让他跑了!"奥德修斯喊道,很显然,刚才那把刀并没有伤他分毫,"不能留下目击者!"

明立即举起了激光手枪,在这支武器可以支持六次全功率射击的能量荚仓上,代表"电量全满"的蓝色指示灯仍然闪亮着。在辅助观瞄系统的帮助下,他毫不费力地锁定了那个正迅速消失在黑暗中的背影,但搭在扳机上的手指却无法再移动分毫——某种难以用语言形容,介于苦涩与哀伤之间的情感在这一刻攫住了他,让他无法做出任何动作。值得庆幸的是,就在他犹豫的刹那,从另一支枪里射出的激光束已经命中了这个注定丧命的野蛮人,以十亿焦耳为计算单位的能量在刹那间被他的盔甲吸收,然后又传导到了他的躯体上,将他变成了一团被包裹在半熔化的黄铜中的人形焦炭。

"干得好,小子。"奥德修斯点了点头,高能激光束的射击速度远超人类肉眼可以观察的极限,甚至就连他也没有发现方才开火的并不是明,"我们的计划已经完成了三分之二,从明天起,最关键的一步即将开始。我们将踏上那座被谬称为'天堂'的山丘,将诸神永远逐出这个世界的天空与人们的心灵,你做好准备了吗?"

"我……当然。"明呆呆地看着那团仍在散发着些许微光的黄铜,"你确定这么做行得通吗?"

"确信无疑。"奥德修斯答道。他的声音中一如既往地充满了力量——这是一种能让听者不由自主地渴望信任、渴望追随的确定感。

"那么,会有更多的武士死去。"

"的确,但他们中的绝大多数人本就注定死在毫无意义的互相厮杀之中。而现在,他们至少会因为一个更有意义的目的而死在你的手里——这难道不正是你渴望的吗? 小子。"

"没错。"明点了点头,"确实如此。"

4.亡魂湾

　　明就像操纵自己的双臂一样熟练地舞动着两端包有铁箍的短棍,让它像一条敏捷的毒蛇般迅速出击,不断击打在面前那套浅蓝色盔甲的腋下、面门和膝关节上——这些地方都是这套原本就华而不实的盔甲最为薄弱的地方。尽管他事先已经在短棍的一头裹上了厚厚的海绵用以缓冲,但经过方才这番击打,这些年深日久的盔甲仍然遭受了些许新的损伤:一些变成粉末状的蓝色油漆从它们的表面缓缓飘落到"弗里德里希·尼采号"刚用海水清洗过的木制甲板上,然后被潮湿的海风迅速带走,消失无踪。

　　在结束这番例行练习后,明大口大口地喘着粗气,拄着短棍开始休息。在不远处的船舷旁,两名奥德修斯手下的船员正在用装在长杆顶端的铁刷清理着黏附在明轮船上的各种寄生生物,同时将一簸箕又一簸箕从锅炉舱里清理出来的炭灰倒入墨绿色的海水之中。"弗里德里希·尼采号"是艘不错的船,在南方的珍宝海沿岸,仅仅是它的出现就可以在港口中赢得喝彩。但在眼下的亡魂湾中,奥德修斯的这艘私人武装商船却像是落进了郁金香田的雏菊一样毫不起眼:来自世界各地的船只几乎已

377

经塞满了这座小型海湾每一平方米可以停泊船只的海面，其中既有埃玛岛细长的快速帆船，也有瓦尔达利亚人船体厚重的蒸汽双体船或者黑岛族的浅吃水平底船，但最引人注目的还是近百艘诺斯武士的战舰——当然，将这些玩意儿称为"战舰"其实并不太贴切，因为它们根本没有任何武备或者装甲：华丽的撞角是用名贵的金色丝绒木制成的，漂亮却一触即碎；由金子铸造的舷侧炮群只能装填少许黑火药，用来发射礼花；排列在船舷上的盾牌大到无人能够托起，上面密密麻麻地缀满了花哨的宝石和贵金属制成的勋章。

如果有一艘像这样的船只驶入两百年前的亡魂湾的话，它肯定会在一天之内被截获、俘虏，然后像一条捕获的鲸鱼般被拖上满是骨白色卵石的海滩拆卸出售——诺斯人的先祖是一群信奉极端实用主义且残酷冷血的劫匪与海盗，"亡魂湾"之名最初正是源自在他们发起的袭击中葬身于此的千百无辜者。但现在，这处紧邻锐声原的海湾已经成为这个世界上最安全的海域：为了确保神圣的战斗能不受干扰地开始，这里被划为了永久的中立区，任何敢于在这里破坏和平的人都等于与世界为敌。

"等到后天，当太阳落下之后，第一次血祭就会开始，愚昧的人们会开始毫无意义地在这片荒原上拼杀——只因为他们没有必要的知识，也缺乏最起码的逻辑思维能力。"就在明开始用一块通常用来擦洗甲板的火山岩打磨自己的棍子和细刃剑时，奥德修斯从船舱里走上了甲板，"留给我们的时间不多了，我希望你们都已经做好了准备。"

"当然，先生。"明转身点了点头，"我准备好了。"

"我也这么认为。"清瘦的男子微微一笑，看不出年龄的面容短暂地暴露在了北地清冷的阳光之下。尽管他看上去弱不禁风,但明知道,任何袭击他的人都肯定会大吃一惊——凭着随身携带的一系列防身法宝,奥德修斯可以在这个世界上绝大多数武器的攻击下毫发无损地脱身,而明在一个月前已经亲眼见证了这点。"哦,对了,这又是你哪次的战利品?"他伸手敲了敲那具被明当成练习靶子的盔甲。

"五年前,在短剑海湾附近的枯骨崖。"明迟疑了片刻,随后才说出了答案,"这玩意儿来自一个自称为冠军武士的白痴。当时他带着一群从南方来的蠢蛋,准备到锐声原去为蓝山人赢得所谓的'荣耀'。"

"但没想到在半路上被你给宰了?"

"反正他们就算到了锐声原,顶多也只能让自己的脑袋变成那帮诺斯蛮子背上挂着的战利品之一。对他们而言,死在谁手里并没有多少差别,而我们至少还能让他们把脑袋带进自己的坟墓。"明无所谓地摊开了双手。

"但我想,让这个可怜的家伙在进入坟墓时不至于缺少脑袋恐怕并不是你伏击他们的初衷吧?"奥德修斯指出,"就我所知,你们的帮派的主要'业务'是当佣兵和商队的保镖,偶尔干干劫道的活儿。但无论是哪一种,显然都和那些倒霉鬼没什么关系——他们不过是一群穷得叮当响的流浪武士,除了一身行头没有几个大子儿。而且他们前往锐声原送死的行为显然也为你们间接减少了潜在的竞争对手。我说得对吗?"

"没错,先生。"

"那么你为什么还要费尽心思,冒着让你的帮派成员付出相当数量的伤亡的代价去伏击他们?"

明摇了摇头,神情凝重地注视着那副填满稻草,挂在他面前的蓝色盔甲。

"好吧,那你或许能回答我的下一个问题。"奥德修斯继续说道,"你为什么愿意带着你的人跟我走?"

"呃……"明刚张了张嘴,奥德修斯就打断了他。"当然,我知道你会怎么回答这个问题。"披着斗篷的男人摆了摆手,"从表面上看,你们之所以不得不追随我,是因为我和我的人掌握着你们所无法对抗的技术手段。如果诉诸纯粹的暴力,我们可以战胜并消灭你们,因此,出于对这种暴力的恐惧,你们不得不遵从我的命令。"

灰影帮的首领耸了耸肩。他不得不承认,奥德修斯方才所说的都是实话:就在他走进他们的据点的那一天,明亲眼看见了这个男人被他安排的一名狙击手的冷枪击中,但那枚本该把他的五脏六腑搅成一团糨糊的子弹却只是在那件斗篷上打出了一个小孔,然后就无力地弹到了一旁。接着,就在奥德修斯用剑抵住明的喉咙的同时,他的部下也冲进了灰影帮的据点,并迅速控制了局势——尽管灰影帮在人数比例上占据了三比一的优势,但他们的对手却拥有更具说服力的手段。当头一批试图阻挡这些不速之客的人尖叫着倒在地上,像落在干地上的大虾一样开始抽搐后,大多数帮众立即明智地选择了放下武器。

"或许对你的那些部下们而言,暴力威胁已经足以让他们对拥有暴力优势的一方言听计从,但你和他们不同。"奥德修斯继续说道,"无论你是否已经意识到了这一点,你事实上都是自愿参加我们的行动的。因为我很清楚,你绝不是那种会轻易就范的人。"

"我……也许吧。"明失神地愣了片刻,"我……"

"事实上,我之所以确信你会自愿加入我的队伍,是因为我知道你憎恨武士们——或者更准确地说,憎恨那些将前往锐声原,参加血祭之战作为一生中最崇高的目标的冠军武士们。"奥德修斯伸出一只手,轻轻抚过那套蓝色盔甲上被短棍敲出的道道凹痕,"我调查过你过去参与的每一场战斗。在大多数时候,你都会寻找出价最高、风险最低的任务,但只要对方的阵营中有冠军武士,你就会一反常态,毫无条件地参与战斗。在颅骨岭之战中,你为了黑斑部落微不足道的酬劳而与两倍于你们的敌人死斗,只因为他们中有一群从锐声原归来的老兵;而在半岛城区之战中,你宁愿冒着被敌人围歼的危险,也一定要孤军深入劫掠者的阵线,为的也仅仅是能够亲手斩落那几个诺斯冠军武士的头颅。你憎恨他们,而我给了你一个毁掉他们的机会——不仅仅是杀死他们,还能毁掉他们崇拜的诸神,彻底否定他们存在于这个世界上的意义!我知道,你无论如何都不会放过这种机会。"

"是的。"明叹了口气,"我憎恨他们,也恨透了他们崇拜的那些该杀千刀的神——虽然我不知道这是为什么,但我就是恨他们,这不需要任何理由。"

"不,你当然需要理由。"奥德修斯用不容置疑的声音说道,"在这个世界上,无缘无故的憎恨是不存在的,你对他们的憎恨也是如此——造成这种憎恨的原因就藏在在你心中的某个角落里。或许你现在暂时无法认识到它,但在那最关键的时刻到来时,你自然会将它发掘出来。"他转过身去,朝着遥远的荒原伸出了一只手,"只要这样,你的憎恨就能变成武器,让诸神从这个世界上销声匿迹。"

5.天堂山

"让诸神从这个世界上销声匿迹……"

在将细剑以外科手术般的精准度刺入那个穿着海蓝色胸甲的埃玛岛武士的胸甲缝隙的同时,明自言自语道。垂死的蛮人也听到了他的话,却完全不能理解其中的含义,只能发出一声夹杂着疑惑与痛苦的呻吟。

"——销声匿迹!"明又一次重复了这个词,同时抽出了沾满鲜血的细剑。他本可以再给这家伙的脖子补上一剑,结束他的痛苦,但明现在不打算这么做:作为对这家伙砍断了他心爱的短棍的惩罚,他很乐意让对方在失血的痛苦折磨中再享受几十秒癫狂绝望的余生。

如果明没记错,这个武士应该是他在登上天堂山的过程中杀死的第七个——或许是第八个对手,那些真正的冠军武士会记住被击败的每一个敌人的名讳、绰号乃至事迹,但他并不是武士中的一员,因此至今也未能养成这样的习惯——但他确实正在尝试着这么做。他知道,刚才被他杀死的那人自称为欧克里克·剑之傲,来自埃玛岛的某个不知名的技师部落,但他没能记住对方报出的那些功绩,也没能记住其他的头衔……

在思考中，明短暂地失神了，而这一低级失误险些让他的旅途在此处提前终结：当金属线缠成的鞭子呼啸而来时，他只差那么一点儿就没能来得及做出反应。在最后的不到半秒钟里，常年格斗练习养成的肌肉记忆让他完全下意识地朝着斜上方刺出一剑，挡住了鞭子抽向他胸甲的一击，接着，一阵剧烈的刺痛仿佛液化的火焰般沿着钢制剑刃攀上了他的手腕，咬进了他的结缔组织和神经系统，让他的血液仿佛变成了燃烧的沸油，值得庆幸的是，随着细剑在抽击的力道下脱手飞出，这种痛苦只持续了极短的一段时间。

电鞭——当明用他不太擅长的左手拔出一支备用的长匕首时，他想起了这种武器的名称。从某种意义上讲，在天堂山上使用这种东西几乎已经踩到了离经叛道的红线边缘：按照传统，武士们只能通过自己的力量、技巧与勇气从锐声原的血祭之战中脱颖而出，过于依赖技术装备将会引来鄙视，而在随时可能直面众神的天堂山顶，这种禁忌更是被大大强化了——在这里，枪支、火炮、爆炸物和弓弩之类"用诡诈取代力量"的武器一律禁止使用，而电鞭、动力连枷和电动链锯之类已经是能够被允许的上限。当然，愿意在天堂山顶使用这类"先进"装备的通常都是那些"离经叛道"的家伙，相对于那些更传统的武士，这些人往往更难缠，也更加危险。

在这个新对手的攻击下，明不得不节节后退，他懂得如何对付使用普通战鞭的对手，只要有一把剑或者刀子，他就能轻而易举地诱使对方发起莽撞的攻击，然后借力打力将其缴械。但眼下这个在腰间挎着一排蓄电池的浑蛋却另当别论——由于事前准备时的短视，明没有在武器上缠上绝缘材料，这使得他在战斗中只能一味躲避，狼狈不堪。"耗子，即将杀死你的是托克·碎喉。"在将明逼入一处由两块巨石形成的死角中后，自以为胜券在握的赤甲武士狞笑着报出了自己的名讳，"记住这个光荣的名字，因为这是——"

至于这个名字到底算是个什么，明可就不知道了——就在这家伙准备洋洋得意地自吹自擂一通时，一把斧头劈进了他只包着一层薄铜片的后脑勺，干净利落地结束了他的性命。挥出这一斧的并不是明的同伴，而是另一个身穿赤甲的诺斯人。在干翻了他的同族之后，这家伙只是冷冷地瞥了明一眼，然后就转身去寻找他认为更值得一砍的对手去了。

明耸了耸肩，一点儿也不打算感谢对方的救命之恩：与先前进行的外围战斗不同，登上天堂山的决战是一场名副其实的仪式性混战。在看到这座覆满苔藓的荒凉山丘之前，武士们会按照他们各自所属的地区、战帮与部族进行团队作战，以便确保自己人能够有更多取得荣耀的机会。但一旦登上这座小山，这一切都会变得毫无意义：与其说这座山是血祭之战最终的竞技场，倒不如说它更像是一座巨大的祭坛，数以千计的幸存者在这里疯狂地捉对厮杀，为的仅仅是尽可能多地击败那些值得被他们打败的对手，以此获得随时可能降临的诸神的青睐。

"小子？小子?!"奥德修斯的声音在明的双耳中响了起来，"你还好吧？"

"还行。"明大口大口地吞咽着充斥着血腥味的空气，同时从不远处的一具几乎被电动链锯切成两段的尸体手中捡起了一把短柄斧。之前在这一带爆发的混战已经告一段落，那些从战斗中残存下来的家伙正一边疯狂搏斗一边朝着天堂山的顶端攀去。

"我刚才遇上了一个使电鞭的浑球儿。"奥德修斯小声咒骂了一句，很显然，就算是他也无法掩盖对使用这种下三烂的武器者的不屑。

"你为什么不躲开他？"

"我之前正在和三个埃玛岛人搏斗。"明解释道，"那家伙突然袭击我时，我刚刚解决掉最后一个。"

"三……三个?！该死的，我不是提醒过你，千万不要朝人多的地方去吗?！"奥德修斯的声音继续从那对被他称为"植入式耳机"的设备中传出，这一次，他的语气中罕见地带上了一丝怒意，"记住，你不是那些该死的——生下来就是等着被某个蠢货砍掉脑袋的所谓的武士！你的任务是活着走到山顶，见到那些该死的神，而不是陪着那群天杀的猪油脑子一起发疯！"

"我知道，先生。"明叹了口气，同时迅速躲开了又一个正在逐渐朝他接近的战团。现在，他一切都只能靠自己：在抵达天堂山脚下后，他的同伴就在奥德修斯的命令下不再前进，而奥德修斯本人也按照计划离开了他们，只通过这套设备与他保持联系。他们这么做并非出于胆怯，而是经过理性分析后作出的决定，毕竟，偷来的盔甲和旗帜只能保护他们走出这么远，而在成群互相砍杀的疯子之中，单独一人远比一大群人更不容易引起注意，招来攻击——至少在理论上是这样。

在离开临时营地之前，明曾经反复演练过针对种种可能的突发情况制定的应对方案，但当他在山腰上遇到第一个拦住道路并大声向他挑战的诺斯武士之后，先前的一切准备和计划就都像烈日下的露水一样从他的脑海中瞬间消失了。在下一个刹那，那个不自量力的武士已经成为被他踏在脚下的尸体，而他则彻底陷入了战斗的狂热之中，将自己来到这里的目的抛到了九霄云外。这一事实让明感到了一阵羞惭，但在惭愧的同时，他也察觉到了一丝正在心中潜滋暗长的满足感。

"我来这里的目的……"他咬了咬嘴唇,竭力让自己忽视那令他不安的快意,"……我来这里的目的,是要让诸神从这个世界上消逝。我不是那些该死的武士,我也不需要像他们那样追求那劳什子狗屁荣耀! 我——"

"动作快! 小子,我们就要没时间了!"奥德修斯的声音又一次直接在他的耳道内响起,"诸神随时可能出现在天堂山上! 你还在磨蹭什么?!"

"我这就去,先生!"明深吸了一口气,开始沿着一条陡峭而相对偏僻的小径朝山顶攀去。在强迫自己暂时摒除了脑海中那些哭喊着渴求战斗的杂念之后,登山之路立即变得轻松了许多:任何在大都会那杂乱无章且充满了暴力与欺诈的破败街区里度过了自己一生中前二十五年时光的人都不难明白,在绝大多数情况下,那些杀红了眼的家伙其实和只能看到移动物体的青蛙没什么差异,只要你不拿着武器并高喊着"为了荣耀!"之类的鬼话跑到他们面前凑热闹,这些家伙就会对你视而不见。即便是少数在混乱中脱离了战团,开始四处寻找新的对手的家伙也不难摆脱——只要对他们的挑衅视而不见并尽快跑开,这些傻瓜很快就会去转而寻找那些更乐意回应他们的人。

在很久以前,天堂山的顶端曾经是一座大型泥火山的喷口。因为板块活动而在锐声原地下大量积聚的地热将数以百万吨计的地下水和泥土煮成了沸腾的浓粥,这浓粥再在热能的推动下从这座小山的顶端持续喷出。但现在,随着地质运动幅度的减弱,这里已经变成了一片直径半千米上下,堆满肥沃泥土的锅状盆地,一座绝佳的角斗场。经过登山过程中的残酷淘汰,能够进入这座最终角斗场的人只剩下了区区两三百人,但搏杀的激烈程度却一点儿也不比山下的低：来自世界各个角落的最优秀的斗士在这片土地上用几乎可以称之为艺术的精湛动作腾挪躲闪、挥舞兵刃，仿佛正在进行一场排练已久的盛大舞会，鲜血融入肥沃的黑土，残肢落入随风摇曳的草地，褪色的积年白骨与新死者的残躯相互交叠，残破的甲片变成了一团团面目难辨的青绿色氧化物，却无人在这幅景象面前产生丝毫畏惧退缩——因为他们坚信，这一切只是赢得诸神眷顾的必要代价罢了，而只要能让神感到喜悦，任何牺牲都是值得的。

"快了，快了……"当明穿过天堂山顶边缘的灌木丛时，奥德修斯激动地自言自语道，很显然，他已经通过某种明无法理解的方式确认了他的位置，"一切即将结束，这个世界很快就会脱离苦海，回归正轨——他们来了吗？"

"来了，先生。"在用短柄斧了结掉一个身负重伤，但仍然发疯般地爬出死人堆朝他攻来的家伙之后，明言简意赅地回答了奥德修斯的问题——此时此刻，在离天堂山不远的地方，一团漏斗状的乌云正以令人惊讶的速度沿着与风向完全相反的方向朝着山顶飘来。随着它逐渐接近天堂山顶，这团云开始由先前浓墨般的颜色逐渐变成淡青色，然后从青色转为橘黄，最终透出一道道耀眼的金光。明过去从未来过锐声原，更没有见过众神降临的景象，但在坊间流传的无数歌谣与传奇都描述过这让人永生难忘的一幕：歌手与艺人们信誓旦旦地宣称，在血祭之战进行到最高潮时，诸神将会乘着金色的云彩降临大地，观看那些最令他们满意的冠军武士们的英姿。

而事实也的确如此。

当已经完全被金光笼罩的云团终于停止移动之后，天堂山顶的厮杀也进入了歇斯底里的最高潮，每一个仍能挥动武器的人都从喉咙中发出了近乎歇斯底里却充满了宗教意味的狂吼。这是一首献给神灵的圣歌,那些源自人类基因最深处对狩猎、攻击与杀戮的渴望构成了它的基调,兵刃交接的脆响则组成了它的一个个音符,死者的惨叫和盔甲破裂的尖锐噪声是这首歌曲中的重音,而当云团渐渐降低、诸神伟岸的身影出现在那团金色之中时,这首歌曲也随即攀上了癫狂而激动的高潮。

明等待的正是这一刻。

"以一名神智健全,有能力履行一切与生俱来的人类权利与天然义务的自然人的名义,我在此向你们讲话!"就在闪光的云团即将触到地面的一瞬间,明一把扯下了用于伪装的赤红色诺斯人头盔,扔下了手中的战斧,同时启动了固定在下巴上的一件装置——这套被奥德修斯称为"便携式扩音器"的古董在经过修复后已经恢复了运转,足以让他一人的声音盖过周遭数百人的厮杀之声,"我知道你们到底是谁,根据我生而拥有的权利,我要求你们聆听我提出的正当要求!"

仿佛被冻结般的寂静短暂地笼罩了这座山丘的顶部:一些人因为过度惊讶而张大了嘴,丢下了手中的武器;而另一些人则表现得截然不同。"诸神在上!"一个一侧胳膊上没有佩戴护甲的诺斯人惊讶地喊道,同时挥舞着流星锤朝明冲了过来,"亵渎!那是个女人!是个女人!"

明没有对这句指责做出任何反应,甚至没有动上一下。在卸下头盔之后,她脸上的三道长条形刺青也毫无遮掩地暴露在了每一个在场者的眼前,在这个世界的任何角落,这种刺青都只意味着一种身份:那些拒绝出家、脱离家庭独自谋生的女性。在大都会和埃玛岛,这样的标志可以赢得一定程度的尊重,而对诺斯人而言,这却是大逆不道——不过,在这里,这一切已经不再重要。没有女人可以被允许踏上锐声原,这是从第一次血祭之战以来就已经定下的——不容更改的铁律。

"亵渎!"诺斯武士继续尖叫着,用尽全部力气将沉重的流星锤挥向了明的后脑。他的几个回过神来的同族也纷纷效仿。但就在布满尖刺的锤头即将击中目标的瞬间,空气中突然凭空爆发出了一簇火花,紧接着,在猛烈撞击中粉碎的锤头从目瞪口呆的武士手中飞了出去,消失在了不远处的泥地里。

"我们正在听你说话,女士,我们尊重你的权利。"一个清晰而不带感情——让人联想起山间清泉的声音从那团光云中传了出来,"现在,告诉我你的意愿。"

"我希望改变。"明摊开了手,一字一顿地说道。在这一刻,她能感觉到一种难以言喻的力量正在探入她的脑海,进入她的思维。她知道,这种无形之力正在搜索她最陈旧的记忆,检查每个被她遗忘的角落。她也知道它到底在找什么:它在寻找一个理由,一个埋藏在她脑海最深处的理由,一个让她孜孜不倦地杀死那些武士的理由,一个让她憎恨诸神的理由,一个让她来到这里的理由……

最终,这只无形之手终于找到了一个理由。虽然与她先前的想象不同,但这确实是一个令她信服的理由。于是,她相信了它、拥抱了它,并将它说了出来。

世界就此改变。

6.改　变

"她打得很好,不是吗?"

"的确。"社会学家点了点头,同时习惯性地摩挲着这艘配有光学迷彩设备的反重力浮艇边缘的围栏。尽管对于使用冷兵器搏斗的技巧一窍不通,但就算是他也能看得出来,这个女人打得确实非常漂亮:尽管同时面对着三名人高马大、武技精湛的对手,但她手中那根虎虎生风的短棍仍然将对方的刀剑板斧全都压在下风。就在他方才愣神的一刹那,其中一个男人已经在头盔上挨了一棍,像一只断了线的傀儡一样软绵绵地倒在了地上,另外两人也只能且战且退。"我现在算是明白,她为什么会提出那样的要求了。"

社会学家的同事耸了耸肩。在过去的十年里,这个陷入文明退化超过十个世纪的世界已经发生了从未有过的巨大变化,而这些变化全部源于正在他们脚下数百米外搏杀着的那个女人,在那一天,她的区区一个念头就让这个世界的文化体系在过去近百年中遭遇了根本性的动摇,彻底摧毁了一系列毫无合理性可言的禁令。

"说实在的,她很勇敢。"社会学家继续说道,"敢于挑战一个社会坚持了超过一个世纪的成规,这意味着非凡的勇气。无论如何,L-27号世界正在发生进步——而且是在没有任何外界干涉的前提下做到的,这一事实又一次证实了制定《失落世界救助与保护法案》的先贤们的伟大预见性。"

"没有任何外界干涉吗?我可不这么认为。"他的同事摇了摇头,"别忘了,就在那次仪式性战斗之后一个星期,由人工智能控制的自动化巡逻舰队就在轨道上逮住了……"

"你是说那个自称为奥德修斯的人?"社会学家问道,"我委托邦联政府查过了他的档案,如果记录没错,他应该是欢乐谷星第一大学的辛巴达·刘,一位已经退休的历史学教授。他并没有得到造访这个世界的许可,而且精神医生们已经得出了结论,他的精神状态并不正常,极有可能患有严重的文明傲慢综合征和文化体系歧视倾向。"

"但包括我在内的许多人都认为,他的理论并非没有道理。"他的同事打了个响指,一道光束随即从两人之间的甲板上射出,形成了一张清瘦的面孔。"……一直以来,我们在L-27号世界,亦即第一邦联时代所谓的'天堂星'的所作所为从本质上讲就是犯罪!它或许没有违反邦联的任何现行法规,却是对自然法、对一个人类社会应有的权利的肆意嘲弄与践踏!"那个目眦欲裂的男人愤怒地吼叫道,"我们的不作为已经招致了可怕的后果,并将整个世界死死地锁在了愚昧的夜幕之下!你们怎么能看不到这一点?!你们凭什么对如此显而易见的事实视而不见?!

"无论你们是否承认,铁一般的事实就摆在我们面前:这个世界现在是一座被困在无止境的战乱与屠杀中的屠宰场,而几乎所有人都只剩下了一个梦想,一个对他们的解放与进步毫无助益的虚幻迷信。"那个曾经自称为奥德修斯的人继续说道,"你们还没看出来吗？你们投放的那些援助物资并没有让这个世界走出黑暗，反而催长了他们的嗜血欲望！他们将我们的观察员视为神灵，用自相残杀来取悦他们心中幻想出的神灵，而我们定期投下的援助物资在他们眼中不过是用鲜血挣来的酬劳，我们的所谓人道主义援助事实上不过是在鼓励这些蠢人杀死自己的同胞，鼓励他们通过破坏与毁灭向我们邀功请赏！你们难道能昧着良心否定这一切吗？！自从这个世界被重新发现开始，整整半个世纪的历史记录都支持我的观点：最残忍而好斗的社会集团——比如诺斯人和埃玛岛人——在我们的'援助'下成了整个世界的规则制定者，只因为按照我们制定的援助标准，这些不事生产，物质最为匮乏的社会集团可以拥有最高的优先等级，而那些勤勤恳恳劳作的人则被我们以'避免粗暴干涉'的名义撇在一旁，不得不忍受那些野蛮人的欺压与歧视！你们难道真的相信，这么做能让这个世界产生任何'自发性进步'吗？！你们难道真的认为，死在锐声原的千万人都是'人道主义'胜利的象征吗？！抑或我们还要继续装聋作哑下去，直到——"

"我承认，他确实提到了一些事实。"社会学家轻轻地敲了敲反重力浮艇的艇壁，让那张怒吼的脸重新缩成了一个指尖大小的光球，"但我们无权对这些事实做出任何判断——别忘了，在一千年前，正是盲目的价值判断让我们的祖先落入了仇恨的迷宫，在相互恐惧中陷入了孤立和分裂，如果历史学家们的考证没错，这个世界原先的文明正是因为我们先祖毫无理由的骄傲与歧视而惨遭毁灭的，在那时，我们的前辈为了一点微不足道的文化差异和神学争论而对这里横加干涉，导致了数以亿计的无辜者横死。现在，我们难道要重蹈覆辙，再次通过我们的主观意愿来武断地改造他们的文明体系吗？！我们何德何能，有权去判断他们基于自由意志选择的文明发展方向?!"

"当然,只有他们自己才有权决定自己的发展方向。"他的同事连忙答道。自从三分之二的殖民世界在上次大战中被重创之后,这个问题就只有一个标准答案了。虽然在年轻时,他也曾对此提出过质疑,但值得庆幸的是,在精神医师们的帮助下,他已经将这种错误的思想成功矫正了。"除此之外,任何基于主观意志的判断都是傲慢而无知的,本质上乃是彻头彻尾的歧视。我们能做的只有尽可能地为他们提供帮助,而非替他们做出决定。"

"的确。"社会学家启动了反重力浮艇的发动机,让这座隐藏在一团发光的云雾幻象中的机械平台缓缓升起,在他们脚下,又一个赤甲武士已经被那名女子击中了防护薄弱的喉结,一头栽倒在了柔软的泥地里,"更重要的是,我们都已经目睹了自发性进步的产生——这个世界的性别平等程度在过去十年里得到了全面的提高,在今年的仪式性战争中,至少三分之一的参战者是女性,这是过去无法想象的。"

他的同事点了点头——他也是十年前那一幕的目击者之一。在那时,他们倾听了那名扮成男性武士的女子的诉求,也检视了她的思想:她从小就憎恨那些自称为"冠军武士"的男人,也憎恨他们崇拜的众神,而她之所以憎恨并渴望毁灭这一切,是因为她一直渴望成为踏上荣光之路的人们中的一员,也拥有超过绝大多数人的能力,但却因为自己的性别而无法实现这一愿望。

但现在,一切都改变了。

在那一天,就在那柄挥向明的流星锤被他紧急启动的防护力场挡下的刹那,天堂山顶的每一个人都立即停止了战斗,高唱着颂歌朝这位活圣人跪了下来,而她随后说出的每一句话都成为了他们坚信不疑的真理。在整件事中,前来进行定期巡视的社会学家和巡视委员会的成员们几乎什么都没做,他们仅仅只是用思维读出装置探入了这个女人的意识深处,帮助她确认了自己真正想要的东西,并且当着每一个人的面承认了它的合理性:从那一天起,每个女性都得到了像男性一样前往锐声原的权利。只要愿意,她们也有权穿戴盔甲,加入搏杀,流下鲜血。

而许多人确实选择了这么做。这一切都是她们自己的选择。

"行了,我们还有不少日程安排要去完成。"当地面上搏杀的人群变成一群小点,逐渐从两人的视野中消失时,社会学家瞥了一眼视网膜读出装置上投射出的日程表。与此同时,明的最后一个对手也被她一棍打倒在地,这位骄傲的女武士朝着渐行渐远的反重力浮艇抬起了头,发出了一阵混合着最原始的冲动与兴奋的吼声。"今年的人道主义援助物资比去年增加了9%,同比增幅最大的是大都会区,超过22%。如果可能的话,我建议增加速食食品和药物的配给,以及纺织物制成品的供应。因为根据去年的调查,家庭主妇和手工纺织业从业者数量都在持续减少,尤其是后者,同比下降了11.3%。很显然,我们必须在计算援助物资总量时认真考虑这些变化,并且……"

胜利日

1

　　当那段散发着红热光芒的金属支架吱嘎作响地砸向十几米下的陶瓷地板时，紫络手足并用地从她的临时藏身处中爬了起来，在横飞的实体子弹与高能粒子束的夹缝中低头朝着一大堆空集装箱冲去。单从战术层面上讲，这显然是彻头彻尾的莽撞之举——就在短短几步的距离中，她身上的防护服已经接连传出了三次中弹警报。万幸的是，这套制造于传说中的地表时代的服装足够结实，尽管其中一束高能粒子就打在接近颈部接合处的脆弱部位附近，但仍然没有对她造成致命的贯穿伤害。

　　当然，"不致命"并不代表"毫发无损"，更不等于"不会疼"：在那些高温等离子体在自身所携带的能量驱迫下散逸之前，剧烈的灼痛已经像烧红的刀子般深深地刺入了紫络的神经，险些让她晕厥过去。不过，与留在原地可能导致的结果相比，这点儿小小的伤痛实在是算不上什么——就在她从那辆报废的叉车下钻出来后不到两秒钟，她先前的藏身之处就已经变成了一座由扭曲灼热的金属堆叠而成的坟墓。

"这里是白色小组，指挥组，我们的行动严重受阻。"在找到新的庇护所之后，紫络将手中的轻型榴弹发射器举过头顶，一口气打空了整个十发弹鼓。接连引爆的迷你云爆弹迅速在交火区域中央制造出了一片无法通行的区域，也暂时阻止了对方的进一步行动。"我们和蓝色小组遭到三倍于我方数量且装备有重型武器的敌人拦截，无法前进，已经出现伤亡！要求立即派遣增援！"

没有回应。充斥着紫络的封闭式头盔内部的只有她自己的呼吸声，以及从通讯器内传出的白噪音。当然，这也并不算太让人吃惊的事——既然对方能在气闸区附近预先准备如此盛大的"欢迎"，相应的通信干扰自然也在意料之中。

但无论如何，紫络还是希望能在这个节骨眼上得到增援。哪怕只有一个人也好。

在紫络头盔内的一处显示屏上，交火双方的态势图正以红蓝双色三角的形式显示着——虽然他们这次的行动计划出的纰漏就像她的防护服上的伤痕一样多，但至少在渗透防卫队内部网络这件事上做得倒还算不错。在这座大体呈东-西走向，被称为"顶层房间"的矩形大厅中，两种颜色的三角正以大厅中央为界对峙着：三十一个红色三角与十一个蓝色三角仍然散发着光晕，表示这些人员仍然活着——至少，与他们的身体相连的生命体征传感器认定他们暂时还没法算到阵亡人员的名单上去。而七个红色三角与五个蓝色三角已经在过去的二十分钟内先后黯淡了下去，无论它们所代表的那些人到底为了什么目的与理念而投入这场厮杀，对他们而言，这件事都已经永远地结束了。

"这里是白色小组，指挥组，收到请回答！"在为自己的武器换上最后一个弹鼓的同时，紫络又一次开始了不抱多少希望的联络尝试，"交火时间已经严重超出预期！我们无法坚持太久，如果得不到增援，我们将不得不考虑放弃任务。重复，我们是否可以放弃任务?!"

"……无法增援。而且……但不允许立即放弃……我们认为还有……可能性。"令人惊讶的是，这一次，她那绝望的尝试竟然收到了断断续续的回复，"立即通知蓝色小组，鉴于目前……局面，可以……准许根据个人判断使用最后手段。"

"最后手段?!"紫络因为这个就连她也没听说过的字眼儿而愣了片刻，但还是立即将通信频段转到了加密的战术频道上，"蓝组，指挥组声称无法增援我们，同时准许你们考虑'最后手段'，你们的意见是——"

"蓝组明白。"蓝组指挥官用他低沉嘶哑的嗓音迅速给出了—— 一如既往，简单到令人压抑的程度的——答复，"倒数十秒，掩护我们。"

紫络深吸了一口充满了令人反胃的酸苦味道的过滤空气，开始了也许是她此生中最后的一次倒计时。作为最关键的直接行动部队的两位指挥官之一，她却从没听说过所谓"最后手段"，这让她感到了些许不满。不过，在目前的情况下，她也顾不上太多了。

他们只有这一次机会。

他们也只有这一种手段还能指望得上。

根据防护服头盔内侧的计时器所显示的数字，在倒数计时结束后，紫络花了两秒钟时间在临时掩体后调整好了榴弹发射器的姿态与倾角，而以最快射速打光最后一个弹鼓的破片榴弹又用去了五秒钟时间。就在她这么做的同时，白组剩下的四个人也同时将激光步枪调到全自动射击挡并举过掩体顶部，开始以最快的速度榨干他们最后的能量电池——当然,这种盲目射击能对敌人造成有效杀伤的可能性几乎是零,但紫络知道,这场对剩余弹药的疯狂挥霍至少能暂时压制住对手的行动,让他们在接下来的一点儿时间里无法干扰蓝组的行动,确保他们能用出那"最后手段"。

事实证明,这一点儿时间已经足够了。

就在紫络的弹药计数器上的数据变成跳跃着的红色"0"的同时,蓝组的人也干完了他们的活儿:在短短几秒之内,原本充斥着这片地下空间的枪弹发射声、爆炸声、激光束灼烧声、嘈杂的呼喊与诅咒声就全部停歇了下来,取而代之的是一阵令人脊背发凉的低沉"嘶嘶"声。这声音既像是一群四处爬行的毒蛇,又像是无数锈铁正在刮擦着骨髓。在过去,紫络也曾经无数次听到过它——通常而言,这意味着将在几秒钟后袭来的——令人窒息的刺激性催泪瓦斯,以及在惶恐中四散逃窜的人群。

但这一次,随之而来的却是更加可怕的东西。

"毒气!你们这些杂种!无赖!你们居然用毒气!"在紫络看到那团泛着不祥的暗紫色烟幕之前,对面的一个可怜虫已经用他尖锐凄厉的哭号提前为她做了剧透——当然,这也是他这辈子所做的最后一件事了。拜天花板上通风系统吹送出的气流所赐,翻腾着的毒云如同一头掠食猛兽般敏捷地攫住了这个离它最近的牺牲品,将他紧紧拥入了死亡的怀抱之中。虽然这小子以正确的方式佩戴着标准型号的防毒面具,可这仍然不足以阻止他落入死神的魔掌:仅仅被毒雾包裹住几秒钟之后,他就摔倒在了满是血迹与焦痕的地板上,像一只被毒蛇咬中的蜥蜴一样痛苦地抽搐起来。

没有人试图对他伸出援手,因为所有人都意识到了这气体意味着什么：这并非普通的窒息性毒气，而是经过高度浓缩的糜烂性毒剂，是一头能够货真价实地将人吃到骨头都不剩的魔鬼野兽。在落入它残忍的掌握后，所有人——无论他们属于交战中的哪一方——都会在眨眼间皮肤溶解、骨焦肉烂，最后变成一摊焦黑的肮脏残渣。

没有人可以例外，除了蓝组。

"白组，多谢支援。"随着毁灭性的毒雾开始逐渐填满整座"顶层房间"，紫络从通信器中听到了蓝组指挥官的最后通讯，"任务障碍已经排除，我们将继续完成'胜利日'行动，请自行采取避险措施。"

"自行采取避险措施？！你这是什么意思？！"紫络愤怒地质问道。在任务开始前，她的小组和蓝组虽然同样被编入闸门突击梯队之中，却领到了不同的装备：配发给白组组员的是带有强化陶瓷护板和动力外骨骼系统的军用防护服，足以直接挡下大多数轻武器的远距离直接命中；而蓝组的人分配到的却是一些老旧的环境防护服，顶多只能稍稍抵御弹片与冲击波的杀伤——它们唯一的出众之处仅仅是拥有可以长时间自主循环供气的全封闭式三防系统而已。紫络还记得，在装备刚刚分发下来时，她还天真地对组织的负责人提出了抗议，声称这种"不平等对待"是不正确的。而对方则告诉她，这么做完全是因为军用防护服的数量不足，因此不得不采取此等权宜之策。

那时的紫络完全没想到，这有可能是个谎言。

面对紫络怒气冲冲的质问，蓝组指挥官没有任何回应。或许，他是不敢直面遭到抛弃的同伴的怒火；又或许，他仅仅是不愿意花时间继续与将死之人进行无意义的对话。虽然被要求"采取避险措施"，但紫络很清楚，她和她的同伴们压根儿无处可避。在早已等候在此的守卫们突然对他们发难时,连接"顶层房间"与下方的通道就已经全部被厚重的防爆门封死了。他们现在已经变成了一群笼中困兽,而且还是与一头吞噬一切的魔鬼关在一起的困兽。

不,肯定还有办法,肯定还有什么办法能让我们出去……紫络一边在心中重复着这些念头,一边在弹痕遍布的污秽地板上朝着与毒气源头相反的方向爬行着。谢天谢地,这些糜烂性毒气的密度似乎比空气要略小一点,因此匍匐的姿势暂时还能管点儿用,但她很清楚,这么做也并非长久之计。

她得赶紧想办法逃出去。

但是她的腿好痛……

胳膊也开始痛了起来,裸露的皮肤就像被浇上了烧开的硫酸,无法摆脱……

痛,使不上劲……

她还能动,而且前面好像有什么……

那似乎是风的声音……

2

在孩提时代，紫络经常在地堡底层的垃圾焚化炉旁玩耍，也常常从那些憔悴忧郁的大人口中听到关于死亡、地狱和"另一个世界"的故事。人们经常用"在那边走了一趟"来形容那些侥幸捡回一条命的人，但这一次，她却是真真切切地体会到了经过地狱边缘的感受——自从她在闷热得令人窒息的黑暗中醒来后，各色各样的疼痛就一直像一群啃咬尸首的蠕虫般在她的四肢百骸间钻进钻出，仿佛要将她从内到外肢解成一堆碎屑。

不过，紫络知道自己一时半会儿还不会有性命之虞：在恢复意识后不久——虽然这过程并不舒坦——她就发现，自己身上的大多数伤口已经被人草草地处理过了——被毒气灼伤的皮肤被抹上了某种冰凉的药糊，被烧伤和擦伤的软组织也都被绷带绑上了。虽说她还不知道自己的这位救助者是否接受过正规医学训练，更不清楚对方是否按照标准程序清洗掉了她身上沾染的毒剂，但至少，她显然比当时在场的其他人幸运得多——自然，蓝组的那些家伙除外。

一想到凭着身上的封闭式防化服从自己释放的毒剂中幸存下来的蓝组，紫络就会不由自主地攥紧受伤的双拳——至少在道德层面上,这些混球的所作所为可实在是难以原谅!但没过多久,另一个念头就出现在了她的脑海中:就当时的情况来看,那些碍事的家伙就算没有全部倒毙当场,显然也已经不可能继续阻止他们的前进。换言之,蓝组肯定已经在战斗结束后夺取了闸门的控制权,而这就意味着……是的,这只可能意味着一件事:至少,"胜利日"计划的第一部分已经获得了成功。

在接下来的一瞬间,两种互相冲突的表情同时出现在了紫络脸上:因为无法原谅蓝组背信弃义地牺牲同伴的做法而产生的怒火,以及大功告成后的狂喜。这两种截然对立的情绪就像两股方向相反的凶猛野火般狂暴地席卷了她的意识,并相互激烈地冲突着。有那么一瞬间,她发现自己已经因为愤怒而咬破了嘴唇,可是眼角流下的却是喜悦与激动的泪水。

接着,有人来了。

"你的情况看上去还算不错嘛。"随着一道有些刺眼的灯光从密布四周的黑暗中透入,紫络听到了其他人说话的声音——这是一个男人,一个成年人,一个饱经沧桑的人,一个成熟的人才会有的声音,更重要的是,她没有从这声音中听出任何恶意,"伤口还疼吗?能不能听到我说的话?"

紫络点了点头,同时清了清干涩沙哑的嗓子:"我想……我大概还死不了。"

"那就好。"那个男人满意地说道,"你的名字是?"

"我叫紫络。"在说出自己名字的同时,紫络下意识地呼出了一口气——她记得自己是谁,也记得自己干了些什么,无论如何,她的脑子还没坏掉,"你是管理委员会的人?"

"不,我只不过是只不起眼的耗子——管委会用得着我们的时候,就给我们丢两撮面包屑;看我们不顺眼的时候,就恨不得把我们一脚踩死,就这么简单。"男人说道。

好极了,是阴沟族。紫络点了点头,在心里思忖道。尽管大多数遵纪守法的地堡居民一辈子也不会和这群人打上哪怕一次照面,但几乎所有人都知道这些隐藏在阴影中的家伙的存在:他们是地堡世界中的隐居者和流亡者,是隐藏在那些暗影幢幢的废弃坑道中的食腐者,是被所有人驱逐与排斥的对象。很多人憎恨他们,更多的人则无视他们,紫络的组织过去也曾经和这些人有过接触,据说是为了获得某些难以从正规渠道搞到的物资与设备,但她本人还是头一次与"阴沟鼠"们面对面地打交道。

万幸的是,对方看上去似乎没什么敌意——否则她就算还没送命,起码也该被五花大绑了。

"既然我已经做过了自我介绍,那么现在该你了,客人。"在短暂的面面相觑之后,男子继续说道,"顺带提一句:我希望您能坦诚些。"

"这是当然的。"紫络说道。她说的是真心话,因为她完全想不出自己有什么说谎的必要:假如计划已然成功,那么管委会的那些浑球儿官僚们怕是早就对这档子事的前因后果门儿清了;而纵使蓝组的那些家伙在最后关头出了什么岔子而最终没能完成使命,恐怕也轮不着这帮后知后觉的阴沟佬去向那些当官的报告这一切。当然,这些人或许会把她视为奇货,在管委会那儿卖出一个好价钱,但紫络很清楚,自己根本不知道什么有价值的特殊情报,因此也不至于对他们的事业造成任何损失。

换句话说,她现在其实没什么可怕的。

"我是一名摩西先生的门徒。"在有人递给紫络一杯水后,她清了清嗓子,开了口,"我遵从他的教诲,追随他的脚步,实践他的意志——为了以尽可能微小的代价改变我们所有人的命运而奋斗。"

更多昏暗的提灯、自制蜡烛和戴在头盔上的充电式矿灯在附近的黑暗中亮了起来,很显然,客人苏醒的消息已经在这个阴沟族的部落里传开了。"你说你是摩西的人?"那男人继续问道。随着周围光源的充足,以及视力的恢复,紫络已经能逐渐看清他的脸了——那是一张与她一样,因为常年在坑道和地堡内生活而严重缺乏黑色素的脸,暗青色的血管在半透明的皮肤下清晰可见。就像所有生活困苦的人一样,这张脸上未曾存下多少脂肪,反倒是挂满了憔悴的颜色,过于细长的睫毛和薄薄的嘴唇甚至让这人看上去有点像是女性。"这可有意思了。从我们捡到你的地方判断,你大概是从'那上面'逃出来的吧?"

"是的。"紫络再次点了点头。先前濒死时的记忆渐渐浮现在了她的脑海之中:在走投无路之下,她被纯粹的求生本能驱使着爬到了一处通风管道附近,并且取下了盖在管道口上的金属格栅,钻到了里面。按理说,这种做法只会让她在几秒钟之后被飞速旋转的通风扇切成一堆很适合塞进肠衣里的碎肉条,但这座地堡内的设施实在是太过老旧,因此当扇叶击中她身上的护甲时,粉碎的反而是因为缺乏保养而已经严重锈蚀的扇叶。

接着,身受重伤、意识模糊的她沿着斜率为四分之一的通风管坐了一次有生以来最漫长的滑梯并在恍惚中从一处管道的缺口中掉了下去。无疑,这个秃头男子和他的阴沟族同伴们正是在那里找到了她。

"现在所有人都听说那里发生了什么事——战斗,流血,还有人用了……很可怕的玩意儿。据说,整整一个连队的守卫队都在战斗中被杀掉了。"男人继续说道,"如果你真的是那个摩西的门徒,那你至少应该知道,这种做法和你们的头儿宣扬的非暴力主义思想不合吧?"

"我确实参加了那场战斗。不过,我必须更正你的两点错误。"紫络答道,"首先,拦截我们的守卫没有一个连队那么多,双方死亡人数至多不过五十人;第二,我们不是单纯的小孩,也并不反对暴力——如果有必要,我们可以伤害人,甚至是杀人。但无论如何,我们希望将这种代价降低到最低限度。"

"也就是说,你们在上头干的那一仗对你们而言是'有必要的',对吧?"

"的确。我们必须让一些人离开这里,这是……"紫络正要说下去,却发现自己的喉中突然涌出了一阵浓浊的血腥味,"我……呃……"

"够了,你就先继续休息吧。"秃头男人会意地点了点头,同时挥手示意其他人离开这里,"我们不会把你交给那些人的。"

"真……的吗?"

"暂时是这样。"

3

在接下来的十个标准时间循环——这种时间单位据说相当于过去地表时代的一天——里,紫络一直躺在阴沟族用废料制成的粗糙滑橇中,在地下世界边缘最阴暗也最不起眼的犄角旮旯里跟随着这些被遗忘的人们穿行着。每过四五个小时,阴沟族们会暂停行动,在某些他们认为安全的地方停留休息,而负责照顾她的秃头男子则会为她清洗伤口和换药,并喂给她水和食物。

在约莫是第三个标准循环的时候,紫络得知了秃头男子的名字和身份:他叫阿丹,这一小群人的"先行者"——换言之,他是他们的首领,永恒黑暗中的寻路人。

又过了三个标准循环,阿丹终于明确向紫络保证,他们不会将她交给管委会。

"因为我们和那些人……有仇,至少你可以这么理解。"在回答紫络的疑问时,他如此答道,"除此之外,我们也与摩西和他的组织有过接触。"

"那你们能把我带回我的同志们身边吗?"紫络兴奋地询问道,"如果你们做得到,我保证……"

"我们对外人提供的保证没有兴趣——毕竟,所有人都可能愚弄我们、出卖我们。阴沟族只能相信自己,也只敢相信自己,客人。"在说出最后那个人称代词时,阿丹的语气中似乎带上了一点儿冰冷的怒意,让紫络觉得仿佛有一把被冰冻的小刀抵在了自己的喉咙上。

"你知道我们运动的宗旨,对不对?"在沉默片刻后,紫络问道,"你知道我们的目的,对不对?! 既然我们在这个地堡里都是不受欢迎、不被接纳的人,既然我们都遭受过漫长的苦难,为什么你们不选择加入我们,追随摩西先生?! 他一定能带领我们——"

"以前也有人与你有着相同的想法,客人。"阿丹摆了摆手,打断了紫络雄心勃勃的发言,"我们曾经不止一次遇到过说客,管委会的和你们组织的人都有。虽然阴沟族不过是一群无足轻重的老鼠,但他们也知道,在某些时候,哪怕是最轻的一颗砝码也足以改变天平的平衡。"他撇了撇生着细小胡茬的嘴角,似乎是在对那些说客的说辞表示不屑,"我的一些手足兄弟们相信了他们的话,于是选择为他们提供服务;另一些人则为了纯粹的利益而首鼠两端。但我和他们不同。"

"因为你压根儿不打算插手我们和管委会之间的事?"

阿丹摇了摇头:"并非如此。这件事的波及之广,已经不容我们置身事外。我只是……有我自己的打算。"

"能讲讲这到底是什么打算吗?"

"暂时还不能。"阿丹说道,"但我有个建议:好好想想你的过去。"

在接下来的时间里,紫络照着阿丹的建议去做了。

按照地堡标准纪年法,她是在劫后历第439年时诞生的。

换言之,今年的她已经二十一岁了。与大多数人相比,她最初的清晰记忆出现得相当早——那是在不到两岁时,尚在牙牙学语的她正蹲坐在父母的摊位旁,以婴儿特有的好奇心玩弄着摆在防水布上的那些小东西:这些物件来自一处离地堡不远的垃圾填埋场,位于那些坍塌废弃的旧坑道的末端。尽管从理论上讲,被地堡居民们丢弃在那里的废弃物都属于"有害"或者"不可回收"的种类,可她的双亲们仍然经常背负着年幼的她,与其他人结伴冒险前往那里,从无数肮脏甚至危险的废物中找出有价值的东西。

比如说,紫络正在把玩着的那只涂着荧光材料的指南针。

年幼的她并不真的知道指南针到底是什么,而仅仅是单纯地被涂在针上的荧光材料所吸引而已。尽管经历了许多年头,但这些尚未剥落的涂料仍然能吸收肉眼不可见的光辐射,并让它们通过能级跃迁变成幽绿色的可见光,就像是一只在黑暗中窥伺着猎物的猛兽的眼睛。捧着那只闪亮的"眼睛",在黑暗的角落里咯咯发笑,这就是紫络最早对"幸福"的认知。

但那是何其短暂的幸福啊。

一只戴着黑色橡胶手套的手,一截挥来的铁棍,二者共同为紫络最早——很可能也是仅有的幸福记忆画上了句号。在最初的一瞬间,她感到了惊恐,但接着,充斥这段记忆的情感则是迷惘与愤怒。

紫络并不清楚自己是否曾在那次事件中受伤,但她很清楚,那道横贯她的记忆源头的创口这辈子都不可能消失了——在几年之后,她才从父母那里得知,地堡管理委员会的人摧毁了他们的生意,没收了他们的财产,并禁止了他们再次前往中层居住区,理由是"违规经营"与"出售来路不明的货物"。

在得知这件事后不久，紫络的母亲死了——她在居住区外的垃圾堆拾荒时死于一群暴民之手。在更早的时候，另一个有同样遭遇的人做出了更加激烈的反应：他自行制造了爆炸物，并在人群中引爆。这件事就像一块砸进水面的巨石，在地堡的中层区引发了轩然大波，而当波浪波及紫络那不知情的母亲时，她甚至还未能来得及弄清发生了什么事，就被二十多个高喊着"复仇"的家伙用棍棒和钢管殴打到浑身是伤，最后在成堆恶臭的垃圾里像一只老鼠一样无人问津地死去。

不过，紫络知道这是怎么一回事：在中层居住区里的人眼中，那个在人群中引爆炸弹的人和她的母亲，以及她本人是"一伙的"。他们都是"那些人"——自从人类的语言演化到产生人称代词的阶段之后，这个宽泛而粗略的词汇就被不同族群、不同文化的成员广泛地用于指代一切"非我族类"。根据地堡内所记载的历史，在很久很久以前，人们一度生活在地表之上，沐浴在真正的阳光之下，而不用在昏暗的烛光和最低限度照明灯光中苦苦摸索。但是，一场大劫难却让过去的一切全都灰飞烟灭。大劫难的详细内容早已被埋葬在遗忘的流沙之下，人们只知道，当时那些刚愎自用而又愚蠢可憎的掌权者是导致灾难的直接原因。正因如此，在不得不遁入地堡之后，掌权者们的后代被逐入了地堡底部最为肮脏狭窄的坑道之中，沦为了被称为"下层人"的人群，他们是为人们所憎恶、所鄙夷的贱民，不能从事任何有价值的工作，并被所有人视为瘟疫、不幸与灾难的苗床。事实上，在得知这段历史后的一段日子里，就连紫络自己也如此相信。

但有一个人告诉她，这并不正确。

虽然紫络的记忆力并不出众，但她永远、永远都无法忘记自己初次见到摩西的那一天。那时，她的父亲已经因病逝世了一年有余，而她则为生计所迫加入了一个盗窃团体，在地堡的居住区附近游荡。虽然居民们总是声色俱厉地咒骂这些小偷为他们带来的"严重损失"，但事实上，她在绝大多数时候的收获都少得可怜。那一天的情况自然也不例外——在冒险闯入两户人家的住房后，她得到的仅仅是一小块发霉的米糕，以及一丁点儿合成鸡蛋粉。近乎空手而归的她垂头丧气地返回了被团伙充作藏身之处的废弃坑道，却意外地发现了一名不速之客。

那个人就是摩西先生。

在与紫络初见之时，摩西先生穿着一件又厚又重，几乎可以支起来作为帐篷用的朴素长袍，烟灰色的长发几乎盖住了小半张脸。就像所有中层居住区的居民一样，他的肤色比坑道居民们的肤色更深一些，身体也要健康强壮得多。在过去，仅仅这两点就能让紫络的同伙们对这个男人产生敌意与警惕，甚至立即像一群受惊的小动物一样四散遁入黑暗之中。

但在那一天，所有人都在屏息凝神地听他说话。

摩西先生并不是个真正擅长演讲的人。他的语气平淡、单调、缺乏起伏，更像是在复述某些无聊的记录。不过，真正吸引了紫络注意的是他演讲的内容——摩西告诉他的听众们，"下层人"们所遭受的一切其实并非他们咎由自取，甚至与他们祖先的所作所为也没有真正的关联，他们之所以遭到排斥、憎恨与伤害，仅仅是因为铭刻在人类基因深处的劣根性而已。"无论在哪个时代、哪个文明中，人们总是会下意识地寻找'他者'，然后将这些'非我族类'视为敌人。"摩西如是说道，"他们不愿意承认自己的愚蠢与无能，无法正视自己四分五裂、矛盾百出的事实，于是才需要敌人、需要魔鬼……总之，需要一个能为他们的一切罪行承担责任的替罪羊。"

"——没错,那就是你们这些'下层人'。"

在那之后,紫络也曾经参加过摩西的许多次演说,每一次,当他讲到这里时,听众们总会发出渴望复仇的愤怒呼喊,而那一天的情况也不例外。"请您带领我们吧,摩西先生!"不止一个紫络的同伴如此喊道,"带领我们去讨回公道,去让那些可恶的家伙尝尝苦头!"

"我会带领你们的,朋友们,但恐怕不会是像你们想象的那样。"摩西先生答道,"如果选择纯粹的以暴易暴,只能让那些因为自身的懦弱与卑劣而憎恨你们的懦夫心安理得——因为他们可以告诉自己,这种憎恨是正当的。我们当然要改变这一切,但绝非'讨回公道'或者'复仇'这么简单。我们并不拒绝暴力,但除非必要,否则我们也不会使用它。"

当时的紫络并不完全明白摩西先生的话中之意,但她还是毫不犹豫地成了一名"摩西的门徒"。在那之后,她花了整整十年时间摸爬滚打,锻炼自己,同时执行摩西的意志,一切都只是为了"胜利日"的到来。

而现在,"胜利日"行动已然结束。

尽管在阴沟族人的照料,以及紫络自己一贯的顽强生命力与幸运的庇佑下,她的身体正在逐渐恢复健康,但另一种痛苦仍然挥之不去——随着行动能力的恢复,她开始越来越渴望外界的消息,渴望知道自己十年努力的结果到底为何,却又不知该如何向阿丹说明这一点。在焦虑之中,她甚至考虑过不辞而别,但就在她开始为此进行准备时,机会来了。

那是在她获救后的第十四个时间循环的事。

4

　　二级地堡警备队员乔罗夫用双手抵住面前脏兮兮的玻璃板,在这间不比棺材宽敞多少的岗亭里伸了个懒腰。粗糙的再生纤维帽子在他脑袋歪向一侧时掉了下来,落到了他的怀里。于是他揉了揉惺忪的睡眼,重新将满是汗味的帽子戴回了头上。

　　地堡里最好的工作——这是乔罗夫的老爹在为他找到这活儿时告诉他的原话。当然,在那家伙的眼里,这活儿确实不错:一个时间循环三班倒,一班八小时,有一份相当于基本体力劳动工作人员的配给,而且几乎没什么活儿可干。他所需要做的仅仅是待在这个从基岩中开凿出的小空间里,每天早晚巡视两遍,就算完事大吉。最重要的是,在地堡警备队的所有部门中,农园守备分队是最安全的。虽说"摩西的门徒"和四处游荡的阴沟族流寇偶尔会制造破坏活动,打劫武器库或者零部件仓库,但他实在无法想象,有谁会专程跑来攻击这种只有蘑菇、虫子和蛋白藻的破地方。

　　但是,在这里工作也有一个强大到既无法战胜,也无从逃避的敌人:无聊。

　　在干上这行之前,乔罗夫完全无法想象连续一个月见不到任何陌生人与一天说不上五句话是什么样的感受。地堡从来以生存物资为先，几乎没有任何娱乐设备，也没几个人有闲情逸致创作供人们消遣用的精神食粮，因此乔罗夫没法指望像过去的同行那样用各种手段打发漫长而又无所事事的时间。有好几次，他甚至在短暂的瞌睡之后产生了白日梦式的幻觉，将隧道中闪烁的光影当成了不速之客。

这次似乎也一样——

在发现那个孤零零的影子之后，乔罗夫下意识地又揉了揉满布血丝的双眼。是幻觉吗？或者他真的看到了一个孤身朝这里走来的女人？在考虑片刻之后，他从岗亭里的储物柜中拿出了便携式热像仪，进一步的观察让他很快得出了结论。

那确实是一个年轻女人，而且看上去情况似乎不太妙。在按照规定操作流程将这一事实通报给农园内轮班的另外两名同伴后，乔罗夫拿上警棍，带着一种几乎可以说是感激的心情离开了让他闷得发慌的岗亭。

"你是谁？表明身份！"

"请帮帮……我。"在迎面射来的手电光柱照射下，瘦弱的女人连忙抬手捂住了双眼，像受惊的小动物一样缩成一团。她戴着土褐色的破旧安全帽，穿着一件又脏又旧的连身工作服，胸口上既没有身份标签，也看不到应该挂在那儿的工种徽记，这看起来颇有些可疑——不过话说回来，也仅仅是"看上去可疑"罢了，"刚才出了……事故，我和施工队走散了，不知道这里……"

施工队？乔罗夫记得这附近确实有几条老旧隧道正在进行维护作业。虽说会有施工队员因为走错路来到这里实在是件奇怪的事，不过也并非不可能。"你还好吧？"

"我受了点伤，不过没什么大碍。"蓬头垢面的女人说道，"但伤口……恐怕感染了。这是哪里？你们有药吗？有没有医生？"

"这里是E-3农园,因为目前正在进行为期三个月的休耕整顿,所以暂时没有医生。"乔罗夫耸了耸肩,"不过医务室里倒是有消毒药。凯尔文!带这个女孩子去处理一下,东,你去和上头联系!"

乔罗夫不当班的两位同事依言而行,而他本人则返回了岗亭,开始继续与万恶的大敌进行永无休止的缠斗。很快,强烈的倦意又一如既往地缠住了他,开始一点一点地剥夺他对外界的感知,像蜘蛛包裹住猎物一样将他包进昏昏欲睡的无形之茧中……

有什么人推开了岗亭的门。

"怎么了,东?报告完啦?"乔罗夫用力睁开仿佛被胶水黏住的眼皮,昏昏沉沉地问道。但他立即意识到,走进他的"棺材"的人似乎并不是东,当然也不是凯尔文——共处一个多月后,他对这两人的熟悉程度已经不逊于自己的亲爹了,"你是——"

有什么又长又硬的物体划开空气,朝着他的头部呼啸而来。纯粹是依靠本能反应,乔罗夫顺势从自己的椅子上朝后一翻,这才以极为不雅的姿势躲开了这一击。接着,他抓着桌子站起身来,想要伸手去够桌面上的警棍,可就在他的指尖刚刚传来熟悉的硬化橡胶质感时,一阵骨折特有的剧痛突然刺穿了他的手腕。

"呃呃……噢……"由于瞬间传来的痛苦太过强烈,乔罗夫甚至连发出一声尖叫都没能办到。痛苦的声音被卡在了他的喉咙里,只剩下了微不可闻的呻吟。接踵而至的第二击落在了他的脊背上,让他的痛苦又攀上了一个新的高度。在惊惶与困惑中,乔罗夫下意识地朝着岗亭的角落爬去——在那里设有一处隐蔽式的报警器,只要他按下伪装成固定式插座的开关……

然而什么事都没有发生。

"这——"乔罗夫只来得及吐出了这么一个词儿,最后一击已然干净利落地命中了他的后脑勺。

"干得不错,紫络女士。"在带人将整座建筑搜索一遍,确认没有其他值班人员在场后,阿丹来到了农园的浴室门外——刚刚干完活儿的紫络正在里面用珍贵的热水冲着澡,"你刚才那手非常漂亮,那些家伙压根就不知道出了什么事。"

"这不过是运气好罢了。"紫络的声音混杂在水声中传来。在装成迷路的施工队员混进这里之后,她先在没有警报系统和监控的医务室里放倒了第一个人,然后在通信室门外伏击了第二个,用他的权限关掉了报警器,最后才收拾掉了岗亭里的那家伙。"如果这里的人再多两三个,我可就对付不过来了——就算我们能夺下这儿,他们也肯定来得及发出警报。"

"没错,不过这不是问题。最近的警备队赶到这里少说也得花上一两个钟头,到时候我们早就把该干的事干完了。"

淋浴的声音停了下来,几分钟后,时隔许久地将自己好好清洗了一遍的紫络换上了一套干净的警备队制服,从浴室里走了出来:"你们已经搞定了?"

"基本上是这样。虽然这里还在休耕,但我们还是在这儿找到了足够多的存货,起码够整个氏族用上大半个月。"在与紫络一同穿过这处设施的主要部分时,阿丹说道。在他俩身边,阿丹的氏族成员们正像一群准备搬家的蚂蚁般络绎不绝地将一箱箱蛋白棒、糖、罐头食品、药物和其他东西运出农园的仓库,装上阴沟族们特有的粗陋滑橇。"除此之外,这里的计算机系统还能正常运转——而且我们已经成功地破译了密码,登入了地堡内部信息网。"

"我不知道你们阴沟族居然还会用——呃,抱歉,我没有轻视你们的意思。我,那个……我只是……"

"我明白。"阿丹对于紫络的道歉毫不在意,"很多人都会有这种误解,认为我们是一些没有头脑、缺乏知识的阴沟耗子。大体而言,这种想法不算错得离谱,不过阴沟族里也有一些特别的……能人,他们要么是厌恶了地堡里的'正常'生活而选择了逃离,要么就是遭到了掌权者不公正的待遇,因此不得不加入我们。"

"那你又是哪一类?"

"这不重要。"阿丹耸了耸肩,推开了挂着"通信室"门牌的房门。在这座显然长期乏人问津的陋室里,几台积满尘土的老式计算机就像出土文物般盘踞在成捆包着绝缘皮的电线与数据线之中,不过它们至少勉强还能用。"去找你想要的吧,不过动作要快。就算没人发出警报,此地也不宜久留。"

"当然。"紫络伸手拂去了积聚在其中一台电脑显示屏上的灰尘,开始访问地堡内部信息网中一个不起眼的子系统。这个子系统原本分管的是地堡内服装制造与分配部门的工作人员个人档案,平时几乎无人访问。在用一个事先准备的假身份登入之后,紫络开始在系统的资料库内展开搜索……并找到了她想要的东西。

"他们成功了。"在看到那个经过反复加密与伪装的文件包后,紫络下意识地咽下了一口唾液,无数混乱的情绪同时冲击着她:

——激动,这份文件的存在是"胜利日"行动取得成功的最确凿无疑的证据;

——欣慰,那些在行动中牺牲生命的人总算没有白白死去;

——怨恨,虽然能够理解这么做的动机,但她现在还是无法原谅那些人在"最后手段"这件事上对她和她的队友们保密的做法,她的理智可以接受"必要的牺牲"这个概念,但她的情感做不到;

——紧张,虽然她坚信摩西先生的承诺,但说到底,没有人真的知道,那些离开地堡的人到底看到的是怎样的……

"拜托,别磨蹭了。"就在紫络攥着鼠标的手指像帕金森综合征发作般抖个不停时,阿丹替她打开了文件包内唯一的视频文件,"让我们看个究竟吧。"

5

这是一段粗糙而简短的视频,长度总共不超过一分钟。其拍摄手段只能算是业余,在不断抖动的镜头中,模糊的景物看上去就像是印象派艺术家恣意涂抹在画布上的色块。当然,紫络明白这么做的必要性:考虑到这段视频文件必须依靠侵入地堡内部信息网,伪装成"无害"的普通文件进行传播,它的大小自然会受到限制——数据量越小的文件,也就越容易被混淆于为数众多的例行公事之中。

更何况,在传播信息方面,这段视频已然完成了它应尽的责任。

在视频的开头,紫络看到的是一座巨大而厚实的闸门——传说中连接地堡与失去的地面世界的唯一通道。闸门的表面覆满了已然板结固化的尘土,显然已经有不少年月未曾开阖。只有在两扇闸门的接缝处,紫络才能勉强看到一些浅灰色的反光——那是凝结的泥土掉落后所露出的,属于闸门本身的颜色。

"……如各位所见,虽然遭遇了意料之外的阻碍,付出了惨痛的代价,但我和我的小队现在已经抵达了地表——这个被地堡管理委员会宣布为'极度危险,无法进入'的地方,我们先祖的家园。"就在不住抖动的镜头缓缓滑过闸门的同时，一个声音嘶哑的男性说道。由于电磁杂音和录制过程中的失真，就连紫络也花了好一阵子才分辨出说话者的身份——那正是突击队蓝组的指挥官。那个未曾警告其他人便释放了糜烂性毒剂的家伙。"这是历史性的一步！在漫长的流亡之后，我们又回到了自己的故土。"

镜头开始转动，从尘封的闸门转向周遭的土地。虽然清晰度相当糟糕，但很显然，蓝组的人正置身于一片荒凉的土地之上。黄褐色的龟裂地面仿佛刚刚遭到过烧烤，粉末状的尘土随着呼啸的风四处飘荡，就像是一群群迷惘的鬼魂。但即便如此，紫络仍然感到了无可遏制的兴奋——在过去的二十年中，她从未见过超过一千米外的事物，而在视频中，她却能一眼看到远方深褐色与浅褐色色块相交的地带。

那，应该就是传说中的"天际线"了。

镜头继续转动着，先是投向远方，然后又倏然拉近。虽然由于拍摄者不专业的手法，不少片段都显得模糊而混乱，但紫络还是看到了连绵的丘陵，耸立在远方的雪峰，从矮丘与平原之间蜿蜒流过的浑浊河流……以及绿色。

是的，那是绿色。植物的颜色，生命的颜色。虽然只是连绵的黄褐色中零零星星的几小块，看上去就像是隧道角落的墙壁上点缀着的青苔，但那的确是绿色，是地表植物的叶绿体所反射的光的颜色。

"……几个世代以来，管委会一直重复着一个谎言，一个精心准备的神话。他们声称，地表已经遭受了无可逆转的破坏，沦为了再也无法维持任何生命生存的地狱。"在让镜头四下转完一圈之后，蓝组指挥官重新开始了他画外音的工作，"但我们现在却平安无事地站在这里，这就足以证明这个谎言的荒谬了——没错，因为我们祖先在遥远过去所犯下的罪孽，地表仍然荒凉而破败，但至少我们能够在这里活下去。"

在说完这番话之后，蓝组指挥官摘下了封闭式头盔，让他那张平淡无奇的脸暴露在了迎面而来的风中。在他身后，一个淡黄色的模糊光球正低低地悬挂在地平线上方不远处，散发着比地堡内的任何照明设施都更加明亮的光芒——那大概便是传说中的"太阳"了。"我们来了，我们看到了，我们还活着。"指挥官扔下头盔，说出了这句似乎改编自某句远古时代名言的话，"现在，该你做出选择了。"

镜头最后定格在了远方太阳的轮廓上，手法异常地专业。

"撇开内容不谈，这视频的质量大概只能给个及格分。"阿丹咂了咂嘴，自顾自地说着和他的阴沟族身份不太搭调的话，"喏，你满意了？"

"是……是的。"紫络点了点头。她原本以为，自己应该会在这一刻浑身颤抖、喜极而泣，但奇怪的是，她现在的情绪却意外的平静——或许，她已经太累了，累到没法再激动下去。"我很满意。"

根据这段视频的内容判断，"胜利日"计划显然已经成功了——紫络和其他"摩西的门徒"们十余年的努力总算没有白费，而摩西先生的计划也进行到了最关键的阶段。

出发的日子就要到了。

在摩西先生成为"下层人"的领袖之前，地堡内就一直存在着"下层人"的反抗活动。在大多数时候，这种活动都表现为对中层居住区的零星破坏与骚扰，偶尔还会有人结成小队，对落单的管委会工作人员，甚至是地堡警备队发起血腥的袭击。但是，摩西先生从一开始就坚决反对这些行为。他告诉自己的追随者，暴力是低效又愚蠢的行径，相较之下，他们还有更好的方法可以结束地堡内的悲惨生活：离开地堡，前往外面的世界。

人们现在能够在地表上生存下去。这是摩西一直试图让所有"下层人"相信的事实。当然，他和他的助手们成功地说服了许多紫络的同族，但更多的人对此仍然半信半疑。为了彻底说服他们，摩西先生最终制订了代号为"胜利日"的行动计划：按照这一计划，那些从"摩西的门徒"中挑选出来、接受过战斗训练的志愿者们会对连接地堡内部与地表的唯一一处闸门发起强袭，并在夺取闸门后前往地表。假如地表确实如摩西所说，已经足以让人们生存下去，那么抵达地表的人就会设法以物理手段侵入地堡的内部信息网，并将录制下来，作为证据的影音资料以事先约定的加密模式传回地下。摩西知道，只要他向那些犹疑不决的人展示地表世界的现状，就可以打消他们的疑虑，让他们确信他并非骗子。

为了将这项看似不可能的计划变成现实，紫络和其他人进行了长达数年的努力：他们从地堡的废品堆里找出并修复被遗弃的装备，用一切可能的方法搜罗武器，制订行动计划，绘制地堡内的地图，从遥远过去留下的记录残片中寻找可以悄然入侵地堡内部信息网的手段。年复一年，他们计划、他们训练、他们战斗，而当他们意外地发现负责守卫闸门的警备队早已对可能的攻击有所准备，无法按照原计划夺取闸门时，他们甚至毫不犹豫地牺牲了大多数战友。

这一切都只是为了这么一小段视频。

"我必须回去。"在将那段代价昂贵的视频重新观看一遍之后，紫络用不容商榷的语气对阿丹说道，"从视频发出的时间判断，摩西先生很可能已经说服了那些犹疑不决的人。他们现在随时可能采取行动，我不能……"

"请容我更正一点，你那位敬爱的领袖的办事效率比你想象中的要快得多。"阿丹摆了摆手，打断了紫络的话。不知为何，当他提到摩西时，紫络觉得自己似乎在这个男人眼中察觉到了一丝……怒意？"根据我得到的可靠消息，他现在已经开始行动了。"

"什么?! 已经开始了?!"

"是的，我的那些……朋友们在半个标准时间循环之前就开始报告说，他们发现许多'下层人'一反常态，正在成群结队地离开他们已经居住了好几个世代的坑道与洞窟。"阿丹答道，"而在那些尚未离开的人群中，也已经开始出现了显然是某些人蓄意散布的传言——有人告诉他们，'救赎'已经近在眼前，永远逃离压迫、歧视和痛苦的日子就要到了。很显然，导致这种状况的原因只有一个。"

"呃，说得也是……"

"好了，客人。既然你刚才一直说要回去，那么，你知道摩西先生和他的追随者们现在去了哪儿吗？"

阿丹突然抛出的这个问题让紫络刚刚高涨起来的情绪一下子沉到了谷底——为了保密起见，摩西先生从来不让任何人知道比必须知道的部分更多的消息。作为闸门突击队的一员，她在参与行动之前就已经下定了一去不还的决心：按照计划，如果突袭不幸失败，她自然不可能活着回来；而行动如果能够成功，她也幸运地活着离开闸门，那么她将和其他人一起留在地表世界，并设法坚持到其他人也抵达地表为止。正因如此，对于摩西先生将如何集结其他"下层人"，又要怎么把他们带到地面，紫络一概不知。

"那么,如果我告诉你,我这个局外人——这个耗子般的阴沟民知道他们去了哪儿,也知道他们打算怎么干。"阿丹对紫络露出了一个意味深长的微笑,"你愿意相信我吗?"

6

　　自打能够记事时起，紫络就已经习惯了在狭窄的空间中躲藏。随着时间的流逝，这甚至在某种程度上已经成了她的第二天性——在管理委员会的官僚们居住的有着宽敞空间和质量最好的循环空气的上层区，以及一般公民聚居的满是蜂箱式住宅的中层区之外，地堡里到处都能找到可供藏身的阴暗角落和被遗忘的管道与坑洞。而紫络的父母与血亲们从小就反复教育她躲藏的重要性：对于生来就被视为潜在的敌人、恶棍与罪犯的"下层人"而言，侮辱和伤害随时都可能以意想不到的方式到来，而躲藏，则是那些无力自卫的人保护自己的唯一方式。

　　虽然紫络早已不再像过去一样无助而虚弱，但她并没有忘掉从小就学会的本领。当阿丹用手势向她示警时，紫络只花了短短几秒钟就卸下了盖住墙上一处通风口的金属格栅，像一条钻进瓦罐的章鱼一样迅速将身体塞了进去，其动作之灵活，就连昔日的柔术演员也得致以敬意。又过了一小会儿，一阵金属肢体与地板接触所发出的轻微"喀喇"声开始从远处传来——阿丹的警告相当及时，让他们又一次躲过了被发现的危险。

　　当那个有着昆虫般的六对细足的玩意儿摇摇晃晃地从走廊

上通过时,藏在通风管道内的紫络不由得好奇地将它打量了一番:这东西看上去有些像是那些底层坑道里常见的盲蚰蜒或者白化昆虫,只不过没有哪种节肢动物能够像它这样足有半个人高。在结构简单的机械躯干中央,一截像是龙虾眼柄的东西高高地托着一个半球状的玩意儿——按照阿丹的说法,这东西就是所谓的"宽频谱光学传感器",即便在像这样阴暗的环境中,这台"巡逻兵"仍然可以捕捉到入侵者的身影。

不过,与先前几次类似的遭遇一样,这台机器什么都没有发现。

"……呼,它走掉了。"当金属细腿挪动的咯吱声终于消失在走廊的另一头后,紫络照着阿丹嘱咐的那样闭上眼睛,从一默数到五十,然后才轻手轻脚地从藏身之处钻了出来,"现在应该……没问题吧?"

"是的。这里只是设施的外围区域,安保措施还没那么严密,只要避开巡逻机器人就行了。"虽然如此声称,但是阿丹似乎对这一点也并非十拿九稳,"但如果继续前进,我们几乎肯定会被发现。"

"然后呢?"

"尽可能避开挡路的家伙,向中心区前进,如果实在躲不开,那就以最快的速度干掉他们。"阿丹用理所当然的语气说道,"外头现在正打得激烈,这里面应该不会有太多留守人员。不出意外的话,我们应该对付得了。"

有那么一瞬间,紫络很想问问阿丹打算怎么应付可能发生的意外,但她最后还是没有开口——毕竟,到了眼下这一步,他们除了前进,抵达设施的核心区,已经别无选择。

按照阿丹的说法,这座位于比地堡的底层区更深的岩洞中的设施的正式代号是"反应堆德尔塔–零"，是一座早在地堡被启用之前就已经存在的古老建筑。在地堡发展的初期，它曾经是被地下居民的祖先们视若命脉的主要能源之一。不过，随着时间的推移，反应堆产生的放射性废物成了地堡管理层的老大难问题，于是，随着更高效且无须担心污染问题的地热能采集系统的出现，这座建筑转而成了废物填埋场，连同保护着它的那些古老的机械守卫们被一道深深地封印了起来。除了地堡管理委员会定期派出的巡逻人员，平时鲜少有人来到这个危险的深渊之中。在地堡居民已知的世界里，这里也是距离位于地堡最顶层的闸门最为遥远的地方。

但是阿丹却向紫络保证，摩西先生和他的追随者们一定会来到这里。

"不，没有人向我提供情报。"当紫络向他询问做出这一判断的根据时，阿丹几乎是不假思索地摇了摇头，"但别忘了，推理能力和搜集情报的能力同样重要，有时甚至更加重要。虽然我未曾参与制订你们的计划，不过这并不妨碍我通过已知条件进行推断。

"首先，很显然，你们的最终目的是让那些愿意追随摩西的'底层人'——他们的总数可能有数千甚至近万人——通过闸门并前往地表。虽然在此之前，你们已经成功了一次，但那次成功对于之后的行动在技术层面上并无帮助，甚至可能造成更大的阻碍：派出十几个人突袭守备部队，出其不意地逃出闸门是一回事；而率领几千人有秩序地从那里离开则是另一回事。更何况，在上次的事件后，地堡警备队必然加强了闸门的守备，不经过一场恶战，你们甚至连到达那里都不可能。

"换言之，要想让这么多人安然离开，只有两种可行的方法：

大规模传播关于地表世界的视频信息,从而瓦解地堡管理委员会的统治合法性,让他们陷入困境或者垮台;或者劫持某个足以对整座地堡产生重大影响的关键目标,以此作为筹码迫使管委会让步。而到目前为止,我们都没有发现你们的人采取前一种措施的迹象,这就表明,他们必定选择了方案二——而能够满足方案二条件的最佳地点只有一个。"

事到如今,紫络不得不佩服阿丹的神机妙算——在带着一支五人武装小队从一处废旧的排污管道中潜入德尔塔-零后,阿丹所做的第一件事就是找到了一处备用计算机终端,并利用它成功地渗透进了这座设施的监控系统。而当警戒摄像机拍下的镜头通过光纤传到两人面前的屏幕上时,紫络惊讶地发现,这座设施周围已经完全沦为了一座屠宰场:在连接底层区与这里的通道中,用各式各样的武器临时将自己武装起来,高呼着摩西之名的人们正在死去,而杀死他们的则是早已等待在那里的地堡警备队。尽管就人数而言,"摩西的门徒"们占了上风,但他们的对手显然对他们的到来已经做好了准备。在狭窄的隧道中,致命的定向雷被接连遥控引爆,狂风骤雨般的滚热钢珠和弹片无情地撕碎了所有挡在它们前进路线上的肉体;数个世纪前生产的古老能量武器呼啸着喷出毁灭性的能量束,在激烈的氧化反应中将触碰到的一切烧灼殆尽。面貌难辨的人体碎块和破烂的武器装备活像是从垃圾处理车里倾倒而出的废料,很快就在因为年久失修而坑坑洼洼的混凝土地板上铺了厚厚的一层,唯一让紫络感到些许意外的是,喷溅在地面上的血迹似乎少得有些过分——不过话说回来,当一个人被烧灼成蜷缩的碳化残块时,他确实不会流出多少鲜血。

"真是不幸,看来最糟糕的可能性已经变成了现实。"在目睹这一幕后,阿丹用阴沉的语调说道,"不过这也难怪。既然我们能够推测出摩西先生的行动,警备队的指挥官们当然也有可能想到这点。毕竟,谁都不是傻瓜。"

"也就是说,现在一切都只能指望我们了?"

"没错。"阿丹用理所当然的语气说道,"我们必须替摩西先生完成他的计划,夺取德尔塔-零的核心部位。"

只靠区区几个人渗透一座拥有诸多安全措施且被地堡警备队严密守卫着的古老设施,如果在几天之前,紫络大概会把这当成疯子的白日梦,但现在,他们不但做出了这样的尝试,而且直到目前的进展都还算顺利——虽然在迷宫般的管道和走廊里绕了足足半个多钟头,但迄今为止,他们所做的仅仅是躲过在走廊里摇晃着来回巡逻的六足机器人,外加从死角里绕过两处监控摄像机而已。与那些关于古老设施的恐怖故事里描述的不同,这里没有会从地板里钻出来开火的隐藏机枪塔,没有一碰就会爆炸的死亡陷阱,也没有暗藏机关——会把人压成肉饼的移动式墙壁或者扛着火焰喷射器与机关炮的战斗机器人。当然,紫络确实看到了最后一种东西——在一处被阿丹"接管"的终端上,她看到两台这种玩意儿正在堆满隧道的残肢断臂中一边开火一边前进,而周围的空气中全都充溢着那种她颇为眼熟,可以在转瞬间溶蚀肉体的紫色雾气。

"喏,至少你的同志们干了一件好事。"在看到这一幕后,阿丹评论道,"我想,警备队大概低估了他们可能面对的攻击规模和攻击手段,因而遭受了预料之外的沉重损失,所以不得不把原本用来驻守这里的战斗机器人也都调到了隧道里。这么一来,我们待会儿面对的压力应该会有所减轻才对。"

"有所减轻?"紫络不安地舔了舔嘴唇,"你是说……这里面还有那些家伙,对不对?"

　　"这是当然的。"阿丹朝她微微一笑,随后在终端的控制面板上输入了一长串代码,"按计划做好准备,他们要来了。"

7

对于这次冒险行动，阿丹在事前就已经做好了相当充分的准备——从行动计划、武器装备到每个人的任务分配，尤其是最重要的——在进入设施核心部位时的作战方案。根据他的说法，德尔塔−零的核心区域在正常状态下不会有人员出入，因此任何出入口一旦开启，都会自动让内部防御机制进入激活状态。纵然阿丹对古代设施了解甚详，但就连他也不知道该如何悄然潜入，因此，他们只能接受现实，准备以硬碰硬的方式解决掉最后的这些麻烦。

不过紫络总有种预感，最后被解决掉的说不定会是他们。

"十——"在完成开启核心区域入口的准备工作后，阿丹迅速撤回了走廊远端的拐角处，与小队里的其他人一起藏在了用在设施内找到的杂物临时堆起的掩体后。当然，这些破烂不可能真正挡住战斗机器人的火力，但至少能够为它们瞄准射击造成一些影响。"做好准备，九、八、七……"

紫络咽下一口唾沫，最后一次检查了放在脚边的一对起爆器。阿丹原本希望至少能弄到一两件激光武器或者离子武器，但事实证明，要获得这些昂贵又罕见的古董实在不是件容易的事,因此他们不得不退而求其次,转而用底层区小作坊里土法制造出的火棉炸药与锥形爆破装置解决问题。按照计划,如果一切顺利,大门成功开启,守卫机器人驶入走廊,紫络就要负责引爆预先安置好的土制炸弹,干掉打头的家伙,利用被摧毁的机器残骸封堵住其余机器人的前进路线与视野;在那之后,如果一切顺利,阿丹会率领其他人冒险接近被困住的机器人群,用爆破装置展开贴身战斗。根据某些天知道从哪儿流传出来的传说,这些庞然大物的灵活性似乎相当差劲,如果一切顺利,那些看上去实在是很难称得上可靠的爆破装置能够成功穿透那些大家伙的装甲……

在小时候,紫络曾经从故事中听说过一种叫作"彩票"的东西。而她现在突然觉得,要是真有这么多的"一切顺利",要一次性买中头彩恐怕也不是难事。

"……四、三、二、一!"

厚重的防爆门缓缓开启。

一大团脏羊毛般的灰褐色烟雾从门后喷涌而出。

一个散发着强烈威压感的硕大影子渐渐从浓厚的烟雾之中浮现了出来。就像它那些正在外面的隧道中战斗的同类一样,这个大玩意儿的块头足足有两人来高,装有重型武器的上半身远远看去颇有几分扭曲的"人"的特征,这使得它看上去活像是一座安装在履带式底盘上的武装神像——巨型酒桶般的覆甲身躯上顶着一个小得不成比例,却装满了各式传感器的"脑袋",四对如同某些远古宗教中护法神般的机械臂上装载着五花八门的长枪短炮和可拆卸式弹仓,这些装备虽然都有着足以让它们成为博物馆展品的服役年限,却仍然是杀人的利器。当这台机械神灵隆隆驶出烟尘之时,紫络在惊愕中甚至险些让紧握着的起爆器脱手落下。而在她身边，不止一个阿丹的部下倒抽了一口凉气。

接着，全副武装的神像停止了前进，位置恰好在他们安设的爆炸陷阱的杀伤范围之外。

"搞……搞啥?!"

紫络带着不敢置信的神情用力揉了揉双眼——在她身边，还有不止一个人做出了同样的举动。随着烟幕渐渐散尽，他们终于注意到，那台古老的战斗机器人之所以停下，并不是因为它发现了设置在走廊中的陷阱，而仅仅是由于一发高温等离子弹刚刚击穿了它的躯干侧面，在熔穿装甲的同时彻底毁掉了里面脆弱的传动与能源系统。

就在一行人意识到这一幕到底意味着什么之前，另一台战斗机器人也出现在防爆门后，它的四条机械臂已经被击断了两条，另外两条所装载着的多管机枪正在疯狂旋转，如同吐信的毒蛇般朝着与紫络等人相反的方向喷吐着枪口焰。但很快，随着一发拖着尾焰的穿甲火箭弹尖啸着命中它的侧后方装甲，这个大家伙停止了"发言"。被击穿的动力室冒出的滚滚火焰迅速包裹住了它的身躯，让它看上去像极了远古时代的人们为了驱魔而焚烧的稻草人。

"这是——"

"你们是什么人?"当紫络绕过被击毁的战斗机器人残骸，进入浓烟滚滚的设施核心时，不止一支枪指向了她的脸。但还没等她来得及报上名号，那些对她举枪相向的人却又纷纷放下了手中的武器。"紫……紫络? 真的是你吗?!"

"是我……天哪!"紫络下意识地咬了咬嘴唇，"你们是什么时候进来的?"

德尔塔–零核心部位的战斗已经落下帷幕。但与阿丹先前预料的不同,他率领的奇袭小队并未遭受任何伤亡——因为当他们终于抵达这里时,已经有人替他们解决了战斗。

在那扇沉重的防爆门内,紫络看到了这场惨烈搏杀留下的痕迹:五台被击毁的战斗机器人已经变成了焦黑变形的残骸,散落在室内的各个角落,而仅仅她能够看到的人类残骸就有不下二十具——当然,紫络无法确定死者的具体数量,因为许多人仅仅留下了几段残缺不全的肢体,或者是已然面目全非的头颅,让人实在无法分辨那到底是属于一个人,抑或曾经分属好几个人。大多数阵亡者都穿戴着紫络的小组在袭击闸门的那一天披挂的旧式全身装甲,也有少数人身着地堡警备队的蓝黑双色制服,随处可见的弹孔、灼痕与爆破的残迹无声地昭示着整场战斗的经过。

而就紫络所见,取得这场战斗胜利的显然是对这里发起攻击的一方。

不过,虽然攻击者们取得了胜利,但他们也付出了惨痛的代价——当最后一台战斗机器人终于不再动弹后,他们一方也只剩下了九个幸存者,其中还包括三个无法自己站起来的重伤员,而另外六人虽说情况稍好,但也个个挂彩,浑身上下的护甲满是破损,强化材料制成的护板缝隙中甚至透出了凝固的血液特有的殷红色。

而在这六个人中,只有一个人已经摘下了他的封闭式防护头盔。

"摩……摩西先生?!"

"紫络!居然是你!没想到你还活着。"摩西说道,虽然刚刚经历了一场以死相搏的厮杀,但他的神态看上去仍然一如既往地平稳与和善,"能在这里、在这种时候见面,可真是出人意料,不是吗?"

"唔……确实。"紫络原本还想要质问关于蓝组在没有事先通知其他人的情况下释放化学武器的事,但在看到自己曾经追随的人的瞬间,这些问题全都被噎在了她的嗓子里,最终,她只是挤出了这么几个字儿来,"我想……呃,嗯……这大概就是所谓的……呃……运气吧。"

"但你干得确实不错。那些从行动中幸存的同志报告说,当埋伏在闸门附近的地堡警备队突然发难时,是你在第一时间采取了正确的应对措施,阻止了他们的攻击。是你和你的队友们的奋斗让'胜利日'计划得以开花结果。"摩西伸出一只包裹在破损手套里的手,拍了拍紫络的肩膀,"当然,我知道你肯定会对我们当时所采取的'最后手段'有所不满,但这也是无可奈何之事——如果不那么做,行动将会前功尽弃。而为了防止可能潜伏在我们组织内部的间谍向敌人通报此事,我不得不采取了极其严格的保密措施……当然,我不奢求你能够原谅,只希望你可以理解。"

紫络迟疑了几秒钟,接着,她发现自己的眼角开始湿润了。

"是吗?"就在紫络不知应该再说些什么时,另一个声音突然插了进来,"你们之所以使用古代化学武器作为'最后手段',仅仅是为了解决掉防守闸门的地堡警备队?你是这个意思吧?"

"没错。但这位先生,敢问您又是谁?我记得似乎在什么地方见过……"

"我是阿丹,混迹于阴沟族中的流浪者,自我放逐之人。"阿丹答道,"我们过去确实曾经见过不止一面——虽然那已经是很久很久以前了。在那时,我还以为我们的争执不过是源于对手段和方式的理解有差异。"在如此宣示的同时,他大步走过身边的焦黑尸骸和被击毁的机器人,站在了德尔塔–零核心设施一侧的一处卷帘门旁,揭开了一块伪装成墙体一部分的盖板,并重新启动了隐藏在那下面的一处迷你控制面板,"不过,我现在已经不再犹豫了,吾友。我知道你到底想做什么,也知道藏在你揭示给其他人的'真相'之后的真相。而我,现在就要结束这一切。"

8

"住手!"

当阿丹的指尖开始在控制面板上跳动时,摩西突然发出了一声和他过去一直维持着的温厚形象全然不符的吼叫,同时举起了手中的离子手枪。这件许多个世纪前制造出的轻武器的半透明身管正散发着明亮的光彩,表明它的下一发弹药早已蓄能完毕,随时可以释放出一枚寿命短暂的微型太阳。

"哦? 你知道我在做什么,对吧?"阿丹停下了手头的动作,用一种令人毛孔发寒的目光打量着对方,"原来你也会害怕呀,吾友。你是担心我现在就把储存在这下面的污染物全部释放出来,让你以它们为要挟的计划胎死腹中吗?"

"你……你知道这里的事,也懂得怎么操作设备……"摩西仍然平举着离子手枪,同时小声地自言自语道,似乎正在努力回忆着什么,"是的,我知道了,你就是那个人,那个最早找到我的——"

"都过去了。不是吗? 而且我也已经和当时完全不同了。"阿丹打断了他的发言,"我现在已经不再像过去一样天真,也不那么轻信了。在被遗忘的角落里,艰苦的摸爬滚打磨炼了我,很显然，我当初自我放逐的决定是正确的。"

"呃……抱歉，容我打断一下。"从两人开始对话时起就不知所措地站在一旁的紫络说道，"你们过去认识？"

"是的。那是我仍然年轻时的事。"阿丹的一只手仍然停在控制面板上，从防水屏幕后散发出的翠绿色光芒表明，这件设备仍然处于启动状态。而摩西同样也没有表现出任何打算放下手中的武器的意思："当时的我是地堡管理委员会最年轻的科学顾问之一。那时的我相信良心，相信正义，有着一股子年轻人的冲劲。正因如此，在偶然发现那件事的真相后，我立即投入了反对管委会的行动之中。"

"那件事？"

"从理论上讲，管委会过去每隔十年都要组织一次所谓的'地表勘测'，以此确认地表是否已经安全。但在获得高级访问权限后，我意识到，这样的'勘测'事实上并未进行过。我们的历史书中信誓旦旦地声称，是'下层人'的祖先为非作歹，才让我们被迫遁居此地。但事实上，管委会的人压根儿就不知道我们过去是从哪儿来的，也不知道地堡到底修建于何年何月。他们只是将那些在他们看来'有用'的传说确立为'历史'罢了。"虽然在阿丹身边几码开外的地方，他的追随者正与从先前的战斗中幸存下来的"摩西的门徒"们紧张地举枪对峙着，他却一点也没受这种剑拔弩张的气氛的影响，只是自顾自地说着，"当时的我相信，所谓的地表世界肯定是存在的，管委会只是为了维持他们的权力，才蓄意编造谎言不让我们上去。而和我有着同样想法的还有一个人，那个人当时是管委会历史档案管理处的次级执行官。"

"没错，那就是我。"见紫络将目光转向自己，摩西点了点头，

"是我和阿丹先生共同发现了被掩盖的历史事实,并且决意要带着人们——尤其是那些被迫害、被侮辱的'下层人'们——离开这里。如果阿丹没有沉溺于他的偏执与妄想,我们本该……"

"偏执?!妄想?!哈!你其实和我一样清楚'真正的'事实,不是吗?!我不认为你会真的顽固到对我们当初的发现视而不见!"阿丹厉声吼道,"你为什么不愿意告诉你的追随者,他们所期盼的失乐园和黄金乡——那所谓的地表世界其实并不存在?!"

"地表世界并不……存在?"一直半懂不懂地旁听着这场争论的紫络下意识地掐了自己的胳膊一把,很疼,这不是梦。而在不远处,摩西的追随者们似乎也因为这话而感到了惊讶,开始低声嘟囔起来。尽管自认为见多识广,但迄今为止,紫络还是头一次听到如此耸人听闻的说法,如果是别人对她这么说,那么她多半会将其视为低劣的玩笑或者夸张的修辞手法。

但不知为什么,当从阿丹的口中说出时,这句本该荒谬至极的话却显得格外可信。

"够了,吾友!"摩西喊道,"你一直以来都坚持把那些毫无根据、纯属谣言与妄想的零碎记录当成自己偏执念头的证据,但这一切现在也该是结束的时候了!你应该学会面对现实——"

"面对现实?好吧,那就让我们来面对一下现实!"阿丹微微一笑,"感谢命运,让我们恰好在这里重逢——紫络小姐,能麻烦你走到那边那座控制台旁去吗?啊,没错,现在按下那个画着摄像机图案的蓝色按钮,然后再按那个标着向上的白色箭头的红色钮,注意要连续按两次。"

尽管有些疑虑,但在发现正在对峙的双方都没有阻止她的意思后,紫络还是照着阿丹的话去做了。随着她接连摁下几个按钮,输入了一连串验证码,一台隐藏在角落里的立体投影设备突然亮了起来,在她跟前投射出了一幅动态图像。在一开始时,整幅图像几乎全都是纯粹而彻底的黑暗,唯一能看到的只有少数零星而模糊的光点,看上去就像是传说中遍布群星的夜空,接着,图像上的光点开始移动,其中一些开始变得更大也更清晰——紫络认出那是发光蕈,是一类在堆满腐殖质的废弃坑道的最深处才能见到的真菌。很显然,这些图像来自安装在偏远角落里的监控设备,而且这些角落多半已经被地堡的居民们遗弃了许久。

接着,图像开始发生了变化。幽绿色的生物光点逐渐变少,取而代之的是人造光源特有的明亮色调。或许是大多数监控装置长期缺乏维护保养的缘故,在许多时候,紫络所看到的都仅仅是一片模糊,但偶尔也会有例外。有那么几秒钟,紫络清楚地看到了一座被金属支撑架强化的洞窟拱顶,很像是某个她曾经率队前去回收古老的废弃装备的地方。不久之后,她又看到了一处被大量垃圾填塞得半满的巨洞。根据她的记忆,这地方似乎是位于下层区某个角落里的垃圾填埋场。在孩提时代,她经常跟着艰苦谋生的父母前往此处,在危险的垃圾山里徘徊……

"你看出来了,是吧?德尔塔-零的历史比地堡还要久远得多。而我们现在所居住的地堡,也只是一座更加古老的设施的一小部分。作为必要的功能之一,德尔塔-零的系统可以监测它曾经为之提供能源的每个地方,你现在看到的就是其中的一小部分。"

画面继续跳动着,有时是黑暗,有时是一片模糊,但有时则是一些与紫络印象中的地堡极为相似,却又不尽相同的地下建筑。虽然无法判断自己看到的景象的具体位置,但不知为何,紫络有一种感觉：自己现在所看到的地方已经超出了气闸之外。

这就是"外面的世界"，但她并没有看到地表。

只有无穷无尽的洞窟和隧道。

虽然摩西先生极力保持着表面上的平静，但当紫络偶尔用眼角的余光瞥向他时，却立即注意到了那股无法抑制的紧张与不安，甚至就连他紧握着离子枪的手也开始轻微地颤抖了起来。他的反应让紫络更加专注地望向了变换不断的画面。终于，在长得仿佛没有尽头的时间后，图像最终定格了下来，她看到了传说中的天空、太阳和地平线。

是的，那只可能是天空、太阳与地平线，但这一切却和她想象中的截然不同，也和她在那份据称发自地表的视频里所看到的大相径庭。在这幅图像上，天空不是淡蓝色的，也没有云彩，有的只是比最深的隧道还彻底——仿佛一无所有般的黑色，璀璨的群星如同缀在天鹅绒上的钻石般遍布其间。有那么一瞬间，紫络还以为这就是传说中地表世界的"夜晚"，但太阳的存在却打消了她的这个念头：那个巨大的橘色光球就悬在漆黑天穹的边缘，用它强到刺眼的光芒勾勒着坑坑洼洼、毫无生机的土灰色地平线的轮廓，并且映照出了一个在地平线上载沉载浮，由许多种怪异且相互冲突的色调组成的巨大球体。几座孤零零的半球状建筑矗立在连绵的环形山之间，没有门也没有窗户。很显然，曾经使用这些建筑的人多半不会随便出门。

"喏，非要说的话，这地方确实就是地表，但绝不是你们想象的地方：没有空气，没有水，没有能让我们在那儿生存下去的任何条件，而且离地堡的闸门也远得很。"站在一旁的阿丹静静地看着紫络惊愕不已的模样，随后才不紧不慢地解释道，"我想，这里大概是一颗岩质小行星，从地平线的规则程度来看，直径大概勉强足够维持流体静力学平衡,多半也有个几百千米的样子吧。"

"我……我不明白。"紫络抱住自己的头,身体无法自主地颤抖着。而做出这种反应的人也并不只有她一个:摩西的追随者们几乎全都如遭电击般待在了原地,甚至有人开始在头盔后啜泣了起来,而阿丹的人虽说要镇定得多,但仍然露出了讶异的神色——毋庸置疑,就连他们也是头一回亲眼看见这样的景象。"难道这里不是……不是……"

"是的,不是地球。虽说按照过去留下的资料推测,地球应该并不是个编造出来的神话,但肯定不会是这地方。"阿丹说道,"当然,既然地面上压根儿不能住人,过去肯定也没爆发过什么把我们赶进地下的战争,当然,你的祖先也从未犯下任何罪行。"

"那我们……我们又为什么会在这里?"

"没人真的知道答案,但我想答案本身并不重要。"阿丹摇了摇头,"真正重要的是,虽然根本就不存在能够让我们找到美好未来的'地表世界',但我曾经的朋友、你们所敬爱的摩西先生却在明知这一点的前提下试图让大家相信那是真的!为了欺骗其他人到闸门之外自寻死路,他甚至不惜进行最恶劣的欺骗——紫络小姐,你知不知道为什么摩西不告诉你蓝组的人携带了化学武器?!知不知道为什么你的人没有必要的防护设备?!因为他们压根儿不打算让你这种'不受信任'的人活着走出闸门!从一开始,能够离开这里的就只有那些被摩西认为'可靠',并且会以生命为代价替他制造这个骗局的人!"

"我……"紫络努力想要组织语言,可她的大脑却拒绝配合——在出了这么多事之后,这团本就性能不甚优越的思维器官终于不堪重负,拒绝继续为她分析任何事了。"这是真的吗?"她最后将询问的目光投向了摩西。

"我无法否认。"在长得仿佛永世的等待后,摩西终于答道,"这是……事实。"

紫络知道,她的下一个问题应该是"为什么",可她并没有如此询问——并非是因为她不想,而是一名摩西的门徒已经先于她做出了行动。"骗子!"那人尖叫着举起自动步枪,朝着摩西一口气倾泻出了数十发子弹。虽然后者身上穿戴的重甲吸收了大部分子弹的冲击力,并且避免了贯穿伤的出现,但在经典力学原理的规则控制下,摩西还是仰面摔倒在地,手中那支蓄能状态已经到达安全阈值上限的离子枪也重重地砸在了地板上。

更糟糕的是,就像许多缺乏保养的老旧武器经常会出现的状况一样,这件武器的故障自动保险装置并没有正常启动。

炽热的光之瀑布成了紫络双眼看到的最后的景象。

9

从深沉的睡眠中醒来并不困难。至少，当紫络的意识恢复时，她没有感受到丝毫不适或者倦怠。唯一的异样感是在她试图睁开双眼时产生的——虽说收缩肌肉，让眼睑睁开不过是个轻而易举的下意识动作，但她发现，自己根本没有眼睑可以执行这项指令。

这一不祥的发现让紫络陷入了短暂的惊慌之中，不过她很快注意到，至少自己的视觉功能并没有受损——不，更准确的说法是，她的双眼变得比过去更加敏锐了。在她置身的这间宽敞房间之内，仅仅亮着几盏不比烛光明亮多少的鹅黄色小灯，要是在过去，她根本无法依靠着一点灯光看清室内的环境，可现在，她却能将每一个角落都看得一清二楚。

"我这是在什么地方？"在确定自己周身上下的零部件都还待在它们应该待的地方后，紫络问道。这并不是自言自语，因为她有一种感觉：有人会听到，并且回答她的询问。

而事实也确实如此。

"这里是一座疗养院。"有人在她身后说道——紫络之前一直没有往后看，自然也没有发现这个穿着单调却合身的白色制服,一直没有发出任何动静的女性。一张没有五官的半透明银色面罩包覆着这个人的脸,让她看上去有着一种不属于这个世间的感觉。"生理信号分析表明,你目前的身体状况相当良好。"

"我现在不在地堡里,对吧?"紫络歪了歪脑袋,顺带确认了自己的颈椎的良好状况。

"是。这里是斯蒂嘉基地内部的医疗中心,当然,并不常用,因为我们很少有客人。"女人用完全没有情感可言的声音说道,"顺带一提:目前本中心接纳的病患总共四人,全部来自明灯-307实验文明区域,你是其中受伤最为轻微的。在摘除受损的眼球和一处被灼坏的肺叶,并进行人工器官替换手术后,我们认定你已经恢复了健康。"

"那摩西和阿丹……"

"当场死亡。"对方如此答道,"当我们的行动分队赶到现场,开始采取处理措施时,他们就已经没有生命迹象了。"

"那么……结束了。"紫络摇了摇头,接着,她突然想到了什么,"那些被摩西先生召集起来的人呢? 他们——"

"已经得到了妥当的安置。"白衣工作人员直截了当地答道,"据统计,大约四百人死于对德尔塔-零设施的攻击行动中,除此之外,我们收容了六千名左右的幸存者,并将他们安置在此处。这些人将受到符合人道主义的对待。当然,德尔塔-零设施本身未受损害,危险废弃物也并未泄漏。"

"你们收容了……六千人?! 怎么可能? 你们到底是什么人?! 这里又是哪里?"

"严格来说,我们并非人类。而这里是斯蒂嘉,位于净土星系最外围的行星。"工作人员做了个手势,接着,紫络忽然发现自己正置身于一片无垠的星空之中——不,这并非真正的星空,而是与她曾在德尔塔–零的地下空间所见到的虚拟影像。呈现在影像中央部位的是一颗黯淡苍白的恒星,显然正是紫络曾在影像中见过的那颗高悬于冰冷地表之上的"太阳",而在"太阳"附近,许多大小悬殊、外形各异的星体正以不同的速度围绕着它运转:红褐色的,看上去了无生气的小小星球;绿意盎然,相互绕转着的孪生双星;散发着干燥的沙黄色光泽的行星与成群卫星共同运行于轨道上的色彩斑斓的庞大星体……以及一颗孤零零地存在于最外侧的轨道上,看上去毫不起眼的小小雪球。

"这里是你的故乡,一颗围绕气体行星'明灯'旋转的小型岩质卫星。"随着工作人员的声音,位于星系外侧的一颗巨行星附近的一块荒凉不毛的灰色石头闪烁起了一层醒目的浅红色光晕,接着,那颗偏远的小雪球也笼罩上了同样的光芒,"而我们在这里,斯蒂嘉,星系的最外围。此处过于偏远而缺乏价值,因此被我们'修普诺斯'选为监视实验进行过程的据点。"

"'修普诺斯'?那是……"

"一个来自古老地球神话中的名字,由你们的先祖赐予吾等。我们原本是他们的造物,你可以将我们视为某种可以自我增殖,能够自行演化出自主智能的活体计算机,当然,我们还有许多别的功能。"工作人员说道,"我们曾经陪伴你们的祖先航向无尽的星海,在每一个处女世界上生根发芽,协助那些永远无缘见到故土的移民们在他们的新家园中重新建立起文明体系。但后来……发生了一些不幸的事,曾经扩张到整条银河旋臂的文明在无法预料的灾难中分崩离析,而从不幸中幸存下来的我们则有了一个新的目标:设法让将来的人类文明走向真正的成熟,从而避免我们的创造者再度因为幼稚与愚昧而自毁。为了实现这一目标,我们找到了这个合适的行星系,在每一个世界上播撒下了生命与文明的种子——每一个文明都是一个独立的实验,基于过去的人类社会弱点的实验。当然,从理论上讲,我们也可以纯粹依靠计算进行模拟,但不幸的是,社会科学从来都没有达到过自然科学的精确度。在涉及大型社会时,不可避免的偶然性积累必定会导致最终的结论全然无用,因此只能采取这样的方式。"

一股如同沸腾蒸汽般的怒意突然涌上了紫络的胸口:"所以说,这一切都是你们策划好的? 你们塞给我们假造的历史、虚假的记忆,让我们互相伤害和残杀,只是……"

"并非如此。在建立起你们居住的地堡后,我们就再也没有'塞给你们'任何东西——这也是实验的一部分。是你们自己创造出了那些'历史',也是你们自己创造出了所谓'有罪的下层人'。你在地堡中见到的每一场悲剧,嗅到的每一丝苦难的气息,都来自你们自己,来自你们为了维系社会的凝聚力而创造出的神话。我们唯一的一次干预始于十八年前:在那时,我们联系上了一个自称为摩西的代理人,并让他设法将'下层人'带出地堡……"

"为什么?!"

"因为实验的第一阶段已然结束。迄今为止,地堡中社会的演变,以及你们在不自觉中创造出的'历史'与'记忆'已经为我们提供了极为宝贵的第一手资料,让我们进一步深刻了解了人类在封闭环境下可能的社会演化模式。但到大约三十年前为止,你们的社会已经陷入了高度稳定的僵化状态,在与过往的经验进行比对之后,我们认定,已经有必要加入必要的变量了——在几乎所有'下层人'离开之后,地堡内的社会必然会发生大幅度变化,根据我们之前建立的封闭社会理论……"

尽管戴着面具的"女人"仍在滔滔不绝地说着，但紫络的注意力已经完全不在她那变得越来越晦涩难懂的话语上了。"我们会怎么样？"她半是询问、半是自言自语地说道，但心中已经有了答案。

"被收容的人员可以居住在斯蒂嘉轨道空间站的社区里，或者选择前往星系内的任何一个文明体系居住——当然，如果选择留下，生育的后代会被强制送往其他文明，因为本地的人口承载能力并非无限。但除此之外，你们可以在这里随意生活。"对方的回答完全不在紫络意料之外，"大多数人都选择了留下，而我们建议你也这么做，毕竟，这里的生活水平很高——"

"我要离开。"紫络的回答非常简单，没有转圜的余地，"只要不把我送回地堡，随便去什么地方都行。"

"为什么？"这一次，提问的换成了对方，"告诉我你的理由。"

"因为我想亲眼看到地表。"

后　记

　　《盲跃》是我正式出版的第一部中短篇小说集，虽然稍微有点儿迟，但能够在今年上市，也算是完成了我长久以来的一项小小心愿。

　　这部小说集中的多数作品都是我的中短篇小说中较为具有代表性的。读者们大概不难发现，大多数小说所涉及和探讨的，都是人类在面对异化时的自我认同，以及对于异化本身的态度，我的两部获奖作品《出巴别记》与《桃花源记》的主题正是"极端条件下的人类异化"。我之所以会对于"异化"这一概念感兴趣，在很大程度上是因为我在社会科学方面的相关学术背景。人类社会的演化和变迁，在很大程度上正是一部现代智人不断在内因和外因影响下异化的历史；而我认为，作为某种程度上的"未来学"的科幻，自然也难以和这一概念脱离干系。

　　《风暴之心》和《二人谋事》是一部"塌缩"的长篇小说的"残骸"，它们的灵感来自我参与的一次关于"可能存在的生命形态"的头脑风暴。其中，《风暴之心》和作为本小说集标题的《盲跃》的主题略为类似，侧重于描写有着完全不同的生态和生存方式的智慧生物之间的理解困境，而《二人谋事》则更倾向于探讨人类自身的某些问题。

《弑神者》与《胜利日》这两篇小说是我的"新作"——虽然它们其实都是三四年前的旧作品了——它们也有着相似的内核,是更加纯粹的"社会科幻"。虽然在两篇小说中,两个不同的陷入退化和极端状况的社会最终走向了不同的道路,但决定了它们选择的根本原因却是相同的。在我看来,创作社会科幻其实也可以被视为一种思想实验,在设定的外部条件下推演某个特定社会可能的发展路径,本身就是一件极其有趣、也很有价值的事。

总之,由于这部合集所选收的作品分别来自我的不同创作阶段,因此其中的文风、写作习惯与主题也难免会呈现出某些差异。事实上,在重新阅读这些作品时,我觉得自己就像是在阅读一份特殊的日记,或者来自某个老友的系列来信,并能从字里行间感觉到我所发生的变化——或许,各位也会在阅读时感觉到这点吧。